TUTANCÂMON
O LIVRO DAS TREVAS

NICK DRAKE

TUTANCÂMON
O LIVRO DAS TREVAS

Tradução de
Ricardo Silveira

EDITORA RECORD
RIO DE JANEIRO • SÃO PAULO

2014

CIP-BRASIL. CATALOGAÇÃO NA PUBLICAÇÃO
SINDICATO NACIONAL DOS EDITORES DE LIVROS, RJ

D797t
Drake, Nick, 1961-
   Tutancâmon / Nick Drake; tradução de Ricardo Silveira. – 1. ed. – Rio de Janeiro: Record, 2014.

   Tradução de: Tutankhamun
   ISBN 978-85-01-08809-3

   1. Ficção histórica inglesa. I. Silveira, Ricardo. II. Título.

13-00867

CDD: 823
CDU: 821.111-3

Título original em inglês:
TUTANKHAMUN

Copyright © Nick Drake 2009

Texto revisado segundo o novo Acordo Ortográfico da Língua Portuguesa.

Todos os direitos reservados. Proibida a reprodução, no todo ou em parte, através de quaisquer meios. Os direitos morais do autor foram assegurados.

Proibida a venda em Portugal.

Editoração eletrônica: Livros & Livros | Susan Johnson

Direitos exclusivos de publicação em língua portuguesa somente para o Brasil adquiridos pela
EDITORA RECORD LTDA.
Rua Argentina, 171 — Rio de Janeiro, RJ — 20921-380 — Tel.: 2585-2000, que se reserva a propriedade literária desta tradução.

Impresso no Brasil

ISBN 978-85-01-08809-3

Seja um leitor preferencial Record.
Cadastre-se e receba informações sobre nossos lançamentos e nossas promoções.

Atendimento e venda direta ao leitor:
mdireto@record.com.br ou (21) 2585-2002.

PERSONAGENS

Rahotep – investigador de mistérios, detetive-chefe da Medjay (força policial) de Tebas

Família e amigos de Rahotep
Tarekhan – esposa
Sekhmet, Thuyu, Aneksi – filhas
Amenmose – filho bebê
Thoth – macaco de estimação
Khety – associado da Medjay
Nakht – amigo nobre
Minmose – criado de Nakht

A família real
Tutancâmon – Senhor das Duas Terras, a "Imagem Viva de Amon"
Ankhesenamon – rainha, filha de Akhenaton e Nefertiti
Mutnodjmet – tia de Ankhesenamon, esposa de Horemheb

Autoridades palacianas
Ay – regente, e "Pai de Deus"
Horemheb – general dos exércitos das Duas Terras
Khay – escriba-mor
Simut – comandante da Guarda do Palácio
Nebamun – chefe da Medjay de Tebas
Maia – ama de leite de Tutancâmon
Pentu – médico-mor de Tutancâmon

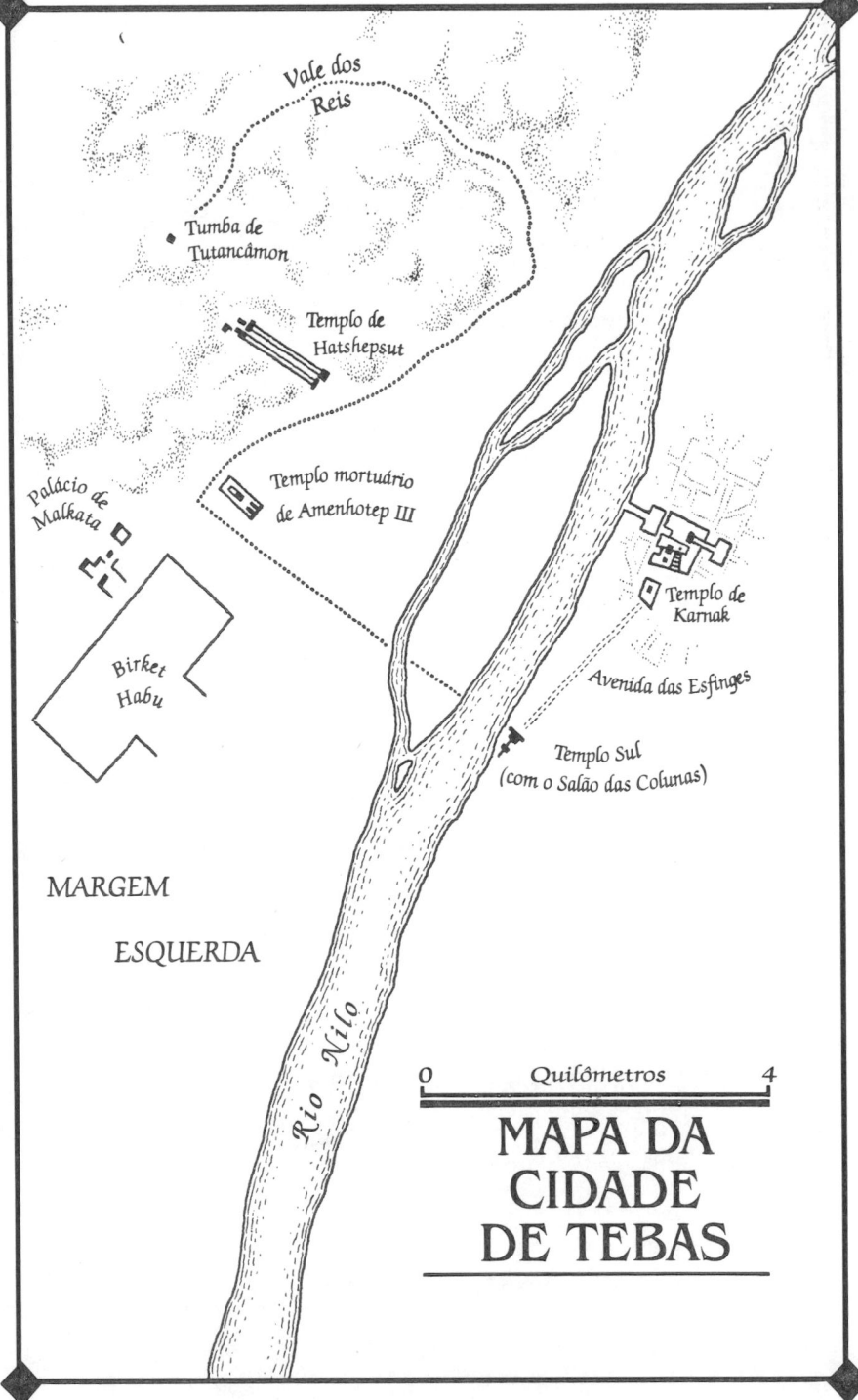

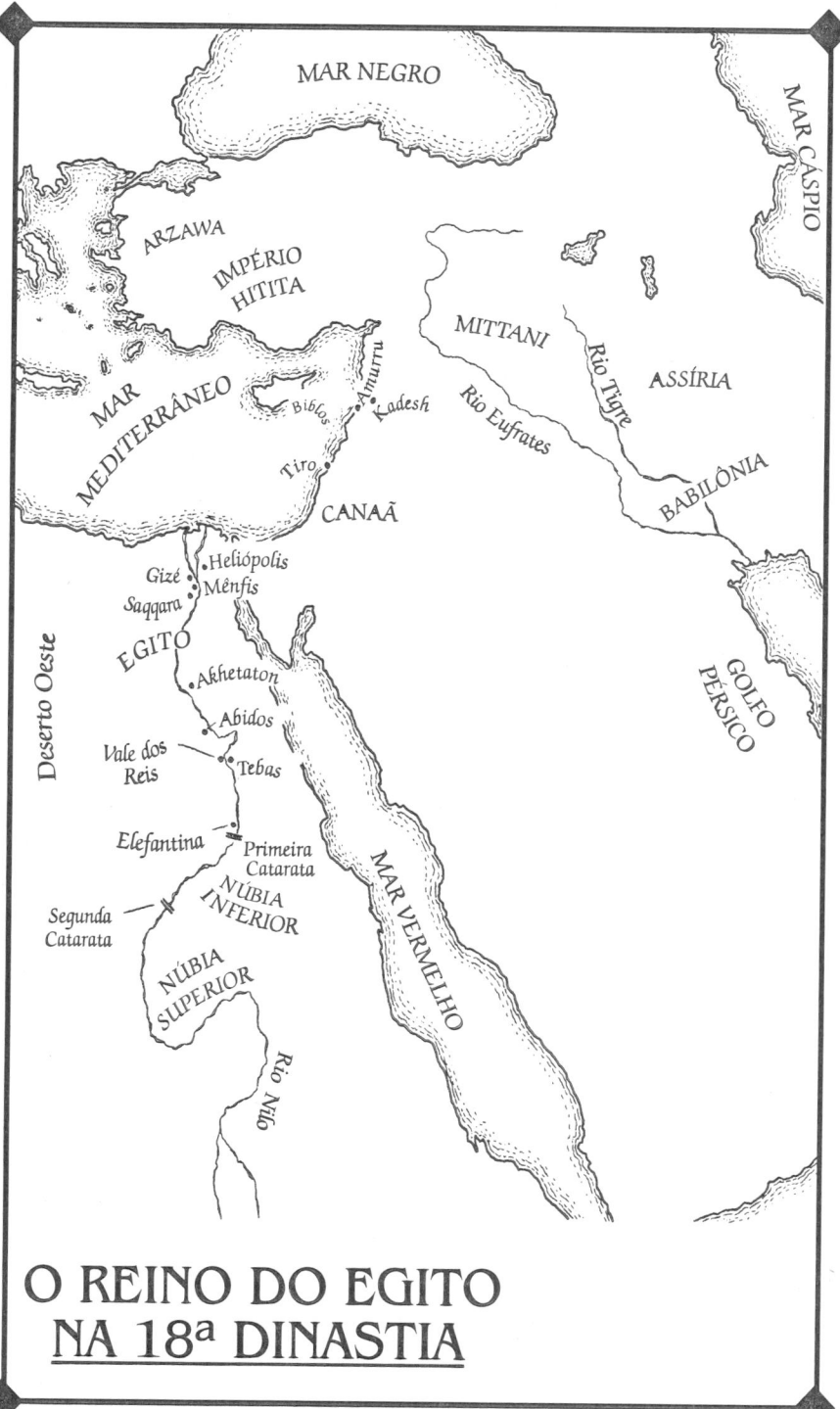

O REINO DO EGITO NA 18ª DINASTIA

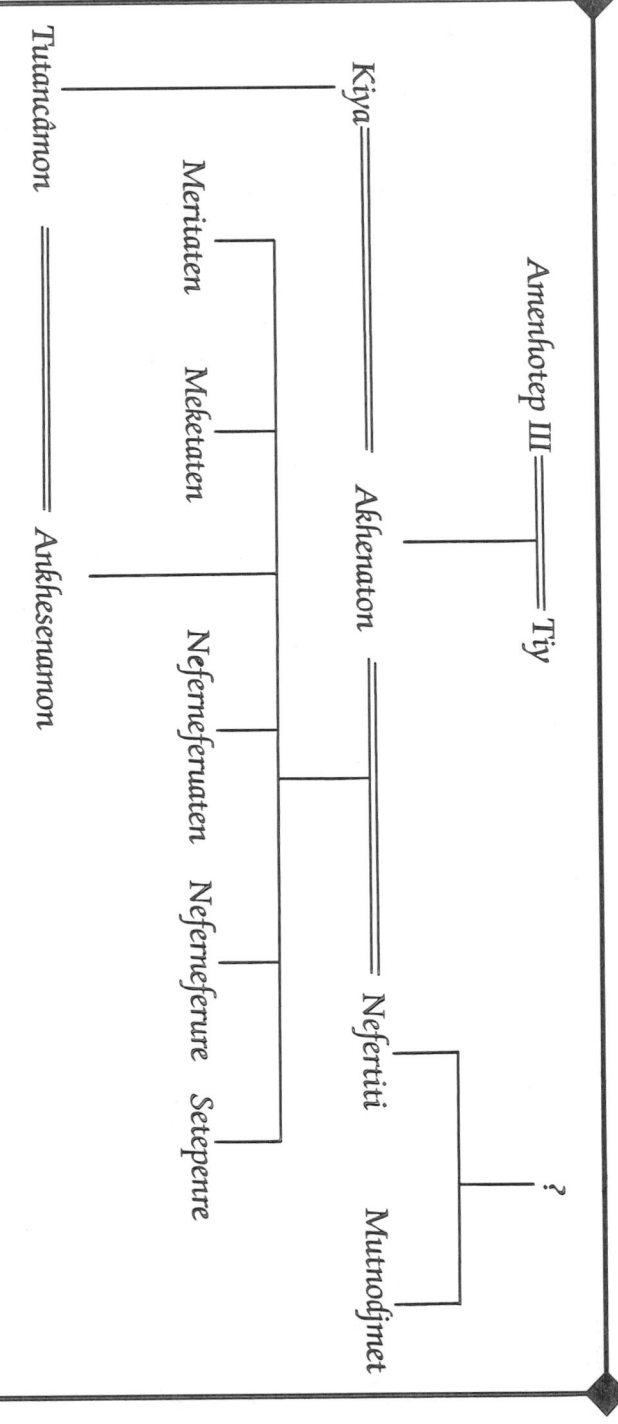

ÁRVORE GENEALÓGICA DA FAMÍLIA

Agora que Sua Majestade foi coroada Rei, os espaços sacros e as propriedades dos deuses e deusas desde Elefantina até os pântanos do Baixo Egito entraram em decadência. Seus templos caíram em ruína, tornando-se túmulos cobertos por mato. Seus santuários estavam como se não tivessem sequer chegado a existir e suas edificações não eram mais que passagens destroçadas. A terra era o próprio caos. Os deuses tinham voltado as costas para ela. O exército que fora enviado para a Síria com o objetivo de estender as fronteiras do Egito não logrou êxito. Se alguém rezava para pedir algo, a qualquer que fosse o deus, ele não comparecia. Os corações das divindades estavam enfraquecidos em suas estátuas. O que tinha sido feito agora estava destruído.

Tirado da Estela da Restauração, montada no templo de Karnak
no início do reinado de Tutancâmon

Parte Um

Eu conheço-vos, e conheço vossos nomes

Textos dos Sarcófagos
Encantamento 407

1

Ano 10 do reino de Tutancâmon, Imagem Viva de Amon

Tebas, Egito

Três batidas breves. Prestei atenção ao silêncio que se seguiu, com o coração saltando em resposta. Então, para o meu alívio, veio a familiar última batida breve do sinal, e com ela soltei o ar dos pulmões lentamente. Talvez estivesse ficando velho. Ainda era noite, mas eu já estava acordado, pois o sono me traíra mais uma vez, como era de costume nas primeiras horas melancólicas que antecedem o nascer do sol. Levantei da cama e me vesti depressa, lançando um olhar para Tarekhan. A cabeça de minha esposa descansava elegantemente em sua posição adormecida, mas seus belos olhos perturbados estavam abertos, me observando.

— Volte a dormir. Prometo que volto para casa em tempo.

Dei-lhe um beijo de leve. Ela se enrodilhou feito um gato e observou enquanto eu ia embora.

Puxei a cortina e olhei por um instante para as minhas três meninas adormecidas, Sekhmet, Thuyu e Aneksi, cada qual em sua cama, no quarto amarelo que compartilhavam, cheio de roupas, brinquedos velhos, papiros, tábuas, desenhos de quando eram mais novas e outros objetos cujo significado me escapa. Agora nossa casa é pequena demais para essas meninas tão crescidas. Prestei atenção durante um instante à respiração arrastada de meu pai no quarto dos fundos. Parou por um momento prolongado, mas logo seu velho corpo conseguiu dar outra arfada. Por fim, como sempre faço antes de sair de casa, parei ao lado de meu filho caçula, Amenmose, dormindo na mais profunda paz, braços e pernas largados de qualquer jeito, como um cachorro perto da fogueira. Dei-lhe um beijo na cabeça molhada de suor. Ele nem se mexeu.

Levando meus passes noturnos comigo, por causa do toque de recolher, fechei a porta silenciosamente. Thoth, meu esperto babuíno, saltou do lugar em que dorme no quintal por cima de mim, com o rabinho peludo enrolado para cima, e se pôs em pé sobre as patas traseiras para me cumprimentar. Deixei que cheirasse minha mão, depois lhe afaguei a espessa juba castanha. Fiz um pequeno gesto de libação na direção do nicho para o espírito protetor da casa, que sabe que não acredito nele. Em seguida, abri o portão e saí para a escuridão da viela, onde me esperava Khety, meu assistente.

— Então?

— Um corpo foi encontrado — falou baixinho.

— E você me acordou por causa disso? Não dava para esperar o dia clarear?

Khety sabe o quanto sou capaz de me irritar quando me perturbam cedo demais.

— Espere até chegar lá e ver — respondeu.

Partimos em silêncio. Thoth começou a forçar a coleira, animadíssimo por sair no escuro e ansioso para explorar o que viesse pela frente. O céu estava claro e a noite linda: a estação quente da colheita de *shemu* tinha terminado e, com o aparecimento do signo de Sirius, a Estrela do Cão, chegavam as cheias que tomavam as margens do Grande Rio e os campos, trazendo o rico húmus que dá vida. De forma que, novamente, voltava a época do festival. Nos últimos anos, as águas não subiam o suficiente, ou, às vezes, subiam demais, causando imensa devastação. Mas este ano elas estavam ideais, o que trouxe alívio e alegria para uma população oprimida, até deprimida, por estes tenebrosos tempos do reino de Tutancâmon, rei do Alto e do Baixo Egito.

A face iluminada da lua reluzia o suficiente para que pudéssemos caminhar como se fosse nossa lamparina. Estava quase cheia, com uma miríade de estrelas à sua volta feito um manto requintado: a deusa Nut, sobre quem nossos olhos recairão quando navegarmos nos barquinhos da morte que nos levam para o oceano do Além, segundo dizem os sacerdotes. Eu vinha remoendo isso, rolando na cama sem conseguir dormir, pois sou alguém que enxerga a sombra da morte em tudo: nos rostos iluminados dos meus filhos, nas ruas abarrotadas da cidade, na vaidade dourada de seus palácios e repartições, e sempre, de alguma forma, no canto do meu olho.

— O que você acha que vemos depois da morte? — perguntei.

Khety sabe que precisa levar com bom humor minhas ocasionais tiradas filosóficas ocasionais, assim como outras tantas coisas. É mais jovem que eu e, apesar dos casos cruéis que já viu a serviço da Medjay, seu rosto conseguiu se manter aberto e fresco; e seu cabelo, diferente do meu, continua naturalmente preto como a meia-noite. Ainda está em forma feito um perdigueiro puro-sangue, com a mesma paixão pela caça tão diferente da minha natureza pessimista e frequentemente exausta. Pois, à medida que envelheço, a vida me parece uma sucessão infinita de problemas a serem resolvidos, e não de horas a serem desfrutadas.

— Como ando divertido ultimamente! — repreendi a mim mesmo.

— Acho que vemos campos verdes, onde todos os pomposos aristocratas são escravos e todos os escravos são aristocratas pomposos, e eu só preciso passar os dias caçando patos pelos brejos afora, tomando cerveja para comemorar meu glorioso sucesso.

Deixei a piadinha passar despercebida.

— Se a ideia é que enxerguemos qualquer coisa, por que os embalsamadores enfiam cebolas nos nossos olhos? *Cebolas!* O bulbo das lágrimas...

— Talvez a verdade seja que só enxergamos o Além com os olhos de nossas mentes... — divagou.

— Agora parece um sábio falando.

— Contudo, os que nasceram na riqueza não fazem nada além de desfrutar de seus luxos e amores, enquanto eu trabalho feito um cão, sem aprender nada...

— Ora, isso é um mistério muito maior.

Atravessamos um labirinto de vielas estreitas e antigas, ziguezagueando entre casas precárias construídas sem qualquer planejamento. Durante o dia, este bairro estaria barulhento e abarrotado de gente, mas à noite estava silencioso por conta do toque de recolher: as lojas caras com seus produtos de luxo estavam protegidas por trás de grades como os bens sagrados de uma tumba; as carroças e barracas do Beco das Frutas tinham se recolhido à espera do próximo expediente e as oficinas de madeira, couro e vidro se encontravam vazias, às escuras; até os passarinhos em suas gaiolas penduradas ao luar não soltavam um pio. Pois nesses dias tenebrosos o medo mantém a todos obedientes. O desastroso reinado de Akhenaton, quando a corte e os templos reais foram levados de Tebas para a nova cidade sagrada de Akhetaton no deserto, desmoronou dez anos atrás. Os poderosos sacerdotes de Amon, que foram afastados e destituídos por Akhenaton, recuperaram sua autoridade, seus latifúndios e suas incalculáveis riquezas mundanas. Mas isso não trouxe de volta a estabilidade: as colheitas continuavam pobres e a peste matava aos milhares enquanto a maioria acreditava que esses desastres eram castigos pelos graves erros do reinado de Akhenaton. E então, como que para confirmar o argumento, os membros da família real foram morrendo, um a um: o próprio Akhenaton, cinco de suas seis filhas e, finalmente, Nefertiti, sua rainha de grande beleza, cujos últimos dias continuam sendo causa de muita especulação confidencial.

Tutancâmon herdou o Reino das Duas Terras aos 9 anos de idade e foi casado imediatamente com Ankhesenamon, a última filha sobrevivente de Akhenaton e Nefertiti. Uma aliança estranha, porém necessária, pois ambos eram filhos de Akhenaton com mães diferentes. Como últimos sobreviventes de sua grande dinastia, quem mais poderia ser coroado? Não passavam de crianças, contudo, e foi Ay, o regente, "Pai de Deus" conforme oficialmente nomeado, que passou a governar de maneira implacável desde então, estabelecendo o reinado do medo através de autoridades que pareciam leais apenas ao próprio temor. Homens irreais. Para um mundo com tanto sol, vivemos num lugar tenebroso, numa época tenebrosa.

* * *

Chegamos a uma casa que não era diferente das outras deste bairro: um muro alto de tijolos de barro caindo aos pedaços para defendê-la da viela estreita, uma entrada com uma porta de madeira velha e empenada entreaberta. Lá dentro, a casa simplória de paredes iguais à murada externa, e vários andares de novos cômodos precariamente empilhados um em cima do outro, pois não se pode desperdiçar espaço na abarrotada cidade de Tebas. Amarrei Thoth a um poste no pátio e entramos.

Era difícil dizer a idade verdadeira da vítima; seu rosto amendoado, quase elegantemente delicado, era tão jovem quanto velho, e seu corpo era ao mesmo tempo o de uma criança e o de um adulto. Poderia ter 12 ou 20 anos. Normalmente, seus pobres ossos estariam retorcidos e virados uns sobre os outros por causa dos erros de toda uma vida em seu corpo aleijado. Mas pude ver, à luz fraca da lamparina a óleo num nicho da parede, que eles tinham sido quebrados em vários lugares, e rearrumados, como os fragmentos de um mosaico. Cuidadosamente, peguei um dos braços e levantei. Leve como uma haste de junco; os ossos fraturados o deixavam molenga e redobrado. Parecia uma boneca esquisita, feita de tecido fino e varetas quebradas.

Fora deixado em posição funérea: as pernas tortas, esticadas; os braços finos e abatidos, cruzados; as mãos encarquilhadas como as garras de um falcão, abertas, e postas uma sobre a outra. Os olhos estavam cobertos com folhas de ouro e o Olho de Rá, em preto e verde, fora desenhado em torno delas. Levantei cuidadosamente as folhas. Ambos os olhos tinham sido retirados. Encarei por um instante o mistério das órbitas vazias e recoloquei as folhas de ouro. O rosto foi a única coisa que não conseguiram rearrumar direito, talvez porque as contorções — pense só na quantidade de músculos necessários para fazer um sorriso — não tenham aceitado se desfazer do seu sorriso desigual pelos martelos e fórceps e outros instrumentos que devem ter sido usados para redefinir o material imperfeito deste corpo. O sorriso permaneceu como uma pequena vitória diante de tanta crueldade. Mas, obviamente, não foi isso. A pele clara, sinal de que raramente tomava sol, estava fria como carne. Os dedos eram compridos e finos, e as unhas meticulosamente aparadas não sofreram dano algum. As mãos retorcidas não pareciam ter sido muito úteis para ele em vida, tampouco pareciam ter lutado contra seu destino grotesco. Estranho foi que não havia marca alguma de que punhos, tornozelos ou pescoço tivessem sido amarrados.

O que havia sido feito a esta vítima era perverso e cruel, e certamente exigira muita força física, bem como conhecimento de anatomia e uma boa dose de destreza; mas não necessariamente a teria matado. Uma vez fui chamado para atender uma vítima das guerras de gangues em um bairro pobre. O rapaz fora enrolado numa esteira de palha, com a cabeça de fora, para poder observar o próprio castigo, que foi o de ser espancado com porretes. Ainda me recordo do olhar de terror em seu rosto quando a esteira, pingando sangue, foi desenrolada devagar até que seu corpo se desmoronou e ele morreu.

A maioria das vítimas de assassinato revela a história de seu fim na postura, nas marcas e feridas infligidas em seus corpos. Mesmo a expressão ainda diz muito, no vazio insensível da morte: pânico, choque, terror — tudo registrado, permanecendo em vestígios durante algum tempo depois que o pequeno pássaro da alma, o *ba*, se foi. Mas este rapaz parecia incomumente calmo. Como? Ocorreu-me um pensamento: talvez o assassino o tenha aplacado com algum tipo de narcótico. Neste caso, deveria ter conhecimento de farmacopeia, ou ao menos algum tipo de acesso. A folha de cânhamo, talvez, ou a flor de lótus em infusão de vinho? Mas nenhuma das duas teria mais que um efeito levemente soporífero. A raiz da planta da mandrágora, quando extraída, é um sedativo mais forte.

Mas este nível de violência e a sofisticação do conceito sugeriam algo mais potente. Possivelmente o sumo da papoula, que poderia ser obtido por quem soubesse aonde ir buscar. Armazenada em vasos com formato das suas próprias vagens invertidas, essa planta era trazida para o país somente através das rotas mais secretas, e sabia-se que quase todo o cultivo se dava nas terras dos nossos inimigos do norte, os hititas, com os quais estávamos enfronhados numa prolongada guerra pelo controle de terras estrategicamente vitais que se encontravam entre os nossos impérios. Tratava-se de um artigo de luxo proibido, porém muito popular.

* * *

O quarto da vítima, localizado no térreo, dando diretamente no jardim, era tão descaracterizado quanto o depósito de uma loja qualquer. Havia poucas recordações da curta vida particular de um rapaz, além de uns papiros antigos enrolados e um chocalho. Um simplório banquinho de madeira estava colocado no escuro, num lugar de onde ele podia observar a vida passando pela rua através da moldura da porta, por onde seu assassino poderia ter facilmente entrado na escuridão da noite. Suas muletas estavam encostadas na parede ao lado da cama. O chão de terra batida estava limpo, bem-varrido; não havia rastro das sandálias do assassino.

A julgar pela casa e por onde ela se localizava, seus pais deviam pertencer à classe mais baixa dos burocratas, e eles provavelmente o mantiveram afastado dos olhares críticos e supersticiosos do mundo. Pois havia gente que achava que essas enfermidades sinalizavam abandono e rejeição por parte dos deuses, enquanto havia também quem achasse que eram uma marca da graça divina. Khety queria interrogar os criados e colher o testemunho dos familiares, mas eu já sabia que dali não viria nada; um assassino como esse nunca se permitiria cometer erros mundanos. Tinha imaginação demais, e muito *gosto* pelo que fazia.

Fiquei sentado, em silêncio, ponderando sobre o estranho quebra-cabeça montado ali naquela cama, intrigado e confuso com a deliberada estranheza do ato. O que o assassino fez com a vítima deve ser sinal de outra coisa: uma intenção ou um comentário, escrito no corpo. Será que a crueldade empregada foi uma expressão de poder? Ou talvez uma declaração de desprezo pelas imperfeições da carne e do sangue, sinalizando uma necessidade profunda de uma perfeição maior? Ou, mais interessante ainda, será que a possível semelhança do rapaz com o rei, com suas próprias enfermidades — embora fosse preciso lembrar que isso era apenas boato — teria alguma implicação específica? Por que seu rosto teria sido pintado como Osíris, deus dos Mortos? Por que seus olhos foram retirados? E por que, estranhamente, isso tudo me lembrava de um antigo ritual de execração, em que nossos antepassados amaldiçoavam seus inimigos, primeiro estraçalhando tábuas de argila nas quais estavam escritos seus nomes e títulos, depois executando-os e enterrando-os, decapitados, de cabeça para baixo? Aqui havia sofisticação, inteligência e significado. Era quase tão claro quanto um recado. Só que estava numa linguagem que eu ainda não conseguia decifrar.

De repente, vi algo. Em torno de seu pescoço, oculta sob a túnica, havia uma tira de pano excepcionalmente requintado sobre a qual foram escritos hieróglifos com uma bela tinta. Ergui um pouco a lamparina. Era um amuleto de proteção, especificamente para o falecido durante a passagem noturna pelo Além na Barca do Sol. Concluía-se assim: *"Seu corpo, ó Rá, é eterno por causa do encantamento."*

Fiquei ali sentado, bem quieto, avaliando este raro objeto, até que Khety tossiu discretamente na entrada do quarto do rapaz. Guardei o pedaço de pano na minha túnica. Queria mostrá-lo para o meu velho amigo Nakht, nobre de riqueza e de caráter, especialista em assuntos de sabedoria e magia, e em tantas outras coisas também.

— A família está pronta para recebê-lo — disse ele.

Aguardavam-me numa sala ao lado, iluminada por algumas velas. A mãe balançava-se para a frente e para trás, arrebatada por sua dor; o marido estava sentado ao seu lado, pasmo, em silêncio. Dirigi-me a eles e lhes ofereci minhas fúteis condolências. Cumprimentei discretamente o pai e ele me acompanhou até o pequeno pátio lá fora. Sentamo-nos no banco.

— Meu nome é Rahotep. Sou o detetive-chefe da Medjay na divisão de Tebas. Meu assistente Khety vai precisar conversar com vocês de forma mais detalhada. Receio que seja necessário, mesmo num momento como este. Mas, por favor, me diga: vocês ouviram ou perceberam algo incomum na noite de ontem?

Ele balançou a cabeça.

— Nada. Não temos vigia noturno, pois todos aqui nos conhecem e nossa casa não é rica. Somos pessoas comuns. Dormimos no andar de cima porque é mais fresco, mas nosso filho dormia aqui, no térreo. Era mais fácil para ele, caso quisesse se deslocar. Além disso, gostava de observar o que acontecia na rua; era só o que via da vida na cidade. Se precisasse de nós no meio da noite, bastava chamar. — Ele parou, com a esperança de escutar a voz do filho morto chamando. — Que tipo de homem faria isso com um rapaz carinhoso e de alma tão simples?

Olhou para mim, desesperado por uma resposta. Descobri que, naquele momento, não tinha uma capaz de ajudar com o que quer que fosse. E então o vívido pesar em seus olhos subitamente se transformou em puro desespero por vingança.

— Quando você o pegar, entregue-o para mim. Eu vou matá-lo, devagar e sem misericórdia. Ele vai aprender o verdadeiro significado da dor.

Mas eu não podia lhe prometer isso. Ele olhou para o outro lado e seu corpo começou a estremecer. Deixei-o na privacidade de seu luto.

Estávamos ali parados na rua. A leste, o horizonte mudava rapidamente do azul profundo para o turquesa. Khety abriu um bocejo largo.

— Você parece um gato de cemitério — falei.

— Estou com a fome de um gato, isso sim — retrucou, depois de terminar o bocejo.

— Antes de pensarmos em café da manhã, vamos pensar nesse rapaz.

Ele concordou.

— Perverso...

— Mas estranhamente intencional.

Concordou de novo, estudando a escuridão que mudava de maneira quase visível aos seus pés, como se ela pudesse lhe dar alguma pista.

— Está tudo de cabeça para baixo e de trás para a frente estes dias. Mas quando se trata de mutilar e reajeitar rapazes aleijados e indefesos... — Ele balançou a cabeça, impressionado.

— E logo hoje, o principal dia do festival... — comentei, baixinho.

Deixamos o pensamento assentar entre nós durante alguns instantes.

— Colha os depoimentos da família e dos criados. Dê mais uma olhada no quarto para ver se deixamos passar alguma coisa despercebida no escuro... Faça enquanto ainda está tudo recém-acontecido. Descubra se os vizinhos viram alguém incomum pelas redondezas. O assassino escolheu meticulosamente este rapaz. Alguém deve tê-lo visto por aí. Depois, vá para o festival se divertir um pouco. E me encontre na chefatura mais tarde.

Ele fez que sim com a cabeça e se virou, entrando novamente na casa.

Pegando Thoth pela coleira, saí andando pela viela afora e peguei a rua lá no fim. O deus Rá acabava de aparecer no horizonte, renascido do grande mistério do Além da noite para um novo dia, espalhando seu súbito esplendor de luz prateada. Quando os primeiros raios atingiram meu rosto, a sensação de calor foi instantânea. Eu tinha prometido estar em casa com as crianças até o nascer do sol, e já estava atrasado.

2

As ruas, de repente, se encheram. Surgia gente de todos os cantos: dos bairros de classe alta, ocultas por seus muros altos e portões reforçados, e também das ruelas pobres e dos becos cheios de lixo. Hoje, pelo menos, as mulas da cidade com seus fardos de tijolos de barro e cascalho, frutas e legumes, não andavam pelas ruas, e os trabalhadores braçais que normalmente vinham de longe, apressados para não perder a hora do batente, hoje desfrutavam de um raro dia de descanso. Representantes das elites burocráticas, em suas roupas brancas engomadas, desfilavam em pequenas carruagens puxadas a cavalo pelas vias esburacadas a caminho da cidade, alguns acompanhados por guarda-costas correndo a pé. Outros, das hierarquias menos aquinhoadas, caminhavam com seus criados e sombrinhas, juntamente com crianças ricas e seus guardiões, e mulheres caprichosamente arrumadas saíam cedo para as primeiras visitas do dia na companhia de suas alegres empregadas; todos com seus afazeres, como que ao ritmo de um inaudível rufar de tambores, dirigindo-se para o Templo do Sul, nos limites da cidade, para participar das cerimônias do festival. Todos queriam assistir à chegada dos barcos sagrados trazendo os altares dos Deuses e, o mais importante, conseguir ver o rei recepcionando-os em público antes de entrar no mais secreto e sagrado dos templos para comungar com eles e receber diretamente a sua divindade.

Contudo, ainda que às vezes a preocupação tenha se voltado para garantir que toda a família estivesse bem-vestida, em roupas finas e elegantes, e bem-alimentada, de forma a causar uma boa impressão, nestes dias de tensa obediência, a apreciação e o deleite foram substituídos por incerteza e ansiedade. Os festivais não eram do jeito como eu me lembrava na minha infância, quando o mundo parecia uma fábula sem fronteiras: estação por estação as procissões e as visitações das figuras divinas em seus altares dourados, carregadas em balsas douradas, tudo se desdobrando no andar do desfile, revelando-se para as multidões empolgadas como grandes imagens num pergaminho vivo.

Entrei no pátio da minha casa e soltei Thoth da coleira. Ele imediatamente foi se alojar em sua cama, ajeitando-se para observar pelo canto do olho um dos gatos que realizava sua higiene requintada, com uma das patas esticada para a frente enquanto a lambia até deixá-la limpa. Parecia a recatada amante de um cavalheiro mais idoso, agindo de maneira afetada para sua plateia.

Lá dentro reinava o caos. Amenmose estava sentado de pernas cruzadas à mesinha de centro como um reizinho, esmurrando o pires com o punho cerrado ao ritmo de alguma melodia em sua alegre cabecinha, enquanto o leite se esparramava da tigela para o chão e outro dos gatos ia lá lamber. As meninas corriam de um lado para o outro na azáfama de se arrumar. Mal se deram conta da minha presença.

— Bom dia! — gritei, e elas entoaram de volta quase em uníssono algo que bem poderia ter sido uma saudação. Tarekhan me deu um beijo rápido ao passar por perto. Fui, então, me sentar à mesa com meu filho, que me olhou com desinteressada curiosidade durante um breve instante, como se nunca tivesse me visto antes. De repente, me brindou com um dos seus largos sorrisos de reconhecimento e continuou esmurrando o pires para me mostrar como era bom nisso. Trata-se do temporão que não esperávamos, a surpresa e o deleite da minha meia-idade. Neste estágio da vida, ainda acredita em tudo que falo, de forma que lhe digo sempre o que há de melhor para dizer. É claro que ele não compreende uma palavra sequer. Tentei entretê-lo dando o leite em sua boca e, como se a ocasião fosse especial, ele o bebeu solenemente.

Enquanto o observava, pensei no rapaz morto, todo destroçado; sua imagem grotesca subitamente como um vulto na mesa da vida. Ter sido morto de tal forma no dia do festival talvez não fosse uma coincidência. Talvez o fato de as imperfeições da vítima lembrarem as do nosso jovem rei também não fosse. Embora, é claro, ninguém ouse mencionar em público suas enfermidades, ou tal como se *alega*, correm rumores de que Tutancâmon não é perfeito em seu corpo terreno. Mas, como raramente é visto em público, e mesmo assim em geral dentro de uma biga ou sentado no trono, ninguém consegue dizer ao certo o quanto há de verdade nisso. Mas é de senso comum que ele jamais exerceu poder por sua própria conta, mesmo que agora já tenha atingido a maioridade.

Encontrei seu pai várias vezes, anos atrás, na cidade de Akhetaton. E, numa daquelas ocasiões, também tive a oportunidade de vislumbrar o menino que agora se tornara rei, ainda que só no nome. Lembrei-me do *toc-toc-toc* de sua bengala ecoando pelo corredor daquele palácio vão, trágico e agora certamente abandonado. Lembrei-me de seu rosto, carismático e anguloso, com o queixo pequeno, tacanho. Ele me parecia uma alma velha num corpo jovem. E lembrei-me do que meu amigo Nakht me disse sobre o menino, que naqueles tempos era chamado de Tutankhaton: "*Quando a era de Aton terminar, Amon será restaurado. Pode até ser chamado por outro nome. Tutancâmon.*" E foi isso que aconteceu. Pois o ensandecido Akhenaton fora confinado em seu palácio no poeirento Além da arruinada cidade dos seus sonhos. Após sua morte, todos os vastos templos abertos e multidões de grandiosas estátuas do rei e de Nefertiti tinham começado seu inevitável retorno aos escombros; diziam que os próprios tijolos da apressada construção da cidade agora voltavam ao pó do qual tinham sido feitos.

Após a morte de Akhenaton, por toda a extensão das Duas Terras do Egito e seus domínios, o culto do Aton fora abandonado. A imagem do disco do sol e suas muitas mãos se estendendo com o Ankh, signo da vida, para abençoar o mundo, não estava mais esculpida nas paredes dos templos em nenhuma de nossas cidades. A vida em Tebas continuava como se todos tivessem concordado em fingir que nenhuma dessas coisas tinha sequer acontecido. Mas, é claro, a memória pessoal de cada um não se apaga tão facilmente. A nova religião contara com muito apoio, e muita gente, na esperança de elevação mundana, apostou o destino de seu sustento nesse triunfo. E muitos permaneceram, no íntimo, contrários aos impressionantes poderes mundanos dos sacerdotes de Amon e à absoluta autoridade de um homem em particular: Ay, que não era verdadeiramente do mundo natural, com seu sangue-frio, seu coração deliberado e indiferente como o gotejar de um relógio d'água. O Egito de nossos tempos é o reino mais rico e poderoso que o mundo já viu; contudo, ninguém se sente seguro. O medo, aquele inimigo irreconhecível e todo-poderoso, nos invadiu a todos, como um secreto exército de trevas.

Partimos juntos, às pressas, pois, como de hábito, estávamos atrasados. A luz intensa do alvorecer já cedera ao forte calor da manhã. Amenmose vinha sentado em meus ombros, batendo as mãos e gritando de alegria. Fui seguindo em frente, gritando para as pessoas darem passagem. A insígnia oficial do meu ofício da Medjay parecia ter menos efeito que os guinchos de Thoth; ele ajudava a abrir caminho através da massa de gente suada e animada se acotovelando por espaço e um pouco de ar, congestionando as vielas estreitas e sinuosas e as passagens que iam dar no Grande Rio. A música de cordas e trombetas ecoava com os gritos e as canções e as zombarias dos homens uns com os outros em alegre reconhecimento ou fantástico abuso. Macacos amarrados matraqueavam e pássaros engaiolados crocitavam. Vendedores ambulantes alardeavam seus produtos e suas comidas, insistindo na perfeição de suas ofertas. Um maluco, de rosto ossudo e olhos alucinados vasculhando o céu, proclamava a chegada dos deuses e o fim do mundo. Eu adorava aquilo tudo, tanto quanto meu filho.

As meninas seguiam, vestidas em tecidos do mais fino algodão, com os cabelos brilhando e cheirando a acácia e óleo de lótus. Por trás delas, Tarekhan cuidava para que ninguém se perdesse, e ninguém tentasse abordá-las. Minhas meninas estão virando moças. Como vou me sentir quando as três glórias da minha vida me deixarem para viverem suas vidas adultas? Amei cada uma desde antes do momento em que entraram para o mundo gritando em resposta aos seus nomes. Quando a ideia da partida começou a me magoar, olhei para trás. Sekhmet, a mais velha, sorriu em silêncio; a estudiosa da família, diz ser capaz de me ouvir pensar, o que é alarmante, dados os absurdos que compõem a maior parte as minhas divagações.

— Pai, temos que nos apressar.

Estava certa, como sempre. A hora da chegada dos deuses se aproximava. Encontramos lugares nas arquibancadas oficiais sob a sombra das árvores ribeirinhas. Ao longo de toda a margem oriental foram montados camarotes e altares, e as multidões se aglomeravam, cheias de expectativas, aguardando o surgimento do navio. Cumprimentei as várias pessoas que fui reconhecendo. Abaixo de onde estávamos, os jovens oficiais da Medjay não conseguiam impor muita ordem à multidão, mas sempre foi assim durante o festival. Olhei à minha volta; a quantidade de soldados parecia surpreendentemente alta, mas a segurança tinha se tornado uma obsessão nacional em nossos tempos.

Então, Thuyu gritou e apontou para o primeiro dos rebocadores que surgia ao norte; e, ao mesmo tempo, avistamos na barranca do rio os barqueiros tentando puxar o *Userhet*, o grande navio do deus Amon. A essa distância, o famoso e antigo templo flutuante de ouro era apenas um lampejo sobre as águas reluzentes. Porém, à medida que foi se aproximando e embicou para a costa, as carrancas na popa e na proa ficaram nítidas e a gloriosa plenitude do sol atingiu os lustrosos discos solares ao alto, esparramando uma luminosidade cintilante pela vastidão verde e marrom das águas, que reluziu e salpicou por entre multidões. As meninas prenderam a respiração e se levantaram, acenando e gritando. Do mastro da bandeira no navio e do remo na popa, voejavam serpentinas coloridas. E bem no centro da embarcação ficava o altar sagrado, com um véu recobrindo o próprio deus, que atravessaria a multidão sendo carregado cerimoniosamente do cais até a entrada do templo.

Os remadores da popa e os barqueiros nas margens do rio conseguiram aportar a embarcação com toda eficiência ao longo do cais de pedra. Agora enxergávamos o friso protetor de najas acima do altar, os corvos acima das carrancas e os falcões dourados em seus poleiros. Amenmose ficou absolutamente calado, boquiaberto, espantado com essa visão de um outro mundo. Então, sob um estrondo ensurdecedor, que fez meu filho se aninhar ansioso contra o meu peito, o altar de transporte do deus foi levado aos ombros dos sacerdotes, que se esforçaram para equilibrar o peso de tanto ouro sólido enquanto percorriam, devagar e cuidadosamente, a rampa de desembarque para as docas. A multidão tentava avançar, empurrando o cordão de braços entrelaçados dos guardas. Dignitários, sacerdotes e potentados estrangeiros se ajoelharam e apresentaram suas oferendas.

O templo ficava a pouca distância da margem do rio. Havia, a meio caminho, uma estação ritualística, onde o altar faria breve pausa para que o deus oculto aceitasse as oferendas antes de ser levado para o terreno aberto que ia dar na entrada do templo.

Era hora de sair dali, para conseguirmos ver bem a chegada do altar transportado.

3

Abrimos caminho pelo meio da multidão até a casa grande que Nakht tinha na cidade, perto da avenida das Esfinges, ao norte da entrada do templo. Aqui ficam as residências somente das famílias mais ricas e poderosas da região, e meu velho amigo Nakht pertence a esse seleto grupo, embora pessoalmente não pudesse estar mais longe dessas figuras grotescas, arrogantes e soberbas que compõem a vasta maioria de nossa chamada elite. Percebi mais uma vez meu mais rígido desprezo por essa gente e tentei me preparar para as inevitáveis condescendências que esta festa pediria.

    Ele aguardava do lado de dentro para cumprimentar seus vários convidados ricos e famosos, ostentando as peças mais finas do seu vestuário. Seu rosto tem traços nítidos e delicados, que só ficaram mais pronunciados com o passar do tempo, e seus olhos de um raro azul topázio parecem observar a vida e as pessoas como um desfile fascinante, mas levemente remoto. É o homem mais inteligente que conheci e, para ele, a vida da mente, e da indagação racional quanto aos mistérios do mundo, é tudo. Não tem sócios, e não parece precisar de nenhum, pois sua vida é plena de interesses e de boa companhia. Há um quê de falcão em sua pessoa, pois se encontra meramente empoleirado aqui nesta terra, pronto para alçar voo em direção ao firmamento com um desdém característico de sua poderosa mente. Não sei ao certo a razão para sermos amigos, mas ele sempre parece gostar da minha companhia. E adora minha família. Quando viu as crianças, seu rosto se encheu de felicidade, e elas o adoram. Abraçou-as e depois deu um beijo em Tarekhan — que eu acho que o adora um pouco além — e nos fez entrar rapidamente para a súbita tranquilidade do belo pátio, cheio de plantas e pássaros raros.

— Venham para o terraço — convidou, entregando os doces especiais do festival para cada uma das crianças, como um feiticeiro do bem. — Vocês quase chegaram atrasados; não quero que percam nada deste dia tão especial. — Arrebatando nos braços uma deleitada Aneksi, e seguido atentamente pelas duas mais velhas, subiu pela ampla escadaria, até que chegamos ao seu terraço incomumente espaçoso. Ao contrário da maioria das pessoas, que usa seus minúsculos terraços na cidade para secar legumes e frutas ao sol ou para pendurar roupa, Nakht usa o seu, bem mais amplo e confortável que os demais, para atividades mais glamorosas: por exemplo, para observar o trânsito das estrelas no céu noturno, pois tal mistério é sua maior paixão. E o usa também em suas famosas festas, para as quais convida gente de todas as proveniências; e hoje uma boa multidão havia comparecido, bebendo seu vinho de excelente qualidade, comendo os sofisticados quitutes das muitas travessas espalhadas por todo canto, e conversando sob a proteção de um toldo decorado com belíssimos bordados ou dos guarda-sóis sustentados por pacientes e suarentos criados.

A vista era uma das melhores na cidade. Os telhados de Tebas se espalhavam em todas as direções, um labirinto de ocre e terracota abarrotados, dos vermelhos e amarelos das safras secando, móveis e engradados em total abandono, pássaros engaiolados e outros grupos de pessoas que se reúnem nesses mirantes acima do caos das ruas. Enquanto observava a paisagem, me apercebi do quanto a cidade tinha se expandido nesta última década.

Tutancâmon queria passar a imagem de quem demonstra a renovada lealdade e benevolência da família real para com Amon, o deus da cidade, e também para com os sacerdotes que eram donos e administradores dos seus templos, na construção de novos monumentos e prédios cada vez mais ambiciosos e gloriosos. Para as edificações, eram necessárias grandes quantidades de engenheiros, artesãos e, especialmente, operários, cujos barracos e assentamentos tinham se espalhado em torno dos templos, levando os limites da cidade ainda mais para dentro da lavoura. Olhei para o norte e avistei as antigas vielas escuras, com seus mercados, chiqueiros, oficinas e minúsculas casinhas no coração ingovernável da cidade, divididas ao meio pela nada natural reta da avenida das Esfinges, construída antes de eu nascer. A oeste corria o Grande Rio, cintilante serpente prateada e, de um lado e do outro, os campos reluziam ofuscantemente, feito um espelho estilhaçado com cuidado, onde tinham sido tomados pela inundação.

Muito mais ao longe, na margem ocidental, para lá dos retalhos de diferentes cultivos, ficavam os vastos templos mortuários de pedra no deserto, e para além deles, as secretas tumbas subterrâneas dos reis em seu vale oculto. Ao sul dos templos ficava o Palácio Real de Malkata, com todo o bairro de repartições e residências dos administradores e, em frente, a vastidão estagnada do lago Birket Habu. Depois da cidade e dos seus territórios ficava o limite definitivo entre a Terra Negra e a Terra Vermelha; ali é possível manter um pé no mundo das coisas vivas e o outro no mundo do pó e da areia, onde o sol some todas as noites e aonde enviamos nossos espíritos depois da morte e deixamos os criminosos para perecer, e onde os monstros de nossos pesadelos vagueiam e nos assombram naquelas vastidões inóspitas.

À nossa frente, se estendendo de norte a sul entre as grandes cidades do Templo de Karnak e do Templo Sul, a avenida estava vazia como um leito de rio seco, afora os varredores que se apressavam em tirar a sujeira da rua, para que tudo estivesse perfeito. Diante da imensa muralha de alvenaria pintada do Templo Sul, falanges das unidades do exército de Tebas e bandos de sacerdotes de túnica branca se amontoavam silenciosamente em suas ordens. Depois do animado caos das docas, aqui tudo era regimento e conformidade. Oficiais da Medjay continham as multidões que pressionavam de ambos os lados da avenida, até desaparecerem no cintilante borrão de onde a vista já mal alcançava; tanta gente reunida pelo sonho de um auspicioso vislumbre do deus neste Dia dos Dias.

Nakht apareceu ao meu lado. Por um instante, ficamos a sós.

— Estou imaginando coisas, ou a atmosfera está estranha? — questionei.

— Não era assim tão tenso — confirmou ele, meneando a cabeça.

As andorinhas, solitárias em seu deleite, zumbiam por cima das nossas cabeças. Discretamente, peguei o amuleto de linho e mostrei a ele.

— O que você consegue me dizer a respeito disso?

Ele observou a peça, surpreso, e a leu rapidamente.

— É um encantamento para os mortos, como até você deve saber. Mas é bem específico. Dizem que foi escrito por Thoth, deus da Escrita e da Sabedoria, para o grande deus Osíris. Para que seja ritualisticamente eficaz, é preciso que a tinta seja feita de mirra. Esse tipo de coisa só é reservada para os funerais das mais altas linhas.

— Como quem, por exemplo? — perguntei, intrigado.

— Altos sacerdotes. Reis. Onde o encontrou?

— No cadáver de um rapaz aleijado. Decerto não era nenhum rei.

Agora foi Nakht quem se surpreendeu:

— Quando?

— Hoje de madrugada — respondi.

Ele ponderou sobre esses fatos estranhos durante algum tempo e balançou a cabeça.

— Não consigo entender o que isso significa.

— Nem eu. Só que não acredito em coincidência.

— Coincidência é apenas uma forma de dizer que reconhecemos a conexão entre dois eventos, mas não conseguimos descobrir no que ela implica — decretou, de maneira concisa.

— Tudo que você diz sempre soa correto, meu amigo. Você tem o dom de transformar confusão em epigramas.

Ele sorriu.

— Com certeza, mas é como uma tirania para mim, pois acabo sendo certinho demais. E a vida, como sabemos, é majoritariamente caótica.

Fiquei observando-o enquanto ele estudava o pedaço de pano e seu estranho encantamento. Pensava em algo que não quis me dizer em voz alta.

— Pois bem, é um mistério. Mas agora venha — disse, com seu jeito decisivo —, estamos numa festa e quero que você conheça algumas pessoas.

Pegou-me pelo braço e me conduziu pelo meio da multidão.

— Você sabe que não sou chegado ao que há do bom e do melhor — murmurei.

— Ora, não seja um esnobe às avessas. Há muita gente aqui hoje com interesses e paixões notáveis: arquitetos, bibliotecários, engenheiros, escritores, músicos e alguns comerciantes e financistas para garantir, pois arte e ciência também dependem de investimentos saudáveis. Como nossa cultura poderia melhorar e crescer se não compartilhássemos nosso conhecimento? E de que outra maneira um oficial da Medjay teria a chance de conviver com eles?

— Você é como nossas abelhas, voando de uma flor para outra, saboreando o néctar disso e daquilo...

— Ótima analogia, só que me coloca como um diletante.

— Meu amigo, jamais o acusarei de ser um diletante, nem falastrão, nem amador. Você é um tipo de filósofo que também se aventura numa busca interior.

Ele sorriu, satisfeito.

— Gosto de ouvir isso. Este mundo e o Além estão cheios de curiosidades e mistérios. Seriam necessárias muitas vidas para compreendê-los todos. Mas, infelizmente, parece que só temos uma...

Antes que eu conseguisse escapulir delicadamente, ele me apresentou a um grupo de homens de meia-idade que conversavam embaixo do toldo. Estavam todos vestidos com distinção, roupas de linho e joias da melhor qualidade. E cada qual me examinou com curiosidade, como se eu fosse um objeto de estranho interesse que eles talvez conseguissem comprar numa barganha.

— Este é o Rahotep, um dos meus mais antigos amigos. É o detetive-chefe aqui em Tebas, especializado em assassinatos e mistérios! Alguns de nós achamos que devia ter sido promovido a chefe da Medjay da cidade na última oportunidade.

Tentei lidar com esse elogio público da melhor maneira que pude, embora o detestasse, como Nakht bem sabia.

— Imagino que vocês saibam muito bem que a retórica do amigo é famosa. Ele consegue transformar lama em ouro.

Todos assentiram ao mesmo tempo, aparentemente deleitados com aquilo.

— A retórica é uma arte perigosa. É a manipulação da diferença, pode-se dizer *distância*, entre a verdade e a imagem — explicou um homem baixinho e gorducho, com um rosto de travesseiro amassado, os olhos azuis espantados de um bebê, e um copo já vazio na mão.

— E em nossos tempos, essa distância se tornou o meio pelo qual se exerce o poder — completou Nakht.

Seguiu-se um curto período de incômodo silêncio.

— Cavalheiros, este encontro está com ares quase subversivos — falei, para aliviar o momento.

— E não foi sempre assim? A retórica tem sido uma força de persuasão desde que o homem começou a falar e a convencer seus inimigos de que era de fato um amigo... — sugeriu outro deles.

Eles contiveram o riso.

— Verdade. Mas tornou-se muito mais sofisticada hoje em dia! Ay e seus comparsas nos vendem palavras como se fossem verdades. Mas as palavras são traiçoeiras, não se pode confiar nelas. Eu deveria saber — discorreu o homem de olhos azuis, de forma ostentadora.

Muitos deles riram, erguendo as mãos e abanando dedos delicados para o que foi dito.

— Hor é um poeta — comentou Nakht.

— Então você é um artesão na ambiguidade das palavras. Domina seus significados ocultos. Isso é um dom bastante útil hoje em dia — declarei.

Ele bateu as mãos, deleitado, e soltou um pequeno uivo. Percebi que estava um pouquinho bêbado.

— Verdade, pois estamos vivendo uma época em que ninguém pode dizer de fato o que pensa. Nakht, meu amigo, onde você foi encontrar essa criatura notável? Um oficial da Medjay que compreende a poesia! O que será que vem depois, soldados bailarinos?

O grupo riu ainda mais, na determinação de manter o ambiente leve e agradável.

— Tenho certeza de que Rahotep não vai se importar se eu revelar que ele também escreveu alguns versos quando mais jovem — confidenciou Nakht, como que para aparar as minúsculas arestas que começavam a surgir na conversa.

— Foi muito ruim, aquilo — retruquei. — E já não existe evidência alguma de nada.

— Mas o que aconteceu, por que você desistiu? — perguntou o poeta, com delicadeza.

— Já não me lembro mais. Acho que o mundo tomou conta.

O poeta se virou para o grupo, com os olhos arregalados de espanto.

— "O mundo tomou conta" é uma boa frase. Acho que vou pegar emprestada.

O grupo expressou consentimento, deixando-se levar.

— Cuidado, Rahotep, eu conheço esses escritores: eles dizem "emprestada" quando querem dizer "roubada". De repente, você vê suas palavras voltando para você num pergaminho de circulação privada de novos versos — aconselhou um deles.

— E vai ser uma satirazinha maliciosa e não um poema de amor, se eu conheço bem o Hor — disse outro.

— Muito pouco do que faço caberia num poema — falei.

— E é por isso, meu amigo, que é interessante; pois, caso contrário, tudo é artifício, e o artifício cansa logo — argumentou o poeta, esticando o copo vazio para uma criada que passava. — Dê-me o gosto da verdade a qualquer hora — prosseguiu. A menina veio, encheu nossos copos e foi embora, levando consigo seu sorriso silencioso e a atenção de alguns daqueles homens, embora não de todos. Pensei no quanto de realidade esse homem conheceria. A conversa continuou.

— Está claro que o mundo mudou muito nestes últimos anos — afirmou um dos homens.

— Apesar dos avanços no nosso poderio internacional, e das grandiosas conquistas de nossas novas construções, e dos padrões de afluência dos quais muitos de nós desfrutamos...

— Blá-blá-blá... — debochou o poeta.

— ... nem todas as mudanças foram para melhor — concordou outro.

— Sou contra a mudança. É um exagero. Não melhora nada — declarou Hor.

— Ora essa, que opinião absurda! E atenta contra o bom senso. É só um sinal da idade. À medida que envelhecemos, passamos a acreditar que o mundo vai piorando, que os bons modos vão deixando de existir, que os padrões da ética e do conhecimento são corroídos — disse Nakht.

— E a vida política torna-se cada vez mais uma farsa sombria... — interrompeu o poeta, esvaziando o copo mais uma vez.

— Meu pai vive reclamando disso e eu tento argumentar, mas acabo descobrindo que não há jeito — contribuí.

— Então sejamos sinceros pelo menos entre nós. O grande mistério é que somos governados por homens cujos nomes mal sabemos, em repartições que permanecem inacessíveis, sob a égide de um velho, um megalomaníaco sem ao menos um nome real, que conseguiu projetar sua sombra nojenta sobre o mundo desde que me entendo por gente. Sob as ambições do grande general Horemheb, travamos uma longa e infrutífera guerra com nossos velhos inimigos, quando decerto a diplomacia teria conseguido muito mais e nos poupado desse dreno infindável nas nossas finanças. E quanto às duas crianças reais, parece que nunca vão deixá-las crescer e assumir seus lugares de direito no centro da vida das Duas Terras. Como isso foi acontecer, e quanto tempo ainda vai durar?

Hor acabava de dizer a verdade indizível; aparentemente, ninguém teve coragem de responder.

— Do nosso ponto de vista, estamos muito bem, obrigado, e progredimos dentro das circunstâncias de nossas vidas. Existe afluência e trabalho, e continuamos com nossas casas e nossa criadagem. Talvez para nós seja uma transigência justa. Mas creio que você presencie um lado da vida bastante diferente — conjecturou um cavalheiro alto e elegante, fazendo uma reverência e se apresentando a mim como Nebi, um arquiteto.

— Ou talvez enxergue a terrível realidade das coisas como elas são, das quais nós, vivendo no círculo encantado de nossas confortáveis vidas, permanecemos defendidos — acrescentou o poeta, arqueando uma sobrancelha para dar ênfase ao tom da voz.

— Por que não me acompanha uma noite dessas para descobrir? — sugeri. — Posso lhe mostrar as vielas e os barracos onde gente honesta e sem sorte sobrevive do lixo que nós jogamos fora sem pensar. E posso apresentá-los a vários criminosos de carreira bem-sucedida, especializados na maldade e na crueldade, que negociam seres humanos como se fossem mercadorias. Muitos deles têm repartições agradáveis na cidade, além de belas esposas e filhos instalados em casas confortáveis nos novos bairros suburbanos. Oferecem jantares fartos. Investem em imóveis. Mas sua riqueza foi construída em cima de sangue. Posso lhes mostrar a realidade desta cidade, se é o que procuram.

O poeta levou as mãos rechonchudas à testa num gesto teatral.

— Você tem razão. Deixo a realidade para você. Não aguento uma dose tão forte dela. Quem aguenta? Admito que sou um covarde. Desmaio quando vejo sangue, detesto o jeito dos pobres em suas roupas maltrapilhas e, se alguém esbarra em mim na rua, chego a estremecer com medo de ser roubado e agredido. Não, prefiro continuar na segurança de bem-comportadas palavras e pergaminhos na minha confortável biblioteca.

— Nem mesmo as palavras parecem ser seguras nos tempos de hoje — afirmou outro, mais ao fundo, na melhor parte da sombra do toldo. — Lembrem-se de que estamos na presença de um oficial da Medjay. A própria Medjay faz parte da realidade desta cidade. Não está imune à corrupção e à decadência de que falamos. — E olhou para mim com ar tranquilo.

— Ah, Sobek. Estava esperando você se juntar a nós — disse Nakht.

O homem ao qual ele se dirigira passava um pouco da meia-idade e possuía o cabelo grisalho, sem tingir. Tinha impressionantes olhos de um azul acinzentado e um toque da raiva do mundo gravada em seus traços. Trocamos reverências um para o outro.

— Não acho que o discurso seja um crime — comentei cautelosamente. — Embora muita gente discorde.

— De fato. Então o crime depende da ação e não da intenção, ou articulação? — perguntou ele.

Os demais se entreolharam.

— Exato. Caso contrário, todos seríamos criminosos, e estaríamos atrás das grades.

Sobek ficou pensativo, fazendo que sim com a cabeça.

— Talvez seja a imaginação humana o monstro — falou, afinal. — Acho que nenhum animal sofre dos tormentos da imaginação. Só o homem...

— A imaginação é capaz de trazer à tona o que há de melhor na gente, e também o que há de pior — concordou Hor. — Bem sei o que a minha gostaria de fazer com certa gente por aí!

— Seus versos já são tormento suficiente — provocou o arquiteto.

— Por isso a vida civilizada, a moralidade, a ética e por aí vai, tudo isso importa. Somos meio iluminados, meio monstros — concluiu Nakht, categoricamente. — Devemos construir nossa civilidade em cima da razão e do benefício mútuo.

Sobek ergueu o copo.

— Um brinde à sua razão! Desejo-lhe todo o sucesso.

Foi interrompido por um burburinho nas ruas lá embaixo. Nakht bateu palmas e gritou:

— Chegou a hora!

Todos se apressaram em direção ao parapeito do terraço, os homens se espalhando para competir pelo lugar com melhor vista.

Sekhmet apareceu ao meu lado.

— Pai! Pai! Venha, senão você vai perder tudo.

E saiu me puxando. Outra aclamação grandiosa ribombou feito um trovão ao longo do caminho abaixo de nós e multidões foram assomando no coração da cidade. Tínhamos uma vista perfeita da área aberta diante das muralhas do templo.

— O que está acontecendo? — perguntou Thuyu.

— Dentro do templo, o rei e a rainha aguardam a hora certa de aparecer e dar as boas-vindas aos deuses — explicou Nakht.

— O que existe dentro do templo?

— Um mistério dentro de um mistério dentro de um mistério — respondeu.

Ela estreitou os olhos para ele, aborrecida.

— Isso não quer dizer nada — comentou, bastante correta.

Ele sorriu.

— Lá dentro há uma construção nova, extraordinária, o Salão das Colunas. Acabou de ser concluído, depois de vários anos de obras. Não existe nada igual na superfície da terra. As colunas sobem como se fossem chegar ao céu, com imagens maravilhosas entalhadas e pintadas do rei fazendo oferendas; e no teto há um número incontável de estrelas douradas pintadas em torno da deusa Nut. Depois desse salão fica a vasta Quadra do Sol, cercada por muitas colunas altas e esguias. Além daí, você vai passando por um portal, depois outro e depois outro, onde os pisos vão ficando mais altos e o pé-direito mais baixo, e as sombras cada vez mais escuras, até que chega ao coração de tudo: o santuário fechado de deus, onde ele é acordado toda madrugada e lhe dão de comer as melhores iguarias, vestem-no com os melhores tecidos, até que volte a dormir, à noite. Mas somente uns poucos sacerdotes, e o próprio rei, têm permissão para entrar, e quem quer que entre por acaso não pode falar nunca do que testemunhou. E *você* não pode falar nunca do que eu acabo de lhe contar. Pois se trata de um grande segredo. E grandes segredos trazem junto grandes responsabilidades. — Ele ficou olhando para ela com ar sério.

— Quero ir ver. — Ela abriu um sorriso esperto.

— Não vai poder ir nunca — disse Sekhmet, de repente. — Você é menina.

Nakht estava pensando na melhor maneira de responder àquilo quando as trombetas soaram numa fanfarra ensurdecedora; ao sinal, as fileiras de sacerdotes se ajoelharam, todos a uma só vez, no chão de terra perfeitamente batida, e os soldados se perfilaram em posição de sentido, com as pontas das lanças e flechas reluzindo ao sol inclemente. Então, das trevas por trás da vasta muralha de isolamento, surgiram duas pequenas silhuetas, sentadas em tronos carregados por oficiais e cercados de gente das repartições com seus séquitos de assessores. No instante em que passaram da escuridão para o sol, suas túnicas e coroas captaram a luz poderosa, refletindo um brilho estonteante. Um silêncio absoluto recaiu sobre a cidade inteira. Até os passarinhos se calaram. O momento mais importante do ritual do festival acabava de começar.

Mas nada aconteceu durante alguns instantes, como se tivessem chegado cedo demais para uma festa, e ninguém tinha pensado direito o que fazer para entretê-los. Os guardas reais que seguravam guarda-sóis se apresentaram prontamente e protegeram as duas figuras com círculos de sombra. Em seguida, um estrondo lá na frente anunciou o deus em seu relicário dourado, trazido sobre os ombros de seus portadores enquanto, lenta e trabalhosamente, a procissão dobrava a esquina, surgindo num lampejo de luz. As figuras reais aguardaram sentadas, em suas indumentárias, mais parecendo bonecos, rígidos e pequeninos.

Precedido de sacerdotes de alto escalão que entoavam preces e encantamentos, cercado de acrobatas e músicos, seguido de um touro branco sacrifical, o deus se aproximou. Finalmente o rei e a rainha se levantaram: Tutancâmon, a Imagem Viva de Amon, e, a seu lado, Ankhesenamon.

— Parece que ela está assustada.

Olhei para Sekhmet, depois voltei a olhar para a rainha. Minha filha estava certa. Sob a parafernália do poder, a coroa e as túnicas, a rainha parecia nervosa.

Com o canto do olho eu vi, destacando-se da multidão densa que se protegia do sol com suas sombrinhas, diversas figuras erguidas no ar por outras, como se estivessem se equilibrando nas mãos unidas de acrobatas; em seguida, uma série de movimentos rápidos, braços jogando algo — bolinhas escuras que descreviam no ar altos arcos por cima das cabeças do povo concentrado, em trajetória inexorável na direção das imagens eretas do rei e da rainha. O tempo parecia se esticar, lentamente, como ocorre nos últimos instantes antes de um acidente.

Uma série de respingos vermelhos explodiu subitamente no meio da poeira imaculada, e por cima das túnicas do rei e da rainha. O rei cambaleou para trás e desmoronou sobre o trono. O silêncio de um choque profundo suspendeu tudo durante um momento prolongado. E então, o mundo explodiu em milhares de fragmentos de barulho, agitação e gritaria.

Meu receio foi que Tutancâmon estivesse morto; mas ele ergueu lentamente as mãos, de horror ou nojo, relutando em tocar na coisa vermelha que escorria por suas túnicas reais, formando uma poça no chão. Sangue? Sim, mas não do rei, pois era muito e escorria rápido demais. O relicário de deus estremeceu nesse momento, enquanto os sacerdotes que o portavam, sem saber como responder, aguardavam instruções, que não vinham. Ankhesenamon olhava à sua volta, confusa. De repente, como que num lento despertar de sono profundo, as ordens dos sacerdotes e do exército desfizeram suas formações.

Dei-me conta das meninas chorando e gritando, de Thuyu se aconchegando em mim, de Tarekhan acudindo as outras duas e de Nakht me olhando de relance para comunicar o choque e o espanto ante aquele sacrilégio. No terraço, homens e mulheres se entreolhavam, com suas mãos cobrindo as bocas em sinal de horror, ou pedindo aos céus algum conforto nesse momento de desastre. Um tumulto irrompeu lá embaixo quando as multidões começaram a entrar em pânico, uma confusão de gente empurrando as fileiras de guardas da Medjay, tentando escapulir para a avenida das Esfinges, por onde fugiam da cena do crime. Os guardas responderam atacando, atingindo com seus cassetetes quem estivesse ao seu alcance, arrastando inocentes pelos cabelos, derrubando homens e mulheres, que eram pisoteados pelos demais, e detendo tantas pessoas quantas conseguiam.

Tornei a olhar para o local de onde tinham sido arremessadas as bolas e percebi o rosto de uma moça, sobressaltada e tensa; tive certeza de ter sido ela uma das pessoas a arremessá-las e observei enquanto ela olhava em volta, avaliando se tinha sido vista, antes de se virar e partir determinada no meio de um grupo de rapazes que pareciam se ajuntar ao seu redor num movimento para protegê-la. Deu-se conta de alguma coisa e olhou para cima, percebendo que eu acompanhava seus movimentos. Fitou-me nos olhos durante um momento e logo se escondeu embaixo de uma sombra, tentando desaparecer no meio do pandemônio que imperava nas ruas. Mas avistei um grupo de guardas da Medjay cercando todas as pessoas que conseguiam alcançar, como se fossem pescadores, e ela foi apanhada junto, com muitas mais.

O rei e a rainha já estavam sendo arrastados com indecente pressa para o interior das muralhas do templo onde ficariam a salvo, seguidos do deus oculto em seu relicário dourado e das fileiras de dignitários que escapuliam abaixados, atentos às suas próprias ansiedades. E logo todos sumiram pelos portões do templo, deixando para trás um pandemônio inédito no coração da cidade. Umas poucas bexigas de sangue — armas subitamente tão poderosas quanto os mais sofisticados arcos e as mais certeiras flechas — tinham mudado tudo.

Olhei para o chão duro de terra batida lá embaixo, coberto de gente tomada de pânico, e depois, por um instante, aquilo que parecia sólido tornou-se um abismo de trevas, e ali eu vi a serpente do caos e da destruição, que jaz secretamente enrolada sob nossos pés, abrir seus olhos dourados.

4

Dei à família instruções para aguardar com Nakht até que fosse seguro voltar para casa, sob a escolta dos guardas particulares dele. Peguei Thoth, abri a porta e cuidadosamente saí para a rua. Oficiais da Medjay arrebanhavam os remanescentes das multidões, detendo e aprisionando qualquer um que achassem suspeito de qualquer delito. Pelo ar pesado e nevoento, ecoavam ao longe gritos e protestos. A avenida parecia um imenso pergaminho sobre o qual a verdadeira história do que acabara de acontecer estava agora gravada na areia pisoteada, marcada pelos sinais das pegadas de inúmeras pessoas que, em fuga, abandonaram milhares de sandálias pelo caminho. Havia lixo por toda parte. Lufadas de ar quente formavam redemoinhos furiosos e dissipavam em um esvoaçar de poeira. Juntavam-se pequenos grupos ao redor dos mortos e feridos, chorando e clamando aos deuses. Os detritos das flores do festival, destroçadas e esmigalhadas, propiciavam uma oferenda inadequada ao deus dessa devastação.

Examinei as manchas de sangue esparramado que, exposto ao sol, se transformara em negras poças pegajosas. Thoth farejou-as delicadamente, lançando-me olhares repentinos. Moscas disputavam raivosamente esse novo manancial. Com cuidado, peguei uma das bexigas e girei-a na mão. Não havia nada de sofisticado nela. Nem no ato em si, embora tenha sido radical em sua originalidade, e na crua eficácia de seu ódio; pois os perpetradores humilharam tanto o rei como se o tivessem pendurado de cabeça para baixo e o esfregado em cocô de cachorro.

Passei por baixo da laje de pedra do nosso estandarte, o Lobo, aquele que abre os caminhos, e entrei na sede da Medjay. Fui imediatamente assoberbado pelo caos. Homens de todas as patentes corriam de um lado para o outro, dando ordens e contraordens aos berros, geralmente demonstrando seu status e aparentando seu propósito. No meio da multidão, avistei Nebamun, chefe da Medjay de Tebas. Ele me olhou, obviamente contrariado por me encontrar ali, e fez um gesto bruto indicando sua sala. Soltei um suspiro, e assenti.

Ele deu um chute para fechar a porta, em seu umbral vagabundo, e Thoth e eu nos sentamos pacientemente ao nosso lado de sua não muito arrumada escrivaninha, coberta de pergaminhos, lanches por terminar e imundas lamparinas a óleo. Seu rosto grande, sempre escuro da barba por fazer, parecia mais sombrio que nunca. Nebamun olhou com desdém para Thoth, recebendo um olhar inabalado em resposta, enquanto abria espaço entre as pilhas de documentos com os punhos cerrados — não tinha as mãos adequadas para um burocrata. Era um homem das ruas, não dos papiros.

Evitávamos falar diretamente um com o outro, mas eu havia tentado mostrar que não guardava ressentimentos pela promoção que ele ganhou em meu lugar. Não era o emprego dele que eu queria, apesar da decepção do meu pai, e do desejo de Tarekhan. Ela preferiria que eu vivesse na segurança de uma repartição, mas sabe que detesto ficar trancado numa sala sufocante, atolado no tédio e nas loucuras da politicagem interna. Ele que lidasse com tudo isso. Mas agora tinha poder sobre mim, e disso ambos sabíamos. Por mais que me controlasse, meu estômago estava dando voltas.

— Como vai a família? — perguntou, sem muito interesse.
— Estão todos bem. E a sua?

Respondeu com um gesto vago, como um sacerdote enfastiado que espanta uma mosca incômoda.

— Que confusão! — disse ele, balançando a cabeça. Resolvi não dizer nada do que tinha visto.

— Quem você acha que está por trás disso? — questionei, inocentemente.

— Não sei, mas quando encontrarmos, e vamos encontrar, irei pessoalmente arrancar a pele dos culpados em tiras compridas bem devagar. Depois, vou colocar os corpos para secar nas areias do deserto sob o sol do meio-dia, servindo de almoço para as formigas e os escorpiões. E vou ficar só olhando.

Eu sabia que ele não dispunha dos recursos necessários para investigar nada disso direito. Nos últimos anos, o orçamento da Medjay vinha sendo cortado constantemente, em favor do exército, e muitos ex-oficiais estavam desempregados ou trabalhando — por remuneração até melhor do que recebiam na força — em operações de segurança privada para clientes ricos, nas casas de suas famílias ou guardando os tesouros enterrados em suas sepulturas. Isso criava uma circunstância incômoda para a administração da força municipal. Então, ele fazia o que costumava fazer sempre que se deparava com um problema de verdade: prendia alguns suspeitos prováveis, inventava algum argumento contra eles e os executava para servirem de exemplo. Assim é o processo da justiça em nossos tempos.

Ele se espreguiçou para trás, e pude ver o quanto sua barriga cresceu desde que fora nomeado para o novo cargo. A gordura, juntamente com suas implicações de riqueza e boa vida, pareciam fazer parte do seu novo eu. — Já faz tempo desde o último dos seus grandes projetos, hein? Tenho a impressão de que você está farejando uma vaga nas investigações...

A maneira como ele olhou para mim me deu vontade de ir embora.

— Eu? Não. Estou aproveitando a calmaria — retruquei. Ele ficou ofendido.

— Então, por que diabos veio até aqui? Para passear?

— Examinei um cadáver hoje de manhã. Um menino, um rapaz, em circunstâncias interessantes...

Mas ele não me deixou terminar.

— Está todo mundo cagando e andando para um garoto morto. Prepare um relatório, arquive e... me faça o favor de ir embora. Não há nada para você aqui hoje. Na semana que vem posso conseguir alguns detalhezinhos para você apurar, depois que o pessoal tiver terminado. É hora de dar uma chance para os oficiais mais jovens.

Forcei um sorriso, mas devo ter ficado mais parecido com um cachorro arreganhando os dentes, nervoso. Ele percebeu. Abriu um sorriso, levantou-se, deu a volta na mesa e, fingindo cerimônia, abriu a porta, que se fechou com um estardalhaço assim que eu saí.

Lá fora, centenas de desafortunados homens e mulheres de todas as idades abarrotavam o pátio, clamando inocência e implorando, ou xingando-se mutuamente. Muitos ofereciam tudo que possuíam consigo — joias, anéis, roupas, até uma ou outra mensagem rabiscada numa lasca de pedra — na tentativa de se livrar dos guardas. Ninguém dava importância. Seriam detidos arbitrariamente, durante o tempo que fosse necessário. Oficiais da Medjay amarravam metódica e impiedosamente os punhos e tornozelos de qualquer um que ainda não estivesse preso aos grilhões.

Atravessei o túnel apertado e escuro que dava acesso à prisão e senti, de imediato, o fedor quente e estagnado do medo. Em minúsculas celas, prisioneiros acorrentados eram torturados; torciam-lhes mãos e pés ou os espancavam enquanto repetiam tranquilamente as mesmas perguntas, diversas vezes, como um pai se dirigindo a um filho mentiroso. As lamúrias e os apelos agoniados dos prisioneiros eram ignorados. Não havia quem aguentasse tanta dor, e o medo da dor. Assim, muito antes de trazerem as facas e exibirem suas lâminas afiadas aos prisioneiros, eles acabavam dizendo o que lhes mandavam dizer.

Avistei-a na terceira cela de detenção. Estava agachada num canto fétido e escuro.

Adentrei o recinto. Os prisioneiros abriram caminho para que eu passasse, temerosos, como se eu fosse chutá-los. Ela manteve o rosto escondido pelos cabelos negros. Parei diante dela.

— Olhe para mim.

Havia algo em seu rosto quando ela o ergueu — talvez o orgulho, talvez a raiva, talvez a juventude impressionante — que me tocou. Quis saber da sua história. Fiquei com a sensação de que o tipo de injustiça que deforma toda uma vida a teria visitado.

— Qual é o seu nome?

Ela continuou calada.

— Sua família vai sentir sua falta.

Ela se abateu um pouco. Eu me ajoelhei ao seu lado.

— Por que fez aquilo?

Nada ainda.

— Você sabe que há homens aqui capazes de fazê-la dizer o que quiserem.

Ela estava tremendo agora. Eu sabia que deveria entregá-la. Mas me dei conta, naquele momento, de que não poderia fazer isso. Não conseguiria entregar essa moça viva nas mãos dos torturadores. Não seria capaz de conviver com isso.

Ela virou o rosto para o lado, esperando que seu destino fosse decidido. Fiquei olhando firme para ela. O que deveria fazer?

Peguei-a com rispidez e puxei-a para fora da cela. Era conhecido o suficiente para não precisar mostrar nenhuma identificação aos guardas. Cumprimentei-os com um aceno de cabeça apenas, como quem diz "ela está comigo". E atravessei a passagem fedorenta empurrando-a à minha frente.

Dobramos uma esquina, entramos na minha sala e, temendo o pior, ela começou a se debater violentamente.

— Fique quieta e pare com isso — sussurrei em tom de urgência. Cortei logo as amarras que lhe prendiam as mãos e os pés. Uma expressão espantada de gratidão tomou-lhe as feições. Ela ia dizer alguma coisa, mas fiz um gesto para continuar absolutamente em silêncio. Limpei-lhe o rosto o melhor que pude, com um trapo embebido na água de um pote e, nesse meio-tempo, fui lhe perguntando:

— Fale baixo. Quem encomendou o ato?

— Ninguém. Agimos por conta própria. Alguém tem de protestar contra a injustiça e a corrupção deste estado.

Balancei a cabeça diante da inocência.

— Você acha que jogar sangue no rei vai fazer alguma diferença?

Ela me lançou um olhar de desprezo.

— É claro que vai fazer diferença. Quem já teve a coragem de tomar uma atitude antes? Ninguém vai esquecer esse gesto. É só o começo.

— E por isso você estava preparada para morrer?

Ela assentiu, convencida de seus ideais. Eu meneei a minha cabeça.

— Acredite no que vou lhe dizer: o alvo que vocês precisam não é esse menino vestido com túnicas douradas. Há outros, muito mais poderosos, que merecem a atenção de vocês.

— Sei o que se faz em nome da justiça nesta terra, por homens de poder e tesouros. E você? Um oficial da Medjay? É parte do problema.

— Obrigado. Por que está fazendo isso?

— E por que eu lhe diria alguma coisa?

— Porque se não disser, não vou fazer o que pretendo e soltá-la.

Ela ficou me olhando, espantada.

— Meu pai...

— Continue.

— Meu pai era escriba nos gabinetes do antigo rei. Em Akhetaton. Quando eu era mais nova, ele nos levou para morarmos na nova cidade. Disse que o novo regime lhe dava a oportunidade de melhorar e de ter estabilidade. E parecia ser isso mesmo. Vivíamos bem. Tínhamos as coisas boas que ele sonhava em nos dar. Tínhamos alguma terra. Mas quando tudo desmoronou, tivemos que nos mudar de volta para Tebas, sem nada. Ele ficou sem trabalho, sem terra, sem nada do que tinha antes. Isso acabou com ele. De repente, alguém bateu à nossa porta no meio da noite. Ele foi abrir, e deu de cara com soldados. Eles o algemaram. Nem deixaram que nos despedíssemos. Levaram-no, simplesmente. E nunca mais tornamos a vê-lo.

Ela não conseguiu continuar, durante algum tempo. Mas vi que foi raiva, e não pesar, que se apossou dela.

— Minha mãe ainda coloca um prato de comida na mesa para ele todas as noites. Ela diz que só vai parar de fazer isso no dia que souber que ele está morto. Os homens deste rei nos fizeram isso. E você quer saber por que sinto ódio?

Não era uma história nova. Muitos homens do regime antigo tinham sofrido: trabalhos forçados, desapropriações e, em alguns casos, sumiço. Maridos, pais e filhos foram presos e levados algemados, em silêncio, para nunca mais serem vistos. Também ouvi falar de pedaços de corpos sendo levados pelo Grande Rio, mais ao norte. De cadáveres putrefatos capturados pelas redes de pesca, sem os olhos, sem as unhas, sem os dedos, sem os dentes, sem as línguas.

— Sinto muito.

— Você não tem que sentir nada.

Pelo menos agora ela estava razoavelmente apresentável. Levei-a para o pátio. O maior risco era que fôssemos percebidos, mas, aproveitando-me do caos generalizado, passamos pela multidão em passo acelerado, atravessamos a entrada com o lobo entalhado e seguimos a rua movimentada.

— Entendo como você se sente, a injustiça é uma coisa terrível. Mas pense bem: sua vida vale mais que um gesto. A vida já é curta o bastante, sua mãe já perdeu o bastante. Volte e fique com ela, e fique por lá — sussurrei-lhe. Insisti para que me desse seu nome e endereço, caso eu viesse a precisar. E depois, como se fosse um animal selvagem, deixei-a partir. Ela sumiu no alvoroço da cidade sem sequer olhar para trás.

5

Já estava tarde quando voltei para casa. Eu e Thoth passamos pelo portão, mas em vez de saltar para sua cama no pátio, ele ficou empertigado, com a cauda erguida no ar, prestando atenção. Tudo parecia estranhamente calmo. Talvez Tarekhan e as crianças ainda não tivessem voltado da casa de Nakht. Mas a lamparina a óleo estava acesa na saleta da frente, onde nunca ficamos.

Passei direto e fui para a porta da cozinha, abri-a sem fazer barulho e entrei. Outra lamparina se encontrava acesa no nicho da parede, mas não havia sinal das crianças. Fui na direção da porta da antessala. Tarekhan estava sentada num banquinho perto das pinturas na parede que, mesmo depois de tantos anos, ainda não tínhamos conseguido encontrar verbas para concluir. Ela não me notara até então. Parecia tensa. Aproximei-me um pouco e percebi outra sombra projetada no chão. O braço da sombra se esticou e eu, mais que depressa, adentrei o recinto e o agarrei, prendendo-o às costas do homem com uma torção.

Um cálice caiu ruidosamente, derramando vinho em uma poça no chão. Fiquei de frente para o rosto de um cavalheiro da elite, já passando da meia-idade, vestido com roupas caras, que me olhou com um ar condescendente e surpreso, mas sem perder a compostura. Tarekhan se levantou, como que em posição de sentido. Parecia que meus nervos haviam me traído.

— Boa noite — cumprimentei o homem, em tom suavemente irônico.

Soltei-o. Ele ajeitou o impressionante Colar de Honra de Ouro, de requinte excepcional, e percebeu que tinha caído vinho em sua túnica. Olhou desapontado para a mancha vermelha. Aquilo foi provavelmente a pior coisa que lhe acontecera nos últimos anos.

— Este cavalheiro está esperando para vê-lo... *há bastante tempo*. — Minha mulher estava aborrecida comigo. Imaginei que não haveria muita conversa. Ela foi até a cozinha para pegar um pano e um pouco de água, olhando-me de esguelha ao passar.

— Devo pedir desculpas por aparecer desse jeito. Sem avisar. Sem ser esperado... — disse ele com sua voz grandiosa, em tom abafado.

— E sem explicar... — acrescentei.

Ele espiou à sua volta. Não se mostrou impressionado pelo que viu. Acabou olhando novamente para mim.

— Como devemos continuar esta discussão? Encontro-me numa situação embaraçosa. Um dilema...

— Uma enrascada.

— Que seja! Uma enrascada. Trata-se do seguinte: não posso lhe dizer por que estou aqui. Posso apenas lhe perguntar se viria comigo para encontrar uma pessoa.

— E não pode me dizer quem é.

— Está vendo a enrascada?

— É um mistério.

— Dizem que você é um especialista em mistérios. Um "investigador de mistérios". Nunca pensei em conhecer alguém assim, mas eis que aqui estou.

E me agraciou com um olhar de marasmo.

— Pode pelo menos me dizer seu nome e seus títulos — falei.

— Sou Khay. Escriba-chefe, encarregado da Casa Real. Bem, é só o que posso lhe dizer, por ora.

O que estaria uma autoridade de alto escalão, do cerne da hierarquia palaciana, fazendo na antessala da minha casa, neste dia agourento e sangrento? Irritei-me comigo mesmo por ficar tão intrigado. Servi uma taça de vinho para cada um de nós. Ele olhou para a dele, nem um pouco impressionado pela qualidade; não obstante, bebeu como se fosse água.

— Está me pedindo para ir agora?

Ele assentiu quase despretensiosamente, mas percebi que precisava muito de mim.

— Está tarde. Por que eu deveria largar minha família sem saber ao certo para onde estou indo, ou quando vou voltar?

— Posso garantir sua segurança, claro. Bem, posso garantir que vou me empenhar pela sua segurança, o que, suponho, não seja exatamente a mesma coisa. E decerto posso garantir que chegará em casa antes do nascer do sol, se quiser.

— E se eu me recusar?

— Oh, seria bastante difícil... — Ele não terminou a frase.

Então, enfiou a mão por dentro da túnica e, de uma bolsa de couro, tirou um objeto.

— Meu *cliente* me pediu para lhe mostrar isso.

Era um brinquedo. Um homem de madeira e um cachorro grandão de olhos vermelhos arregalados, suspensos por cordões e polias. Havia uma forquilha. Eu sabia que, se virássemos a forquilha, os braços do homenzinho se erguiam para defendê-lo ao mesmo tempo em que o cachorro se levantava para atacá-lo. Sabia, pois já tinha visto um brinquedo igual há vários anos no berçário da família real. Quando a jovem rainha, que hoje havia sido respingada de sangue, era uma criança.

Expliquei tudo a Tarekhan na cozinha. As meninas saíram dos seus quartos e se reuniram na segurança do círculo de luz da lamparina.

— Quem é aquele homem? — quis saber Thuyu.

— É um funcionário graduado.

— De onde? — sussurrou Sekhmet, emocionada com a vinda de um burocrata da elite em carne e osso à nossa casa.

Tarekhan mandou que elas se calassem e as convenceu a voltar para seus quartos. Aneksi, a carinhosa, ficou ali paradinha, mal olhando para mim. Peguei-a no colo, dei-lhe um beijo e prometi que voltaria a tempo de tomar o café da manhã.

— Para onde você vai? Está escuro.

— Vou ver uma pessoa.

— É trabalho?

— É, sim. É trabalho.

Ela assentiu com pesar, e eu a entreguei a Tarekhan, que me deu um de seus olhares.

— Vou deixar Thoth de guarda.

Ela me deu um beijo com cuidado e se recolheu ao nosso quarto.

Chegamos às docas, no local de onde as barcas partem para a travessia. Durante o dia, estão sempre repletas de barcos e navios de todos os tamanhos, desde as minúsculas embarcações de junco e as barcas de passageiros até os grandes navios comerciais do reino e os cargueiros que transportam pedras. A economia que mantém a cidade próspera e afluente, abastecida de luxos, materiais de construção e alimento, se baseia toda nessa área; aqui se cumprem e se descumprem transações comerciais, aqui se importam e se contrabandeiam mercadorias. Porém, à noite é tranquilo. Não há comércio depois que escurece porque é perigoso navegar pelo Grande Rio sem luz: os crocodilos são invisíveis durante a noite, disfarçando suas manobras predatórias nas correntes e redemoinhos das águas negras.

Mas a sofisticada e bela embarcação na qual fomos nos alojar precisaria de uma manada de crocodilos para emborcar. Acomodamo-nos na privacidade da cabine acortinada e realizamos a breve travessia em silêncio. Khay me ofereceu mais vinho, que recusei. Ele deu de ombros e se serviu de mais uma taça, sentando-se em seguida para saboreá-lo. Fiquei mexendo com o brinquedo, girando a polias, fazendo o cachorro, com suas presas vermelhas e os eriçados pelos da nuca grosseiramente esculpidos na madeira, se erguer em posição de ataque contra o homem. E pensei na criança que tinha me dito anos atrás: *Olhe. É você...* Mas não iria abrir a caixa daquelas lembranças, que guardava bem trancada. Ainda não. Passei a olhar para os telhados baixos e paredes brancas de Tebas iluminadas pela lua enquanto cruzávamos para a margem ocidental. Grande parte da população da cidade estaria adormecida agora, preparando-se para voltar aos seus eternos afazeres quando o dia surgisse; somente os que tinham riqueza e liberdade ainda estariam acordados, em seus festivais privados de vinho e prazer, fofocando sobre os eventos do dia, e a política, e as consequências.

Não aportamos diretamente na margem ocidental, mas singramos as águas um pouco mais além dos postos de guarda, tomando em seguida um canal que seguia pelo arvoredo adentro, em meio à animação dos bichos que habitam a noite nos campos. Construído nas linhas retas que os engenheiros tanto adoram, o canal se abria repentinamente na imensa bacia em T do lago Birket Habu. Bandos de pássaros noturnos faziam estardalhaço na superfície calma e tranquila das águas. Rampas de pedra entalhada, que protegiam os prédios construídos naquelas vizinhanças das inundações, escondiam a vista. Mas eu sabia o que havia ali atrás: o Palácio de Malkata, um vasto complexo de edifícios onde a família real mantinha bem guardados seus reais aposentos e também os de milhares de autoridades, oficiais e criados que trabalham para tornar possível sua vida esquisita. Era conhecido como o "Palácio do Regozijo", mas o obscuro edifício que agora entrava no meu campo de visão não parecia merecer um título tão otimista. Era famoso pelo requinte e custo da construção, encomendada pelo avô de Tutancâmon, e por seu fantástico sistema de água que, diziam, abastecia os banheiros, as piscinas e os jardins, inclusive no interior do palácio. Diziam também que as camas eram incrustadas de ébano, ouro e prata; e que os portais eram de ouro maciço. É esse o tipo de coisa que as pessoas falam a respeito dos palácios de sonhos que jamais visitarão.

Atracamos no imenso píer do palácio que se espalhava por toda a cabeceira do lago. Tinas de cobre assentadas sobre pedestais de ferro batido queimavam óleo, emitindo uma sinistra luz em tons de amarelo e laranja. Os guardas do palácio curvaram-se em uma ampla reverência quando Khay e eu saltamos do barco. A curvatura das mesuras era uma indicação clara do status daquele homem por aqui. De qualquer forma, ele ignorou solenemente a existência dos guardas, como sempre fazem aqueles de alto escalão.

Feito uma procissão, tomamos um caminho comprido, iluminado por lamparinas e pela velha e querida lua, que se estendia na direção da silhueta baixa do complexo palaciano, até que — com o coração impelido pelo mistério que estava por se descortinar, e os pés, pela necessidade — adentramos uma grande escuridão.

6

O encarregado da Casa Real pegou uma lamparina a óleo acesa de um nicho. Ricamente decorado, o ambiente era tranquilo, isolado do mundo exterior. Ao longo de todo o corredor, que percorremos com certa rapidez, havia belas estátuas e esculturas assentadas em pedestais. Tive curiosidade em saber o que acontecia naquelas câmaras laterais; quais reuniões, quais discussões, quais resoluções com grandiosas consequências que se estenderiam pelos diversos escalões hierárquicos até o mundo indefeso e inocente? Prosseguimos, dobrando ora à direita, ora à esquerda, atravessando saguões de paredes altas por onde o som ecoava, encontrando cá e lá oficiais em conversas e guardas agrupados, à medida que adentrávamos cada vez mais as entranhas do complexo. Era um labirinto de trevas. De vez em quando passavam guardas ou criados, sempre curvando a cabeça em reverência, fingindo não existir enquanto tratavam de manter acesas as lamparinas a óleo.

Câmaras e mais câmaras de paredes pintadas com gloriosas cenas do prazer e do lazer das elites — pássaros em revoada por trás do junco dos pântanos e peixes em águas claras — surgiam e sumiam sob a luz da lamparina. Seria difícil encontrar o caminho de volta. Meus passos soavam atrapalhados, perturbando aquele silêncio todo. Já Khay ia à frente, com suas requintadas sandálias que não produziam ruído. Resolvi fazer mais barulho ainda, só para implicar. Ele nem se dignou a reconhecer meu comportamento, sequer com um olhar atravessado. Mas é estranho como, de fato, conseguimos ler o rosto de uma pessoa mesmo por trás da sua cabeça.

Passamos rapidamente por uma barreira de controle, onde Khay dispensou com um gesto os guardas de elite dos aposentos reais e, em seguida, me conduziu para o interior do santuário, depois de atravessarmos mais um comprido corredor com pé-direito elevado, até que finalmente paramos diante de imensa porta dupla de madeira escura incrustada de ouro e prata, no topo da qual havia, entalhado, um imenso escaravelho alado. Ele bateu com precisão; depois de uma breve pausa, as portas se abriram e fomos recebidos numa ampla câmara.

Móveis opulentos e todas as superfícies em geral eram iluminados por potes de ferro batido, espalhados ao longo das paredes, com chamas fortes e constantes. Adornos e decoração eram imaculadamente restritos. Aqui, o recinto parecia dizer que a vida pode ser vivida tranquilamente, com sentimentos elevados. Mas também tinham ares de um espetáculo encenado: como se por trás daquelas deslumbrantes fachadas pudessem se encontrar entulho de alvenaria, brochas, pincéis e uma obra por terminar.

Do pátio lá fora veio entrando silenciosamente uma moça, que parou sob o umbral da porta, entre a luz das labaredas que emanava dos grandes potes e a escuridão que a tudo cercava. Parecia trazer em si um pouco de cada. E, então, Ankhesenamon se aproximou, adentrando agora o ambiente iluminado. Seu rosto, com toda a beleza da juventude, transmitia uma segurança cativante. Usava na cabeça uma lustrosa peruca estilizada com tranças que emolduravam seus traços, um vestido em linho plissê amarrado sob o seio direito, cujo decote flutuante parecia esculpir suas formas belas e elegantes, e um largo colar de ouro, enfeitado com várias fileiras de amuletos e contas. Pulseiras e braceletes balançavam elegantemente em torno de seus pulsos e tornozelos ao andar. Anéis de ouro e prata reluziam em seus delicados dedos. Brincos como discos de ouro sólido refletiam a luz dos archotes. Ela havia pintado cuidadosamente o entorno dos olhos com kajal, e puxado as linhas pretas num estilo levemente antiquado — percebi, quando olhou para mim, com o esboço de um sorriso em seus lábios, que se fazia parecer deliberadamente com a própria mãe.

Khay fez imediatamente uma reverência com a cabeça e esperou, como manda o protocolo, que ela iniciasse a conversa.

— Não sei ao certo se me lembro de você, ou se me lembro apenas de histórias que me contaram.

Sua voz ela plena de autoconfiança e curiosidade.

— Vida, prosperidade e saúde! Vossa Majestade era muito jovem.

— Em outra vida. Em outro mundo, talvez.

— As coisas mudaram — falei.

— Olhe para mim — disse ela, em voz baixa. Com um lampejo enigmático de seus olhos escuros, afastou-se, esperando que eu a seguisse.

Passamos para o pátio. Khay não se retirou, seguindo-nos com discrição, a uma distância que pudesse nos ouvir, ainda que fingisse não fazê-lo. Uma fonte murmurejava no meio da escuridão. Estava fresco e o ar tinha um aroma agradável. Ela percorreu uma trilha ornamental, iluminada pela luz bruxuleante das lamparinas, adentrando a noite enluarada.

Lembrei-me da menininha que conheci anos atrás, cheia de petulância e frustração. E eis que aqui se encontrava uma moça elegante e realizada. O próprio tempo parecia debochar de mim. Onde tinham ido parar todos aqueles anos? Talvez ela tivesse crescido de repente, rápido demais, da maneira como fazem as pessoas quando mudanças devastadoras se abatem sobre sua juventude. Pensei nas minhas próprias meninas, na facilidade ao lidar com as mudanças nas suas vidas e em si mesmas. Não precisavam, graças aos deuses da fortuna, de tais estratégias e aparências. Mas elas também estavam crescendo, se afastando, rumo aos seus próprios futuros.

— Então você se lembra de mim — murmurou enquanto caminhávamos.

— Tinha um nome diferente naquela época — respondi, cuidadosamente.

Ela olhou para o outro lado.

— Tive poucas opções a meu respeito. Fui uma menina desajeitada, infeliz, com muito pouco de princesa, diferente das minhas irmãs; mas como estão todas mortas, preciso ser muito mais agora. Fui reinventada, mas talvez ainda não tenha me sentido digna do cargo para o qual fui... nomeada. É essa a palavra? Ou destinada?

Parecia falar sobre uma desconhecida, não sobre si mesma.

Chegamos a um espelho d'água escuro no centro do pátio, com apenas uma lamparina a óleo em cada canto. O reflexo da lua dançava na superfície levemente oscilante. O lugar transmitia uma sensação romântica, sigilosa. Caminhamos pela beira d'água. De certa forma, tive a impressão de que estávamos partindo para o cerne da questão.

— Minha mãe me disse que, se algum dia me encontrasse em perigo real, eu deveria mandar chamá-lo. Ela prometeu para mim que você viria.

— E cá estou — respondi em voz baixa. Tinha lacrado a lembrança de sua mãe numa caixa no fundo da minha mente. Era potente demais, sem esperanças, para eu fazer qualquer outra coisa. E o fato de que estava morta agora não fazia diferença, pois continuava viva onde eu não tinha o poder de controlar, em meus sonhos. — E como Vossa Majestade me chamou e eu estou aqui, deve estar correndo perigo.

Um peixe rompeu a superfície imaculada da água, espalhando círculos concêntricos que foram se quebrar contra as paredes do laguinho. O reflexo da lua se desmembrou, reunificando-se lentamente em seguida.

— Estou preocupada com sinais. Portentos...

— Não creio muito em sinais e portentos.

— Foi o que me disseram, e isso é importante. Costumamos nos assustar com facilidade, meu marido e eu. Precisamos de alguém com menos superstição e menos medo. Considero-me uma pessoa moderna, que não se deixa assustar facilmente pelas coisas que não estão presentes. Mas vejo que não é bem assim. Talvez este palácio não ajude. É tão grande e sem vida que a imaginação o preenche com tudo que teme. Basta o vento mudar de direção, soprar lá da Terra Vermelha, que já começo a pressentir espíritos malignos agitando as cortinas. Os quartos são grandes demais para se conseguir dormir sem medo. Deixo as lamparinas acesas à noite inteira, me apoio em magia, me agarro a amuletos como uma criança... É ridículo, pois esse tempo já passou. Não posso me dar mais o luxo de ter os medos da infância.

Ela afastou o olhar.

— O medo é um inimigo poderoso, mas um amigo útil.

— Parece coisa que somente um homem seria capaz de dizer — respondeu, impressionada.

— Talvez deva me dizer por que está com medo — sugeri.
— Dizem que você sabe escutar.
— Não é o que minhas filhas costumam me dizer.
— Ah, sim, você tem filhas. Uma família feliz...
— Nem sempre é simples assim.

Ela assentiu.

— Nenhuma família é simples. — E fez uma pausa, pensativa. — Casei-me com meu marido quando éramos muito jovens. Sou alguns anos mais velha, mas éramos ambos crianças, unidas pelo estado em prol das alianças de poder. Ninguém nos perguntou se queríamos. Agora somos trazidos a público como estátuas nas ocasiões de estado. Realizamos os rituais. Fazemos gestos. Repetimos as preces. E depois somos trazidos de volta para este palácio. Em troca dessa obediência, nos dão luxos e privilégios, indulgências. Não reclamo. É tudo que conheço. Este belíssimo santuário é todo o lar que conheço há anos. Trata-se de uma prisão, mas o tenho como lar. É estranho eu pensar nele desse jeito?

Meneei a cabeça.

Novamente, ela fez uma pausa, pensando mais à frente.

— Nos últimos tempos, entretanto, não me sinto segura... nem aqui.
— Por quê?
— Por muitas razões! Em parte, talvez, porque percebo mudanças no ar. Este palácio é um mundo muito restrito e altamente disciplinado. Portanto, quando algo muda, eu noto logo: objetos que não estão onde deveriam estar, ou que aparecem onde não é seu lugar. Coisas que poderiam não significar nada, mas que, vistas por outro ângulo, podem implicar algum mistério, alguma... E, de repente, hoje...

Ela ficou sem palavras. Deu de ombros. Esperei um pouco mais.

— Quer dizer os eventos no festival? O sangue...

Ela balançou a cabeça.

— Não. Outra coisa.
— Pode me mostrar?
— Posso. Mas, primeiro, há algo mais que preciso lhe dizer.

Puxou-me para um banco comprido num canto mais escuro e falou em tom mais baixo, com certa precaução, como se conspirasse.

— O que vou lhe contar é um segredo que apenas pouquíssimas pessoas de confiança. Será preciso me prometer que não vai contar a ninguém. As palavras têm poder, e o silêncio também tem grande poder. São poderes meus, para que eu seja respeitada e obedecida. Se você não cumprir o prometido, ficarei sabendo e não vou poupá-lo do castigo.

Olhou-me, então, com severidade.

— Eu prometo.

Satisfeita, ela assentiu e respirou fundo.

— Em breve Tutancâmon vai anunciar sua coroação e ascensão ao reinado. Teria acontecido hoje, depois da comunhão com os deuses. Mas não foi o caso, obviamente. Atrapalharam-nos desta vez, mas não vão nos impedir. O futuro do reino está em jogo.

Ela ficou observando minha reação.

— Ele já é rei — comentei, cuidadosamente.

— Mas só no nome, pois Ay é o regente e, na verdade, detém todo o poder. Suas ordens são o que comanda o reino. Isso continua invisível, e por baixo dos panos ele faz o que quer, enquanto somos apenas suas marionetes. Portanto, devemos tomar o poder agora, enquanto ainda há tempo.

— Isso será muito difícil. E perigoso.

— Obviamente. Agora está entendendo melhor por que mandei chamá-lo.

Senti a escuridão do palácio se fechando à minha volta a cada palavra que era dita.

— Posso fazer uma pergunta?

Ela concordou.

— Tem certeza de que Ay não o apoiaria nisso?

De repente, Ankhesenamon parecia a mulher mais solitária que já vi na vida. Foi como se a porta de seu coração tivesse sido aberta por uma lufada de vento. Naquele momento, percebi que não haveria caminho de volta de uma noite tão estranha, nem escapatória do obscuro labirinto daquele palácio.

— Ele nos destruiria a ambos, se soubesse.

Havia tanto determinação quanto medo em seus olhos.

— E há como ter certeza de que ele não sabe?

— Não posso ter certeza disso — admitiu ela. — Mas não mostrou sinal algum. Trata o rei com desprezo e o mantém numa dependência infantil que já deveria ter sido superada. Sua autoridade depende de nossa subserviência. Mas partiu do pressuposto mais perigoso: ele nos subestima. Acima de tudo, a *mim*. Mas não vou mais aturar isso. Somos filhos de nosso pai. Sou a filha de minha mãe. Trago-a dentro de mim, chamando-me, encorajando-me, convencendo-me a superar meus medos. É chegada a hora de nos reafirmarmos, e retomarmos nossa dinastia. E acredito não estar só ao me negar a viver num mundo comandado por um homem de coração tão frio.

Precisei pensar com cuidado.

— Ay é muito poderoso. É também muito esperto e impiedoso. Será necessária uma estratégia muito sólida e muito própria para sobrepujá-lo.

— Tive tempo o bastante para estudá-lo, e também os estratagemas de sua mente. Venho observando-o e acho que ele não me percebeu ainda. Sou mulher e, portanto, fico abaixo de suas percepções. Sou quase invisível. E... já tenho uma ideia.

Ela se permitiu assumir um ar de orgulho durante uns instantes.

— Tenho certeza de que Vossa Majestade percebe o que está em jogo — falei, cautelosamente. — Mesmo que consigam proclamar a ascensão do rei ao poder, é quase certo que Ay vai manter as rédeas nas mãos. Ele controla muitas facções e forças poderosas.

— A inclemência dele é notória. Mas não nos faltam aliados, e a ele não faltam grandes inimigos. E ainda existe essa obsessão dele com a ordem. Ele preferiria ser cortado ao meio a correr o risco de uma nova desordem no mundo.

— Acho que ele preferiria sempre cortar milhares de pessoas ao meio antes de cortar a si mesmo.

Ela sorriu, pela primeira vez.

— Ay está mais preocupado com quem ameaça sua supremacia. Horemheb, o general, aguarda sua chance. Todos sabem disso. E lembre-se de que temos mais uma vantagem sobre Ay. Talvez a maior de todas...

— E qual seria?

— O próprio tempo. Ay está velho. Seus ossos doem. Seus dentes doem. Esse grande destruidor o pegou de jeito, e está indo à forra. Mas nós somos jovens. O tempo é nosso aliado.

Ela ficou ali sentada, na singela beleza de sua juventude, vestida com o ouro do deus do Sol, sorrindo dos próprios pensamentos.

— Mas o tempo é também um traidor; tem todos nós à sua mercê.

Ela concordou.

— É sábio da sua parte dizer isso. Mas nosso tempo é agora. Precisamos aproveitar o momento, pelo nosso próprio bem, e pelo bem das Duas Terras. Se não agirmos assim, só posso prever um porvir de trevas para todos.

— Posso fazer uma última pergunta?

Ela sorriu.

— Ouvi dizer que gosta de perguntas. Vejo que é verdade.

— Quando Tutancâmon vai anunciar a coroação?

— Nos próximos dias. A cerimônia de lançamento do novo Salão das Colunas foi remarcada. Na ocasião, o rei vai entrar no santuário interno. É o momento mais propício para a mudança.

Que raciocínio ágil, o dela! O rei vai visitar os deuses. Depois de um evento como esse, seria o momento mais oportuno. O ato traria consigo a autoridade da sanção divina. Cheguei a sentir um arrepio de empolgação, da possibilidade de mudança — algo que não sentia havia muito tempo. Talvez desse certo. Mas eu sabia que meu otimismo era perigoso e poderia me trair, tornando-me descuidado; por ora, continuávamos no mundo das trevas.

— Disse que tinha algo para me mostrar.

7

Era uma pequena gravura de Akhenaton e Nefertiti, acompanhados pelas filhas mais velhas, cultuando Aton, o disco do sol, que fora o grande símbolo de sua revolução. Muitos raios de luz partiam do disco, terminando em mãos divinas que ofereciam ankhs, o símbolo sagrado da própria vida, para as estranhas figurinhas humanas cujos braços se erguiam para receber as bênçãos. Apesar do alongamento fluido e esquisito dos membros, feito bem ao estilo da época, era visivelmente um retrato de família. A pedra não era muito antiga, pois as arestas não estavam desgastadas nem envelhecidas. Só poderia ser da cidade de Akhetaton.

Havia vários outros aspectos impressionantes na peça. Primeiro, os sinais do nome de Aton tinham sido desbastados. Isso era bastante significativo, pois nomes são poderes e tal profanação tinha sido cometida como ameaça à alma do próprio Rá. Segundo, o disco do Sol, o grande círculo, o signo da vida, também tinha sido obliterado. Mas nada disso parecia inesperado, pois desde que a religião fora abolida tal iconoclastia era comum. O que mais importava era que os olhos e narizes de toda a família real tinham sido extirpados, de forma que eles não tivessem visão nem olfato no Além. E percebi também que os nomes reais da própria Ankhesenamon tinham sido removidos. Tratava-se de uma profanação bastante pessoal.

A gravura tinha sido descoberta numa caixa naquele mesmo dia, dentro das dependências reais, enquanto se realizava o festival. Trazia uma etiqueta oferecendo o conteúdo ao rei e à rainha. Ninguém se lembrava de sua chegada e não havia registro de ter sido apresentada aos oficiais reais no portão de entrada. Parecia ter surgido do nada. A caixa que a continha não aparentava ser nada de especial: feita de madeira, provavelmente acácia, com desenho e entalhe típicos de Tebas. Vasculhei a palha na qual o objeto fora embrulhado. Nenhuma nota. Nenhum recado. A gravura profanada *era* a mensagem. Teria sido necessário algum esforço para adquiri-la, pois Akhetaton, a Cidade do Horizonte, embora ainda não totalmente deserta, voltava lentamente ao pó do qual fora erguida, e praticamente ninguém ia mais lá. Tinha agora a reputação de um lugar amaldiçoado e abandonado. Juntos com Khay, nós ficamos observando o enigmático objeto.

— E Vossa Majestade acha que esta pedra está ligada ao que aconteceu hoje no templo, e que, em conjunto, esses fatos constituem uma ameaça às suas vidas? — perguntei.

— Por si só, cada um desses eventos poderia ser considerado alarmante. Mas ambos num só dia... — respondeu ela.

— O que aconteceu hoje e o aparecimento desta pedra não estão necessariamente conectados — falei.

— Como pode ter certeza? — retrucou Ankhesenamon, depressa.

— O evento público foi um ato de dissidência política consciente. Mas isto aqui é mais pessoal, e privado.

— Não está muito claro — contestou Khay, com ar um tanto vago.

— O primeiro foi um gesto rudimentar de um grupo que não dispõe de outros meios para expressar sua oposição e raiva. Essas pessoas não têm como se dirigir ao poder sem ser jogando algo no rei durante uma cerimônia. Apesar de todo o drama que causou, dificilmente seria uma ação de gente poderosa, mas sim de gente simplória, sem influência de fato, que vive às margens da sociedade. Já aqui é diferente: trata-se de algo mais potente, mais significativo e mais sofisticado. Implica conhecimento da escrita e do poder dos nomes, e dos efeitos da iconoclastia. Isto aqui pediu uma preparação considerável, além de um razoável conhecimento de causa a respeito da segurança dos aposentos reais. Assim sendo, podemos admitir que este ato tenha sido cometido por um membro da elite, provavelmente alguém dentro das hierarquias.

— O que está insinuando? — questionou Khay, com rigidez.

— Que isto foi trazido de dentro mesmo do palácio.

— Isso é impossível. Os aposentos reais são muito bem-guardados o tempo todo.

— E, mesmo assim, aqui está o objeto. — falei. O queixo estreito de Khay estava franzido agora. Ele se empertigou demonstrando indignação, como um pássaro zangado. Mas antes que pudesse me interromper, continuei: — Além disso, o autor sabe muito bem o que está fazendo, pois a intenção foi de criar medo onde ele pode causar o maior dano: na mente do rei, e nas pessoas mais próximas dele.

Os dois me olharam subitamente, desconcertados. Talvez tivesse falado demais, ao imputar ao rei qualquer tipo de fraqueza humana. Mas já era tarde demais para protocolo e deferências.

— ... Ou, pelo menos, talvez seja assim que o culpado esteja pensando. Posso presumir que ninguém sabe da existência disto aqui?

Khay ficou com cara de quem comeu uma fruta azeda.

— Ay foi informado. Ele exige que o informem de tudo que acontece dentro dos aposentos reais.

Ficaram todos em silêncio durante um instante.

— Você já sabe o que vou lhe pedir — afirmou Ankhesenamon, tranquilamente.

Assenti.

— Quer que eu descubra quem é o responsável pelo envio deste objeto e por sua profanação hostil.

— Algum indivíduo malicioso tem acesso aos aposentos reais e tem de ser descoberto. Mas eu preciso de mais do que isso: quero também que cuide do meu marido e de mim na condição de... nosso protetor particular. Nosso guardião. Alguém que vai velar por nós. Alguém que não seja visto pelos demais...

— Existe a Guarda do Palácio — argumentei.

— Não posso confiar na Guarda do Palácio.

Cada frase dessa conversa parecia estar me levando cada vez mais para o fundo de uma armadilha.

— Sou apenas um homem.

— É o único homem. E é por isso que mandei chamá-lo.

Com isto, a última das portas que ainda poderia me tirar dali e me conduzir de volta para a vida que eu mesmo escolhi se fechou silenciosamente.

— E qual é sua resposta?

Muitas respostas afloraram à minha mente.

— Será uma honra para mim cumprir a promessa que fiz à sua mãe — afirmei, por fim. Senti um nó se apertar no meu coração como resultado dessas poucas palavras.

Ela sorriu, aliviada.

— Mas, ao mesmo tempo, não posso abandonar minha família...

— Talvez isso seja bom. O assunto deve permanecer um segredo entre nós. Portanto, leve sua vida normalmente, e então...

— Mas Ay me conhece. Outros também vão me reconhecer. Não há como eu ficar aqui em segredo. Isso impossibilitaria minha tarefa. Será melhor dizer que estou sendo contratado, além da Guarda do Palácio, por causa das ameaças que Sua Majestade recebeu. Diga que estou fazendo uma avaliação independente das providências de segurança interna.

Ankhesenamon olhou de relance para Khay, que considerou as opções e fez um gesto afirmativo com a cabeça.

— Está aceito — disse ela.

Só de pensar na vida dupla que iria levar, fiquei ansioso. E, devo confessar, empolgado. Tinha prometido a Tarekhan que não iria deixar minha família de lado. Mas me convenci de que não estaria descumprindo a promessa, pois não precisaria sair da cidade para desvendar este mistério. Além disso, havia muito pouco trabalho na sede da Medjay, sob o comando de Nebamun. Fiquei intrigado com as razões que estariam tentando me convencer daquilo tudo.

Khay começou a fazer barulhos do tipo que indica ter chegado a hora de ir embora. Despedimo-nos formalmente. Ankhesenamon segurou minhas mãos nas suas, como se quisesse selar ali os segredos sobre os quais acabávamos de conversar.

— Obrigada — agradeceu, com os olhos transbordando sinceridade. E, em seguida, sorriu, mais aberta e carinhosamente desta vez. Naquele instante, vislumbrei ali o rosto de sua mãe; não a belíssima máscara pública, mas a mulher viva e calorosa.

Então, as imensas portas foram silenciosamente abertas atrás de nós, e nos retiramos, de costas, fazendo reverências, até que elas tornassem a se fechar e nós nos encontrássemos no infinito corredor vazio, repleto apenas de inúmeras portas semelhantes, tal qual numa cena de pesadelo.

Precisava urinar e quis verificar se os boatos sobre o abastecimento de água eram verdadeiros. Khay me mandou entrar num corredor lateral.

— Terceira porta à esquerda. — Deu uma fungada e falou: — Vou esperá-lo em frente à porta dos aposentos da rainha. — Virou-se e foi embora.

Entrei no banheiro. Era um espaço comprido, estreito, com piso de pedra onde haviam sido pintados alguns lagos, com peixinhos dourados dentro. Uma janela em treliça deixava entrar os suaves aromas da noite. Alguns ciscos se agitaram no ar com o movimento da minha entrada. Fiz o que era necessário. O barulho me pareceu alto demais naquele silêncio horrendo, quase religioso. Tive a impressão de estar urinando num templo. Em seguida, lavei as mãos na pia, vertendo em cima delas a água do jarro. Não havia nada de encanamento milagroso. Estava secando as mãos quando percebi algo, um arrepio nos pelos da minha nuca, um vulto no outro lado da superfície polida do espelho de cobre e, num instante, me virei.

A mulher me olhou com ar resoluto, os olhos brilhando à pouca luz, os cabelos pretos rigidamente presos atrás da cabeça, o rosto anguloso e estranhamente abatido, a túnica como um vestido das trevas.

— Você me conhece? — perguntou, em voz baixa e tranquila.

— E deveria?

Ela balançou a cabeça, decepcionada.

— Vim lhe dizer meu nome.

— No *banheiro*?

— Eu me chamo Maia.

— Seu nome não me diz nada.

Ela fez um muxoxo, chateada.

Terminei de secar as mãos.

— Fui ama de leite do rei. Ele se alimentou de mim desde que nasceu. Agora me preocupo com ele como ninguém mais é capaz.

Ela deve ter morado na cidade de Akhetaton e ter sido testemunha da vida de Akhenaton e da família real, bem de perto. Todos sabiam que a mãe do rei era Kiya, que foi uma esposa real, rival de Nefertiti. Mas Kiya desapareceu. E então, mais tarde, Tutancâmon, filho de Kiya, se casou com Ankhesenamon, filha de Nefertiti. Filho e filha de inimigas, ambos do mesmo pai Akhenaton, últimos sobreviventes de suas linhagens, casaram-se um com a outra. Do ponto de vista político, foi uma grande aliança. Do deles, deve ter sido um inferno, pois enteados dificilmente se amam, especialmente quando estão em jogo grande poder e muitas riquezas.

Ela assentiu com um movimento de cabeça enquanto observava minha tentativa de estabelecer essa linha de raciocínio.
— O que está querendo me contar?
Olhou em volta, cuidadosa, mesmo onde nos encontrávamos.
— Não confie naquela menina. Tem o sangue da mãe.
— É a rainha. Assim como sua mãe. Por que eu não deveria confiar nela?
— Apesar de todo o seu poder, você não sabe de nada. Não consegue ver o que existe ali. Fica deslumbrado feito um tolo diante do ouro.
Senti um nó de raiva me comprimir a garganta.
— Homem de orgulho. Homem de vaidade. Pense. A mãe dela se livrou da rival, Kiya, a mãe do meu rei. Isso não deve ser esquecido. Jamais se deve perdoar. Deve haver vingança. Ainda assim, você vem feito um cachorrinho e fica esperando à porta dela.
— Isso parece história contada na praça do mercado. E não há como provar o que está me dizendo. Mesmo que esteja certa, já faz muito tempo que isso tudo aconteceu.
— A prova é o que eu vi com meus olhos viram. Enxergo-a do jeito que ela é: filha da dinastia dela. Nada muda. De forma que vim para alertá-lo. O cuidado dela não é com o marido, é todo com ela mesma.
Aproximei-me da mulher. Ela se encolheu dentro da túnica.

— Poderia mandar prendê-la pelo que está fazendo.

— Prender Maia? O rei não vai deixar. É meu menino, e falo pelo amor que tenho por ele. Pois ninguém mais o ama. Sem mim, ficará só neste palácio. Além disso, sei os nomes deles. Sei os nomes das sombras.

— O que quer dizer com isso?

— As sombras têm poderes — respondeu e, com essas palavras enigmáticas, escapuliu correndo ao longo das paredes escuras até desaparecer por completo.

8

No dique, Khay me entregou um papiro de autorização para tornar a entrar no Palácio de Malkata, e para solicitar uma audiência com ele a qualquer momento. Disse-me que morava nas dependências dos aposentos reais e que eu deveria lançar mão dele sempre que precisasse. Tudo que disse deixou claro que era um passe capaz de abrir todas as portas, o homem cuja palavra era lei e cujos suspiros eram captados pelos ouvidos do poder. Quando me virei para ir embora, ofereceu-me uma bolsa de couro.

— O que é isso?

— Considere como um pequeno adiantamento.

Olhei dentro da bolsa. Havia um anel de ouro de boa qualidade.

— Por que pequeno desse jeito?

— Acredito que será adequado.

Sua voz triturou as palavras como uva no lagar. Ele se virou e foi embora sem dar ouvidos a qualquer resposta que eu pudesse querer dar.

Fiquei parado na popa do barco, olhando para trás enquanto os remadores lhe impunham movimento e o palácio, contendo a solitária rainha e seu jovem e esquisito rei clandestino, desaparecia por trás das rampas de proteção do grande lago.

A embarcação me deixou discretamente num canto afastado do cais, e voltei a pé, passando pelas centenas de barcos ancorados, cada qual com seus olhos pintados, balançando e esbarrando uns nos outros na superfície das correntezas escuras do rio, com suas velas dobradas e guardadas, com suas tripulações e alguns outros estivadores dormindo pelos conveses ou à sombra das mercadorias empilhadas, enroscados em seus sonhos como corda enrolada numa bobina. Na outra extremidade do cais, para minha surpresa, percebi, em meio à escuridão, dois barcos cuja carga estava sendo desembarcada. Não havia archotes iluminando o local de trabalho, mas o luar era quase adequado. Os homens trabalhavam em silêncio, transferindo eficientemente vários contêineres de barro dos navios para um comboio de carroças. Avistei um homem alto e magro em meio aos demais, dando as instruções. Contrabandistas, provavelmente, pois ninguém mais ousaria enfrentar as perigosas águas no escuro. Bem, não era da minha conta; eu tinha mais com o que me preocupar.

Caminhar é minha cura para a confusão: a única coisa que me faz sentir são, às vezes. Voltei pelas ruas desertas e agora a impressão que tive da cidade à noite foi a de um teatro vazio, uma construção de papiros, sombras e sonhos. Decidi ponderar adequadamente a respeito de tudo que esse dia extraordinário havia colocado no meu caminho. As cerimônias do festival com sua atmosfera estranhamente reprimida; o impressionante ato de sacrilégio; a garota na cela, e sua fúria, que amadureceu como um vinho, transformando-se em algo obscuro e poderoso; o encontro agora à noite com a rainha do reino, ansiosa, com medo; o encontro com a ama de leite do rei. E, talvez o mais chocante de tudo, o rapaz morto, seus membros cruelmente estraçalhados, sua terrível postura de perfeição, ajeitada para a morte, e o amuleto de pano. O que esses eventos do dia tinham a ver uns com os outros? Se é que teriam alguma ligação, pois sou dado a encontrar padrões onde talvez não haja nenhum. Ainda assim, percebi alguma coisa, uma intuição, fugidia, fora do alcance do raciocínio, tal qual a ponta cintilante de um caco de vidro, que reluz por um momento entre as ruínas e desaparece logo em seguida. Nesse momento, nada se complementava. Sei que adoro considerar as maneiras como coisas disparatadas podem estar, surpreendentemente, interligadas — mais como num sonho ou num poema que na realidade. Meus colegas me ridicularizam, e talvez estejam certos; contudo, não acho que o mistério no cerne dos seres humanos seja sempre logicamente concebível como eles dizem ser. Mas, enfim, de que me serviria isso agora?

Em seguida, considerei a gravura. Superficialmente, expressava animosidade contra o regime prévio do Aton, do qual o rei era herdeiro, sobrevivente e (conforme ficou claro através de seus pronunciamentos, atos e novas edificações) agora destruidor. A iconoclastia, entretanto, não era excepcional, e a pergunta que interessava era: por que fora entregue ao rei de maneira tão deliberada, até íntima? Mais sutilmente, expressava uma ameaça grave: a aniquilação do signo representava a aniquilação da realidade. O rei também era o Sol. E o Sol destruído, pior ainda, os nomes reais destruídos representavam a destruição do rei e da rainha no Além. E havia algo mais: a pura fúria daquelas cinzeladas falava de uma raiva profunda, quase louca. Era como se cada golpe do cinzel fosse um golpe no espírito eterno do rei. Mas por que, e quem era o responsável por aquilo?

Olhei para a lua, que agora já caía por trás dos telhados e dos pilares do templo, como o feixe de luz no olho esquerdo de Hórus; e me lembrei da antiga fábula que contamos para nossos filhos, de que esse era o último fragmento que faltava do olho destruído de deus, finalmente restaurado por Thoth, deus da Escrita e dos Segredos. Mas agora já não somos tão ingênuos: conhecemos as ações e deslocamentos das formas celestiais a partir da observação; nossos calendários estelares registram seus movimentos perpétuos e grandes retornos com o passar do ano e do infinito temporal. De repente, me ocorreu: e se a pedra tivesse um significado mais óbvio? E se dissesse: *eclipse*? Talvez quisesse dizer um eclipse de verdade? Talvez o eclipse do Sol Vivo fosse apenas uma metáfora. Mas... e se não fosse? Parecia ser um elo possível, e não deixei de achar o raciocínio interessante. Tive vontade de falar com Nakht, que sabia de todas essas coisas.

Subi a minha rua, abri o portão de casa e entrei no pátio. Thoth estava à minha espera, sentado sobre as patas traseiras, alerta, como se soubesse que eu estava para chegar e resolvesse se apresentar em posição de sentido. Tarekhan insistira para que eu o comprasse alguns anos atrás, pois as ruas da cidade estavam ficando cada vez mais perigosas para um funcionário da Medjay como eu. Alegou que o queria para tomar conta da casa, mas sua intenção real era que eu tivesse mais proteção no trabalho. Para satisfazê-la, cedi. E agora quase seria capaz de admitir que adorava o animal por sua inteligência, lealdade e dignidade. Ele farejou o ar à minha volta, como que para adivinhar tudo que tinha acontecido, e depois me cravou um daqueles seus velhos e ternos olhares desafiadores. Fiz-lhe um carinho na juba e ele caminhou à minha volta, pronto para receber mais atenção.

— Estou cansado, meu velho. Você passou esse tempo todo aqui tirando sonecas enquanto eu fiquei dando duro lá fora...

Ele voltou ao seu lugar e se sentou, com seus olhos cor de topázio em guarda, vendo tudo que se passava no escuro.

Fechei a porta da rua e entrei silenciosamente pela cozinha. Lavei os pés, peguei um copo d'água da moringa e comi um punhado de tâmaras. Depois atravessei o corredor e, o mais silenciosamente que pude, puxei a cortina de nosso quarto. Tarekhan estava virada de lado e, sob a branda luz da lamparina, o contorno de seus quadris e ombros parecia uma elegante caligrafia em destaque sobre um pergaminho escuro. Tirei a túnica e me deitei ao seu lado, deixando a bolsa de couro em cima do sofá. Sabia que ela estava acordada. Aproximei-me, abracei seu corpo quente, encaixei minhas formas nas suas e dei-lhe um beijo no ombro macio. Ela se virou para mim, meio sorrindo, meio chateada, e me deu um beijo no escuro, deixando-se acolher pelo meu abraço, aconchegando-se. Mais do que em qualquer lugar do mundo, era nos braços dela que eu me sentia em casa. Beijei-lhe os lisos cabelos pretos. O que deveria lhe contar sobre os eventos da noite? Ela sabia que eu raramente falava sobre o trabalho e compreendia minha reserva. Não se ressentia disso, pois tinha consciência que eu precisava manter essa separação. No entanto, conseguia ler muito bem o que se passava comigo: percebia quando havia algo errado ou se alguma coisa estava me perturbando logo pelo meu rosto ou pelo jeito como eu entrava no quarto. Não poderia haver segredo algum. Portanto, contei-lhe tudo.

Ela fez carinho no meu braço enquanto me ouvia, como que para apaziguar sua própria ansiedade. Cheguei a sentir seu coração palpitando, o pássaro de sua alma na verdejante árvore de sua vida. Concluí minha história e ela ficou daquele mesmo jeito ainda algum tempo, calada, ponderando tudo que tinha ouvido; olhando para mim, mas, de alguma forma, para mais além, como alguém que olha para o fogo.

— Você poderia se recusar.
— Você acha que eu deveria?

Seu silêncio foi eloquente, como sempre.

— Então, vou devolver isso amanhã.

Peguei a bolsa e sacudi, deixando cair o anel de ouro na mão dela.

Tarekhan o olhou e, em seguida, o devolveu.

— Não me peça para lhe dizer o que fazer. Você sabe que eu detesto isso. Não é justo.

— Mas o que, então?

Ela deu de ombros.

— O que é?

— Não sei. Estou com uma sensação ruim...

— Onde? — perguntei, vasculhando-lhe o corpo.

— Deixe de ser bobo. Sei que todo dia é cheio de perigos, mas qual é o bem que pode vir disso? Intrigas palacianas e atentados contra a vida do rei? São coisas sombrias, que me assustam. Já você... Seus olhos estão brilhando de novo!

— É porque estou exausto... — Soltei um bocejo exagerado para reforçar.

Ficamos os dois em silêncio durante algum tempo. Eu sabia o que ela estava pensando. E ela sabia o que eu estava pensando.

Então, minha esposa falou:

— Precisamos desse ouro — disse. — E você não consegue se conter, adora um mistério!

E, no escuro, abriu um sorriso, entristecido pela implicação de suas palavras.

— Amo minha mulher e meus filhos.

— Mas será que somos mistério suficiente para o investigador de mistérios?

— Daqui a pouco nossas filhas vão embora. Sekhmet está com quase 16 anos. Como foi que isso aconteceu? É um grande mistério para mim o tempo passar tão depressa assim desde que ainda engatinhavam e golfavam e, por nada, abriam orgulhosos sorrisos desdentados. Mas agora...

Tarekhan enfiou a mão por entre a minha.

— E veja só como estamos, os dois: um casal de meia-idade que precisa colocar o sono em dia!

Dizendo isso, deitou a cabeça no suporte dela e fechou os olhos elegantes.

Fiquei me perguntando se o sono me daria o ar de sua graça hoje à noite. Duvidava disso. Precisaria pensar em como lidar com esse novo mistério quando o sol nascesse, o que se daria em breve. Deitei de barriga para cima e fiquei olhando para o teto.

9

Cheguei à repartição do tesouro logo após os primeiros raios do sol. Um faxineiro, de balde e escovão, vinha andando de costas, jogando água com gestos ligeiros e depois esfregando até que a pedra estivesse brilhando diante de seus pés. Trabalhava metodicamente, impassível, de cabeça baixa, à medida que chegavam os primeiros burocratas e autoridades, homens de túnica branca que olhavam para mim e Thoth com breve curiosidade, mas passavam pelo faxineiro como se ele não existisse, deixando para trás as pegadas de suas empoeiradas sandálias naquele chão imaculado. Ele as limpava, uma depois da outra, com paciência infinita. Era um homem que jamais andaria sobre um pavimento de pedra limpa e brilhante. Em momento algum ergueu os olhos para ver o desconhecido sentado no banco, com seu babuíno tranquilamente ao lado, esperando por alguém.

Finalmente, uma autoridade de maior patente, o encarregado do Tesouro, me convidou para entrar em sua sala, levemente ansioso por trás de sua afável competência. Eu conhecia o tipo: leal, discretamente orgulhoso de seus méritos, aproveitando as justas recompensas de sua profissão, os confortos de um bom complexo residencial, terra produtiva e criados fiéis. Deixei Thoth amarrado do lado de fora. Sentamo-nos em banquinhos um de frente para o outro. Ele arrumou na mesa de centro os poucos objetos: algumas estatuetas, bandejas, o tubo de sua caneta de junco, sua paleta de misturas, dois saquinhos para as tintas vermelha e preta; recitando, em seguida, a extensa lista de títulos acumulados desde o início de sua vida profissional até o momento. Só então perguntou como poderia me ajudar. Disse-lhe que desejava uma audiência com Ay.

Ele fingiu surpresa.

Coloquei sobre a mesa o papiro de autorização de Khay e o empurrei mais para perto. Ele desenrolou o documento e deu uma rápida espiadela nos caracteres. Em seguida, me olhou com expressão totalmente diferente.

— Entendo. Pode esperar aqui alguns instantes?

Concordei. Ele foi embora.

Por um momento, prestei atenção aos sons irrelevantes do corredor e ao coro distante das aves aquáticas no rio ali perto. Imaginei-o batendo às portas, uma depois da outra, como caixas dentro de outras caixas, até chegar ao limiar do último santuário.

Quando voltou, o homem parecia estar chegando de uma marcha prolongada. Ofegava.

— Queira me acompanhar...

Atravessamos trechos sombrios e outros inundados por compridos raios de sol de alguns corredores. Os guardas parados à entrada da repartição ergueram respeitosamente as armas. O oficial me deixou diante do último portal, não seguiria em frente. Um assistente áspero e arrogante, dos três sentados a postos diante da sala, bateu à porta como um aprendiz nervoso, e aguardou durante o silêncio que se seguiu. Deve ter ouvido algo, pois abriu a porta e me deu passagem.

O salão estava vazio. Continha apenas um mobiliário mínimo: dois sofás, ambos requintadamente trabalhados, perfeitamente dispostos um diante do outro. Uma mesa de centro, elegantemente funcional, estava colocada em posição equidistante dos dois. Paredes despojadas de qualquer ornamento, mas revestidas com pedra de tal gabarito que os veios se assemelhavam em todas as lajotas. Até a luz que entrava no recinto conseguia ser mínima, perfeita, comportada. Detestei aquela ordem imaculada. Por puro prazer, empurrei a mesinha só para tirá-la de seu alinhamento perfeito.

Havia duas portas, em paredes opostas, como opções num jogo. Sem que eu percebesse, uma delas se abriu silenciosamente. Ay estava parado no vão escuro, com sua túnica branca refletindo a luz que entrava de cima pela janela. Parecia um sacerdote. Era difícil decifrar seu rosto.

Fiz uma reverência.

— Vida, prosperidade e saúde — cumprimentei, como era corrente. Mas, ao erguer novamente a cabeça, surpreendi-me ao ver que, apesar de todo seu poder, conforme dissera Ankhesenamon, o tempo, destruidor implacável, o pegara de jeito nos anos desde nosso último encontro. Ele deu alguns passos, cuidadosos, rígidos, como se não confiasse nos próprios ossos. É claro que estava com a malária, embora fizesse todo o esforço possível para disfarçar. Mas seus aguçados olhos reptilianos tinham foco e se mantinham tremendamente concentrados. Ele me observou atentamente, como um conhecedor que avalia um objeto de valor dúbio. Sua boca fina expressava decepção e desaprovação inevitáveis. Fitei-o nos olhos. A pele parecia repuxada nas partes planas do rosto, com rugas marcando-lhe a testa e o entorno dos olhos frios, que estavam fundos, quase como os dos mortos. Havia marcas vermelhas onde os resíduos de sua acne tinham sido retirados. Senti o cheiro da pastilha que ele trazia sob a língua: cravo e canela, o remédio para dor de dente, a maldição da idade.

— Sente-se — disse ele, bem baixinho.

Sentei-me, observando a dificuldade com que ele se ajeitava num dos requintados sofás.

— Fale.

— É do seu conhecimento que eu...

— Pare.

Ele ergueu a mão. Eu esperei.

— Se a rainha tivesse ousado pedir minha opinião, eu a teria proibido de mandar chamá-lo.

Olhou-me de alto a baixo.

— Não gosto da Medjay da cidade interferindo na administração e nos assuntos palacianos.

— Ela mandou me chamar por assuntos pessoais e particulares — expliquei.

— Estou plenamente ciente da natureza e do histórico do seu envolvimento com a família real — afirmou em voz baixa. — E se o assunto não continuar totalmente pessoal e particular, esteja certo de que não terei misericórdia alguma com você e sua família.

Fiz apenas um gesto de reconhecimento do que ouvira com a cabeça, mas não falei nada.

— De qualquer forma, decidi que aquela gravura é irrelevante. Deve ser simplesmente destruída e esquecida.

Sua mão, sarapintada e ossuda, estremeceu quando pegou o punho de sua bengala. Olhei para a arrumação absoluta daquele aposento. Pareciam faltar-lhe por completo a vida e seu estado natural de desordem.

— Contudo, parece ter deixado o rei e a rainha alarmados.

— São crianças, e as crianças temem o intangível. O fantasma na catacumba. O espírito maligno embaixo da cama. É uma superstição. Não há lugar para superstição nas Duas Terras.

— Talvez não seja superstição, mas sim imaginação.

— Não faz diferença.

Não para você, seu oco vazio, pensei.

Ele prosseguiu:

— Não obstante, representa uma falha de ordem. Os oficiais do palácio deveriam tê-lo detectado. O simples fato de haver entrado nas dependências palacianas é uma negligência absurda. E não será tolerada.

— Não resta dúvida de que haverá uma investigação, e as falhas serão sanadas.

Ele ignorou o desprezo que alterou meu tom de voz.

— Ordem é a prioridade do poder. Depois das arrogantes catástrofes do passado, o glorioso reino de Tutancâmon representa o triunfo da divina ordem universal da *maat* pelo desejo dos deuses. Endireitamos estas terras. Nada há de ameaçar a ordem. Nada.

— Acaba de chamá-lo de criança.

Ele me encarou e, durante um instante, achei que me expulsaria dali. Como não o fez, continuei:

— Queira me desculpar por insistir num argumento, mas quando a multidão começou a jogar no rei o sangue dos porcos abatidos, em público, no auge do Festival de Opet...

— Um incidente isolado. Esses dissidentes não têm a menor importância e serão esmagados.

Ele percebeu que a mesa estava fora do alinhamento, franziu o cenho e devolveu-a à posição perfeita.

— E então a gravura. Descoberta no mesmo dia? Alguém dentro da hierarquia palaciana está conspirando contra o rei. Tendo em mente o falatório sobre o fracasso das guerras dos hititas e a prolongada ausência do general Horemheb...

Atingi o nervo. A bengala bateu contra o tampo da mesa de centro entre nós. Uma estatueta de vidro caiu e se espatifou.

— Seu trabalho é fazer cumprir a lei. Não questionar a ética ou a prática da sua aplicação. — esbravejou, e então tentou se acalmar. — Não tem autoridade para falar sobre nenhuma dessas questões. O que está fazendo aqui, desperdiçando o meu tempo? Sei o que a rainha lhe pediu. O que me importa se resolveu dar asas às suas fantasias tolas de medo e proteção? E você... imagina-se o herói num romance de verdade e justiça. Mas quem é, na verdade? Outros foram promovidos em seu lugar enquanto você continua num cargo mediano, afastado dos colegas, sem realizações. Considera-se complexo e sutil, com seu interesse por poesia, mas está envolvido na incerteza de uma profissão que exalta a violência do cumprimento da lei. Está aí o somatório do que você é.

Silêncio. Levantei-me. Ele permaneceu sentado.

— Como diz, sou figura de romance: absurdo, antiquado, atrasado. A rainha prevaleceu sobre a minha pessoa. Não pude evitar. Tenho uma queda por mulheres em apuros. Alguém brada a palavra "justiça" e eu apareço correndo feito um cachorrinho.

— *Justiça*... O que tem a ver com tudo isto? Nada...

A falsidade com que esse velho decrépito me disse aquela palavra me fez pensar em tudo que não era justo.

Parti em direção à porta.

— Vou assumir que agora disponho da sua aprovação para continuar com a investigação deste mistério, independente de onde ela possa me levar.

— A rainha é autoridade bastante. Apoio todos os seus desejos — retrucou ele, querendo dizer: "Você não terá a minha autorização."

Sorri, abri a porta e o deixei ali, com os ossos doloridos naquele recinto perfeitamente arrumado. Pelo menos agora assegurei meu papel na situação. E fiquei sabendo de mais uma coisa importante: ele não fazia ideia do plano de Ankhesenamon.

10

Voltei para minha própria sala desconjuntada na extremidade errada do último corredor, onde a luz desiste, em decepção, e os faxineiros sequer se dão ao trabalho. Não há sinal algum de poder por aqui. Ay estava certo, é claro. Eu não estava indo para lugar algum, devagar, como uma folha caída numa piscina estagnada. A bem da verdade, o glamour do encontro de ontem à noite estava cedendo lugar à impiedosa luz do dia, e me dei conta de que mal sabia por onde começar. Em dias assim, sentia-me, conforme o ditado popular, pior que o cocô do cavalo do bandido. Thoth seguia à minha frente, pois sabia o caminho, como sabe tudo que importa.

Khety estava à minha espera. Ele tem um jeito de transbordar informações que só considero tolerável nos melhores dias.

— Sente-se.

Ele hesitou um instante, desconcertado.

— Fale.

— Ontem à noite...

— Pare.

Ele parou, boquiaberto, olhando para mim e depois para o Thoth, como se o animal pudesse lhe explicar as razões do meu humor. Ficamos ali sentados qual um trio de idiotas.

— Você acredita na justiça, Khety?

Ele ficou um pouco atordoado com a pergunta.

— O que quer dizer com *acredita*?

— É uma questão da primazia da fé sobre a experiência, não é?

— Acreditar eu acredito, mas acho que nunca vi com meus próprios olhos.

Fiz um gesto de acolhida à boa resposta e mudei de assunto.

— Você tem algumas informações.

Ele confirmou.

— Algo que viu com seus próprios olhos — continuei.

Ele tornou a confirmar.

— Acharam outro corpo.

— Que decepção! — falei baixo. — Quando foi descoberto?

— Hoje cedo. Tentei encontrá-lo em casa, mas você já tinha saído. Este é diferente.

Teria sido bonita. Ontem à noite ainda teria sido uma moça, com seus 18 ou 19 anos, recém-chegada à plena posse de sua beleza. Só que onde deveriam estar seu rosto e seu cabelo havia agora uma máscara de folha de ouro. Com a lâmina da minha faca, descasquei cuidadosamente um canto grudento e vi que sob o ouro não havia rosto; nada além do crânio e tecidos cartilaginosos ensanguentados. Pelo visto, com habilidade tanto requintada quanto terrível, alguém a tinha escalpelado, na frente e atrás, retirando-lhe o rosto e os olhos. Permanecia ainda um contorno vívido de seus traços na mascara, onde o laminado tinha sido pressionado para destacar as formas. Isso havia sido feito antes da carnificina com sua beleza. Talvez nos ajudasse a identificá-la.

Em torno do pescoço, enfiado por dentro da túnica de linho branco, havia um amuleto de ankh pendurado numa delicada corrente dourada; uma joia excepcionalmente bela trazendo proteção, pois esse é o símbolo com o qual se escreve a palavra para Vida. Tirei-o cuidadosamente e fiquei segurando a peça de ouro frio na palma da mão.

— Isso nunca pertenceu a essa moça — afirmou Khety.

Olhei para todos os cantos do despojado cômodo onde ela fora encontrada. Ele tinha razão. Era um objeto valioso demais. Parecia um tesouro, talvez uma herança de uma família muito abastada. Tive uma ideia de quem poderia ter sido o dono. Mas, se estivesse certo, o mistério do seu aparecimento piorava tudo.

— Ela tem uma tatuagem. Veja — disse Khety, mostrando-me uma cobra enroscada na parte superior do braço. A arte era rudimentar, e barata.

— Chamava-se Neferet. Morava aqui sozinha. O senhorio diz que ela trabalhava à noite, de forma que acho cabível dizer que trabalhava nas boates, ou nos bordéis.

Fiquei olhando para o belo corpo. Por que, novamente, não havia sinais de violência ou de luta? Ninguém seria capaz de aguentar tal dor sem resistir, sem morder inclusive a própria língua e lábios, lutando para sobreviver contra as amarras que deveriam estar lhe prendendo punhos e tornozelos. Mas não havia nada. Era como se tudo aquilo tivesse sido feito num sonho. Passeei pelo cômodo, procurando pistas, mas não encontrei nada. Quando me voltei para o sofá sem forração, a luz do sol entrou pela janela estreita e bateu no corpo da moça. E foi só aí que percebi, na prateleira ao lado da cama de dormir, capturada pelo forte raio de luz matinal, os mínimos vestígios de um círculo de poeira, a marca de uma xícara que fora colocada naquela superfície e não mais se encontrava ali.

Uma xícara fantasma; uma xícara de sonhos. Deixei meus pensamentos fluírem de volta para meu primeiro instinto, que o assassino do rapaz manco tinha administrado o suco da papoula ou algum outro narcótico potente à vítima, para aplacá-la enquanto ele realizava sua tarefa grotesca. O segredo por trás das Duas Terras na nossa época, por trás dos seus grandiosos templos e demais edificações, de suas portentosas conquistas e das brilhantes promessas de riqueza e sucesso para os mais afortunados que vierem para cá trabalhar, e servir e sobreviver como puderem, é que as misérias arrasadoras, os sofrimentos cotidianos e as infinitas banalidades da vida são amenizadas, para uma quantidade cada vez maior de gente, pelas ilusões dos narcóticos. O vinho um dia fora o meio para se chegar à felicidade artificial; agora as coisas estão muito mais sofisticadas e aquilo que outrora era considerado como um dos maiores segredos da medicina se tornou o único êxtase que as pessoas encontram na vida. Essa euforia ser uma ilusão é irrelevante, pelo menos até que seus efeitos passem, deixando o usuário abandonado aos mesmos dissabores que levaram à fuga da realidade. Os filhos das famílias da elite nos dias de hoje aliviam dessa maneira, com regularidade, as tensões e ditas pressões de suas afluentes vidas sem sentido. E outros, que por uma razão ou por outra escaparam da rede de apoio de suas famílias, logo se encontram descendo em ritmo acelerado a escada das trevas que leva até o submundo, onde costumam vender as últimas coisas que possuem — seus corpos e suas almas — por um instante de êxtase.

Nos dias de hoje, o comércio de todos os tipos expandiu suas rotas e seus caminhos às partes mais remotas e estranhas do mundo. Portanto, juntamente com o essencial do poderio econômico do reino — madeira, pedra, minérios, ouro, mão de obra —, os novos produtos básicos do luxo chegam até aqui por terra, mar e rios: peles de animais raros, macacos espertos, girafas, quinquilharias de ouro, tecidos, novos perfumes de aroma sutil... um rol infinito de objetos lindos e desejáveis. E também, é claro, as coisas secretas; as mercadorias dos sonhos.

Os médicos e os sacerdotes sempre usaram as partes potentes de certas plantas; algumas delas, como a papoula, são tão poderosas que umas poucas gotas destiladas num cadinho com água bastam para anuviar os sentidos dos pacientes antes de se realizar procedimentos excepcionalmente dolorosos, como as amputações. Lembro que uma indicação desse estado é a dilatação das pupilas. Sei disso porque as prostitutas das noites na cidade ampliam seus atrativos tomando esse preparado para dar mais luminosidade aos seus olhos cansados. Mas a dosagem é assunto delicado: um pouco a mais e os olhos ficam esbugalhados pela luz irreal da droga, vindo a fechar-se apenas de uma vez por todas, com a morte.

Expliquei minha ideia para Khety.

— Mas por que o assassino não mata a vítima só com a droga antes e muda os móveis de lugar depois? — questionou ele.

Foi uma boa pergunta.

— Parece ter importância para ele que o "trabalho" seja executado num corpo vivo — argumentei. — É uma coisa que está no cerne de sua obsessão. Seu fetiche...

— Detesto essa palavra — confessou Khety, desnecessariamente. — Fico arrepiado só de ouvir...

— Precisamos identificar onde essa moça trabalhava — falei.

— As meninas que acabam na cidade, fazendo o que ela fazia, vêm de todo lugar e de lugar nenhum. Mudam de nome. Não têm família. E não conseguem ir embora.

— Vá ver nas boates e nos bordéis. Tente rastreá-la. Alguém vai dar por falta dela.

Ofereci-lhe a face dourada. Ele assentiu.

— E você?

— Preciso que você faça isso enquanto vou atrás de outra coisa.

Khety ficou me olhando, com um quê de divertimento no rosto.

— Dá até para pensar que você não gosta mais de mim.

— Eu jamais gostei de você.

Abriu um sorriso largo.

— Existe alguma coisa que você não está querendo me contar...

— Dedução exata. Nossos muitos anos juntos não foram desperdiçados.

— Então, por que não confia em mim?

Toquei na minha orelha para confirmar meu silêncio e fiz um gesto na direção de Thoth.

— Pergunte a ele. Ele sabe de tudo.

O babuíno ficou nos olhando com sua cara impassível.

Fomos para uma estalagem tranquila, distante da parte mais movimentada da cidade. Já era meio da manhã e todos estavam trabalhando, de forma que o lugar estava deserto. Sentamo-nos num dos bancos mais ao fundo para tomar uma cerveja e comer o prato de amêndoas que pedi ao calado, porém atento, dono da casa, inclinando-nos um para perto do outro de forma que não pudéssemos ser ouvidos. Contei-lhe tudo que tinha acontecido na noite anterior, e no dia também. Sobre o misterioso Khay, e Ankhesenamon, e a gravura.

Ele escutou atentamente, mas não falou nada que não fosse pedir mais informações sobre como era o palácio. Isso era raro. Khety tem sempre uma opinião racional sobre tudo. Já nos conhecemos há muitos anos. Tomei as providências para sua nomeação como oficial da Medjay de Tebas, para que ele e a esposa pudessem sair de Akhetaton. Desde então, tem sido meu assistente.

— Por que você não falou nada?

— Estou pensando.

Tomou um gole grande da cerveja, como se pensar desse sede.

— Essa família é só encrenca — declarou, por fim.

— E eu devo ficar grato por essa pérola de sabedoria?

Ele abriu um sorriso largo.

— O que quero dizer é: você não deve se envolver. Isso é uma encrenca.

— Foi o que minha mulher disse. Mas o que você propõe que eu faça? Que abandone a menina à própria sorte?

— Você não sabe qual é a sorte dela. E não é uma menina, é a rainha. Você não pode se responsabilizar por todo mundo. Tem sua própria família para se preocupar.

Fiquei sinistramente perturbado.

Ele ficou me olhando.

— Mas está se sentindo responsável, não está?

Dei de ombros, terminei de tomar minha cerveja e me levantei para ir embora. Thoth já estava dando trancos na guia.

Saímos do recanto mais fresco e começamos a andar sob a luz forte do dia, com Khety correndo atrás para nos alcançar.

— Para onde você está indo agora? — perguntou, enquanto driblávamos a multidão.

— Estou indo ver meu amigo Nakht. E você vai descobrir tudo que puder sobre o desaparecimento daquela moça. Sabe por onde começar. Trate de me encontrar depois.

11

Visitar meu amigo Nakht em sua casa de campo é passar do caos empoeirado e quente da cidade para outro mundo, mais calmo e racional. Ele usa sua grande riqueza para tornar a própria vida tão luxuosa e agradável quanto possível, criando seu reino particular de arte e conhecimento numa propriedade cercada, nos arredores da cidade. Sua fama de cultivador de flores e abelhas lhe rendeu um título incomum: "Supervisor dos Jardineiros de Amon." Todos os milhares de buquês que enfeitam os templos nos festivais, inclusive aqueles presenteados aos próprios deuses, para lembrá-los da vida no além, são cultivados sob sua supervisão.

Saí para os subúrbios pelo portão do sul e tomei o caminho que vai dar na casa dele. O sol coroava o céu e a terra tremeluzia ao calor do meio-dia. Vim sem sombrinha, mas as palmeiras que ladeiam a estrada me propiciavam proteção suficiente. Caminhei observando as plantações abundantes, rigorosamente dispostas em carreirinhas que se espalhavam por todas as direções. Aqui e ali os canais de irrigação, cheios, refletiam as linhas azuis e brancas do céu. Foram poucas pessoas que encontrei pelo caminho, pois todos os trabalhadores tinham parado para comer e tomar a cerveja do meio-dia, ou dormiam estirados sob qualquer sombra que conseguissem encontrar, embaixo de carroças ou palmeiras, ou ainda ao lado das casas e celeiros, cobrindo o rosto com seus turbantes. Os falcões envergavam suas asas cor de bronze escuro para flutuar com as correntes de ar quente, voando em círculos e olhando, das alturas, o mundo aqui embaixo. Sempre me maravilhei ao imaginar como seria o mundo visto por eles, de um mirante do qual os homens, condenados a caminhar com suas duas pernas sobre a superfície da terra, jamais poderiam usufruir. Imagino a serpente reluzente do Grande Rio, seguindo de uma ponta do mundo a outra; abrindo-se de ambos os lados, os leques em padrões verdes e amarelos dos campos de cultivo se abrindo. Mais além, o infinito da Terra Vermelha, onde as famílias reais construíam seus eternos túmulos de pedra e templos de visitação, às margens da natureza, do deserto, lugar de grande solidão. Talvez pudessem enxergar o que nós não conseguíamos: o que acontece com o sol ao se pôr para lá do horizonte inatingível do mundo visível. Haverá mesmo um perigoso oceano de trevas, repleto de deuses e monstros, naquela grande vastidão que o sol singra no curso noturno de sua barca, enfrentando perigos sombrios? Seria isso o que nos dizem essas aves de rapina, com seus pios agudos que soam como gritos de alerta?

Cheguei ao primeiro pátio da comprida propriedade de Nakht, constituída toda de edificações baixas. Seu criado Minmose chegou correndo para me receber e logo me fez entrar, segurando solicitamente uma sombrinha acima da minha cabeça.

— Seu cérebro vai cozinhar no crânio como um ovo de pato, senhor, neste calor do meio-dia. Eu teria mandado um criado para acompanhá-lo com uma sombrinha, se soubesse que ia nos brindar com uma visita.

— Trata-se de uma visita causada pela necessidade — respondi.

Ele fez uma reverência.

— Meu senhor está trabalhando nas colmeias no fim do jardim — disse.

Ofereceu-se para me acompanhar, torcendo, eu sabia, para ouvir alguma notícia da cidade; pois, mesmo tão pertinho assim, o campo dá a impressão de se viver num mundo à parte. Mas conheço bem o lugar, pois já venho aqui, sozinho ou com as meninas, há muitos anos. Ele se afastou, silenciosamente como sempre, para ir preparar um refresco na cozinha, e eu atravessei o segundo pátio, parando um instante para desfrutar da vista gloriosa à minha frente. Na cidade, estamos aglomerados como animais. Aqui, com o luxo do espaço, e entre os muros altos que cercam o terreno, tudo é paz; é como se percorrêssemos um pergaminho onde está contada a boa vida do Além.

Passei por um laguinho murado de pedras e árvores por toda a margem, cheio de flores de lótus brancas e azuis, que dá água para os canteiros e hortas de Nakht, e também contém sua coleção de peixes ornamentais. Jardineiros alegres, tanto jovens quanto idosos, cuidavam meticulosamente das plantas e das árvores, regando e limpando, aparando e podando; obviamente felizes com seu trabalho dedicado. Trepadeiras estendiam-se por sobre as pérgulas, propiciando sombra abundante. Plantas raras e exóticas floresciam com exuberância. Pássaros aproveitavam o espaço à vontade e cantavam prazerosamente. Aves aquáticas vicejavam à sombra dos pés de papiro que cresciam no laguinho comprido. Era quase ridiculamente lindo, de tão distante que parecia estar das grandiosas sujeira e pobreza da cidade.

Encontrei Nakht entre suas colmeias, ocupado em espantar as abelhas dos cilindros de barro com fumaça. Permaneci ao longe, já que não sou devoto de abelhas e ferroadas, e fiquei sentado num banco à sombra, entretendo-me em vê-lo trabalhar, pois parecia o sacerdote enlouquecido de um culto do deserto, fazendo dançar e flutuar a fumaça que tentava direcionar para afugentar a nuvem de insetos dementes. Ajeitou os favos cuidadosamente em potes de decantação e, em pouco tempo, já tinha acumulado uma boa quantidade, que finalmente depositou numa bandeja.

Em seguida, afastou-se, ergueu o capuz de proteção e me avistou ao longe, observando-o. Acenou e veio ao meu encontro, oferecendo-me um pote de mel.

— Para as crianças.

Abraçamo-nos.

Um criado lhe trouxe uma caçamba e um pano, e logo Minmose chegou com vinho e aperitivos, que colocou numa mesinha baixa ali perto. Nakht lavou seu rosto suado mas sempre elegante. Sentamo-nos juntos nos bancos, protegidos pela sombra, e ele me serviu um pouco de vinho. Eu sabia que seria excelente.

— O que o traz aqui num dia de trabalho? — perguntou.

— Estou trabalhando.

Ele me olhou com atenção, fazendo uma saudação aos deuses, e tomou um gole demorado de vinho.

— No quê? Não naquele incidente do festival?

— Em parte.

Nakht ficou intrigado.

— Imagino que o palácio esteja mais enlouquecido que minhas abelhas.

— Não há dúvida de que alguém está cutucando a colmeia real...

Ele concordou.

— Então, a que conclusão você chegou? Conspiração na corte, talvez? — perguntou, entusiasmado.

— Provavelmente não. Acho que é uma aberração. Na pior das hipóteses, alguém das hierarquias incitou um bando de jovens tolos a cometer um ato de violência inocentemente irresponsável.

Ele quase ficou desapontado.

— Talvez seja; mas, ainda assim, teve um efeito surpreendentemente poderoso. Só se fala nisso. Parece que catalisou a dissidência que vinha fervilhando pelos bastidores há anos. À boca pequena, há quem fale até em golpe de estado...

— E quem comandaria uma coisa dessas? — questionei.

— Só existe um homem. O general Horemheb — respondeu, com certa satisfação.

Soltei um suspiro.

— Não melhoraria em nada o atual regime — falei.

— Seria muito pior, pois a visão de mundo do Horemheb é regida por sua vida no exército. Aquele homem é desprovido de humanidade — respondeu Nakht. — De qualquer forma, estamos encrencados, pois o ato fez o rei parecer vulnerável. E que rei pode se colocar em situação de vulnerabilidade? Ele nunca foi do tipo guerreiro. Até parece que a dinastia está enfraquecendo e se isolando a cada geração. E agora ele está sem poder...

— Ainda mais vulnerável a outras influências — completei.

Nakht concordou.

— Ele nunca conseguiu impor sua própria autoridade, em parte porque depois de Akhenaton ninguém apoiaria, e em parte porque ele cresceu sob a sombra perigosa de Ay. E que tirano acabou se revelando! Não é de admirar que o rapaz não consiga exercer seu próprio poder.

Gostávamos de compartilhar o desprezo secreto, porém profundo, que sentíamos pelo regente.

— Encontrei-me com Ay hoje de manhã — declarei, observando bem o rosto de Nakht.

Ele ficou impressionado.

— Mas por que você iria fazer uma coisa dessas?

— Não porque ele tenha mandado me chamar, mas porque eu precisava.

— Curioso — comentou o meu amigo, inclinando-se para a mesa e servindo-me de mais uma dose do excelente vinho.

— Estive com Ankhesenamon ontem à noite — acrescentei, depois de uma cabível pausa dramática.

— Ah...

Ele fez um movimento lento com a cabeça, começando a encaixar as evidências que eu estava lhe revelando.

— Ela mandou uma pessoa me buscar.

— Quem foi?

— Khay. Escriba-mor — respondi.

— Sei, conheço; anda como se tivesse uma vara de ouro enfiada na bunda. E o que ele lhe disse?

— A rainha tinha algo para me mostrar. Uma pedra. De Akhetaton. Uma gravura do Aton.

— Interessante. Mas nada demais.

— Não até que você visse que alguém arrancou o disco do Aton, as mãos segurando os ankhs, os nomes reais e sagrados, e os olhos e narizes de todas as figuras reais.

Nakht virou a cabeça e fixou o olhar na idílica imagem de cores e sombras do seu jardim.

— Um pouquinho que seja de iconoclastia tem um efeito imenso, imagino, especialmente naquele palácio.

— Exatamente. Estão todos aterrorizados porque não sabem o que significa.

— E o que você acha? — indagou.

— Ora, é capaz de não passar de alguém com alguma pendência antiga que se empenhou em arranjar um jeito para mandar um desagradável insulto à família real.

— Mas a coincidência... — insistiu.

— Eu sei. Não acreditamos em coincidências, não é mesmo? Acreditamos em conexões. O rapaz morto com os ossos quebrados; o amuleto de elite; e agora também uma garota morta com uma máscara de ouro ocultando o rosto arrancado.

Nakht ficou espantado.

— Que horror! Uma barbaridade dessas! Os tempos estão indo de mal a pior.

Assenti.

— Existe alguma coisa com a sofisticação de todas essas coisas, e a coerência do estilo, que me faz supor que talvez haja alguma ligação com o objeto deixado no palácio. Fiquei pensando se a obliteração do disco do Sol também poderia ter algum significado específico...

— Por exemplo? — perguntou ele, duvidando.

— Um eclipse — arrisquei.

— Ora, essa! Que ideia interessante! — disse Nakht, absorto pelas ramificações. — O sol em batalha destruído pela força das trevas, depois restaurado e renascido... o simbolismo é forte. E veio bem a calhar no momento...

— Alguma coisa por aí — retruquei. — Por isso resolvi consultar o homem que sabe mais sobre as estrelas que qualquer outro das minhas relações.

— Ora, é uma alegoria — sorriu, simpatizando rapidamente com o assunto.

Sequer fui capaz de imaginar o que ele quis dizer.

— Ande, fale.

— Vamos dar uma caminhada.

Então, saímos passeando por um dos caminhos, entre os canteiros, e ele começou a explicar. Como sempre, com Nakht, escutei sem compreender tudo, pois sei que interrompê-lo com perguntas só leva a mais divagações, igualmente maravilhosas mas intermináveis.

— Pense no entendimento que temos dos mistérios do mundo à nossa volta. Rá, o deus do Sol, cruza o oceano azul no Navio Dourado do Dia. Mas, ao pôr do sol, o deus passa para o navio da noite e desaparece no Além. O negro oceano da noite se revela, com suas estrelas brilhantes: a Pontiaguda, a mais brilhante, e as cinco de Hórus e as de Osíris, o Caminho das estrelas mais longínquas nas alturas do céu, e a estrela movente da madrugada, todas singrando as águas escuras, seguindo o sol cuja jornada noturna, com seus perigos e provações que jamais podemos ver, apenas *imaginar*. Equiparamos isso no Livro dos Mortos à jornada da alma após a morte. Conseguiu me acompanhar até aqui?

Indiquei que sim.

— Praticamente...

— Daqui para adiante, fica mais sutil. Preste bastante atenção. O mais significativo, de fato o mais misterioso, de todos esses perigos é a união do sol com o corpo de Osíris no ponto mais escuro da noite. "*O sol descansa em Osíris, Osíris descansa no sol*", diz o ditado. É o momento mais secreto quando o sol baixa às águas originais e seus poderes do caos. Mas é exatamente nesse momento obscuro que ele recebe novos poderes da vida, e Osíris renasce. Repito que nós, seres vivos, jamais testemunhamos tal evento, pois está fora do alcance da vista humana, na parte mais remota do desconhecido. Mas, insisto, podemos *imaginar* isso tudo, ainda que com grande esforço mental. Assim é que, ao alvorecer, o sol volta, mostra-se novamente renascido, pois Rá é o autocriador e o criador de tudo que existe. E chamamos àquela forma do deus que retorna de Escaravelho, *khepri*, o que evolui, tornando-se um ser a partir de um não ser. E assim começa um novo dia! E assim todas as coisas seguem adiante, dia após dia, ano após ano, vida após vida, morte após morte, renascimento após renascimento, perpétua e eternamente.

Eu sabia que ele adorava falar desse jeito. Meu problema é que soava como uma boa história. E como todas as que contamos a nós mesmos, e aos nossos filhos, sobre como as coisas acontecem e porque são do jeito que são, não podia ser comprovada.

— Mas o que tudo isso tem a ver com minha pergunta? — indaguei.

— Porque existe um momento no qual nós, os vivos, *podemos* testemunhar essa união divina.

— Durante um eclipse?

— Precisamente. Claro, há várias explicações para um evento como esse, dependendo da autoridade que você consultar ou aceitar. Uma é que a deusa Hátor do Oeste cobre o deus com seu corpo. Uma união divina de luz e escuridão, portanto. Outra, oposta, é que algum poder obscuro cujo nome não conhecemos, e portanto não podemos falar, a conquista... mas a luz se recupera e triunfa nessa batalha divina travada no céu.

— Sorte a nossa.

— Verdade. Pois, sem a luz, não pode haver vida. O Reino das Trevas é a terra das sombras e da morte. Mas até hoje há coisas que não compreendemos. Contudo, acredito mesmo que nosso conhecimento um dia será capaz de explicar todas as coisas que existem.

Ele parou diante do pé de romã e mexeu nas flores cor-de-rosa, que andavam na última moda, arrancando alguns brotos murchos, como para demonstrar seus próprios poderes, à semelhança dos divinos, sobre sua criação.

— Como um Livro de Tudo — sugeri.

— Exatamente. Mas as palavras são imperfeitas e nosso sistema de escrita, apesar das glórias, tem suas limitações em termos de capacidade para descrever a criação em todas as suas glórias manifestas e ocultas... Portanto, talvez tivéssemos de inventar outra maneira de descrever as coisas.

— Como o quê?

— Ah, ora, essa é a pergunta, mas talvez a resposta não esteja nas palavras, mas em sinais; a bem da verdade, em números...

A essa altura, meu raciocínio começou a desmoronar, como costuma acontecer quando converso com Nakht. Ele tem tal apetite pela especulação que às vezes me dá vontade de fazer algo prático e insignificante, como varrer o pátio.

Ele sorriu ao ver a expressão confusa em meu rosto.

Direcionei a conversa de volta para o meu assunto.

— Falando nisso, sei que, usando o calendário das estrelas, você consegue prever a chegada da enchente e o começo dos festivais. Mas os eclipses aparecem nos mapas?

Ele ponderou sobre a pergunta antes de responder.

— Creio que não. Eu mesmo compilo meus gráficos, a partir das minhas observações, mas ainda não tive a sorte de testemunhar um eclipse do sol, pois trata-se de um evento raro. Entretanto, do terraço já observei um eclipse da lua. Fico intrigado, curioso com esse elemento consistente da circularidade, tanto na natureza repetitiva dos eventos cósmicos quanto na implicação das curvas das sombras que se projetam contra a face da Lua, pois implica um círculo inteiro, como os que vemos da lua e do sol, e como aqueles que devem se presenciar num eclipse total. Isso sugere que o círculo seja a forma perfeita do céu, tanto como ideia, pois o círculo implica retorno infinito, quanto como fato.

Agradecido por uma pausa nessa torrente de especulação em ritmo acelerado, fiz uma pergunta rápida:

— Mas como podemos descobrir mais? Você poderia me levar aos arquivos astronômicos?

— Nas dependências do Templo de Karnak? Às quais tenho acesso? — perguntou de volta, sorrindo.

— Que sorte a minha: ter como amigo íntimo um homem de status tão elevado!

— Seu sarcasmo é tão... classe média — respondeu, alegremente.

12

Nakht passou imperiosamente pelos guardas de segurança do pilone principal do templo de Karnak, com sua elegância habitual, seguido por mim e por Thoth. Fiquei olhando para as paredes de alvenaria que se erguiam altas à nossa volta. Em seguida, mergulhamos nas sombras do "Mais Seleto dos Lugares"; um secreto e proibido mundo dentro do mundo, pois ninguém que não pertencesse à elitista categoria dos sacerdotes podia adentrar esse vasto e antigo quebra-cabeça de pedra repleto de colunas nos saguões e templos sombrios, recoberto por uma infinidade de insondáveis entalhes, no entorno de um labirinto de santuários onde, no meio do silêncio inexpugnável, a luz do sol não chegava e as estátuas dos deuses eram cuidadas, despertadas, idolatradas, vestidas, alimentadas, devolvidas ao sono e resguardadas durante toda a noite.

Saímos numa área aberta. Por toda a minha volta, homens da aristocracia, vestidos com linhos do branco mais puro, cuidavam dos negócios esotéricos de maneira despretensiosa. Esse trabalho sacerdotal não parecia muito oneroso. Em momentos determinados do ano, e em troca de uma parcela da imensa renda do templo, eles adentram os recintos para realizar as cerimônias, respeitando as antigas regras da pureza ritualística — o banho no lago sagrado ao alvorecer, a raspagem de todos os pelos do corpo, o uso de túnicas de linho branco —, observando com minúcias, sem variações, as funções e ritos do culto, conforme as Instruções.

Mas todos os templos, desde os menores santuários num recôndito e esturricado posto comercial das fronteiras do sul até o mais divino e antigo local das Duas Terras, são vulneráveis à típica variedade de atividades humanas: corrupção, propinas, roubo, fraudes e tudo mais, dos escândalos de serviços acachapados e roubos de alimentos e relíquias sagradas até violência e assassinatos impiedosos. Quanto maior o templo, maior a riqueza que ele controla. Riqueza é poder. E o Karnak é o maior dos templos. Sua riqueza e poder há muito rivalizavam com os da família real e, agora, os superavam.

O grandioso espaço no interior daquelas paredes continha o que me parecia um caos do antigo e do moderno: pilones, obeliscos, avenidas, estátuas, capelas e inacessíveis estruturas de templos com vastas colunas de papiro e salões sombrios. Uma parte tinha sido construída recentemente, outra ainda estava em construção, um tanto tinha sido desmantelado e já existiam até algumas ruínas. Havia depósitos, repartições e alojamentos para as autoridades e os sacerdotes. Era, a bem dizer, uma pequena cidade, grandiosa porém misturada. Hordas de sacerdotes entravam e saíam pelos portais e pilones, acompanhados de quantidades ainda maiores de criados e assistentes. À nossa frente havia um pilone, que levava a outros ainda mais à frente, que iam dar finalmente nos antigos santuários no coração do templo.

— Depois desses pátios fica o lago sagrado — explicou Nakht, apontando para a direita. — Duas vezes por dia e duas vezes por noite, os sacerdotes têm de aspergir água sobre si mesmos e lavar a boca com um pouco de natrão.

— Vida dura — comentei.

— Tudo bem ser sarcástico, mas intercurso sexual é absolutamente proibido durante o período em que os sacerdotes estão realizando as cerimônias nas dependências do templo, e tenho certeza de que você, por exemplo, acharia isso impossível — retrucou com sua sinceridade habitual para tais assuntos. — Mas é claro que os sacerdotes são a população mais transitória aqui. Existem os cantores, os oficiantes dos santuários, os sacerdotes que recitam encantamentos e hinos, os escribas, os sacerdotes das horas que se incumbem de fazer cumprir os horários dos ritos... Mas são os encarregados, os criados, os tecelões, cozinheiros e faxineiros que realmente sustentam as necessidades para a realização correta dos rituais. Dá até para dizer que o deus Amon emprega mais gente que o próprio rei.

— Então, trata-se de um amplo departamento de governo, basicamente — concluí.

— Exatamente. Há supervisores para cada aspecto da administração do templo: território, contas, pessoal civil e militar, do campo e da batina, os celeiros, o tesouro...

Ele parou diante da entrada de uma série de prédios impressionantes.

— E esta é a Casa da Vida, que contém o *scriptorium*, as bibliotecas e os arquivos, e os gabinetes dos sacerdotes-leitores.

Entramos. Bem à nossa frente, passando por uma porta dupla, havia um cômodo grande e silencioso.

— É o *scriptorium* — murmurou Nakht, como se falasse com uma criança, pois eu podia ver homens de todas as idades, trabalhando meticulosamente, copiando ou cotejando textos de papiros antigos em papiros novos. A biblioteca tinha um aspecto sonolento, pois era meio da tarde e alguns dos usuários mais idosos dos arquivos não estavam de fato trabalhando com muito afinco, mas sim cochilando diante dos pergaminhos desenrolados. Pelas paredes, cubículos de madeira guardavam uma quantidade infinita de papiros, rolos e mais rolos, como se todo o conhecimento estivesse aqui, por escrito. Alguns raios de sol entravam inclinados por claraboias altas, capturando os milhares de ciscos que reluziam e escureciam à medida que subiam e desciam dentro dos feixes de luz, feito minúsculos fragmentos de ideias ou signos que tivessem se destacado dos pergaminhos e agora se perdiam, sem significado por não mais contarem com o texto maior de onde se desprenderam.

Nakht continuou a sussurrar:

— São os arquivos mais velhos do mundo. Muitos dos textos aqui preservados tiveram origem no alvorecer do nosso mundo. O papiro é notavelmente robusto, mas alguns são tão antigos que ficam guardados em invólucros de couro, sem que possam ser lidos. Alguns pergaminhos chegam a ser desenrolados, ainda que sob o temor de que o mais brando raio de sol venha a apagar os vestígios de tinta, de forma que só podem ser consultados à luz de velas. Há inclusive os que os consultam à luz do luar, mas acho que há um limite para a superstição. Muitos estão escritos em símbolos que já nos são incompreensíveis, de forma que não passam de uma coleção de rabiscos infantis. É uma ideia terrível: mundos inteiros perdidos por se esvaziarem de sentido. Trata-se de um grande palácio do conhecimento, sim, mas grande parte dele não se dará ao saber. Conhecimento perdido... livros perdidos...

Ele soltou um suspiro. Afastamo-nos por um corredor cheio de portas em ambos os lados.

— Aqui se guardam tratados míticos e teológicos, bem como recitações e as matrizes originais a partir das quais todas as gravuras das paredes do templo e dos obeliscos são copiados com precisão. Há também estúdios onde os Livros dos Mortos são copiados, conforme a encomenda. E há os cômodos reservados para o ensino e a aprendizagem. E várias áreas de armazenagem para textos sobre diversos assuntos, como escrita, engenharia, poesia, leis, teologia, estudos da magia, medicina...

— E astronomia — completei.

— Isso mesmo. E eis-nos aqui.

Deparamos com um homem idoso, vestido com o linho branco e a faixa de um sacerdote-leitor, parado diante das duas abas de uma porta dupla amarradas por uma corda e um lacre. Ele nos lançou um olhar funesto por baixo de suas magníficas sobrancelhas brancas.

— Sou Nakht — apresentou-se meu amigo.

— Seja bem-vindo — cumprimentou o sacerdote, num tom que implicava o contrário.

— Gostaria de examinar alguns pergaminhos na seção de astronomia — disse Nakht.

O sacerdote olhou firme para ele, estreitando os olhos enquanto considerava o pedido.

— E quem é o seu companheiro? — questionou, desconfiado.

— É Rahotep, detetive-chefe da Medjay de Tebas.

— E por que um policial precisa examinar cartas astronômicas?

— Ele tem a mente inquisitiva e eu estou disposto a atendê-lo — explicou Nakht. O sacerdote não conseguiu encontrar outra razão para proibir nossa entrada, de forma que abriu caminho e soltou um forte suspiro, digno de um hipopótamo saindo da lama, rompendo o lacre e desatando as amarras. Abriu as portas e, com um gesto sucinto das mãos, propôs que entrássemos.

Era uma câmara muito maior e mais alta do que eu imaginava. Todas as paredes estavam cobertas de prateleiras até o teto, e gaveteiros de grande estatura dividiam o espaço ao meio na forma de espinha de peixe. Cada prateleira guardava diversos rolos de pergaminho. Eu não saberia por onde começar, mas Nakht vasculhou rapidamente as ilhas, em busca de alguma coisa.

— A astronomia é uma mera função da religião, no que concerne ao mundo. Contanto que saibamos quando os astros significativos aparecem, de modo que os dias e as festas coincidam com as cartas lunares, todos ficam satisfeitos. Mas ninguém parece ter notado que a regularidade, o padrão repetitivo dos próprios astros imperecíveis, implica um imenso universo ordenado além da nossa compreensão.

— Em vez das velhas histórias que nos contam desde que os tempos começaram sobre deuses e deusas e tudo que vem do pântano de papiro da criação, e sobre o mundo noturno ser o lugar da vida eterna...

— De fato — sussurrou Nakht. — Os astros são a vida eterna, mas talvez não da maneira como sempre entendemos. Heresia, é claro — disse, abrindo um sorriso alegre.

Desenrolou vários pergaminhos sobre as mesinhas de centro distribuídas entre os gaveteiros e, em seguida, me mostrou as colunas de símbolos e números das cartas astronômicas, grafados a tinta vermelha e preta.

— Veja, 36 colunas listando os grupos de estrelas nos quais a noite está dividida. Nós as chamamos de *decans*.

Deixei meus olhos percorrerem os símbolos em cada coluna, desenrolando ainda mais o pergaminho. Pareciam continuar infinitamente. Nakht desaprovou.

— Cuidado. É preciso manusear esse material com delicadeza. Com respeito.

— E por que a informação está registrada desse jeito?

— Cada coluna mostra as estrelas que surgem antes do alvorecer, acima da linha do horizonte, durante um período de dez dias do ano. Veja, esta estrela é o Cão Maior, que surge justamente na época da inundação, no início do ano solar. E esta é Sá, gloriosa alma de Osíris, a brilhante estrela que nasce no início da *peret*, época da primavera... Você conhece o ditado, claro: "*Sou a estrela que percorre as Duas Terras, que navega diante dos astros do céu na barriga da minha Mãe Nut.*"

Balancei a cabeça.

— Às vezes acho que você não sabe de nada — censurou-me.

— Não é exatamente o meu território habitual — relembrei. — Mas, e o eclipse?

Durante os poucos minutos que se sucederam, ele avaliou mais algumas cartas astronômicas, enrolando e desenrolando pergaminhos, cada qual parecendo ser ainda mais velho e frágil que o anterior.

Afinal, balançou a cabeça, resignado.

— Não há nada registrado. Não achei que fosse assim.

— Beco sem saída.

— Foi um pensamento interessante, e pelo menos agora você sabe alguma coisa sobre o assunto — afirmou, em seu tom professoral.

Saímos do recinto dos arquivos e o sacerdote se curvou com rigidez para tornar a atar as cordas e lacrar as portas. Enquanto nos afastávamos, pensei alto:

— Onde será que ficam os livros secretos?

Nakht não conseguiu disfarçar o espanto ao ouvir aquilo.

— Do que você está falando? Que livros secretos?

— Os Livros de Thoth, por exemplo.

— Ora, essa! São lendas, não realidade. Como muitos outros livros *supostamente* secretos.

— Mas é verdade, não é, que há vários textos sagrados que só são revelados para iniciados?

— "Iniciados" em quê? E textos sobre quais assuntos secretos?

— Oh, assuntos sobre geometria divina — respondi despretensiosamente.

— Nunca ouvi falar disso — negou ele, com rispidez, olhando à volta para ter certeza de que ninguém nos ouvia.

— É claro que ouviu, meu amigo — insisti, em voz baixa.

Ele me lançou um olhar zangado.

— Como assim?

— Você sabia que não haveria nada nesses pergaminhos que pudesse ser do meu interesse. E fico grato pelo tempo que dedicou a demonstrar que não havia nada, mesmo. Mas conheço-o muito bem e não há dúvida de que está deixando de me dizer alguma coisa.

Ele ao menos dignou-se a corar.

— Às vezes, assuntos importantes não devem ser discutidos como se não o fossem.

— Que assuntos?

— Eu realmente o desprezo quando você volta suas técnicas de interrogatório para mim. Só estou tentando ajudar — disse ele, sem qualquer traço de humor na voz.

— Então eu vou lhe contar o que penso. Acho que há livros sagrados, sim, sobre astronomia e outras coisas, e acho que você foi iniciado, já viu alguns deles, e sabe onde se encontram.

Ele me olhou diretamente, com o olhar mais frio que já vi em seu rosto.

— Que imaginação vívida você tem...

E foi embora.

Segui-o até a luz e o calor do fim de tarde, e saímos caminhando juntos em silêncio. De repente, ele me parou e me puxou para uma área sombria ao lado de um templo antigo.

— Não posso mentir para você, meu amigo. Mas não posso revelar o conteúdo dos livros. Fiz um voto solene.

— Mas só perguntei se eles existiam ou não.

— Até isso é conhecimento demais. Existirem ou deixarem de existir é algo que deve permanecer oculto. Os livros secretos estão proibidos nesta época de trevas. O conhecimento oculto tornou-se perigoso novamente. Como você bem sabe, qualquer um que seja encontrado na posse de um deles, mesmo que sejam cópias de partes, pode ser castigado com a morte.

— Mas existem, são divulgados dentro de um círculo restrito e devem, portanto, serem guardados na clandestinidade. Então, onde estão? — indaguei diretamente.

— Não posso dizer.

Espiei ao redor dos prédios que preenchiam os limites fechados do templo. De repente, me dei conta de que deveria haver outra cidade dentro dessa cidade secreta também. Pois todo segredo contém outro segredo no seu cerne.

Ele me olhou espantado e sinceramente zangado agora.

— Você presume coisas demais em cima da nossa amizade.

Ficamos ali parados, olhando um para o outro nesse momento esquisito. Para aliviar a tensão, fiz uma reverência.

— Peço desculpas. Assuntos profissionais nunca devem se interpor entre dois velhos amigos.

Ele assentiu, quase satisfeito. Eu sabia que não conseguiria mais informação alguma com ele nesse momento de agitação emocional.

— É o aniversário da Sekhmet, ou será que você se esqueceu disso, em meio a essas ideias de eclipses e livros secretos? Vou jantar com você e a família hoje à noite — relembrou-me. Bati com a palma da mão na testa. Não me esquecera, pois Tarekhan me lembrou antes de eu sair de casa, mas ainda restava uma tarefa familiar sagrada a ser cumprida.

— E estou encarregado da comida, então é melhor ir embora agora para comprar os ingredientes secretos, que não posso revelar jamais, mesmo sob pena de morte, antes que os sagrados e esotéricos comerciantes fechem suas tendas no mercado.

Ele finalmente conseguiu sorrir, e passamos juntos pelo grandioso portão que nos devolvia à vida da cidade. Em seguida, fomos cada um numa direção, ele para sua casa e eu para o mercado, para comprar carne, temperos e vinho.

13

Cada um de nós tem seu lugar de costume nos banquinhos em torno da mesa baixa: meu pai na extremidade, Sekhmet e Thuyu de um lado, com Khety e a esposa, e Tarekhan e Amenmose do outro, junto com Nakht e Aneksi, a carinhosa, que gosta de sentar perto dele, abraçada ao seu pescoço. Fica atenta ao público para fazer seus carinhos. Onde será que aprendeu esses mimos? Eu tinha preparado nosso prato favorito, gazela no vinho tinto, reservado para comemorações.

Sekhmet estava tranquila e à vontade em sua nova túnica de pregas, mostrando os brincos que tínhamos lhe dado de presente. A autoconfiança da adolescência está cedendo lugar agora a uma nova compostura. Ela já leu muito mais que eu, e se lembra de tudo. Ainda é capaz de recitar os poemas sem sentido que compusemos de brincadeira quando era criança. O conhecimento, para ela, é tudo. Uma vez me disse, com toda a sinceridade: "Não dá para ser atleta *e* estudiosa ao mesmo tempo." E, assim, fez sua escolha.

Quando me reúno com minha família e amigos em tardes como essa, com a comida posta à mesa e as lamparinas acesas nos nichos das paredes, me pergunto o que fiz para merecer tal felicidade. E, em momentos mais obscuros, preocupo-me que o meu trabalho possa colocar tudo isso em risco, pois, se alguma coisa me acontecesse, como eles sobreviveriam? Também preciso perguntar a mim mesmo: por que esta vida não basta? E como vou suportar depois que meu pai se for, e as meninas se casarem e estiverem morando em outras casas, e Amenmose estiver estudando noutro canto, em Mênfis talvez, e Tarekhan e eu estivermos frente a frente um com o outro, na estranha nova quietude de nossa idade avançada?

— Pai, venho pensando numa coisa: por que as meninas não têm oportunidades de formação e ascensão na nossa sociedade?

Sekhmet colocou uma porção de gazela na boca enquanto observava o efeito da sua pergunta.

— E isto aqui está delicioso, a propósito — murmurou.

Nakht, Khety e meu pai olharam para mim, interessados.

— Mas você vem tendo muitas oportunidades.

— Só porque Nakht me ensinou coisas que ninguém mais...

— E ela é uma aluna espetacular — acrescentou ele, orgulhoso.

— Mas parece que, por ser menina, tenho menos oportunidades do que os meninos, porque tudo na nossa sociedade fala da prioridade dos homens com relação às mulheres. E isso é ridículo. Estamos no mundo moderno. Só porque tenho seios não significa que não tenha tutano.

Meu pai tossiu de repente, como se alguma coisa tivesse descido pelo lugar errado. Nakht deu-lhe uns tapinhas nas costas, mas ele tossiu de novo, e continuou tossindo até seus olhos se encherem de lágrimas. Eu sabia que estava prestes a chorar de rir; mas ele não queria encabular Sekhmet. Pisquei para ele.

— Tem toda a razão — concordei. — Se resolver fazer alguma coisa, é melhor fazer com determinação.

— Já resolvi. Não pretendo me casar ainda. Prefiro estudar mais. Quero ser médica.

Ela olhou de relance para a mãe. Percebi que as duas já tinham discutido o assunto. Olhei para Tarekhan e ela me olhou com um pedido silencioso de que eu tivesse consideração.

— Mas, minha querida e adorada filha... — falei, desejando que Nakht dissesse alguma coisa em apoio à minha tênue posição.

— Sim, meu querido e adorado pai?

Esforcei-me para encontrar as melhores palavras para dizer.

— As mulheres não podem ser médicas.

— Na verdade, podem — interveio Nakht, sem me ajudar em nada.

— Que diferença faz se antigamente não eram? É o que eu quero fazer. Há tanto sofrimento neste mundo e quero mudar essa situação. E também há muita ignorância. O conhecimento pode amenizar o sofrimento e a ignorância. De qualquer forma, por que você me deu o nome de Sekhmet se não quer que eu vire médica?

— Por que você deu o nome de Sekhmet para ela? — indagou Aneksi, percebendo uma oportunidade de entrar na conversa.

— Porque significa *aquela que é poderosa* — explicou Tarekhan.

— Sekhmet, a deusa leoa, pode mandar doenças, mas também pode tirá-las — acrescentou a própria Sekhmet.

— Vejo que você aprendeu muito com seu inteligente padrinho — falei.

Por alguma razão, fiquei me sentindo como a única peça no tabuleiro que não tinha saído da primeira casa.

De repente, meu pai falou do outro lado da mesa.

— Ela vai dar uma excelente médica. É calma, metódica, e uma lindeza de olhar. Não se parece, nem de longe, com aqueles velhos malcheirosos e ranzinzas que ficam balançando umas ervas fumacentas no ar, fazendo você beber a própria urina. Eu certamente confiaria nela para cuidar de mim quando eu ficar velho e doente.

Sekhmet olhou-me e abriu um sorriso vitorioso.

— Pronto! Já está garantido seu primeiro paciente — concedi. — Mas você faz ideia do que isso significa?

Ela fez que sim, com ares de sapiência.

— Significa anos de estudos, e precisarei ter um rendimento duas vezes melhor que o de todo mundo porque serei a única menina no meio de um monte de meninos. E ainda aturar a oposição de tudo e de todos, e mais a falta de visão dos professores antiquados. Mas vou sobreviver.

Não consegui pensar numa forma de contrariar seu desejo; e, na verdade, estava orgulhoso da sua determinação. A única coisa que me impediu de apoiá-la com todo o coração foi saber da luta que precisaria enfrentar, e ainda a probabilidade de fracasso, não por qualquer fraqueza da sua parte mas pelas hierarquias se recusando a aceitá-la.

Estava prestes a dizer alguma coisa quando Thoth gritou, de repente, lá no jardim. Uma batida súbita na porta silenciou a todos nós. Levantei-me e fui atender. Era um homem alto, corpulento e antipático, vestido com o traje formal da Guarda do Palácio. Atrás dele havia guardas com suas espadas brilhando à luz da lamparina a óleo no nicho da parede.

— Sei por que vocês estão aqui — falei, tranquilo, antes que ele pudesse dizer qualquer coisa. — Preciso de alguns instantes, por gentileza.

Voltei-me para a sala, de onde minha família me observava.

Tarekhan diz que sempre há uma opção. Mas às vezes está errada. Pedi que Khety me acompanhasse e que Nakht ficasse para dar continuidade à comemoração. Sekhmet foi comigo até a cozinha. Espiou os guardas lá fora e fez um sinal afirmativo com a cabeça.

— Não se preocupe, pai. O trabalho é importante. O que você faz é importante. Eu compreendo. E vamos estar todos aqui quando você voltar.

Sorriu e me deu um beijo no rosto.

14

Quando cruzamos o Grande Rio novamente, com Khety sentado à minha frente e Thoth enroscado aos meus pés, pois não confia na incerteza das águas e dos barcos, fitei o oceano negro da noite que reluzia imensamente com as estrelas misteriosas. Pensei num ditado antigo que meu avô me ensinara: o importante não eram as incontáveis estrelas, mas a gloriosa escuridão entre elas. Os velhos pergaminhos esmaecidos que Nakht me mostrara à tarde, com suas colunas e signos, pareciam ser apenas a mais crua representação humana desse mistério maior.

Os hábeis remadores nos conduziram com habilidade até o píer do palácio enquanto as águas negras batiam delicadamente contra as pedras enluaradas. Khay estava à espera. À luz tremeluzente dos potes de cobre batido, seu rosto ossudo parecia transformado por uma ansiedade que lutava por conter. Apresentei Khety como meu assistente. Ele guardou uma distância respeitosa, de cabeça baixa. Khay o observou um instante, e depois fez um gesto de afirmação.

— A conduta e a segurança dele são responsabilidade sua — decretou.

Já ouvi falar de gente que volta em sonho às mesmas situações e dilemas. As imagens de seus temores e padecimentos se repetem noite após noite: pesadelos de perseguições em túneis sem-fim; a ondulação causada por crocodilos invisíveis nas profundezas das águas escuras; visões efêmeras de entes queridos já falecidos, inalcançáveis no meio de multidões cinzentas. De repente, o sonhador desolado acorda, suando e chorando descontroladamente por algo ou alguém perdido inúmeras vezes naquele Além de visões. Este palácio, com seus corredores compridos e muitas portas fechadas, e antecâmaras silenciosas, agora me fez lembrar de algo assim. Imaginei que cada cômodo fechado daqueles poderia conter um sonho distinto, um pesadelo diferente. Contudo, não senti medo; a excitação do momento se apoderara de mim novamente, com toda sua glória e monstruosidade. *Aconteceu algo inesperado. Portanto, eu estava feliz como nunca.*

Passamos pelo posto da guarda e entramos nas dependências reais. Uma porta bateu em algum lugar daquela escuridão toda, e a voz suave de um jovem emitiu um comando em tom trêmulo. Vozes baixas, insistentes e persuasivas, tentaram acalmá-lo. Outra batida de porta; e tudo voltou ao silêncio das catacumbas. Alerta ao significado desses sinais e inquietudes, Khay apressou o passo de suas sandálias finas e imaculadas, até que chegamos novamente à grandiosa porta dupla que dava nos aposentos de Ankhesenamon. Khety me olhou, de sobrancelhas erguidas, impressionado com a situação em que nos encontrávamos. E logo as duas bandeiras da porta se abriram para que entrássemos.

No interior do recinto, nada havia mudado. As luzes continuavam acesas nos mesmos lugares. As portas continuavam abertas para o pátio e o jardim. Escoltada por um soldado, Ankhesenamon estava sentada, estática, olhando para uma caixinha de madeira fechada em cima de uma bandeja no canto do aposento, como que hipnotizada. Quando entramos, virou-se devagar para nos ver, as mãos entrelaçadas com força e os olhos reluzindo.

A caixa não era maior do que uma onde se guardasse uma peruca. Estava fechada por uma corda, amarrada de uma forma complexa e intrincada. O interessante era que parecia ser um nó mais mágico do que prático. O aspecto enigmático — o fascínio do artesão por quebra-cabeças frustrantes e talvez dementes — dava a alarmante impressão de integrar o conjunto de mistérios ocorridos nos últimos dias. Em vez de desamarrar o nó, pois era uma pista, e o significado de sua elaboração poderia ser reconhecido por Nakht, eu o cortei. Aproximei o rosto da tampa da caixa e captei sons quase imperceptíveis; lá dentro, alguma coisa se mexia, quase com esforço, no limiar do silêncio que imperava no entorno. Olhei de relance para Khety e Khay; em seguida, ergui cuidadosamente a tampa. O mau cheiro adocicado de carne apodrecida encheu o recinto. Todos se afastaram rapidamente, levando pedaços de suas roupas de linho ao nariz.

Fiz um esforço para conseguir olhar o que havia dentro da caixa. Larvas brancas se mexiam dentro das órbitas, nariz, orelhas e maxilar de uma cabeça humana. Vi um par de clavículas, algumas vértebras amarradas num pedaço de corda, e alguns crânios menores, de passarinhos e roedores. Ossos de todo tipo, obviamente tanto de animais quanto de humanos, estavam ali reunidos para criar essa hedionda máscara mortuária. Máscaras mortuárias costumam ser feitas de ouro precioso para representar o morto aos deuses, mas esta fora composta deliberadamente como um tipo de antimáscara, feita de sobras do açougue. Havia, porém, uma peça de ouro, sim: um colar no qual fora inscrito um nome num cartucho real. Arranquei-a com uma pinça que estava ao alcance da mão. Os hieróglifos diziam: *Tutancâmon*.

Examinei a própria caixa. Em torno da tampa, dentro e fora, havia símbolos estranhos, curvas, foices, pontos e linhas precisas, como um tipo de escrita sem sentido, entalhados na superfície e depois pintados de preto e vermelho. Não reconheci a linguagem. Parecia uma maldição. Pensei que não seria agradável ouvir aquelas palavras proferidas em voz alta. Não gostaria de conhecer o homem cuja fala fosse representada por aqueles símbolos. Imaginei um monstro. E bem no centro da superfície interna da tampa estava entalhada uma imagem que eu reconheci de imediato: um círculo escuro. O sol destruído.

Segurando meticulosamente um pedaço de pano sobre o nariz e a boca, Khay se aproximou, relutante, e olhou para o conteúdo da caixa; em seguida, afastou-se como se o chão tivesse subitamente se inclinado. O soldado se aproximou com determinação e olhou com autodisciplina militar. Saiu para o lado, abrindo caminho para Ankhesenamon. Khay tentou dissuadi-la da ideia, mas ela insistiu. Parada perto de mim, estremeceu em reação ao cheiro; em seguida, seus olhos mergulharam corajosamente na confusão dentro da caixa. Não aguentou mais que uns poucos momentos.

De repente, as grandes portas se abriram, com um grito de frustração, e um jovem de belíssimo rosto amendoado e feições delicadas irrompeu no aposento. Mancava um pouco, apoiando-se levemente numa elegante bengala. Um impressionante peitoral de ouro pendia de seus ombros estreitos. Linhos sofisticados vestiam seu corpo, que era esbelto, mas de cintura avantajada. Um macaquinho barulhento perambulava, preso a uma corrente de ouro, perto dos seus pés.

— Não aceito ser tratado como criança! — gritou Tutancâmon, Senhor das Duas Terras, Imagem do Deus Vivo, no recinto silencioso.

Khay e o soldado se colocaram diante da caixa e tentaram persuadi-lo a não se aproximar, mas não ousando tocar efetivamente em seu corpo real. Entretanto, apesar da leve enfermidade, Tutancâmon foi mais rápido que eles; deslocou-se ligeira e ardilosamente como um escorpião. Olhou para os entalhes e depois para aquela podridão. A princípio, ficou estarrecido com o que viu, com a deturpação daquilo tudo. E, à medida que foi interpretando o fato, sua expressão se modificou. Ankhesenamon pegou as mãos dele nas suas e, falando baixinho e cuidadosamente para ele, mais como irmã mais velha, talvez, do que esposa, convenceu-o a afastar-se. Ele olhou para mim, e percebi que tinha os olhos do pai, quase femininos, mas com uma expressão que era tanto inocente quanto potencialmente maldosa. Viu o colar com o nome real e arrancou-o da minha mão. Baixei o olhar imediatamente, recordando os protocolos de respeito.

Enquanto esperava, com os olhos grudados no chão, pensei no quanto Tutancâmon parecia mais interessante de perto. À distância, aparentara ter tão pouca substância quanto um talo de junco. Mas, de perto, era carismático. Sua pele reluzente evocava a vida de alguém que raramente ia a céu aberto, sob os rigorosos raios solares. Lembrava mais uma criatura da lua. Tinhas as mãos requintadas e imaculadas. E algo nas compridas proporções de seus membros parecia formar um conjunto com a apurada elegância de seu colar, suas joias e sandálias douradas. Em sua presença, senti-me atrelado à terra; ele parecia uma espécie rara que só sobrevivia num ambiente cuidadosamente protegido de sombra, com sigilo e luxo absolutos. Não me surpreenderia encontrar belas e emplumadas asas recolhidas por baixo de suas omoplatas, ou minúsculas joias interpostas entre seus dentes perfeitos. Tampouco me espantaria saber que ele só bebericava água de uma fonte divina, ou que vivesse num berçário, com as portas trancadas para um mundo exterior de cujas demandas ele se recusasse a tomar ciência. Percebi de imediato o quanto estava aterrorizado. Compreendi, então, que o homem por trás de ambos os "presentes" sabia disso muito bem. Tutancâmon jogou o colar para o lado.

— Essa abominação deve ser retirada de nossas vistas e destruída pelo fogo.

Sua voz, embora trêmula, soou vagamente modulada, com um timbre delicado. Como muitas pessoas que falam baixo, ele o fazia para obter um efeito, sabendo criar as circunstâncias nas quais as pessoas se esforçavam para ouvir todas as suas palavras.

— Com todo o respeito, Majestade, aconselho que não seja destruída, pois trata-se de uma evidência — falei.

Khay, o guia supremo da etiqueta, engoliu em seco diante da minha quebra de protocolo. Fiquei pensando se o rei iria gritar comigo. Mas ele parecia ter mudado de ideia. Assentiu, deixou-se cair num sofá e se sentou encolhido, recurvado sobre os joelhos. Agora parecia uma criança assustada. Com os olhos da mente, consegui enxergar o mundo a partir do ponto de vista dele: era solitário, num palácio cheio de sombras e terrores, de ameaças, segredos e estratégias conflitantes. A tentação era sentir pena dele, mas isso não resolveria nada.

Fez sinal para que me aproximasse. Parei diante dele, com o olhar fixo no chão.

— Então, você é o investigador de mistérios. Olhe para mim.

Foi o que fiz. O rosto dele era bastante incomum; planos e estruturas delicadas, com maçãs largas que pareciam emoldurar o poder brando, mas persuasivo, de seus grandes olhos escuros. Os lábios eram cheios e sensuais sobre um queixo pequeno e levemente retraído.

— Você serviu ao meu pai.

— Vida, prosperidade e saúde, senhor. Tive essa honra.

Ele me observou atentamente, como que para ter certeza de que eu não estava sendo irônico. Em seguida, fez sinal para que Ankhesenamon viesse para perto dele. Os dois se entreolharam por um breve instante, dando a impressão de um entendimento tácito.

— Não é a primeira ameaça contra minha vida. Mas, com a pedra, e o sangue, e agora isso... — Olhou para os demais ali presentes, desconfiado, e se inclinou mais para perto de mim. Senti o calor de seu hálito, doce como o de uma criança, soprando em meu rosto enquanto ele sussurrava: — Receio estar sendo assombrado e acossado por vultos...

Mas, naquele exato instante, as portas duplas se abriram novamente, e Ay adentrou o recinto. Até o ar pareceu ficar frio com sua presença. Eu já tinha visto como todos tratavam o rei como uma criança maravilhosa; mas Ay mal olhou para ele de relance, com um desprezo que faria murchar uma pedra. Em seguida, examinou o conteúdo da caixa.

— Venha cá — disse em voz baixa para o rei.

O rei relutou mas foi ao encontro dele.

— Isso não é nada. Não dê a essa coisa uma autoridade que ela não possui.

Tutancâmon assentiu, inseguro.

Então, ligeiro como um falcão, Ay pegou a cabeça pululando de larvas e vermes e a esticou na direção do rei, que deu um pulo para trás, enojado e assustado. Ankhesenamon se aproximou, como que para proteger o marido, mas Ay ergueu a mão num gesto peremptório.

— Não — falou ela, tranquilamente.

Ignorando-a, o velho continuou com o olhar cravado no rei e a cabeça morta na palma da mão esticada. Lenta e relutantemente, Tutancâmon esticou os braços e, controlando-se ao máximo, pegou aquela coisa horrorosa nas mãos.

O cômodo todo permanecia em silêncio tenso, enquanto o rei olhava para as órbitas vazias e a carne em estado avançado de putrefação.

— Não seria a morte nada mais que essa ossada oca e esse sorriso absurdo? — sussurrou. — Então, não temos o que temer. O que sobrevive de nós é muito maior.

De repente, ele jogou o crânio de volta para Ay, que lutou para segurar a coisa escorregadia como o menino solitário que não consegue jogar bola direito.

O rei soltou uma risada alta e, inesperadamente gostei dele, pela ousadia. Fez sinal para que um criado lhe trouxesse uma tina d'água e uma toalha de linho para lavar as mãos. Largou a toalha no chão, deliberadamente na frente de Ay, e saiu dos aposentos seguido de seu macaquinho agitado.

Espumando de raiva, Ay ficou apenas olhando, sem dizer nada, e então jogou o crânio de volta na caixa e foi lavar as mãos. Ankhesenamon deu um passo à frente.

— Por que você se comporta com tal desrespeito pelo rei, na presença dos outros?

Ay se virou para ela.

— Ele precisa adquirir coragem. Qual é o rei que não consegue suportar a imagem da decadência e da morte? Ele precisa aprender a aguentar e aceitar essas coisas, sem medo.

— Há várias maneiras de adquirir coragem e o medo, decerto, não é o melhor professor. Talvez seja o pior.

Ay sorriu, com os dentes estragados aparecendo por baixo de seus lábios finos.

— O medo é um assunto amplo e curioso.

— Ao longo dos anos, venho aprendendo muito sobre ele — retrucou ela. — Tenho um professor muito gabaritado.

Os dois ficaram se entreolhando durante um bom tempo, como felinos adversários.

— Este absurdo deve ser denunciado com o desprezo que merece, e não virar destaque nas mentes dos fracos e vulneráveis.

— Não posso estar mais de acordo, e é por isso que designei Rahotep para investigar. Vou ficar com o rei agora, e deixo-os para que discutam um plano de ação capaz de evitar novos eventos desse tipo.

E foi-se embora. Fiz uma reverência para Ay e a segui. Lá fora, no corredor escuro, mostrei-lhe o amuleto de ankh que encontrara no corpo da moça assassinada.

— Queira me perdoar por lhe mostrar isso. Mas, deixe-me perguntar: reconhece o objeto?

— Se o reconheço? É meu. Minha mãe me deu. Pelo meu nome e para me proteger.

O ankh — *Ankhesenamon*... Meu palpite sobre a conexão estava correto. E agora, como estava efetivamente devolvendo o objeto à sua dona, o ato de repente pareceu parte de um plano do assassino.

— Onde o pegou? — Estava zangada agora, e arrancou o amuleto das minhas mãos.

Procurei encontrar uma explicação que não a assustasse.

— Foi encontrado. Na cidade.

Ela se virou para me encarar.

— Não esconda a verdade de mim. Quero saber a verdade. Não sou criança.

— Foi encontrado num cadáver. Uma moça, assassinada.

— Como foi assassinada?

Fiquei calado, relutando em dizer.

— Foi escalpelada. O rosto foi desfigurado. Os olhos arrancados das órbitas. Por cima do rosto, uma máscara de ouro. E ela estava usando isso.

De repente, ela ficou sem ar. Em silêncio, estudou a joia na palma de sua mão.

— Quem era? — perguntou, tranquilamente.

— Seu nome era Neferet. Acho que trabalhava num bordel. Tinha a sua idade. Se é que tem algum valor o que vou dizer, acho que ela não sofreu. E vou descobrir por que seu amuleto foi encontrado no corpo dela.

— Mas alguém deve tê-lo roubado dos meus aposentos pessoais. Quem poderia ter feito isso? E por quê? — Ela ficou andando de um lado para o outro no corredor, ansiosa. — Eu estava certa. Nenhum lugar é seguro. Veja este palácio. São só trevas. Agora acredita em mim?

Ela ergueu o amuleto, que girou no ar, reluzindo na escuridão do corredor. Vi lágrimas assomando aos seus olhos.

— Nunca mais poderei usar este amuleto — disse, e foi embora, em silêncio.

Assim que retornei à câmara, Ay começou:

— Não fique achando que isto justifica sua presença aqui. Não é nada. Nada mais que uma besteira.

— Pode ser uma besteira, mas está funcionando do jeito que o autor quis.

— Como é isso? — perguntou, bufando.

— Capitalizando em cima do clima de medo.

— *Clima de medo*. Quão poético!

Tive vontade de acabar com sua existência, esmagando-o como a uma mosca.

— E mais uma vez essa "oferenda" chegou até o rei. Como foi que isso aconteceu? — continuou.

Todos os olhares agora se voltaram para o soldado.

— Foi descoberta nos aposentos da rainha — admitiu, com relutância.

— Como isso é possível? — questionou Ay, impetuosamente. Até ele se espantou. — O que aconteceu com a segurança nos aposentos reais?

— Não tenho como dar uma explicação — respondeu, envergonhado.

Ay estava para gritar com ele, mas, de repente, fez uma careta e levou a mão ao maxilar, acometido por uma súbita dor de dente.

— E quem descobriu a caixa? — prosseguiu quando o incômodo arrefeceu.

— A própria Ankhesenamon — esclareceu Khay.

Ay estudou a caixa durante um momento.

— Isso não vai acontecer novamente. Você compreende o castigo pelo fracasso?

O soldado bateu uma continência.

— E sugiro que você e o grande investigador de mistérios compartilhem conhecimento. Talvez dois idiotas sejam melhor que um, embora a experiência sugira justamente o oposto.

Ay fez uma pausa.

— Não pode haver mais perturbações na segurança do palácio. Os dois devem se apresentar a mim antes da cerimônia de abertura do Salão das Colunas com suas propostas para a segurança do rei.

Disse isso e saiu. A tensão no recinto diminuiu um pouco. O soldado se apresentou como Simut, comandante da Guarda do Palácio. Trocamos os cabíveis gestos de respeito e as fórmulas mais adequadas, mas ele me olhou como alguém que se deleitaria ante a minha ruína. Eu estava invadindo seu território.

— Quem tem acesso a esta câmara? — perguntei.

— As damas da rainha... o rei, aqueles que o servem, os serventes daqui e mais ninguém — respondeu Khay.

— Há guardas de plantão em todas as entradas dos aposentos reais — completou Simut. — Todos precisam de permissão para passar.

— Portanto, deve ter sido entregue por alguém com acesso de alta prioridade que se desloca com facilidade pelos aposentos reais — respondi. — Imagino que, depois dos postos de segurança, para que a família tenha um pouco de privacidade, não haja mais guardas nem revistas dentro dos aposentos reais propriamente ditos.

Khay concordou, pouco à vontade.

— A competência dos guardas reais não está absolutamente em questão, mas é claro que houve uma falha séria em algum ponto, permitindo que esse objeto aparecesse aqui, e o entalhe também. Sei que você concorda com a necessidade de tomarmos providências mais rígidas quanto à segurança para o rei e a rainha, tanto nas dependências internas quanto em público. Quando vai ser inaugurado o Salão das Colunas? — perguntei.

— Em dois dias — informou Khay. — Mas amanhã o Conselho de Karnak se reunirá e o rei deverá comparecer.

— Amanhã? — Fiz uma careta. — Isso é péssimo.

Khay fez que sim com a cabeça, confirmando.

— O que é "péssimo" é que essas "perturbações" vieram a acontecer no pior momento possível — observou.

— Não é coincidência — enunciou Simut em seu tom militar desprovido de humor. — Se fosse uma situação convencional, como uma batalha, eu veria o inimigo de frente. Mas aqui é diferente. Este inimigo é invisível. Poderia ser um de nós. Pode estar dentro do palácio agora. Não há dúvida de que conhece tudo sobre as disposições, protocolos e hierarquias.

— Então estamos com um problema, pois imagino não ser possível simplesmente interrogar gente da elite nos altos escalões do poder sem provas concretas — conjecturei.

— Pois bem, isso é verdade — concordou Khay, em tom de cansaço, como se toda sua energia tivesse ido embora de repente.

— Entretanto, cada uma dessas pessoas é agora um suspeito. Uma lista de nomes já seria um começo. E algumas perguntas simples sobre seu paradeiro e tudo mais ajudaria a esclarecer a situação. Precisamos saber quem estava aqui nas dependências hoje à noite, e quem não tem álibi — sugeri.

— Ao mesmo tempo, porém, não devemos revelar nada a respeito destes objetos. É fundamental mantermos sigilo total sobre o assunto — acrescentou Khay, nervoso.

— Será um prazer para o meu assistente ajudar a coletar essas informações e fazer as indagações preliminares — falei.

Khay olhou de relance para Khety e estava prestes a aceitar quando Simut interveio.

— A segurança dos aposentos reais é minha responsabilidade. Vou mandar preparar essas informações imediatamente.

— Muito bem — respondi. — Posso considerar que você vai incluir seus próprios guardas na lista dos que têm acesso à área?

Ele deu a entender que ia me confrontar quando eu o interrompi.

— Acredite em mim, não tenho razão nem vontade para duvidar da integridade dos seus guardas. Mas você há de admitir que não podemos nos dar ao luxo de descartar possibilidade alguma, por mais improvável ou inaceitável que seja!

Ele acabou concordando, contrariado.

E assim nos despedimos.

15

— Que espetáculo! — exclamou Khety, esvaziando o ar de suas bochechas. — Esse lugar me fez lembrar uma escola particularmente brutal. Sempre há meninos grandes e meninos pequenos. Há quem use os punhos e quem use o cérebro. Há déspotas e guerreiros, diplomatas e criados. E sempre há uma criança esquisita, andando pelos cantos, atormentando outra pobre criatura, lentamente, até a morte. Esse é o Ay — disse.

O luar iluminava a terra que ficava para trás à medida que prosseguíamos pelo canal em direção ao Grande Rio. Fiquei olhando as águas escuras desaparecendo sob a quilha durante um certo tempo antes de falar.

— Você percebeu na parte de baixo da tampa, as marcas? Especificamente, o círculo preto? É algum tipo de linguagem...

Khety balançou a cabeça.

— O que percebi foi a nefasta imaginação do autor e o apetite que tem por sangue e vísceras — respondeu.

— Ele tem estudo, é habilidoso e, provavelmente, pertence à elite. O fascínio que tem por sangue e vísceras, conforme você disse, é porque isso representa alguma coisa para ele. São símbolos, e não coisas em si.

— Experimente dizer isso à moça sem rosto, ou ao rapaz com os ossos estraçalhados, ou ao novo homem misterioso que deve estar dando por falta da própria cabeça — comentou, com bastante precisão.

— Não é a mesma coisa. E estamos certos em considerar que lidamos com o mesmo homem em todos os casos? — perguntei.

— Ora, basta analisar as conexões, e os momentos, e o estilo.

— Já fiz isso. O mesmo imaginário é empregado. Aparecem as mesmas obsessões com decadência e destruição. E em algum ponto disso tudo percebo um amor pela beleza e perfeição. Há quase um pesar nessas ações. Um tipo de piedade grotesca das vítimas...

Khety ficou olhando para mim como se eu tivesse enlouquecido.

— Quando você fala desse jeito, fico feliz por ninguém conseguir nos ouvir. Como pode haver piedade em retalhar o belo rosto de uma menina? Só consigo enxergar a crueldade horrível, perversa. De qualquer forma, como é que isso pode nos ajudar?

Ficamos sentados, em silêncio, durante algum tempo. Aos meus pés, Thoth olhava para a lua. Khety tinha razão, é claro. O que tínhamos ali devia ser só loucura. Será que eu estava imaginando padrões onde talvez não existisse nenhum? Ainda assim, tive a impressão de que sim. Por trás das mortes brutais e das ameaças de iconoclastia e destruição, havia algo mais profundo: algum tipo de busca, de visão. Mas, se estivéssemos certos, e o mesmo homem fosse o responsável por todos estes eventos, então haveria uma pergunta maior a ser respondida: por quê? Por que estaria fazendo uma coisa dessas?

— Também acho que o responsável por isso tudo quer que saibamos tratar-se de alguém de dentro, para aumentar o poder da ameaça. A bem da verdade, parte do jogo é nos dar a impressão de que está nos observando o tempo todo — continuou Khety. E, enquanto ele dizia isso, me dei conta de que os presentes e as mortes tinham mais um elemento em comum: *Rahotep, investigador de mistérios.*

Acabávamos de chegar ao píer e, em vez de compartilhar isso com ele, resolvi deixar esse pensamento estranho assentar no fundo da minha mente um pouco. Parecia uma coisa demasiado tola e vã para expressar.

Despedi-me de Khety e, com Thoth esticando a coleira à minha frente, percorri as ruas durante o toque de recolher. Soltei o babuíno para que fosse para sua cama e entrei em minha casa, às escuras. O silêncio me repreendeu por minha ausência. Às vezes, acho que não pertenço a essa casa de jovens mulheres e velhos e bebês. Fiquei na cozinha um pouco antes de me recolher para dormir. À luz da lamparina a óleo no nicho, que Tarekhan deixara para quando eu voltasse, servi-me de uma dose caprichada de um bom vinho tinto do oásis de Kharga e coloquei alguns figos secos e amêndoas num prato.

Sentei-me no meu lugar de sempre, embaixo da estatueta do deus do lar que sabe que eu não acredito nele, e fiquei pensando sobre famílias. Em algumas ocasiões tenho a impressão de que todos os problemas e todos os crimes começam aí. Até nas nossas histórias antigas, são os irmãos ciumentos que se matam, mulheres ensandecidas que castram seus maridos, e crianças furiosas que se vingam dos pais, sejam eles culpados ou inocentes. Lembro-me das meninas oscilando do carinho afetuoso para a ira assassina, do afago no cabelo uma da outra para um puxão com toda a força, repentinamente por algo tão pequeno que chegam a corar de vergonha quando admitem a causa.

E assim são as coisas no casamento. Temos um bom relacionamento. Se decepcionei Tarekhan por falta de um sucesso mundano, ela tem disfarçado bem. Diz que não se casou comigo pela minha fortuna, e depois me dá um dos seus sorrisos sabidos. Mas sei que existem coisas entendidas pela metade entre nós que guardamos em silêncio, como se as palavras fossem, de alguma forma, torná-las dolorosamente reais. Talvez seja assim entre todos os casais cujas relações sobrevivem muitos anos; as influências imperceptíveis do hábito e os perigos do tédio doméstico. Até a familiaridade com o corpo um do outro, um dia tão obsessivamente desejado, leva ao inegável apetite pela surpresa da beleza de alguém desconhecido. A beleza e o desdém da familiaridade... talvez seja disso que preciso escapar, quando me deixo levar pela empolgação do meu trabalho? Pensar assim não me deixa orgulhoso. Estou agora a meio caminho da minha vida vivida, e sinto receio desse trecho do meio... Por que não posso ficar satisfeito com tudo que o deus do lar ali em cima me deu?

Se é assim para gente comum como nós, deve ser muito mais estranho para quem nasce numa família cujo propósito é público e cuja privacidade precisa ser defendida e policiada continuamente como um segredo terrível. Apesar de toda sua riqueza e poder, os filhos da família real e a maior parte das famílias da elite são criados numa atmosfera desprovida de calor humano. Sobre o que conversam à mesa de jantar? Assuntos de estado? Modos num banquete? Será que precisam escutar infinitas narrativas sobre os feitos heroicos de seu avô, Amenhotep, o Grande, que, eles bem sabem, jamais serão capazes de imitar? E se as minhas meninas discutem a posse de um pente, como deve ser quando irmãos lutam pela posse de tesouros, poder, e das Duas Coroas?

Mas vi ali dois irmãos que não pareciam estar lutando por poder. Pareciam próximos um do outro, apoiando-se mutuamente, talvez ligados pelo sofrimento sob o controle de Ay. O afeto entre eles pareceu totalmente genuíno. Mas o plano de Ankhesenamon tinha uma falha. Tutancâmon não era um rei guerreiro. Suas virtudes poderiam estar na mente, mas decerto não se encontravam nas proezas físicas. Infelizmente, o mundo requer que seus reis demonstrem vitalidade e virilidade em desfiles, declarações públicas e empreitadas de poder. Sim, estátuas heroicas poderiam ser esculpidas em pedra, entalhes impressionantes poderiam ser colocados nos templos para anunciar os feitos e campanhas de Tutancâmon, e a restauração das antigas tradições e autoridades. A própria ancestralidade da rainha ajudaria, pois embora ainda fosse jovem, ela trazia fortes ecos de sua mãe: a beleza, a popularidade, a mente independente. E havia demonstrado uma notável capacidade de se recuperar ao confrontar Ay. Porém, continuava o fato de que no cerne do grande drama do poder do estado havia uma falha: a Imagem do Deus Vivo era um rapaz inteligente, mas amedrontado e de físico não muito heroico. Isso os tornava, a ele e à esposa, vulneráveis. Quem quer que estivesse amedrontando o rei compreendia isso.

Tarekhan estava parada no vão escuro da porta, me olhando. Cheguei para o lado para criar espaço para ela, que veio se sentar ao meu lado e pegou uma amêndoa para beliscar.

— Será que vai haver uma noite em que eu possa ter certeza de que ninguém virá bater à porta pedindo para que saia e resolva alguma coisa?

Abracei-a com carinho, mas não era isso que ela queria.

— Nunca. — disse ela. — Nunca.

Não me vieram à cabeça palavras capazes de remediar a situação.

— Acho que estou acostumada. Aceito. Sei que é o seu trabalho. Mas às vezes, como hoje, quando estamos comemorando, quero você aqui, e quero saber que você não vai sair. E isso é impossível. O crime e a crueldade e a carnificina estão presentes nas pessoas, é o que fazem umas com as outras, e assim você sempre terá mais trabalho. Sempre haverá batidas à porta no meio da noite.

Ela virou o rosto.

— Eu sempre, sempre quero estar aqui com você — gaguejei.

Ela voltou a me olhar de frente, bem nos olhos.

— Tenho medo. Medo de que um dia você não volte para mim. E isso eu não conseguiria aguentar.

Deu-me um beijo triste, levantou-se e foi-se, desaparecendo na escuridão depois do vão da porta.

16

A comitiva real adentrou a grande câmara do Conselho de Karnak e toda a algazarra parou, como no começo de um drama. Das janelas em claraboia, a forte luz da manhã, que já ia alta, invadia a câmara de pedra. O demorado sussurro dos presentes ecoou entre as grandes pilastras e, em seguida, silenciou.

Tutancâmon e Ankhesenamon subiram juntos ao palanque, pisoteando com seus pequenos pés reais as figuras dos inimigos do reino pintadas nos degraus. Viraram-se e sentaram-se nos tronos, num intenso círculo de luz. Pareciam pequenos deuses, ainda que tão jovens. Suas imaculadas mãos se fecharam sobre as garras de leão esculpidas nos braços dos tronos, como se eles comandassem a própria natureza. Percebi Ankhesenamon tocando, por um breve instante, a mão do marido, como se buscasse coragem. Em suas túnicas de linho branco, cada qual usando um magnífico colar decorado com a cabeça e as asas abertas de um abutre, resplandeciam de glória.

Que galeria de homens grotescos eram esses membros do conselho: velhos arqueados, apoiados por criados, que já tiveram dias melhores há muitos anos, de rosto encarquilhado pelo luxo e venalidade de sua classe, e o escárnio da superioridade estampado em seus semblantes, nas rugas dos idosos ou nas brandas certezas dos jovens. Mãos macias e barrigas caídas. Gordas bochechas balançando em torno de bocas quase efeminadas e cheias, sem dúvida, de tocos de dentes podres. Comissários de olhar rápido e esperto, avaliando as constantes mudanças da política e as possíveis cartadas no jogo multidimensional que estabelecem constantemente entre si. E os tiranos: aqueles brutamontes, avantajados e zangados, sempre à caça de uma vítima, de alguém a quem atacar e depois culpar. Eu me dei conta que um deles estava olhando para mim. Era Nebamun, chefe da Medjay da cidade. Parecia maravilhosamente furioso de me ver comparecendo a uma reunião da elite como esta. Fiz-lhe um gesto simpático com a cabeça, como se demonstrasse muito respeito. Torci para que ele apreciasse a profundidade da ironia naquele aceno. Então voltei-me para ver o rei. Finalmente, quando se fez silêncio absoluto, Tutancâmon falou. Sua voz soou aguda e suave, mas se projetou com clareza na quietude da grande câmara.

— A construção do Salão das Colunas em honra a Amon-Rá, Rei dos Deuses, foi financiada tanto por este templo quanto por nosso tesouro real. É um sinal de nossa unidade de propósitos. Este monumento glorioso teve início por ordem do meu avô, Amenhotep III. Ele ficaria orgulhoso de ver o que concebeu muitos anos atrás sendo finalmente concluído de forma magnífica por seu neto.

Fez uma pausa e prestou atenção ao silêncio de expectativa no recinto.

— As Duas Terras são por si só um grande edifício, uma grande construção, eterna. Juntos estamos construindo um novo reino; e este novo salão, o mais alto e impressionante que já existiu sobre a face da terra, é testemunho de nossos triunfos e ambições, e de nossa proximidade com os deuses. Eu os convido a todos, grandes membros do conselho desta grande cidade e do Reino das Duas Terras, para comemorar conosco, pois participaram de sua construção, e desejamos abraçá-los a todos nesta glória.

Seu discurso tranquilo foi amplificado na silenciosa ressonância da câmara. Muitos assentiram, aprovando a maneira como todos foram incluídos em sua visão.

— Agora, convido Ay, nosso regente, Pai de Deus, que sempre nos serviu tão bem, para lhes falar de outros assuntos de estado em nosso nome.

Talvez eu não tenha sido o único a detectar uma nova e interessante insinuação de tensão no uso sutil do tempo pretérito. Decerto que Ay ouviu aquilo, com o ouvido que tinha para as mais delicadas nuances, mas não deixou transparecer. Emergiu lentamente das sombras, disfarçando a dor que, feito um cão, lhe roía os ossos velhos, e assumiu seu lugar no degrau abaixo do rei e da rainha. Inspecionou soberbamente os rostos à sua frente. O seu próprio estava magro; seu olhar, impiedoso e inabalável. Então, em sua voz praticamente atonal, começou a discorrer uma longa resposta, formal e fria, ao rei e ao conselho. Olhei em volta; sua plateia se inclinava para a frente de forma a captar todas as palavras, hipnotizada não pelo conteúdo mas pela tranquilidade pungente, muito mais eficaz do que o estardalhaço vazio. E aí se voltou para a verdadeira pauta do dia.

— Depois dos desprezíveis e intoleráveis eventos ocorridos no festival, a polícia de nossa cidade conduziu uma investigação completa, com muita eficiência e diligência.

Vasculhou a multidão até descobrir Nebamun, e lhe fez um aceno. Os homens à volta dele também lhe acenaram com respeito. Nebamun se inflou imediatamente de orgulho.

— Os arruaceiros confessaram e foram empalados, juntamente com as esposas, filhos e todos os seus familiares. Os corpos foram exibidos ao público ao longo das muralhas da cidade. Embora nenhum castigo seja suficiente para o crime em questão, foi dado o exemplo e o problema foi *erradicado*.

Ele fez uma pausa para examinar os conselheiros, como se os desafiasse a questionar esse relato de justiça, e seus castigos.

— O chefe da Medjay da cidade me convenceu de que não haverá mais perturbações públicas desse tipo. Acatei suas palavras. Sua eficiência na investigação do tumulto e sua disciplina e empenho em prender e executar os culpados foram exemplares. Quem dera todos trabalhassem com a mesma diligência. Em reconhecimento dessa realização, o homenageamos com o Colar de Honra de ouro e, a partir de hoje, dobraremos o orçamento da Medjay da cidade sob seu comando.

Nebamun atravessou a multidão impressionada, aceitando a aprovação e a acolhida, os acenos e os tapinhas nas costas, até chegar diante do velho encarquilhado, e fez uma reverência. Enquanto Ay colocava o colar no pescoço gordo do meu superior, senti vontade de ir até lá livrá-lo do fardo. Pois quem aqui sabia das injustiças e crueldades que ele tinha cometido contra inocentes por conta desse momento, e desse ouro? Senti um embrulho no estômago. Ele ergueu a cabeça, fez gestos de gratidão para Ay, para o rei e para a rainha, e depois voltou para perto de seus comparsas. No meio do caminho, deu-me um breve aceno de vitória com a cabeça. Eu sabia que ele iria usar essa homenagem para dificultar ainda mais a minha vida.

Ay continuou:

— A ordem é tudo. Trouxemos *maat* de volta às Duas Terras. Não vou aceitar vagabundagem, disputas, nada que perturbe a estabilidade e a segurança de nosso reino.

Falou como se fosse acontecer do jeito que estava dizendo simplesmente pela autoridade com que foi dito; e como se ele fosse o único árbitro de tal ordem.

— Portanto, vamos nos voltar para o assunto das guerras dos hititas. Recebemos relatos de batalhas vitoriosas, novos territórios conquistados e cidades e rotas comerciais mantidas, com melhor segurança agora. Aguardamos os termos dos hititas para negociação. O velho inimigo das Duas Terras bate em retirada!

Seguiu-se o estardalhaço de aplausos subservientes em resposta a essa alegação vazia. Pois todos sabiam que as guerras estavam longe de ser ganhas, e não havia como resolver facilmente as batalhas com os hititas, que eram apenas as últimas escaramuças dos infindáveis atritos nas fronteiras e nos estados que ficavam entre os dois reinos.

— Se não há mais o que discutir com meus estimados amigos e colegas, podemos nos dirigir para o banquete.

Ele lançou um olhar maligno à plateia. Reinava o silêncio e vi que ninguém ousava contradizê-lo.

Todos se prostraram, devagar e sem convicção, como um bando de macacos circenses velhos, enquanto ele, seguido de Ankhesenamon e Tutancâmon, descia do palanque.

Na câmara de fora, muitas bandejas tinham sido colocadas em barracas. Todas estavam cheias de comida: pão, rosquinhas e bolos, tudo recém-saído da padaria; carne grelhada; aves assadas na brasa; abóboras e chalotas tostadas; favos de mel; azeitonas brilhando no óleo; robustos cachos de uva escura; figos, tâmaras e amêndoas numa abundância impressionante. Todas as boas coisas da terra, aos montes.

O que se seguiu foi um espetáculo instrutivo. Pois esses homens, que nunca tinham trabalhado a terra ao sol do meio-dia ou matado um animal com as próprias mãos, correram para as barracas de comida como se fossem vítimas desesperadas da fome. Sem vergonha nem modos, foram se acotovelando para abrir caminho, aos empurrões, para chegar às pilhas de guloseimas do banquete. Quitutes que provavelmente tinham levado um bom tempo para serem preparados caíam dos pratos abarrotados e eram pisoteados. De tão gulosos, serviam-se sem sequer esperar que fossem servidos. Apesar das quantidades assustadoras de comida, com as quais a população só podia sonhar, comportavam-se como se estivessem aterrorizados ante a possibilidade de não ser o bastante. Ou se, independente da quantidade que lhes fosse apresentada, receassem que *nunca fosse o bastante.*

Talvez fosse inocência minha comparar a descabida luxúria dessa cena com a pobreza, e a falta de água, carne e pão que assola a vida daqueles que vivem fora dessas muralhas privilegiadas. Mas era inevitável. O barulho me fazia lembrar de porcos em um chiqueiro. Entrementes, enquanto o banquete continuava, o rei e a rainha, agora sentados noutro palanque, recebiam uma comprida fila de dignitários e suas comitivas, cada qual esperando para oferecer seus subservientes respeitos e fazer seus pedidos, sem dúvida em interesse próprio.

Nakht veio ficar comigo.

— Que visão nojenta! — reclamei. — Os ricos como eles são de verdade: uma fábula sobre a ganância.

— É de estragar o apetite de qualquer um — concordou educadamente, embora parecesse menos revoltado que eu.

— O que você achou do discurso do Ay? — perguntei.

Nakht balançou a cabeça.

— Achei deveras espantoso. Mais um simulacro de justiça. Que mundo, esse em que vivemos! Pelo menos serviu para mostrar que até os tiranos lutam para manter o poder, além do cabível. A verdade é que um punhado de execuções não vai resolver os problemas acachapantes deste estado. E embora ninguém aqui vá ser pego em flagrante dizendo isso, todos sabem. Ele está blefando, e isso é interessante pois significa que está em apuros.

Captei de relance Ay cercado pelos cortesãos; vi o pequeno drama da arrogância e condescendência dele e os sorrisos amarelos e desesperados deles. Nebamun estava junto, como um cachorro idiota olhando cheio de adoração para o dono. Ay nos viu olhando para ele; registrou o momento da informação e as expressões em nossos rostos no túmulo frio do seu cérebro. Fez que sim para algo que Nebamun tinha dito e o homem da Medjay deu a impressão de que estava prestes a me convocar para o interrogatório paternalista que eu estava temendo.

Mas aí, quando o barulho da festa, da gritaria e das discussões chegou ao apogeu, uma súbita fanfarra de uma única trombeta militar de prata a todos silenciou; as pessoas pararam de queixo caído, surpresas, segurando coxinhas de codorna ou de ganso a meio caminho entre o prato e a boca, e todos se viraram para olhar um jovem soldado solitário marchar até o centro do recinto. Ay parecia ter sido pego desprevenido. Algo que não era a certeza reluzia em seus olhos reptilianos. Não tinha sido avisado da chegada desse homem. Um arauto do templo deu um passo adiante e o anunciou como mensageiro de Horemheb, general dos exércitos das Duas Terras. O silêncio ficou ainda mais pesado.

O soldado fez as prostrações e fórmulas corretas de cerimônia para Tutancâmon e Ankhesenamon. Não deu atenção à presença de Ay, como se sequer soubesse quem era. Inspecionou o ambiente absolutamente silencioso e a população de comensais com a arrogância típica da juventude, claramente desapontado com sua venalidade. Um toque de vergonha despontou no rosto de muitos dos que ainda se regozijavam. Pratos de cerâmica fina e pedra entalhada emitiam seus suaves estalos ao serem depositados às pressas de volta nas bandejas. Os conselheiros homenageados engoliram, limpando rapidamente os lábios e os dedos engordurados.

— Tenho a honra de portar e transmitir uma mensagem do grande Conselho de Karnak, de Horemheb, general dos exércitos das Duas Terras — bradou, orgulhoso.

— Vamos ouvir essa mensagem em particular — disse Ay, adiantando-se ligeiro.

— Minhas ordens são para dirigir a mensagem do general a todos os presentes no Conselho de Karnak — retrucou o mensageiro, seguro de si, de forma que todos pudessem escutá-lo. O velho vociferou.

— Eu sou Ay. Sou seu superior, e superior do seu general. Minha autoridade não deve ser questionada.

Agora o soldado ficou abalado. Mas Tutancâmon falou, em sua voz clara e tranquila:

— Queremos ouvir o que nosso grande general tem a dizer.

Ankhesenamon assentiu inocentemente, mas enxerguei no seu olhar certo prazer ante o dilema de Ay. Pois ele não tinha escolha que não fosse ceder, em público, à ordem do rei. Hesitou, então, mas acabou fazendo uma reverência, ostensivamente.

— Então, que fale logo! — decretou, afastando-se, com o tom de ameaça ainda na voz.

O soldado bateu continência, desenrolou um pergaminho e começou a ler as palavras escritas de seu general.

> Para Tutancâmon, Imagem Viva de Amon, Senhor das Duas Terras, e para sua rainha Ankhesenamon, e para os senhores do Conselho de Karnak. Quando rumores ganham voz, de suas milhões de bocas saem os murmúrios do medo, da especulação e da suspeita. Mas a verdade fala das coisas como elas são. Nada muda na sua boca. E, portanto, quando conduzo campanhas nas planícies de Kadesh e ouço sobre ataques públicos contra o rei na grande cidade de Tebas, no que devo acreditar? Decerto é assim que funcionam os boatos. Ou seria, por incrível que pareça, a verdade?

O mensageiro parou, incomodado. Estava nervoso. Não era para menos.

> As Duas Terras estão sob o comando supremo de Ay, em nome de nosso senhor, Tutancâmon. Então, que necessidade tenho eu de me alarmar? Mas serão os rumores ou a verdade que me falam de outras conspirações contra a pessoa do rei dentro da segurança do próprio palácio?

Chocados diante desta nova acusação em aberto, todos se voltaram para Ay e para o casal real. O regente começou a responder, mas Tutancâmon, com inesperada autoridade, ergueu a mão e silenciou o regente. A plateia agora estava totalmente atenta a esses impressionantes desdobramentos. Então, o rei fez um sinal com a cabeça para o soldado que, ciente dos perigos e presságios inerentes ao que se comprometera a ler, continuou implacavelmente, acelerando o ritmo da leitura:

> Portanto, temos inimigos fora e inimigos dentro. Os hititas tornaram a atacar os ricos portos e cidades da confederação de Amurru, inclusive Kadesh, Sumur e Biblos, e estamos sofrendo para defendê-las. Por quê? Porque nos faltam recursos. Faltam-nos tropas. Falta-nos armamento o bastante. Encontramo-nos na desagradável situação de não poder apoiar e encorajar nossas alianças cruciais na região. Envergonho-me de confessar, mas a verdade exige que eu o faça. Dizem que, nestes nossos tempos, a questão das relações exteriores do reino tem sido relegada em favor da construção de novas estruturas grandiosas em nome dos deuses. Não obstante, estendo ao rei e ao Conselho a oferta de minha presença e serviços na cidade de Tebas nestes tempos de crise. Se for inevitável que eu volte, voltarei. Enfrentamos o inimigo nas fronteiras de nossas terras. Mas os inimigos de dentro são ameaça ainda maior, pois talvez tenham conseguido se infiltrar no cerne de nosso governo. O que mais são, afinal, essas ameaças contra o rei, nosso grande símbolo de unidade? Como é possível estarmos tão fracos ao ponto de deixar que se façam ataques como esses, nunca dantes vistos? Meu mensageiro, cuja passagem segura confio às suas mãos, vai me trazer sua resposta.

Todos os olhos se voltaram para Ay. Seu rosto impassível não esboçou qualquer reação. Com um gesto breve e súbito, ele deu uma ordem a um dos escribas, que se adiantou rapidamente com uma paleta de marfim e penas de junco, e ficou tomando nota à medida que Ay foi falando.

> Acolhemos o comunicado de nosso honorável general. Escute nossa resposta, em nome de Tutancâmon, Senhor das Duas Terras. Um. Todas as tropas e armas requisitadas foram designadas para essa campanha. Por que não foi suficiente? Por que você ainda não voltou num desfile vitorioso, com prisioneiros acorrentados e bigas repletas das mãos cortadas dos inimigos mortos, e líderes derrotados presos em gaiolas penduradas à proa de nossos navios para oferecer ao nosso rei? Dois. O general faz alegações infundadas contra a competência que a cidade e o palácio teriam para cuidar de seus próprios assuntos. Deu ouvido a rumores e acreditou

em mentiras. Mesmo assim, por razões espúrias, se ofereceu para abandonar sua primeira responsabilidade com a posição que ocupa na batalha por Kadesh. Pois trata-se de uma oferta tola, irresponsável e desnecessária. Pode ser compreendida, embora eu hesite em chamá-la de tal modo, como um ato de abdicação de responsabilidade e, de fato, de deslealdade. A vitória é imperativa, nisso você está falhando, claramente. Talvez seja por isso que sua resposta tenha nos chegado neste exato momento. Suas instruções, de Tutancâmon, Senhor das Duas Terras, são para ficar em suas estações de batalha, lutar, e vencer. Não falhe.

O único som no recinto era da pena de junco do escriba raspando na superfície do pergaminho de papiro ao registrar a resposta. Ele a entregou para a colocação do selo. Ay a releu, enrolou, amarrou e depois após seu selo ao cordão, antes de entregá-lo ao soldado, que fez uma reverência ao recebê-lo, trocando-a pela que vinha trazendo até agora.

Então, Ay se inclinou para a frente e falou baixinho ao ouvido do soldado. Ninguém conseguiu ouvir o que ele disse, mas o efeito ficou claro no rosto do homem. Parecia que tinha ouvido a maldição da própria morte. A essa altura, eu já tinha desenvolvido bastante simpatia por ele. O rapaz bateu uma continência e partiu. Fiquei pensando se viveria para entregar a resposta.

Mas as palavras de Ay, por mais convincentes que fossem, não conseguiriam refazer o que agora estava quebrado. Pois a mensagem do general teve o efeito de destruir a ilusão de certeza política. E o burburinho de discussão agitada e apreensiva, que teve início assim que o soldado partiu, era o som das estruturas desmoronando. Vi Ankhesenamon tocando discretamente a mão do marido, e Tutancâmon inesperadamente se pôs de pé. Durante um instante, pareceu duvidar da razão para ter feito isso. Mas logo se recompôs e mandou que os trompetistas tocassem a fanfarra para silenciar o recinto, e falou:

— Escutamos tudo que o grande general nos confiou. Ele está errado. O Grande Estado se encontra bem e forte. Um reino tão preeminente, tão sublime e eterno quanto as Duas Terras atrai inveja e inimizade. Mas quaisquer ataques serão tratados com certeza e rapidez. Nenhuma oposição será tolerada. Quanto à "conspiração" à qual o general aludiu, não passa de uma perturbação. Os responsáveis estão sendo investigados e serão eliminados. Colocamos nossa confiança neste homem.

De repente, todos se viraram para mim, o estranho em seu meio.

— Trata-se de Rahotep. É o detetive-chefe da Medjay da cidade. Nós o nomeamos para investigar as acusações do grande general quanto à nossa segurança pessoal. Ele já recebeu suas ordens. Goza dos poderes que lhe concedemos para conduzir a investigação, independente de onde vá parar.

Fez-se silêncio absoluto no recinto. Então, ele sorriu, e prosseguiu:

— Há muitos negócios de estado a serem realizados. O trabalho do dia mal começou. Espero encontrá-los a todos na inauguração do Salão das Colunas.

Pela segunda vez naquele dia, Ay foi pego desprevenido. Ankhesenamon deu-lhe uma olhadela rápida. Algo em seu espírito parecia ter tirado coragem desses momentos, e seus olhos deixavam transparecer isso. Uma centelha de determinação, que passara muito tempo adormecida, agora se acendia neles. Ao sair do recinto, ela me olhou com um sorriso minúsculo nos lábios. E desapareceu, recolhida pela procissão de guardas e levada de volta ao palácio das sombras.

Nebamun não demorou em vir correndo ao meu encontro. Chegou suando. Sua túnica estava úmida e as pequenas veias vermelhas no fundo de seus olhos turvos tremelicavam quase imperceptivelmente. Seu fôlego falhou quando ele ergueu um dedo gordo no meu rosto.

— O que quer que você esteja aprontando, Rahotep, lembre-se de uma coisa: mantenha-me informado. Quero saber de tudo que está acontecendo. Sejam quais forem os poderes que o rei tenha lhe conferido, trate de me manter a par. Do contrário, quando tudo isto estiver terminado e seu trabalhinho particular concluído, admitindo que você chegue a algum lugar, o que duvido, venha me procurar. Vai ver o que lhe resta na Medjay da cidade.

Sorri e fiz uma reverência.

— Toda glória é passageira, e é longo o caminho de volta até o pé da montanha. Vou estar muito ocupado. Escreverei um relatório.

Dei meia-volta e saí andando depressa, sabendo que, com tais palavras, arriscava o meu futuro ao dar vazão ao meu desprezo, mas estava sentindo ódio demais daquele homem para me preocupar.

17

Quando passei pelo portão do templo, Khety surgiu de repente do meio da multidão aglomerada do lado de lá das linhas de segurança.
— Venha rápido — chamou-me, afogueado.
— Outra vítima?
Ele confirmou.
— Mas desta vez o assassino foi interrompido no meio da obra. Depressa.
Hesitei. Precisava comparecer às entrevistas de todos os que tinham acesso aos aposentos reais, com Simut. Mas sabia que não tinha outra opção.

Atravessamos a multidão o mais rápido que pudemos para chegar à casa em questão, que ficava num recanto afastado da cidade. Tudo e todos estavam se movendo com lentidão; as pessoas viravam de um lado para o outro, ou paravam bem no nosso caminho, as mulas carregadas de tijolos de construção ou lixo ou legumes e verduras bloqueavam as passagens mais estreitas; todos os velhos da cidade pareciam levar a vida inteira para cruzar as ruas; e assim fomos driblando os obstáculos, à toda, gritando para que abrissem caminho, empurrando e acotovelando os idiotas, trabalhadores, autoridades e crianças que encontrávamos pelo caminho, deixando para trás um rastro de perturbação e atropelo.

O rapaz estava na cama. Tinha mais ou menos a idade do primeiro, e sofria do mesmo mal. Os ossos do seu corpo também tinham sido estraçalhados. Sua pele estava cheia de horrendos hematomas causados pelo ataque. Mas, desta vez, desde o alto da cabeça, o assassino tinha encaixado o couro cabeludo, a comprida cabeleira preta e o agora distorcido rosto, como uma máscara de couro derretida no calor, que devem ter pertencido à moça. As bordas recortadas da pele de seu rosto foram costuradas por cima da própria face do rapaz com precisão exemplar... mas ele não teve tempo para terminar a obra hedionda. Os lábios da moça morta, secos e enrugados, se abriam em torno do orifício escuro onde deveria ter sido sua boca. Aproximei cuidadosamente o ouvido e escutei: a mais fraca respiração, leve como uma pluma roçando no meu rosto.

Muito cuidadosa e delicadamente, e o mais rápido possível, usei minha faca para cortar os pontos e conseguir tirar aquela máscara horrorosa. Fluidos pegajosos e resquícios de sangue tinham ajudado a grudar o rosto da moça no do rapaz, de forma que precisei me esforçar para descolar um do outro. Com dificuldade, os dois rostos acabaram se separando. O dele era pálido, como se lhe faltasse sangue, e estava marcado agora por gotas de sangue que brotaram dos pontos dados pelo assassino. Mais terrível ainda era que, no lugar dos olhos, havia apenas órbitas vazias, sangrando. Entreguei a Khety o rosto da moça, pois mesmo neste estado deplorável ainda era uma identidade, algo em que podíamos nos basear.

Então, de repente, o rapaz tomou um fôlego bem fraquinho, mais como um pequeno soluço. Tentou se mexer, mas os ossos estraçalhados não respondiam; então, um laivo de dor tomou conta dele.

— Tente não se mexer. Sou amigo. Quem fez isso com você?

Mas ele não conseguia falar, pois os ossos do maxilar também estavam estraçalhados.

— Foi um homem?

Ele fez um esforço para me compreender.

— Homem jovem ou velho?

Começou a tremer.

— Ele lhe deu algum pó ou suco?

Khety tocou no meu ombro.

— Ele não consegue compreender.

O rapaz começou a gemer, um barulho baixinho, angustiado como o de um animal em desespero. Estava sofrendo a lembrança do que lhe acontecera. Respirar parecia doloroso demais. Instintivamente, toquei sua mão, mas o gemido se transformou num grito de dor. Aflito para que ele não morresse, molhei seus lábios e testa com um pouco de água. Isso pareceu renovar-lhe as forças. Ele abriu a boca um pouquinho, como se pedisse mais água, que eu dei imediatamente. Mas logo perdeu a consciência. Horrorizado, aproximei-me novamente de sua boca, tentando escutar alguma coisa, e ouvi, graças aos deuses, resquícios de respiração. Ainda estava vivo.

— Khety, precisamos de um médico. Agora.

— Mas não conheço médico algum — gaguejou.

Concentrei-me um instante, e logo me veio a lembrança.

— Rápido: precisamos levá-lo até a casa do Nakht. Não temos muito tempo.

— Mas como...? — foi dizendo, agitando as mãos no ar sem saber o que fazer.

— Na cama dele, seu idiota. De que outra forma? — ralhei com ele. — Quero que seja mantido vivo, e Nakht tem como fazer isso.

Assim, para espanto da família, cobri seu corpo com um pano como se já estivesse morto, e nós dois pegamos a cama, que já era leve, e o pouco peso do rapaz quase nada acrescentava, e partimos pelas ruas. Fui à frente, gritando para que todos abrissem caminho, tentando ignorar os olhares curiosos das pessoas, todas empurrando para espiar o que carregávamos e causava tanta agitação. Ao verem o pano sobre um corpo, assumiam que estávamos carregando um cadáver e abriam caminho, logo perdendo interesse. A reação do povo foi muito diferente da de Nakht, quando lhe revelei o corpo todo machucado por baixo daquele pano. Khety e eu estávamos encharcados de suor, desesperados por um gole de água fresca mas minha prioridade era o rapaz. Não ousei verificar como ele estava ainda nas ruas, somente rezei para que o inevitável sacolejo da cama em nossas mãos não lhe causasse muita agonia. E fui torcendo para que estivesse apenas inconsciente, mas, permitissem os deuses, que já não estivesse no Além.

Nakht mandou que os criados levassem o rapaz para um de seus aposentos e, em seguida, examinou-o com atenção. Khety e eu ficamos assistindo, nervosos. Quando concluiu o exame, lavou as mãos numa tina e fez um gesto severo com a cabeça para que viéssemos conversar do lado de fora.

— Devo confessar, meu amigo, este é o presente mais estranho que você já me trouxe. O que fiz para merecer? O corpo aleijado de um rapaz, com os ossos estraçalhados, o rosto tão curiosamente marcado por furos de agulha e os olhos arrancados das órbitas? Estou completamente perdido, sem compreender o que o convenceu a trazê-lo para mim, como um gato que traz para casa os espólios de sua caça...

Ele estava zangado. E me dei conta de que eu também.

— E para quem mais eu iria trazê-lo? Sem cuidados especializados, ele vai morrer. Mas preciso mantê-lo em segurança, até que esteja bem. É minha única pista. Só ele pode me dizer quem lhe fez isso. Pode ser capaz de nos ajudar a identificar quem o atacou. Será que consegue se recuperar?

— Está com o maxilar deslocado. Os braços e as pernas estão quebrados em vários lugares. Há risco de infecção nos cortes espalhados pelo rosto e nas órbitas dos olhos. E, de todos os grandes mistérios em torno das crueldades que foram tão precisamente infligidas ao corpo desse rapaz, por que há marcas de agulhas em seu rosto?

Tirei o rosto da moça da minha bolsa e mostrei. Ele desviou o olhar, repugnado.

— Isso estava costurado ao rosto dele. Pertence a outro corpo que encontramos antes. O rosto é de uma moça, o nome dela era Neferet.

— Por favor, tire isso daqui. Não consigo falar enquanto você fica jogando os restos mortais de um ser humano para cima de mim — protestou.

Entendi seu ponto de vista. Entreguei o rosto para Khety, que relutou em pegá-lo, mas acabou colocando-o meticulosamente de volta na bolsa.

— E agora, podemos conversar?

Ele concordou.

— Não sou como você, acostumado aos atos mais brutais de nossa espécie. Nunca participei de uma batalha. Nunca fui roubado ou atacado. Sequer me meti numa briga. Abomino a violência, como você bem sabe. Só de pensar, passo mal. Portanto, desculpe-me, mas aquilo que para você são os ossos do ofício, para mim são um choque profundo.

— Está desculpado. Mas me diga: dá para salvá-lo?
Ele soltou um suspiro.
— É possível, se não houver infecção. Nos ossos, podemos dar um jeito. Mas o sangue, não temos como curar.
— E quando será que vou poder falar com ele?
— Meu amigo, esse rapaz foi literalmente estraçalhado. Serão necessárias várias semanas, meses, para que todas essas feridas sarem. O maxilar dele está destroçado. Se sobreviver, vai precisar de tempo para superar a questão da cegueira. Vai levar um tempo, um mês no mínimo, até que consiga falar. Isso se a mente dele não ficou afetada pelo trauma, e se ele for capaz de se expressar, e compreender.
Olhei para o rapaz, minha única esperança. Queria saber o que me diria, e se, num mês, já não seria tarde demais.

— Então, o que vamos fazer agora? — perguntou Khety, baixinho, quando saímos da casa de Nakht. Parecia chocado.
— Você conseguiu alguma pista sobre o local de trabalho de Neferet?
— Já restringi as possibilidades a uns poucos estabelecimentos. Seria bom irmos lá — respondeu.
E me mostrou uma lista que havia feito.
— Muito bem. Quando?
— Depois que anoitecer seria melhor. É quando começa o movimento.
Assenti.
— Vamos nos encontrar no primeiro. Traga isso — falei, referindo-me ao rosto que Khety tinha colocado de volta na bolsa de couro.
— O que vai fazer agora? — indagou ele.
— Estou com vontade de ir para casa tomar uma boa garrafa de vinho tinto, e de dar jantar para o meu filho. Mas preciso voltar ao palácio. As entrevistas de todos os que têm prioridade de acesso aos aposentos reais estão sendo feitas agora à tarde. Eu deveria participar.
Olhei para o sol que já ia bem baixo a oeste. Talvez já tivesse perdido todas elas.
— Quer que eu vá também?
Balancei a cabeça.

— Quero que volte à família do rapaz e explique que estamos cuidando dele. Diga que está vivo e temos esperanças. E, acima de tudo, tome as providências para que o rapaz fique protegido. Coloque uns dois guardas de plantão na porta da casa do Nakht o tempo todo. Não queremos que ninguém mais machuque o rapaz. Não podemos correr o risco de perdê-lo.

— O que vai acontecer se ele morrer? — perguntou, baixinho.

— Não sei — respondi. — Peça aos deuses que ele sobreviva.

— Você não acredita nos deuses — respondeu Khety.

— Trata-se de uma emergência. De repente, estou reconsiderando meu ponto de vista.

18

Tentei me conter para não sair correndo enquanto me esforçava para, de cor, encontrar o caminho de volta até os aposentos reais. Durante o dia, percebi mais gente: grupos de autoridades, ministros estrangeiros, delegados e potentados sendo entretidos em vários recintos. Mostrei minha permissão para os guardas, que a analisaram cuidadosamente antes de me deixarem passar. Pelo menos a segurança tinha melhorado.

— Levem-me até Simut. Imediatamente — exigi.

Ele e Khay estavam me esperando na sala do segundo. Quando entrei, os dois me olharam com azedume.

— Sinto muito. Tive outra emergência.

— Que emergência poderia ser maior que esta? — indagou Khay, abertamente.

Sem dizer nada, Simut me entregou um pergaminho. Olhei para a lista com menos de dez nomes: os chefes dos domínios reais; vizires do norte e do sul; Huy, o chanceler; o chefe dos comissários; o camareiro; o abanador da mão direita do rei...

— Reuni e entrevistei todos os que entraram nos aposentos reais nos últimos três dias. É lamentável que você não tenha estado aqui. Eles não gostaram de que os fizéssemos esperar, e não gostaram de ser interrogados. Isso está contribuindo para o clima de incerteza no palácio. Receio não ter encontrado evidência alguma contra nenhum deles — falou.

— Quer dizer que todos possuem algum álibi? — perguntei, irritado com ele e com a minha própria ansiedade ante a falta de progresso. Ele estava certo. Eu deveria ter estado presente. Ele fez que sim com a cabeça.

— É claro, e estamos agora mesmo verificando as alegações; terei outro relatório para lhe passar amanhã de manhã.

— Mas onde estão todos?

— Pedi-lhes que aguardassem aqui até que você pudesse conversar com eles. O que mais quer que eu faça? Já é noite e estão todos zangados por não poderem voltar para suas casas e suas famílias. Já dizem que estão presos nos aposentos reais.

— Bem, diante do que está em jogo, essa é a menor das nossas preocupações. Quem são essas pessoas? Quero dizer, a quem são leais?

Khay deu um bote para cima de mim.

— A lealdade desses homens está com o rei e as Duas Terras. Que ousadia a sua de sugerir que não seja assim!

— Certo, essa é a versão oficial, eu sei. Mas quem são os homens do Ay aqui?

Eles trocaram olhares incertos. Mas foi Simut quem respondeu:

— Todos.

Quando entrei, os grandes homens do domínio real abandonaram a discussão e se viraram todos de uma vez para mim, com olhar francamente hostil, permanecendo sentados num gesto de desprezo. Vi que tinham lhes servido vinho e comida em abundância. Khay, como sempre, fez uma apresentação espalhafatosa e eu o interrompi assim que pude.

— Não é mais segredo que, de alguma forma, alguém está deixando objetos nas dependências dos aposentos reais com o objetivo de assustar e ameaçar o rei e a rainha. Chegamos à conclusão de que a única maneira de esses objetos chegarem ao interior do palácio, malgrado a excelência da segurança, é se alguém com alto grau de liberdade para circular os estiver entregando. E receio dizer, senhores, que seja um dos presentes.

Houve um momento de gélido silêncio; em seguida, estavam todos de pé, indignados, berrando comigo, com Khay e com Simut. Khay tentou aplacar os ânimos abrandando o ar com suas mãos diplomáticas, como quem tenta acalmar crianças.

— Senhores, por favor. Lembrem-se de que este homem conta com a acolhida pública do próprio rei. Está meramente envolvido no cumprimento de suas obrigações, em nome do rei. E, como bem devem lembrar, tem permissão para realizar sua investigação, e aqui cito as palavras reais: "independente de onde vá parar."

Isso teve efeito.

— Sinto causar-lhes esse inconveniente. Percebo que todos têm suas ocupações e funções importantes a cumprir, e, sem dúvida, famílias que aguardam ansiosamente sua chegada em casa... — continuei.

— Pelo menos dessa eu me safei — resmungou um deles.

— E gostaria de poder lhes agradecer e abrir a porta para que se vão. Infelizmente, não é o caso, pois terei de falar com cada um de vocês agora, individualmente, e precisarei entrevistar toda autoridade ou funcionário que esteja ligado ao seu trabalho aqui no palácio...

A declaração foi recebida por mais um burburinho de indignação, durante o qual me apercebi de fortes batidas à porta do recinto. O efeito que tiveram foi o de ir gradativamente silenciando todos os presentes outra vez. Dirigi-me determinadamente até a porta, furioso por estar sendo interrompido, e vi, chocado, Ankhesenamon ali parada, segurando um pequeno objeto na palma da mão.

A estatueta mágica, menor do que a palma de minha mão, fora embrulhada em pano de linho e deixada à porta dos aposentos do rei. Seria até possível confundi-la com um brinquedo, exceto pelo pesado ar de malevolência que emanava dela. Esculpida em cera escura numa forma que representava a figura humana, faltava-lhe toda sorte de características ou detalhes, como um feto malformado do Além. Agulhas de cobre perfuravam a cabeça de orelha a orelha, e de trás para a frente, pelos olhos, e também pela boca, e de cima para baixo a partir do centro do crânio. Nenhuma delas perfurava o corpo, como se a maldição estivesse voltada apenas para a cabeça, a sede do pensamento, imaginação e medo. Alguns fios de cabelo humano, preto, tinham sido inseridos no umbigo para transferir a essência da vítima pretendida para a matéria inerte da estatueta. Imaginei se não seria o cabelo do próprio rei, pois, se não fosse, não teria efeito mágico. Nas costas, os nomes e títulos do rei haviam sido inscritos com precisão na cera. O ritual de execração jogaria a maldição da morte sobre a pessoa e seus nomes, de forma que a destruição do espírito se estenderia até o pós-vida. Estatuetas como esta eram magia antiga e poderosa para os que acreditavam na sua autoridade. Era mais uma tentativa de aterrorizar, mas era uma ameaça muito mais íntima do que as demais, inclusive a máscara da morte; tratava-se de uma grande maldição contra a imortalidade do espírito do rei.

Nas costas da estatueta, um pedacinho de papiro fora inserido na cera. Eu o extraí e desenrolei para ler. Símbolos minúsculos tinham sido escritos em tinta vermelha, como os que haviam sido entalhados na tampa da caixa com a máscara da morte. É claro, poderiam ser besteira e nada mais, pois maldições como essas costumam ser expressas assim, mas sempre havia a possibilidade de serem linguagem mágica autêntica.

Ankhesenamon, Khay e Simut aguardaram impacientemente enquanto eu concluía o exame do objeto.

— Isso não pode continuar assim — disse Khay, como se o simples dizer fosse se transformar em realidade. — É uma catástrofe absoluta...

Eu fiquei calado.

— Pela terceira vez a privacidade do rei foi invadida. Pela terceira vez ele fica assustado... — continuou, balindo como uma cabra.

— Onde ele está agora? — interrompi.

— Recolheu-se a outros aposentos — respondeu Ankhesenamon. — O médico dele o está atendendo.

— E que efeito isto aqui teve sobre ele?

— Ele ficou... perturbado. — Ela me olhou de relance, soltou um suspiro e continuou: — Quando encontrou a boneca enfeitiçada, ficou com a respiração travada no peito e o coração feito um nó. Cheguei a temer que fosse morrer de pavor. E amanhã é a inauguração do Salão das Colunas. Ele precisa aparecer. Isso não poderia ter vindo num momento pior.

— O momento foi meticulosamente escolhido — falei.

Tornei a olhar para a estatueta.

— Quem quer que tenha feito isso, parece que conseguiu usar o cabelo do próprio rei.

Mostrei para Khay. Ele olhou para a estatueta com repulsa.

— De qualquer forma — disse Simut, em sua voz lenta e retumbante —, ninguém parece ter percebido que todos os ditos suspeitos estavam reunidos no mesmo cômodo, exatamente na hora em que o objeto foi encontrado. Não é possível que algum deles o tenha colocado lá.

Tinha razão, é claro.

— Queira voltar para a sala e, com as minhas desculpas, libere-os todos. E agradeça pelo tempo que dedicaram.

— Mas, exatamente o que vou lhes dizer? — balbuciou Khay.

— Diga que temos uma pista nova. Promissora.

— Se ao menos isso fosse verdade — retrucou com amargura. — Aparentemente, não temos como combater esse perigo. O tempo está passando, Rahotep.

Ele balançou a cabeça e foi embora, acompanhado de Simut por uma questão de proteção.

Embrulhei a boneca de cera num pedaço de linho e a coloquei na bolsa, pois queria que Nakht visse os símbolos, para o caso de reconhecer a língua. Ankhesenamon e eu ficamos parados no corredor. Não tive o que dizer. De repente, senti-me como uma criatura presa numa armadilha, aquiescendo ao seu destino. Foi quando percebi que as portas do quarto do rei ainda estavam entreabertas.

— Posso? — perguntei. Ela assentiu.

O ambiente me lembrou do quarto fantasiado por uma criança, feito para brincar e sonhar. Havia centenas de brinquedos, em caixas de madeira, em prateleiras, ou guardados em cestos de palha entrelaçada. Alguns estavam velhos e frágeis, como se tivessem pertencido a várias gerações de crianças, mas quase todos eram razoavelmente novos, especialmente encomendados, não havia dúvida: peões de corda; coleções de bolinhas de gude; uma caixa com um elegante tabuleiro de *senet* e uma gaveta para as peças de ébano e marfim, tudo em cima de uma não menos elegante mesinha de rodinhas feita da mesma madeira. Havia também inúmeros animais de madeira e de cerâmica, com mandíbulas e membros móveis, inclusive um gato com uma cordinha para puxar, uma coleção de gafanhotos entalhados com asas que funcionavam com intricada exatidão igual aos bichos de verdade, um cavalo sobre rodas, e um pica-pau de cauda larga pintado, que se equilibrava lindamente com o peito arredondado em cores perfeitamente trabalhadas. Havia uns rechonchudos anões de marfim com barbantes que os faziam dançar de um lado para o outro em cima de uma base larga. Ao lado da cama, com uma prece inscrita para proteção na cabeceira de vidro azul, ornada em dourado, havia um único macaco entalhado com um arredondado e sorridente rosto quase humano e compridos membros que se moviam para ele poder saltar de galho em galho numa floresta imaginária. E paletas de pintura, com reentrâncias cheias de pigmentos diversos. Em meio aos animais, encontravam-se lanças, arcos e flechas de caça, e uma trombeta de prata com bocal de ouro. E, na parede mais afastada do cômodo, gaiolas douradas contendo uma variedade de passarinhos de cores vivas, esvoaçando animadamente de um lado para o outro e pousando aqui e ali nos poleiros de seus sofisticados palacetes de madeira, completos com casinholas, torres e laguinhos.

— Onde está o macaco do rei? — perguntei.

— Com o rei. Essa criatura o reconforta — respondeu Ankhesenamon. Em seguida, como que para explicar a infantilidade do soberano, prosseguiu: — Passei anos encorajando-o a tocar nosso plano, e amanhã será a realização. Ele precisa dar um jeito de encontrar coragem, apesar disto. E eu devo ajudá-lo.

Olhamos os dois para o cômodo e seus bizarros conteúdos à nossa volta.

— Ele gosta mais desses brinquedos do que de toda a riqueza do mundo — comentou baixinho, sem muita esperança na voz.

— Talvez haja uma boa razão para isso — respondi.

— Sim, há, e eu a compreendo muito bem. Estes são os tesouros de sua infância perdida. Mas é hora de deixar para trás tudo isso. Há muitas coisas em risco.

— Talvez nossas infâncias estejam enterradas dentro de nós. Talvez estabeleçam o padrão para os nossos futuros — sugeri.

— Nesse caso, estou fadada pela minha — concluiu, sem autopiedade.

— Talvez não, pois está ciente disso — falei.

Ela olhou para mim, desconfiada.

— Você nunca fala como um Medjay.

— Falo demais. Sou famoso por isso.

Ela quase sorriu.

— E ama sua esposa e filhos — acrescentou, de maneira estranha.

— Amo, sim. Isso eu posso dizer com certeza — garanti, sinceramente.

— Mas é seu ponto fraco.

Fiquei espantado com a observação.

— Como assim?

— Significa que pode ser destruído através de outrem. Uma coisa me ensinaram: a não me preocupar com ninguém, pois se me importar, esse alguém estará condenado pelo meu amor.

— Isso é sobrevivência, não é vida. Além disso, desobriga o amor do outro. Talvez não tenha o direito de fazer isso. Ou não tenha o direito de tomar essa decisão pelo outro — sugeri.

— Talvez — cedeu. — Mas no meu mundo isso é uma necessidade. O fato de eu não querer que seja assim não altera as coisas como elas são.

Começou a andar pelo cômodo, ansiosa.

— Agora sou eu quem está dizendo besteira. Por que digo essas coisas quando estou com você?

— Fico honrado com sua sinceridade — respondi, cuidadosamente.

Ela me olhou demoradamente, como se avaliasse a ambiguidade cortês da minha resposta, mas ficou calada.

— Posso lhe fazer uma pergunta? — indaguei.

— Claro que pode. Espero que eu não seja suspeita — respondeu, com um sorriso de canto.

— Seja quem for que está deixando esses objetos, se desloca pelos aposentos reais com relativa facilidade. Há alguma outra maneira de deixar esses objetos por aí? Eu também preciso saber quem tem acesso a estes aposentos. Obviamente, os camareiros e camareiras, a ama de leite...

— Maia? Sim. Ela executa todas as tarefas mais íntimas para o rei. Está claro que me despreza. Culpa minha mãe por tudo e acha que, por ter me beneficiado de crimes cometidos antes do meu nascimento, devo pagar por eles agora.

— É apenas uma criada — observei.

— Instiga o ódio nos ouvidos do rei. É mais próxima dele que uma mãe.

— Mas o amor que tem pelo rei não é questionado... — observei.

— É famosa pela lealdade e amor. É tudo que tem — retrucou, despretensiosamente, enquanto passeava pelo quarto.

— Então, quem mais entra aqui?

Ela pegou o boneco do macaco e ficou olhando para ele, com frieza.

— Ora, eu, é claro... Mas raramente venho. Não teria razão alguma para vir. Não quero brincar com os brinquedos. Tenho encorajado o rei para seguir outras direções.

Devolveu o macaco ao seu devido lugar.

— De qualquer forma, dificilmente eu seria uma suspeita, pois eu mesma o procurei para fazer a investigação. Ou será que às vezes acontece de a pessoa que pede a investigação ser a culpada?

— Às vezes. Imagino que, na sua posição, as pessoas hão de pensar o que quiserem da situação. Afinal, podem dizer, por exemplo, que desejaria ver seu marido imobilizado pelo medo, de forma a assumir o poder sozinha.

Seus olhos perderam subitamente o brilho, como um lago quando o sol se põe.

— As pessoas especulam, adoram isso. Não há o que eu possa fazer. Mas meu marido e eu estamos ligados um ao outro por muito mais do que a necessidade mútua. Temos um laço histórico, profundo. Ele é tudo que me resta dessa história. E eu jamais o magoaria, pois, por tudo que há no mundo, isso não aumentaria minha segurança. Somos necessários um para o outro. Para a sobrevivência e o futuro um do outro. Mas também temos muito afeto um pelo outro... — Ela correu a mão pela grade de uma das gaiolas, batendo delicadamente com as unhas bem-feitas, o que fez o passarinho mais próximo olhar assustado na sua direção e sair voando ligeiro lá para o outro lado.

Voltou-se novamente para mim. Seus olhos reluziam.

— Sinto o perigo em tudo, nas paredes, nas sombras; o medo é como milhões de formigas na minha mente, no meu cabelo. Está vendo como minhas mãos tremem, o tempo todo?

Esticou-as e ficou olhando, como se fossem desleais. Em seguida, retomou a autoconfiança.

— O dia de amanhã vai mudar a vida de todos. Quero que cuide de nós durante a cerimônia.

— Somente os sacerdotes têm acesso ao interior do templo — relembrei.

— Os sacerdotes são apenas homens com as roupas certas. Se raspar a cabeça e vestir uma túnica de linho branco, passará por um. Quem iria saber que não é? — disse, animando-se com a ideia. — Às vezes, você parece um sacerdote. Parece mesmo um homem que já viu mistérios.

Eu estava para argumentar, quando Khay reapareceu. Fez uma reverência ostensiva.

— Os senhores do domínio real se foram. Cheios de ameaças e indignação, devo acrescentar.

— É assim que eles são. Isso passa — respondeu Ankhesenamon.

Khay fez nova reverência.

— Rahotep vai nos acompanhar na inauguração amanhã — continuou ela. — Precisará estar vestido adequadamente, para que sua presença não atrapalhe o protocolo.

— Muito bem — disse ele, no tom seco de alguém que está meramente obedecendo a ordens.

— Quero conhecer o médico do rei — falei, subitamente.

— Pentu é quem cuida do rei — declarou Khay.

— Tenho certeza de que terá alguns minutos do seu tempo para falar com Rahotep. Diga-lhe que é um favor para mim — interveio Ankhesenamon.

Khay fez mais uma reverência.

— Preciso ir ter com o rei agora. Há tanto o que fazer e o tempo é tão pouco — disse ela. E acrescentou baixinho: — Pode ficar aqui nos aposentos reais hoje? Saber da sua presença já seria um consolo para mim.

Lembrei-me do encontro marcado com Khety.

— Infelizmente, preciso voltar para a cidade. Tenho outra linha de investigação a seguir hoje à noite. É necessário, eu receio.

Ela ficou me olhando com firmeza.

— Pobre Rahotep! Está tentando viver duas vidas de uma vez só. Virá nos atender de manhã.

Fiz uma reverência e, quando tornei a erguer a cabeça, ela já tinha desaparecido.

19

Pentu estava andando para a frente e para trás, com as mãos cruzadas às costas, o rosto anguloso e arrogante tomado de tensão. Assim que entrei, e a cortina foi puxada ao fundo, ele eficientemente me avaliou, como se eu fosse um paciente chato.

— Por que você precisa falar comigo?

— Entendo que esteja ocupado. Como vai o rei?

Ele olhou de relance para Khay, que fez um aceno positivo com a cabeça, indicando que deveria responder.

— Sofreu um ataque de ansiedade. Não é a primeira vez. Tem a mente sensível, se afeta facilmente. Mas isso passa.

— E como é o seu tratamento para isso?

— Tratei do acesso recitando a eficaz prece da proteção de Hórus contra os demônios da noite.

— E teve efeito?

Seu cenho se franziu e seu tom de voz implicava que aquilo não era assunto meu.

— Claro. Também convenci o rei a tomar uma água curativa. Está muito mais calmo agora.

— Que tipo de água curativa? — perguntei. Ele se empertigou todo.

— Para uma eficácia mágica, a água precisa passar por um monólito sagrado. Uma vez absorvida a efetividade do entalhe, ela é então coletada.

E ficou me olhando fixamente, como que me provocando a questioná-lo ainda mais.

Fizemos uma pausa.

— Obrigado. O mundo da medicina me é desconhecido.

— Nota-se. Agora, se era só isso... — disse, exasperado, já saindo, mas Khay fez gestos apaziguadores e ele ficou.

Era hora de deixar a minha marca.

— Vou direto ao ponto. Até o momento, houve três tentativas bem-sucedidas de infiltração no seio dos aposentos reais. Em cada uma delas, um objeto foi deixado como ameaça ao rei, tanto física quanto metafísica, pelo menos na intenção. Também tenho razões para crer que o autor desses atentados tenha conhecimento da farmacopeia...

— O que está querendo insinuar? — gritou Pentu. — Esse homem está insinuando que eu ou meu pessoal estamos sob suspeita? — Ele se inflou na direção de Khay.

— Perdoe-me se não medi bem as palavras. Minhas razões vêm de outras coisas, de eventos fora do palácio. Mas eu diria que a atual conjuntura e o estado de espírito do rei deveriam ser nossa prioridade absoluta. Pois se o causador disso tudo foi capaz de fazer o que fez com tanta facilidade, o que mais não poderia fazer?

Ficamos nos olhando em silêncio.

— Por que não nos sentamos? — sugeriu Khay, diplomaticamente, aproveitando o momento.

Então, nos sentamos em banquinhos baixos encostados à parede do cômodo.

— Primeiro, como tenho razões para acreditar que esse homem possa ser um médico, seria útil compreender como os médicos do palácio são organizados e quem tem acesso direto ao rei — expliquei.

Pentu pigarreou com firmeza.

— Como médico-chefe do norte e do sul, só eu tenho acesso direto ao rei. Nenhum outro médico pode estar na presença dele sem que eu também esteja. Todos os tratamentos são prescritos e autorizados por mim. Claro, também estamos incumbidos de atender a rainha e os outros membros da família real, e todos os membros dos aposentos reais, inclusive os criados.

— Disse outros membros da família real. Quem mais existe, além da rainha?

Ele olhou de relance para Khay.

— Refiro-me aos parentes que servem ao rei e à rainha — retrucou, com curiosa indiferença.

— Quantos médicos estão cadastrados no palácio?

— Todos os médicos das Duas Terras se encontram sob minha autoridade em última instância. Somos poucos os que estamos plenamente habilitados em todos os aspectos dos mistérios, mas há especialistas no olho, tanto esquerdo quanto direito, na barriga, nos dentes, no ânus e nos órgãos ocultos, que podem ser convocados instantaneamente, conforme a necessidade.

— E, pelo que entendo, há distinções entre as várias hierarquias profissionais?

— É *óbvio* que há distinções. Não acha importante discernir entre quem dá um jeito nos ossos quebrados pelas ruas do mercado e nós, que temos formação acadêmica e conhecimento dos livros, o que nos qualifica a administrar cura adequada através de nossas plantas e da nossa magia? — retorquiu, entre os dentes.

— Fico intrigado com esses livros — falei.

— Pode ficar intrigado, mas são livros secretos, e pronto.

Abri um sorriso, simpático.

— Peço desculpas. O rei está recebendo algum tratamento no momento? Afora a água curativa?

— Ele é forte, fisicamente, e goza de saúde perfeita, mas também prescrevi uma poção para dormir. Ele sofreu um choque sério. Precisa descansar para amanhã. Não deve ser perturbado. Vou passar a noite sentado ao seu lado.

Simut tinha tomado as providências para que desta vez a segurança dos aposentos reais funcionasse como um santuário fechado. Havia duplas de guardas de plantão a cada curva dos corredores. E quando chegamos ao cômodo em questão, havia um em cada lado da porta, e mais dois defronte a eles. As portas estavam fechadas, mas Pentu as abriu silenciosamente e me fez um sinal para olhar lá dentro rapidamente.

Os aposentos tempcrários do rei estavam iluminados por lamparinas a óleo, encaixadas em nichos nas paredes, e também no chão, em quantidades ainda maiores em torno da cama, de forma que ele parecia um jovem deus numa constelação de luzes. Havia velas acesas para banir as trevas do mundo à sua volta, mas pareciam fracas contra forças tão perigosas e ameaçadoras. Ankhesenamon estava segurando a mão do marido, falando baixinho com ele. Percebi a intimidade entre os dois, a sensação de segurança que ela lhe dava, sendo a mais corajosa e poderosa do casal. Mas eu ainda não conseguia imaginar como um casal tão delicado poderia, amanhã, assumir a autoridade das mãos de demagogos e ditadores ambiciosos como Ay e Horemheb. Sabia que preferia o governo de Ankhesenamon ao de qualquer dos dois. E sabia que ela era esperta. Eles a haviam subestimado. Ela observou e aprendeu com o exemplo deles, e talvez também tivesse aprendido um pouco da crueldade da qual precisaria para sobreviver nesse labirinto de monstros. Os dois ergueram a vista um instante e me viram à porta. Fiz uma reverência. Tutancâmon, Senhor das Duas Terras, me olhou com frieza. Em seguida, fez um aceno com a mão, me dispensando.

Pentu fechou a porta na minha cara.

20

Fui correndo me encontrar com Khety na parte da cidade para onde os homens vão depois de um árduo dia de trabalho nas repartições burocráticas. Já passava em muito do nosso horário marcado; a única luz nas ruas e vielas vinha das janelinhas das casas com lamparinas acesas. As passagens estreitas estavam cheias de bêbados, burocratas e operários, alguns apressados e calados, caminhando furtivamente; outros em grupos barulhentos, conversando aos berros, indo de um lugar para o outro. Meninas com os seios à mostra, rapazes esbeltos e malandros, e outros que poderiam ser tanto um quanto outro, caminhavam pelos becos esbarrando nos homens e olhando para trás perto das entradas dos cubículos sombrios onde ganhavam seu pão. Uma delas me abordou.

— Posso lhe ensinar prazeres que você não faz nem ideia — ofereceu, numa voz desgastada.

Encontrei a entrada baixa e anônima ao longo de um muro de taipa que saía da avenida principal. Passando pelo abrutalhado leão de chácara e pelo também abrutalhado portão, prossegui pelo corredor adentro. Esses lugares costumam ser um amontoado de minúsculos cômodos malventilados, com pé-direito baixo e o teto encardido pela fumaça das noites sem-fim, mas este era diferente. Vi-me percorrendo uma série de quartos e pátios. Tudo ali era luxuoso: quadros de qualidade, de boa arte, e tapeçarias, das melhores que há, penduradas nas paredes. O lugar tinha o traço da riqueza, era cheio de homens de sucesso e destaque, acompanhados de seguidores e de mulheres, bebendo e conversando, exaltando suas opiniões, risos e desafetos por cima de jarras de cerveja e taças de vinho, e pratos e mais pratos da melhor comida. Rostos passavam pelo meu campo de visão e desapareciam: uma mulher maquiada vestida com túnicas caras, urrando feito uma mula, de olhos esbugalhados; um homem mais velho, de rosto vermelho, com a boca escancarada como um bebê chorão; um jovem de perfil áspero, sebento, magro, escondido num canto, sem falar com ninguém, mas atento a tudo, aguardando sua oportunidade, uma hiena na festa.

Muitos quadros nas paredes retratavam cópulas: homens e mulheres, homens e homens, homens e garotos, mulheres e mulheres. Toda figura ostentava um sorriso caricato de êxtase, esboçado em poucas linhas pretas e vermelhas. Os pênis eram inconcebivelmente grandes. Várias eram as penetrações. Eu já tinha visto esse tipo de coisa em papiros satíricos cuja circulação fora confiscada, mas nunca reproduzidos em larga escala.

Khety aguardava minha chegada. Pedi uma jarra de vinho ao atendente de meia-idade cuja pele pálida e enrugada dava a impressão de não ver a luz do dia havia muitos anos.

— Estou bebendo bem devagar, mas bem devagar mesmo — disse, para me fazer lembrar o quanto eu estava atrasado.

— Nota dez para autodisciplina, Khety.

Encontramos um canto e viramos de costas para as pessoas, sem querer que nossa presença chamasse mais atenção do que devia, pois nenhum oficial da Medjay entra de maneira despreocupada num lugar desses. Havia muitos homens ricos, cujos negócios não eram exatamente ortodoxos, que frequentavam lugares assim, e talvez sentissem imenso prazer em confrontar gente da lei como Khety e eu num local onde contaríamos com poucos amigos.

O vinho chegou. Como eu imaginava, era caro demais e de pouca qualidade. Tentei me ajustar à estranha adjacência dos dois mundos: o Palácio de Malkata e seus silenciosos corredores de pedra, com personagens da elite em seus inarticulados dramas de poder e traição; e este parque de barulhenta vida noturna. Suponho que as mesmas coisas aconteçam em ambos os lugares: a demanda noturna do desejo masculino e a oferta de satisfação.

— Mais alguma pista? — perguntei.

— Andei sondando por aí. É difícil porque vem gente de todo canto do reino agora. Há os que são escravos e prisioneiros, enquanto outros só estão desesperados para fugir e chegar às ruas douradas de qualquer que seja a cidade jogada às moscas de onde vêm. Quase todos vêm por causa de promessas feitas por alguém que vai até a área onde moram, mas muitos são vendidos por suas próprias famílias. É gente da Babilônia, da Assíria, da Núbia... Os que têm sorte acabam em Tebas ou Mênfis.

— Ou, se não têm, em algum lugar menos romântico, uma cidade de guarnição, como Bubastis ou Elefantina — completei. — Não sobrevivem muito tempo, onde quer que seja. Só têm a própria beleza e juventude para oferecer. Mas, depois que isso se vai... só lhes resta o lixo humano.

Olhei à minha volta e percebi o dano provocado naqueles rostos jovens por atender esses clientes exigentes todas as noites, sem parar. Rostos corados, desesperados, sorrindo demais, deliberadamente demais, tentando por demais agradar; meninas e meninos bonitos, qual bonecos vivos, aos joelhos de homens asquerosos capazes de pagar por carne nova toda semana, ou uma vez por ano. Todos pareciam exagerados, extravagantes. Uma moça de olhos arruinados passou por nós; seu nariz tinha sido cortado. Parecia mover-se ao comando de cordéis invisíveis manipulados às escondidas. Passou e se perdeu no meio da multidão.

— É interessante observar que muitos deles cruzam fronteiras com drogas ilícitas, ou ladeira abaixo, e isso faz parte do acordo. É um método de entrega barato. Todo mundo sabe disso e, individualmente, as quantidades são pequenas demais para causar preocupação. Sem contar que guardas das fronteiras são subornados, ou aceitam uma trepada rapidinha como compensação, e mesmo quando uns poucos são pegos só para fazer efeito, os lucros acabam sendo muito maiores do que as perdas.

— Que mundo lindo! — falei.

Khety soltou uma risadinha.

— Até que dava para melhorar.

— Só está piorando — afirmei, desanimado.

— Você sempre diz isso. Não saberia o que dizer se acontecesse algo bom — retrucou, com seu otimismo provocativo de sempre. — Você sofre mais que o Thoth, e ele é um animal burro.

— O Thoth não sofre nada. E não é burro, nem de longe se compara a muitos dos bípedes que aqui se encontram. Ele pensa, sim.

Tomei um gole do meu vinho.

— Quem é o dono deste lugar?

Khety deu de ombros.

— É o dono de quase toda esta área da cidade. Provavelmente uma das grandes famílias, ligadas aos templos, que sem dúvida ficam com um bom percentual dos lucros.

Concordei. Todos sabiam que a imensa riqueza dos templos dependia de vários investimentos em negócios muito lucrativos espalhados pela cidade e dos nomos do reino.

— E com quem vamos falar aqui?

— Com a gerente. É uma mulher esperta.

— Imagino que tenha um coração de ouro.

Atravessamos a multidão ululante, passamos pelos músicos cegos tocando seus instrumentos, apesar do fato de ninguém estar escutando, e tomamos um corredor silencioso iluminado por umas poucas lamparinas a óleo.

Desse corredor saíam outras passagens, com elegantes cortinas ocultando lugares grandes o suficiente para um colchão confortável. Velhos gordos se escondiam nos cubículos para nos evitar enquanto menininhas e rapazes risonhos se esgueiravam pelo lado como peixes ornamentais num canto de aquário. Apesar do incenso aceso por todos os lados, o ar era estagnado, infestado dos cheiros humanos: suor, mau hálito, pés sujos e sovacos fedorentos. Num cubículo, havia gente arfando e gemendo; noutro, uma menina conversava em fala mansa e soltava risadinhas insinuantes; noutro, ainda, uma mulher entretinha alguém com uma cantoria em voz grave e ardente. Lá da frente veio o barulho de água espadanando, e risos.

No final do corredor havia uma porta; lá fora, dois vigilantes grandalhões e austeros, feios como estátuas sem acabamento. Eles nos revistaram sem dizer uma palavra.

— Alguém está sentindo cheiro de cebola? — falei, captando no ar um certo mau hálito.

O vigilante que estava me revistando parou e me olhou. Seu rosto me lembrou uma panela amassada. O outro colocou a mão grossa no ombro largo do colega para acalmá-lo, aconselhando-o com um silencioso movimento da cabeça a ignorar o meu sarcasmo. O homem soltou uma bufada igual à de um touro e depois apontou o dedo bem para o meio dos meus olhos. Sorri e o afastei. O outro bateu à porta.

Entramos. O cômodo era baixo e pequeno, mas amenizado por um vaso de lótus frescas em cima da mesa. A gerente nos saudou com educação e distância. Usava uma peruca comprida e avermelhada, na última moda, mas seu rosto fino e escultural era imóvel, quase congelado, como se há muito tivesse esquecido para que serve um sorriso. Ofereceu-nos banquetas e almofadas. Postou-se elegantemente à nossa frente, com a mão no queixo, e esperou pelo que tínhamos a dizer.

— Por favor, como é seu nome?

— Takherit — respondeu, com clareza.

Então, era síria.

— Eu me chamo Rahotep.

Ela assentiu e ficou esperando.

— Só queremos lhe fazer algumas perguntas. Não há razão pessoal para se preocupar.

— Não estou preocupada — respondeu, tranquilamente.

— Estamos investigando uma série de assassinatos.

Ela ergueu as sobrancelhas num gesto fingido de expectativa.

— Emocionante!

— Foram todos muito brutais. Ninguém merece morrer do jeito que esses jovens morreram. Quero tentar evitar outras mortes assim.

— Nestes tempos obscuros, as pessoas preferem se afastar daquilo que escolhem não ver — disse ela, evasivamente. O tom que usou foi tão monótono que não consegui distinguir se falou com muita ou nenhuma ironia.

— Quero que entenda bem a gravidade disso.

Joguei o rosto morto, com sua coroa de cabelos pretos ensanguentados, na mesa à sua frente.

Seu rosto continuou impassível, mas algo mudou em seu olhar; uma reação, pelo menos, aos fatos crus que tínhamos diante de nós. Ela balançou a cabeleira ruiva.

— Somente um monstro seria capaz de fazer isso com uma mulher.

— O que fez é cruel, mas certamente não foi sem sentido. Trata-se de um ato premeditado de violência ou paixão. Esse homem mata por razões e maneiras que têm significado para ele, mesmo que não tenham para mais ninguém. A questão é descobrir esse significado — esclareci.

— Nesse caso, não existe monstro algum.

— Não, só gente.

— Não sei se isso me faz sentir melhor ou pior — retorquiu.

— Compreendo — falei. — Precisamos descobrir quem era essa moça. Achamos que talvez tivesse trabalhado aqui.

— Talvez. Temos muitas moças que trabalham aqui.

— Mas sentiram falta de alguma em particular?

— Às vezes essas meninas simplesmente somem. Acontece o tempo todo. Ninguém se importa com o que acontece ou deixa de acontecer com elas. Sempre existem outras.

Inclinei-me para a frente.

— Essa menina morreu de forma hedionda. O mínimo que podemos fazer é chamá-la pelo nome. Tinha uma cobra tatuada no braço. O senhorio dela nos disse que se chamava Neferet.

Ela olhou para o rosto, me estudou um pouco, e concordou.

— Então, sim, eu a conhecia. Trabalhava aqui. Nunca soube muito a seu respeito. Não dá para acreditar nas histórias que contam. Mas me impressionou por ser uma das mais inocentes, confiava em todo mundo. Tinha um sorriso esquisito, triste. Isso fazia com que fosse ainda mais atraente para muitos dos clientes. Parecia pertencer a um mundo melhor que este. Alegava ter sido roubada da família, que a amava, e um dia, tinha certeza, eles viriam buscá-la...

— Não disse de onde vinha?

— Uma aldeia de camponeses ao norte de Mênfis, creio eu. Não lembro do nome.

— Podemos assumir que conheceu o assassino aqui. Isso quer dizer que ele é cliente seu. Homem mais velho, da elite. Educado. Possivelmente um médico.

Ela ficou olhando para mim.

— Faz ideia de quantos homens assim fazem suas discretas visitas a lugares como este? De qualquer forma, minhas funcionárias são orientadas a não fazer pergunta alguma sobre a vida pessoal dos clientes.

Experimentei outra linha de arguição.

— Há clientes ou funcionárias que usem drogas nas dependências da casa?

— Que tipo de droga? — perguntou, inocentemente.

— Soporíficas. Ópio...

Ela fingiu que estava pensando.

— Não aceitaríamos alguém que fosse usuário notório. Faço tudo que está ao meu alcance para evitar esse tipo de coisa. Meu negócio é direito.

— Mas essas drogas estão em todo canto.

— Não posso ser responsabilizada pelo comportamento privado ou pelas inclinações dos meus clientes — retrucou, com firmeza.

— Mas eles precisam adquirir a droga de alguma forma — argumentei.

Ela deu de ombros, evitando meu olhar.

— Há comerciantes, intermediários, fornecedores. Como em todo ramo de negócio, especialmente onde se possa ganhar algum ouro.

Olhei de relance para Khety.

— Há muito me interessa saber como que uma demanda tão grande assim pode ser atendida. Sabe, a quantidade de jovens apreendidos ao passar pelas fronteiras é pequena. Portanto, muitos deles devem conseguir chegar a lugares como este em cada cidade. É uma rota de abastecimento, direta e conveniente, e de baixo risco. Sabemos que muitos dos que vêm trabalhar aqui são portadores. E, mesmo que viessem aos milhares, ainda assim não conseguiriam trazer as quantidades necessárias para atender a demanda por uma mercadoria de luxo de grande procura. Isso, para mim, é um mistério.

Ela baixou o rosto.

— Como já disse, não me envolvo com essas coisas.

Observei-a atentamente. Percebi suas pupilas se dilatando. Ela reparou que eu estava olhando.

— Para mim, não seria problema algum trazer uma equipe de oficiais da Medjay para vasculhar a casa. Mas duvido que muitos dos seus clientes aprovem a exposição — falei.

— E duvido que saiba quão poucos ficariam satisfeitos se você fizesse uma estupidez dessas. Quem acha que vem aqui? Nossos clientes vêm dos níveis mais altos da sociedade. Jamais permitiriam que um oficial de baixo nível como você causasse alguma encrenca.

Ela balançou a cabeça e se levantou, tocando um sininho. A porta se abriu e dois guarda-costas logo apareceram, sem qualquer sorriso.

— Os cavalheiros vão embora agora — anunciou ela.

Saímos em silêncio, mas, assim que chegamos lá fora, os brutamontes se entreolharam, trocaram um breve aceno de cabeça e aquele que eu havia provocado me socou violentamente. Confesso que foi preciso, e doeu bastante. O outro esmurrou Khety, com menos força, só para ficarem quites.

— Não seja tão sensível — falei, esfregando o queixo, quando eles batiam a porta. Ficamos ali parados na rua inóspita e subitamente silenciosa.

— Nem ouse me dizer que eu fiz por merecer — disse a Khety.

— Tudo bem, não vou dizer — respondeu.

Fomos embora na escuridão da noite.

— Então — começou Khety —, como é que toda essa droga entra nas Duas Terras? Não pode ser só através dessas crianças.

Balancei a cabeça.

— Acho que essas crianças, essas portadoras, são uma distração. Irrelevantes. O transporte e o envio devem acontecer em quantidades muito maiores. Mas se entra por navio, as autoridades portuárias são subornadas; e se entra por terra, os guardas da fronteira estão levando algo em troca.

— Tem gente ganhando uma fortuna em algum lugar — afirmou ele.

— Seja lá quem for, deve ser alguém com muito poder e muitas conexões.

Soltei um suspiro.

— Às vezes, esse nosso trabalho parece uma tentativa de conter as águas do Grande Rio com nada mais que as mãos vazias.

— Penso nisso quase toda manhã — retrucou Khety. — Mas depois me levanto e vou trabalhar. E, claro, passo parte do tempo com você, o que já é alguma compensação.

— Você é um sortudo, Khety. Mas pense só: pelo menos as conexões estão ficando mais claras. Todos os assassinatos envolveram a narcotização das vítimas, mais provavelmente com a droga. A menina trabalhava aqui.

O mais provável é que os fornecedores entreguem a droga aqui, a partir de lugares semelhantes espalhados pela cidade. Já é alguma coisa.

— E lembre-se também de que o assassino o está fazendo dançar de um mundo para o outro — lembrou-me ele, com um sorriso irônico.

Se estivéssemos certos, e o mesmo homem fosse responsável por ambos os crimes, eu só estaria pulando de uma pista para outra, como um cachorro seguindo um rastro de comida, com os olhos grudados no chão, sem enxergar mais nada.

Desejei uma boa noite para Khety e tomei o caminho de casa, cansado.

21

O sol branco do fim da manhã não dá folga a nada nem a ninguém. A cidade parecia cozinhar até endurecer e secar, marrom, amarela e branca no calor. Olhei para o alto e vi, dando rasantes sob a luz estonteante, um falcão de asas escuras escancaradas, ajustando-se delicadamente às variações das lufadas de ar quente do deserto. Era Hórus, com o olho direito do sol e o esquerdo da lua. O que veria, ao olhar para o nosso estranho mundinho de estátuas e monstros, multidões e desfiles, templos e barracos, riqueza e porcaria? O que pensaria desse grupo cerimonial de minúsculas figuras, protegidas por parcas sombrinhas, descendo devagar e formalmente a avenida das Esfinges, ladeada por árvores perfeitamente podadas, em direção ao templo sul? Teria me notado, na minha fantasia branca de sacerdote? Teria visto a todos nós, em nosso mundo verdejante de campos e árvores, dependentes da grande serpente do Grande Rio, cercados pela infinidade da eterna Terra Vermelha? O que veria além do horizonte? Fiquei olhando para ele, que se demorou pairando acima de nossas cabeças, até que desistiu e se inclinou na direção do rio, antes de desaparecer por cima dos telhados.

Mais uma noite maldormida. Sonhei com o rapaz. No sonho, ele estava usando o rosto de Neferet, a moça, e ela estava sorrindo misteriosamente para mim. Depois, devagar e cuidadosamente, comecei a desprender seu rosto, mas ela continuava sorrindo. E quando finalmente consegui puxar o rosto por cima da cabeça dela, vi por baixo a máscara das trevas, e senti o fedor adocicado da podridão. Acordei de repente, com o coração disparado. Talvez o vinho ruim da noite anterior tivesse sido ainda pior do que pensei. De manhã, Tarekhan não demonstrou solidariedade alguma por mim. E quando voltei do barbeiro com o cabelo raspado, ela só me olhou e meneou a cabeça.

— Que tal estou? — perguntei, passando a mão pela careca polida.
— Parece um bebezão — respondeu ela, sem ajudar em nada.
— Nada parecido com um sacerdote do templo, então?

A verdade seja dita: ela soltou uma sonora gargalhada.

— Acho que não... e não volte para casa enquanto não tiver crescido tudo de novo.

Ao longo da avenida das Esfinges, multidões bem-administradas se postavam em silêncio e obediência na calmaria cortante do ar, proferindo elogios apenas quando o rei e a rainha passavam de carruagem. Tutancâmon estava usando a Coroa Azul, e ia cuidadosamente cercado por uma rígida falange de guardas do palácio, com seus lustrosos penachos tremulando ao sol, arcos e flechas polidos e brilhantes. Havia soldados do exército de Tebas por toda a avenida. Simut estava fazendo seu trabalho, usando todos os recursos sob seu comando, enquanto Ay seguia em sua carruagem. Simut e eu estávamos juntos. Ele observava tudo com cuidado, atento a qualquer detalhe fora do lugar, qualquer sinal de problema. Em seguida, vinha um comprido séquito de autoridades palacianas e sacerdotes, Khay entre eles, todos em idênticas túnicas brancas, cada qual com seu criado suarento segurando ao alto uma sombrinha. Percebi um cachorro de rua correndo ao longo dessa cavalgada estranhamente sombria, correndo pelas sombras das árvores e dos soldados em marcha. Ele latia e latia, mostrando os dentes como se tivesse visto o vulto de um inimigo ou intruso. De repente, um dos soldados de Tebas o matou com uma flechada certeira. A multidão se virou, assustada; mas ninguém entrou em pânico, e a cavalgada prosseguiu.

Quando a procissão chegou à entrada do templo, o suor escorria pela minha espinha. Um toldo de linho, decorado de ouro e prata, fora montado diante da imensa porta dupla que dava no Salão das Colunas. O avô do rei tinha dado início à construção quando eu era rapaz, com um ambicioso plano de substituir o labirinto de pequenos santuários antigos por aquilo que deveria ser uma grandiosa estrutura moderna, de imensas colunas de pedra, grandes o suficiente para conter multidões no topo amplo. Foi feito para ser a maravilha do mundo, e hoje eu seria excepcionalmente privilegiado de vê-lo com meus próprios olhos.

A área diante do templo estava apinhada com milhares de sacerdotes vestidos de túnica, tantos que fizeram o grande espaço aberto parecer um lago branco quando se prostraram. Os músicos do templo tocaram ritmo e melodia novos. O olhar de Simut estava em todo canto, considerando todas as contingências, verificando a posição de seus arqueiros nas muralhas do perímetro, a formação precisa dos guardas que flanqueavam o rei e a rainha para protegê-los, examinando tudo e todos com seus olhos escuros. Desta vez, não poderia haver erro, não poderia haver surpresas de sangue nem pânico em massa.

Finalmente, com a fanfarra das trombetas do templo, erguidas ao alto e reluzindo ao sol, atravessamos as portas, sob as imensas pedras entalhadas das paredes externas, e entramos no grande espaço das colunas. Minha primeira impressão foi de um reduto de sombras. Colunas perfeitamente entalhadas, de circunferência muito maior do que uma palmeira — seriam facilmente tão largas quanto dez árvores —, projetando-se para a escuridão e o frescor das alturas misteriosas; 14 ao todo, em duas grandiosas fileiras, cada uma com uns 30 cúbitos de altura, sustentando um imenso vão de telhado, como uma arcada colossal de pedra sob um céu noturno de granito. Estreitos feixes se projetavam até o chão pelas pequenas claraboias, com intensa claridade, onde ciscos de poeira dançavam num breve instante de glória. Onde quer que batesse, a luz forte iluminava os minuciosos entalhes pintados na pedra que recobria todas as superfícies.

A comprida tropa de dignitários e autoridades vinha atrás serpenteando, todos juntos, empurrando-se e reclamando na tentativa de encontrar um lugar embaixo das vastas colunas. A grandiosa arquitetura do salão os reduzia, tirava-lhes a importância. Pareciam um rebanho de cabras, respirando, tossindo, pisoteando-se e sussurrando seus comentários impressionados ao ver pela primeira vez esta nova maravilha. Contudo, eram esses os homens que controlavam o poder e a glória do reino. Os homens do domínio real, os homens das burocracias, os homens dos templos; todos os que tinham perdido riqueza e poder sob a regência de Akhenaton, o pai do rei, e agora os recuperavam, alegando terem restaurado a *maat* às Duas Terras. É claro, o que tinha sido realmente restaurado foi a autoridade implacável e a licença para controlar e desenvolver os recursos infinitos e as oportunidades de negócios das terras para beneficiar seus próprios tesouros. E o próprio rei, ainda que passivamente, era o ícone dessa restauração. Nas dependências de outro templo, o de Karnak, logo no início de seu reinado, ele ordenou — ou melhor, Ay ordenou em seu nome — que fosse feita uma estela de pedra na qual se entalharia uma declaração para todos os tempos, e todos conheciam bem suas palavras: *"A terra foi virada de cabeça para baixo e os deuses voltaram as costas para toda a terra. Porém, depois de muitos dias, minha Majestade subiu ao trono de seu pai e governou o território de Hórus, tanto a Terra Negra quanto a Terra Vermelha sob seu controle."* E assim parecia ser, pois o que fora deixado inconcluso pelo avô era agora concluído na presença do neto; e o estranho interregno de Akhenaton caiu no esquecimento, seus prédios ficaram abandonados, suas imagens ignoradas, seu nome em silêncio, sua memória não cultuada, como se ele nunca tivesse existido. Somente a memória de sua iluminação religiosa e de sua tentativa de tirar todo o poder dos sacerdotes tradicionais continuou. Reprimida, porém poderosa para muitos.

O grupo real foi convidado a examinar os entalhes que cobriam toda a extensão das novas paredes. Os sacerdotes erguiam tochas, ou formavam pequenos grupos para que suas túnicas brancas refletissem e amplificassem a claridade dos feixes de luz das claraboias, de forma a revelar os detalhes das obras em relevo vivamente pintadas que se encontravam ocultas nos recantos mais escuros. A luminosidade oscilante sobre as imagens coloridas dava a impressão de que elas se mexiam. Esforcei-me para manter minha posição perto do rei e da rainha, mas também porque estava curioso para ver essas maravilhas. No início, logo na entrada, um forte raio de sol, por coincidência ou propositalmente, iluminava os traços esculpidos do próprio rei. Fiquei olhando quando ele parou diante da própria imagem entalhada em pedra saudando o deus do templo. Tutancâmon, em carne e osso, com seus temores infantis e rosto delicado, avaliou seu reflexo em pedra, que ostentava ombros largos e gestos decisivos, típicos da autoridade de um rei. Devo confessar aqui que não se pareciam, exceto pelas semelhanças caprichadamente reproduzidas do perfil e das orelhas.

A visita prosseguia com todos se locomovendo lentamente ao longo da parede no lado ocidental. Aqui havia entalhes descrevendo a procissão da água dos deuses de Karnak durante o Festival de Opet. Havia os ágeis acrobatas e as barcaças com suas amarrações observados em detalhes minuciosos, e ainda os músicos cegos com seus instrumentos. Parecia que cada rosto era de um indivíduo que eu poderia reconhecer numa multidão. Fiquei pensando se meu próprio rosto e os da minha família não poderiam se encontrar por ali.

Então, depois de muitas cotoveladas e tensão, o grupo real, assistido por oficiais e criados, passou para a parede oposta, que continuava a história do festival. Tutancâmon e a rainha foram percorrendo o espaço devagar, lendo as imagens com atenção enquanto escutavam o Sumo Sacerdote e seus acólitos que se inclinavam respeitosamente para eles, sussurrando-lhes preces e informações, sem dúvida com alusões aos custos impressionantes e às estatísticas notáveis desta grande obra de glorificação das imagens do rei e dos deuses feita pelo templo. O evento estava seguindo seu curso em ordem.

Eles finalmente voltaram para a entrada e foram convidados a examinar o último registro de entalhes nas paredes próximas do canto, descrevendo a cena mais importante, aquela em que o rei entra na presença do deus dentro do santuário, quando aconteceu uma coisa. Tutancâmon estava lendo as inscrições desse momento mais sagrado, sob a direção do Sumo Sacerdote, quando de repente deu um passo atrás, assustado. Profundamente chocado e envergonhado, o religioso levou as próprias mãos aos olhos, como se estivesse diante de um horrível sacrilégio. Instantaneamente, a guarda do palácio se colocou em postura defensiva em torno do grupo real, empunhando rispidamente suas adagas recurvadas. Atrás de mim, as pessoas se esticaram para ver o que estava acontecendo. Eu abri caminho para passar pelos guardas e chegar mais perto. Ay já estava estudando o entalhe para o qual o Sumo Sacerdote apontava com seu cajado. Deixou que eu ficasse ao seu lado para poder examiná-lo também. Num cartucho, os nomes reais do rei tinham sido completamente apagados.

Ay assumiu o comando. Falou baixinho para Tutancâmon, que tremia, enquanto Ankhesenamon tentava ajudá-lo a beber um pouco de água. Mandou que o entalhe profano fosse tirado de vista, e, a todos que o tinham visto, deu ordens estritas de jamais falarem do assunto, sob pena de morte. Os nomes tornariam a ser entalhados, imediatamente. Ankhesenamon estava sussurrando ao ouvido de Tutancâmon, e ele finalmente assentiu. Em seguida, fingindo que estava tudo bem, o grupo real continuou com a visita. Ao passar por mim, Ankhesenamon me olhou de relance, mas não pudemos falar.

Voltamos relativamente rápido pelo salão, passando pelas grandes colunas até chegarmos ao Pátio do Sol, onde havia outras multidões de sacerdotes se prostrando, sob a luz estonteante depois da escuridão do templo, diante do rei e da rainha. A procissão parou à sombra das grandiosas colunas de papiro dispostas em três lados. Andamos pelo pátio em estranho silêncio, pois agora todos sabiam que tinha acontecido uma perturbação, embora a cerimônia continuasse como se nada tivesse sido diferente. Dali entramos na parte mais antiga do templo, onde me vi cercado por um breu ancestral. Por todo canto, a imagem entalhada do velho rei Amenhotep dominado, fazendo oferendas a Amon-Rá, deus do templo e da cidade. O grupo real prosseguiu, passando por uma câmara de oferendas. Pelas paredes, entalhadas em pedra para a eternidade, Amenhotep dirigia o castelo sagrado e fazia as oferendas ritualísticas de flores e incenso no local onde a barcaça de ouro do deus descansaria durante o festival. Depois desse ponto, eu tinha ouvido dizer que havia muitas capelas saindo do Santuário Divino, e antecâmaras ainda menores ao longo das paredes laterais, onde imagens dos deuses feitas em ouro eram mantidas escondidas nas sombras. Mas nem eu nem praticamente homem algum poderia passar deste ponto. Somente o rei e os sacerdotes do mais alto escalão poderiam entrar no santuário do próprio Amon no coração escuro do templo, onde sua estátua, que lhe dava presença terrena entre os homens, era cultuada, alimentada e vestida.

Era chegado o momento, e Tutancâmon teve de prosseguir só em direção ao mistério do santuário. Ankhesenamon podia acompanhá-lo até a antecâmara, não mais. Ele ficou nervoso, mas conseguiu tomar coragem. A rainha e o rei se adiantaram e desapareceram juntos, e tudo ficou em silêncio.

Lufadas carregadas de incenso e suor emergiam do calor de todos aqueles corpos humanos aglomerados no pequeno recinto e no Pátio do Sol às nossas costas. Sacerdotes dispostos em fileiras entoavam preces e orações. Sistros eram balançados, tilintando. As cantoras do templo entoavam os hinos. O tempo parecia se esticar... Vi Ay erguer a cabeça um pouco, como a se perguntar se estava tudo bem.

Então, de repente, o rei e a rainha reapareceram juntos. Ele tinha trocado a Coroa Azul pela Coroa Dupla do Alto e do Baixo Egito. O abutre e a serpente se destacavam de sua testa em proteção divina. Ela estava usando a coroa alta de pena dupla que sua mãe Nefertiti usara — e, com isso, proclamava-se tanto rainha quanto deusa. Longe de parecer inseguro ou amedrontado, Tutancâmon agora olhava arrogantemente para a frente, por cima da multidão impressionada de sacerdotes e dignitários reunidos no vestíbulo, e lá fora, no Pátio do Sol. Esperou um pouco e, em sua voz tranquila e intensa, falou:

— Os Deuses se revelaram para Tutancâmon, Imagem Viva de Amon, no Templo de Amon. Eu possuo os nomes reais: o nome de Hórus, Touro Forte, Mais Cabível das Formas Criadas, Rei do Alto e do Baixo Egito, Possuidor das Formas de Rá, Governante da Verdade. Nestes, meus nomes reais, ostento a Coroa Dupla e carrego o cajado do governo e o mangual de Osíris. Declaro, a partir de hoje, que sou o Rei, de nome e de fato.

Nomes são poderes. Trazem à realidade aquilo que declaram. Esta declaração representa uma nova política de independência. Uma nova coroação. Após este pronunciamento, tão impressionante quanto inesperado, uma agitação de espanto e admiração se seguiu. Eu teria dado um bom bocado de ouro só para ver a cara do Ay ao ouvir essas palavras. Mas sua cabeça ossuda permaneceu abaixada.

O rei continuou:

— Que isso se proclame por todas as Duas Terras. Declaro que vou celebrar este dia com um novo festival no sagrado nome de Amon-Rá. Que fique registrado para sempre na escrita dos deuses e que estas palavras sigam por escrito em todos os nomos das Duas Terras, de forma que todo súdito da Grande Casa saiba dessa grande verdade.

Os escribas oficiais se adiantaram com suas paletas e se sentaram de pernas cruzadas, com seus saiotes esticados por cima dos joelhos tal qual tabuleiros, e escreveram tudo rapidamente em seus pergaminhos abertos.

Como me dei conta agora de que eles deviam ter ensaiado várias vezes, Ankhesenamon se levantou e foi para perto de Tutancâmon, e os dois ficaram juntos enquanto a multidão absorvia devagar a revelação e as implicações daquelas palavras, e se puseram de joelhos para se prostrar. Pensei em como Ay responderia a essa audaciosa cartada no grande jogo do poder. Ele virou-se para a aglomeração de rostos, que estavam alertas, imaginando que ele não aceitaria tal demoção sem lutar. Mas era inteligente o suficiente para saber que não deveria. Após uma longa e cuidadosa pausa, como se fosse ele que detivesse o destino das Duas Terras em suas mãos, falou:

— Os deuses tudo sabem. Nós que trabalhamos toda a nossa vida para apoiar e fortalecer a Grande Casa, e restaurar a ordem perdida às Duas Terras, celebramos esta proclamação. O rei é Rei. Que os deuses façam dele um grande rei!

Os escribas tomaram nota disso também e, após um sinal de Ay, passaram de mãos em mãos seus pergaminhos pelo recinto, que foram pegos por assistentes para serem copiados e distribuídos por toda a terra e domínios, em outros pergaminhos e monólitos entalhados. E se pôs à frente da multidão, prostrando-se diante do casal real como um monstro idoso diante de seus filhos, lenta e rigidamente, e com a perigosa ironia que só ele sabia insinuar em tudo que fazia. Ankhesenamon e Tutancâmon tinham apostado tudo neste momento, e no sucesso de sua declaração. Os próximos dias iriam decidir se tinham vencido ou perdido.

22

O rei e a rainha saíram em procissão do complexo, passando pelo Pátio do Sol, onde os sacerdotes se rebaixavam no chão cuidadosamente varrido, pela série de colunas até chegarem à carruagem que os esperava, e seguiram em disparada num lampejo dourado.

Antes que os seguisse, para ir embora com Simut em sua carruagem, olhei para a área repleta de gente diante do Salão das Colunas e vi Ay parado no centro de tudo, observando nossa partida, estático feito uma rocha. Foi como se ondas de especulação e agitação quebrassem e se espalhassem por toda a multidão à volta dele. A notícia seria rapidamente divulgada por toda a cidade, pelas burocracias e ofícios, celeiros e tesouros; e a proclamação oficial se seguiria em Tebas, e através de mensageiros prosseguiria para todas as cidades, grandes ou pequenas, até Mênfis, Abidos, Heliópolis e Bubastis, ou para o sul até Elefantina e as guarnições de Núbia.

Seguimos a carruagem real até o rio, onde uma multidão havia se formado, bradando suas preces, e aclamações, e rapidamente subimos ao navio real para a travessia do rio. O rei e a rainha continuaram em seu cercado privativo. A cortina estava fechada. Enquanto cruzávamos o rio e o vozerio no cais saía do nosso alcance, escutei-os conversando baixinho entre si; as palavras não eram audíveis, mas captei a nuance da fala dela, acalmando e encorajando o tom mais lamentoso dele.

Quando o navio ancorou do outro lado, o casal real desembarcou e foi rapidamente cercado por uma falange protetora de guardas palacianos. Entraram às pressas, como se a própria luz do sol fosse perigosa.

Khay nos acompanhou, a mim e a Simut, o tempo todo, falando rápido. Pelo menos uma vez, mostrou-se empolgado:

— Ay vai ficar furioso — sussurrou ansioso. — Por essa ele não esperava.

— Mas *você*, sim — falei.

— Bem, me orgulho de dizer que tenho sido beneficiário das confidências da rainha. Ela não teria dado esta cartada no grande jogo sem primeiro estabelecer uma rede de apoio entre os mais próximos.

E iria precisar dessa rede, pensei. Ay segurava as Duas Terras pelo pescoço. Ainda dominava o sacerdócio, as burocracias e o tesouro; Horemheb controlava o exército.

— Mas isso chegou bem perto de outra catástrofe. Como poderia ter acontecido? Precisa ser investigado de imediato. Felizmente, não evitou que o rei fizesse sua proclamação — prosseguiu Khay.

Simut se empertigou:

— O arquiteto-chefe está sendo trazido para interrogatório, agora mesmo.

— E você, Rahotep, não está mais perto de descobrir o culpado, que parece gozar de liberdade não só nos aposentos reais como também agora no Salão das Colunas, nas dependências do próprio templo sagrado! — reclamou Khay, como se agora fosse a hora de compartilhar igualmente acusações entre nós.

— Estamos lutando contra uma sombra — respondi.

— O que não significa exatamente nada — debochou, de maneira irritante.

— O que importa é saber como esse homem pensa. Tudo que faz é uma pista para entender sua mente. Portanto, precisamos ler cada situação com cuidado e tentar decifrar e compreender seus significados. O problema é: todos os nossos esforços para controlar a situação são prejudicados pela discórdia que ele está criando minuciosamente entre nós. Para ele, é como um jogo elegante. Desafia-nos a compreendê-lo, a tirar um sentido do que faz, e depois a capturá-lo. Até agora, não conseguimos nada disso. Mal começamos a levá-lo a sério. Ou talvez o tenhamos levado a sério em demasia, pois se ignorássemos todas essas ações, que poder teria de fato?

— Você parece um guerreiro admirando o inimigo — retrucou Khay sarcasticamente.

— Posso respeitar sua inteligência e habilidade sem admirar ou respeitar o uso que ele lhes dá.

Ankhesenamon e Tutancâmon nos aguardavam numa sala de recepção, sentados em dois tronos de estado. O clima era de euforia, mas havia também uma pitada tangível de nervosismo, pois nem tudo tinha saído à perfeição.

Khay, Simut e eu os parabenizamos formalmente.

Tutancâmon ficou nos olhando com atenção.

— Baixem a cabeça diante da minha pessoa — gritou subitamente, levantando-se. — Como é possível que eu seja humilhado assim *outra vez*? Como é possível faltar segurança para mim, inclusive no meu próprio *templo*?

Aguardamos todos, de cabeça baixa.

— Marido — atalhou Ankhesenamon. — Vamos considerar as opções que temos em mãos. Vamos ouvir o conselho desses homens de nossa confiança.

Ele voltou a se sentar no seu pequeno trono.

— Podem erguer a cabeça.

Obedecemos.

— Nenhum de vocês conseguiu me proteger de todos esses perigos. Mas eu tive uma ideia, e a considero muito boa. É capaz até de resolver todos os nossos problemas de uma só vez.

Aguardamos com o que deve ter sido uma mistura de emoções estampadas no rosto.

— De que maneira consagrada um novo rei proclama seu poder e coragem a não ser numa caçada ao leão? Proclamamo-nos rei. Portanto, qual seria a melhor maneira de provar que sou apto para o povo senão indo caçar na Terra Vermelha e voltar com o troféu de um leão? — continuou.

Foi Khay quem falou primeiro:

— Um golpe de mestre, é claro — começou, com bastante cuidado. — Criaria uma imagem bastante positiva para o povo. Mas, senhor, já considerou como isso o exporia a um grande perigo?

— E que novidade há nisso? Aqui mesmo em meus aposentos, supostamente seguros, supostamente a salvo, há perigo ainda maior — falou, com petulância.

Ankhesenamon colocou a mão delicadamente sobre a do rei.

— Posso falar? — perguntou.

Ele assentiu.

— Parece-me que o sucesso de um reinado depende, em grande parte, da exibição cuidadosamente administrada dos poderes e virtudes desse reinado, na pessoa do rei. Desfiles de vitória, rituais de triunfo e essas coisas são o meio através do qual representamos para o nosso povo a glória do reinado. Portanto, se o rei estiver bem-protegido, uma caçada simbólica, realizada dentro de uma das grandes reservas de caça, seria bastante útil neste momento — sugeriu.

— É um excelente meio-termo — elogiou Khay, imediatamente. — Um evento desses pode ser providenciado rapidamente dentro da segurança do parque de caça. Um leão, alguns cervos selvagens também... — prosseguiu, esperançoso.

Mas o rosto do rei se anuviou.

— Não. Não basta um ritual. É preciso manifestar uma proeza. Que dignidade há em caçar um leão que já está capturado e não tem como fugir? Devem me ver matando um leão. E isso deve ocorrer na selva, que é seu território. Devem me ver assegurando minha autoridade real sobre a terra do caos. Não deve haver nada simbólico aí — retrucou.

Isso nos silenciou a todos.

Agora, foi a vez de Simut falar; ele foi menos diplomático:

— Na reserva de caça, podemos controlar o ambiente. Podemos garantir sua segurança. Mas, no deserto, o perigo é grande.

— Tem razão — concordou Ankhesenamon. — O que importa, no fim das contas, não é o espetáculo?

Mas Tutancâmon balançou a cabeça.

— Todos ficarão sabendo que o que fiz foi matar uma fera enclausurada. Não é o gesto com o qual quero começar meu reinado. Sou um bom caçador. Vou comprovar isso. Vamos para o deserto.

Khay tentou novamente:

— Vossa Majestade considerou que, para chegarmos ao território de caça, tanto a noroeste quanto a nordeste, precisaremos passar por Mênfis? Talvez isso não seja... *desejável*. Afinal, é a cidade de Horemheb, e a base do próprio exército — murmurou, sem saber direito como dizer isso.

Tutancâmon tornou a se levantar, apoiando-se cuidadosamente na bengala de ouro.

— Uma visita real a Mênfis é *bastante* desejável neste momento. Pretendemos trazer Horemheb perto do coração. É um velho aliado e, caso algum de vocês tenha se esquecido, foi meu tutor em Mênfis. Há muito que está engajado nas guerras contra os hititas. Viajaremos com toda a ostentação devida. Preciso aparecer por lá, agora mais do que nunca, *porque* é a cidade de Horemheb. Preciso deixar clara minha presença e minha autoridade. Quando isto estiver conquistado, volto triunfante para Tebas e desfilo minha vitória pelas ruas da cidade, assim, todos saberão e reconhecerão que Tutancâmon é rei não apenas no nome mas também de fato.

As consequências e ramificações disso tudo se multiplicaram em nossas mentes. Ankhesenamon tornou a falar:

— O rei está certo. Precisa ser visto como rei, e precisa fazer o que fazem os reis. Isso é da maior importância, e deve ser feito. Mas uma coisa será necessária. E é meu pedido pessoal...

Ela olhou diretamente para mim.

— Você, Rahotep, acompanharia o rei? Você e Simut serão conjuntamente responsáveis por sua segurança.

Como foi que acabei ficando, afinal, com o palitinho quebrado na mão? Como fui me enfiar tanto nesta situação que não havia escolha a não ser prosseguir? Pensei no primeiro pedido de Ankhesenamon, baseado na necessidade e no medo. Resolvi por ora não pensar nas recriminações, nas consequências disso tudo, lá em casa.

Baixei a cabeça numa reverência. Simut me olhou de relance e, em seguida, demonstrou também estar de acordo.

— Vamos precisar de uma equipe bem treinada e totalmente confiável. Mas montaremos uma que seja pequena, sem ostentações desnecessárias: um cozinheiro, rastreadores, criados e um punhado de guardas seletos. Todos precisam ser avalizados pelos oficiais do palácio, quanto à segurança, bem como pelo tesouro. Com isso, me refiro ao próprio Ay — falei.

— A sugestão é sensata — concordou Ankhesenamon —, pois assim implicamos o regente nos preparativos, e não o excluímos. Se for excluído, será mais perigoso.

Khay percebeu que não tinha outra opção que não fosse concordar.

— Tomarei, com Simut, todas as providências relativas à segurança para a visita a Mênfis — afirmou.

— Excelente! — disse Tutancâmon, batendo palmas. E me dei conta de que, pela primeira vez, ele parecia feliz.

23

A casa parecia deserta quando cheguei. Percebi como era raro eu estar lá durante o dia. Fiquei me sentindo um forasteiro, como às vezes acontece com os homens em suas próprias casas. Fiz uma saudação em voz alta, mas só Thoth respondeu ao som da minha voz, e ele veio até a mim com a cauda erguida.

Encontrei Tarekhan regando as plantas no telhado. Fiquei parado um instante, calado, no alto da escada, no umbral da porta, só olhando enquanto ela andava entre os vasos, absorta, dona de si. Já tem alguns fios brancos no meio da cabeleira preta como a noite, que, corretamente, se recusa a arrancar ou tingir. Estamos juntos há tantos anos que somam mais do que os que vivi antes de conhecê-la. Percebi a sorte que tenho. Minha vida antes dela parece um sonho vago de outro mundo; e a vida desde então é uma nova história, com nossas meninas, agora quase mulheres feitas, e a surpresa do meu filho temporão.

Ela colocou o regador no chão e alongou as costas; suas muitas pulseiras reluziram ao sol enquanto escorregavam por sua pele macia, esbarrando-se ruidosamente umas nas outras. Pensei por um momento que eram como os anos de nossa união, pois venho lhe dando uma a cada aniversário de casamento.

Foi quando se deu conta de que eu estava ali, parado. Sorriu indagativamente ante a estranheza de me encontrar em casa a esta hora. Aproximei-me dela. Passei o braço por cima de seus ombros e ficamos juntos, lado a lado, em silêncio. Já era fim de tarde, o sol tinha passado para o lado de lá do

Grande Rio e ia perto da margem ocidental. Avistávamos daqui todos os telhados do nosso quarteirão, apinhados de roupas penduradas nos varais, legumes postos em cima de estrados para secar, alguns móveis abandonados ou aguardando conserto, e gaiolas de passarinhos.

— Suas plantas estão crescendo — comentei, tentando puxar conversa para quebrar o silêncio.

— Basta um pouco de água e de sol, e também um pouco de atenção...

Ela me deu um de seus olhares significativos, mas não disse mais nada. Tinha lido meu rosto instantaneamente, como sempre faz. Não iria deixar barato. Esperou, brincando com uma folhinha marrom toda enroscada.

Pensei na melhor maneira de abordar o assunto.

— Precisarei ficar fora uns dias.

Ela continuou olhando fixamente para o horizonte, desfrutando da brisa suave e fresca que soprava do norte. Soltou a cabeleira negra, que lhe recobriu o rosto durante um breve instante antes que tornasse a prendê-la num reluzente nó.

Suavemente, virei-a de frente para mim e a abracei. Mas ela ficou tensa.

— Não tente dar a impressão de que está tudo bem. Estou com medo.

Apertei o abraço e ela relaxou um pouco.

— Nada no mundo significa para mim o que você e as crianças significam. Khety recebeu ordens de vigiá-las para que fique tudo bem, e ajudá-la caso precise de qualquer coisa.

Ela concordou.

— Quanto tempo você vai ficar fora?

— Talvez dez dias... não mais que 15, no máximo.

— Foi o que você disse da última vez. E prometeu que isso não se repetiria.

— Sinto muito. Mas, acredite, eu não tenho opção.

Ela me deu um dos seus olhares mais obscuros.

— Sempre há uma opção.

— Não, você está errada. Não acho que eu tenha opção alguma. Estou preso por circunstâncias sempre além do meu controle. E cada passo que dou, em qualquer direção, só me leva mais para o fundo do buraco.

— E eu fico com o medo da batida à porta. Tenho receio de encontrar um austero mensageiro da Medjay, com uma expressão formal no rosto, preparando-se para dar a má notícia — retrucou.

— Isso não vai acontecer. Sei me cuidar.

— Nunca se pode saber isso ao certo. Esse mundo é perigoso demais. E eu sei que você só se sente vivo quando se encontra no meio do perigo.

Não tive o que dizer.

— Aonde vai?

— Caçar.

Ela riu, apesar de tudo.

— Estou falando sério. Vou acompanhar o rei à reserva de caça, ao norte de Mênfis.

Seu rosto tornou a se fechar.

— Por quê?

Levei-a para baixo e nos sentamos na sombra do nosso jardinzinho. Thoth nos observava lá do seu canto. Os ruídos do mundo — camelôs, crianças gritando, suas mães gritando de volta — nos chegavam de longe. Contei-lhe tudo.

— Ankhesenamon...

— Sim?

— Você confia nela?

Hesitei, e ela percebeu.

— Cuidado — aconselhou. E estava para dizer mais quando a porta da rua se abriu com estardalhaço, e ouvi Thuyu e Aneksi entrando, discutindo sobre alguma coisa de grande importância. Aneksi se jogou em cima de Thoth, que acabara de dormir, mas ele já aprendera a tolerar seus abraços atabalhoados. Thuyu veio nos abraçar e ficou se apoiando contra os meus joelhos enquanto comia uma fruta. E eu fiquei admirando sua graciosidade, seu cabelo brilhante e sedoso.

Tarekhan foi pegar um pouco de água para elas. Nossa filha do meio me contou correndo o que estava pensando:

— Não sei se vou me casar.

— Por que não?

— Porque sei escrever e sei pensar, e posso me cuidar muito bem sozinha.

— Mas isso não quer dizer que não possa conhecer alguém que ame...

— Mas por que amar uma só pessoa quando há tanta gente por aí?

Fiz-lhe um carinho no cabelo.

— Porque o amor é uma decisão, querida.

Ela ficou pensando nisso.

— Todo mundo diz que não dá para evitar.

— Isso é paixão. O amor verdadeiro é diferente.

Ela fez uma careta, duvidando.

— Por que é diferente?

Neste ponto da conversa, Tarekhan voltou com a jarra de água e serviu quatro copos, esperando pela minha resposta.

— A paixão é romântica e maravilhosa, e é um momento muito especial. É quando temos a impressão de que nada mais importa. Mas viver em parceria, amando um ao outro ano após ano, essa é a dádiva verdadeira.

Thuyu olhou para nós dois, ergueu os olhos para o céu e falou:

— Que coisa *antiga*! — E soltou uma risada, para então beber sua água.

A empregada trouxe Amenmose, que acabava de acordar do sono da tarde, para o ar fresco do fim do dia. Ele esticou os bracinhos, sonolento e choroso, para que o pegássemos no colo. Joguei-o por cima dos ombros para que ele pudesse cutucar as gaiolas dos passarinhos com uma vareta. Em pouco tempo, conseguiu que se agitassem e soltassem seus pios de indignação. Baixei-o dos ombros e dei-lhe um pedaço de bolo de mel com um pouco de água. Sekhmet também chegou e veio se juntar a nós, colocando o irmão caçula para brincar nos seus joelhos.

Meu pai chegou em casa da partida de *senet*, que joga todas as tardes com os velhos amigos. Cumprimentamo-nos e ele foi sentar-se no seu lugar preferido, com seu rosto enrugado a nos olhar lá do canto escuro. As meninas foram se juntar a ele, tagarelando qualquer coisa. Tarekhan começou a pensar no jantar e deu suas instruções para a empregada, que fez uma reverência e partiu para a despensa. Eu preparei um prato de figos e servi uma taça de vinho do oásis de Dakhla para mim e outra para o meu pai.

— Uma libação dos deuses — disse ele, erguendo a taça e sorrindo com seus sábios olhos dourados, ciente da tristeza silenciosa de Tarekhan.

Olhei para a minha família à minha volta, todos reunidos no pátio da minha casa, num fim de tarde como outro qualquer, e ergui minha própria taça em libação aos deuses que me deram a dádiva dessa felicidade. Minha esposa estava mesmo certa. Por que eu iria arriscar todo este presente, aqui e agora, em troca do desconhecido? Contudo, esse desconhecido me chamava, e eu não podia dizer não.

Parte Dois

A mim pertence o ontem, eu conheço o amanhã

O Livro dos Mortos
Encantamento 17

24

O sol tinha desaparecido por detrás dos telhados planos do Palácio de Malkata, e a última luz do dia estava abandonando os vales. A baixada comprida na parte ocidental do deserto reluzia em tons de vermelho e dourado às nossas costas. O grande lago se encontrava sinistramente liso, com a superfície negra refletindo uma luz prateada, feito uma obsidiana polida contra a escuridão do céu, exceto quando se agitava em lânguidas ondulações causadas por um ou outro bagre pulando acima da linha d'água. A lua minguante pairava sobre tudo, como o casco recurvado de uma embarcação branca no meio do azul mais profundo do céu, onde as primeiras estrelas começavam a surgir. Criados acendiam lamparinas e tochas ao longo do cais, de forma que o lugar foi se identificando em jogos de luzes alaranjadas e sombras.

Todas as necessidades de um progresso real estavam sendo lenta e laboriosamente carregadas no grande navio da representação real, o *Amado de Amon*. Suas elegantes e longilíneas curvas se erguiam até a altiva proa decorada e as ponteiras entalhadas da popa, em belíssimas proporções; cenas decorativas entalhadas nos quiosques mostravam o rei sobrepujando seus inimigos numa batalha; as grandes velas estavam enroladas e os compridos remos, ainda suspensos, se inclinavam acima das cabines; no topo dos mastros, falcões reais envergavam suas asas douradas contra a luz prateada da lua. A construção, como um todo, parecia perfeitamente equilibrada sobre as águas paradas do lago. Ancorado ao seu lado, o *Estrela de Tebas* era quase tão requintado quanto ele. Juntos, formavam um par glorioso, o modo de transporte superior a todos os que tinham sido criados por qualquer civilização até o momento, aperfeiçoados para comportar todo luxo e construídos com o conhecimento mais profundo do ofício de forma a aproveitar a dádiva dos elementos da água e do ar: as correntes do rio que corriam perpetuamente para o delta, ou, na volta, os ventos do norte que sopram para nos trazer de volta para casa.

Eu estava preocupado. O que esperava não passar de um evento rápido e relativamente discreto se tornara um problemático exercício de política e aparências. Deveria ter me dado conta de que nada seria simples. Foram realizadas reuniões confidenciais, com discussões e correspondência de um lado para o outro, entre os gabinetes do rei, a divisão de segurança e praticamente todos os outros departamentos do governo, sobre toda e qualquer coisa, desde a distração do rei e a questão da autoridade e das aparências, até questionamentos entre ministros que não chegavam a acordo quanto a lista de passageiros, suprimentos, mobiliário e programação oficial. Tudo tinha sido complicado. Mas Ay se encarregara do caos. Eu não o via desde a proclamação no templo, mas ele pareceu apoiar a ideia da caçada. Também ficou decidido que Ankhesenamon ficaria em Tebas para representar os interesses do rei nos assuntos do governo. Ay também ficaria. Nada do que tinha feito até o momento sugeria que não estivesse apoiando a proclamação do rei.

Eu estava preocupado também com o rapaz. Nakht tinha me dito que o progresso era lento e que não havia muito o que esperar. "Aceite o pior, satisfaça-se com qualquer melhora e trate o sucesso como um impostor", aconselhou-me categoricamente quando fui à sua casa da cidade para ver como ia o rapaz. Parecia uma múmia, de tanta atadura e tala que meu velho amigo usara para tentar curar aquelas terríveis lesões. Percebi que as marcas dos pontos dados em seu rosto estavam criando casca e começando a sarar. Claro, não podia enxergar, mas quando falei com ele, percebi reconhecimento em sua expressão.

— Lembra-se de mim? — perguntei baixinho.

Ele fez que sim com a cabeça.

— Preciso me afastar uns dias, mas vou deixá-lo aos cuidados deste cavalheiro. Ele se chama Nakht. Vai cuidar de você até eu voltar. Não tenha medo. É um bom homem. E quando eu voltar, nós vamos conversar. Conseguiu me entender?

Acabou confirmando novamente com a cabeça, num gesto lento. Não havia mais o que eu pudesse fazer, apenas torcer para que estivesse vivo quando eu voltasse para Tebas.

Fui resgatado dessas lembranças pelo alvoroço indignado dos patos, das galinhas e das cabras, que estavam sendo embarcados vivos, agitados e apavorados no navio. As equipes de escravos traziam baús e mais baús de suprimentos e engradados com víveres, carne desossada e salgada de animais abatidos, bem como carcaças inteiras por desossar. Estoques de frutas e legumes, sacas de grãos, pratos e talheres, requintadas toalhas de mesa, taças e xícaras... Parecia que estávamos partindo numa visita à eternidade. Um supervisor se encarregava de checar imperiosamente as equipes de trabalhadores, marcando os itens numa interminável lista registrada em pergaminhos compridos contendo tudo que pudesse vir a ser necessário. Apresentei-me e pedi que me explicasse tudo que estava sendo trazido. Ele concordou e fez um gesto para que eu seguisse até o almoxarifado a bordo.

— Estas provisões são para o rei e sua comitiva; aquelas, para os soldados e o batalhão de serviçais, estão sendo carregadas em outra embarcação, de carga, que seguirá à frente dos navios reais em preparação para a chegada do rei, atendendo todas as suas necessidades — esclareceu.

Ele parou subitamente entre dois guardas e entrou num compartimento abarrotado.

— E este é o equipamento real.

Parou, com as mãos na cintura, vistoriando tudo com o olhar experiente. Alguns criados entravam em silêncio e, com sua permissão e sob suas ordens, começaram a tirar tudo dali de dentro.

Havia quatro carruagens e uma ampla variedade de armas: aljavas decoradas de ouro e madeira, arcos, lanças, adagas, dardos, chicotes. E também as necessidades do conforto real: leques, cadeiras, banquetas de viagem, camas, caixotes, tronos, toldos, lanternas e copos de alabastro, taças de ouro, túnicas oficiais, roupas de caça, peças de tecidos cerimoniais, joias, colares, maquiagem, unguentos e óleos. Tudo era decorado com os materiais mais ricos, ou feitos das madeiras mais nobres. Mas aqui, empilhado nas docas, no escuro, sob a parca iluminação de tochas tremeluzentes na brisa fresca da noite da Terra Vermelha, parecia mais a parafernália de um deus desabrigado. Tanta *coisa* para uma viagem tão curta; não impressiona o fato de Ankhesenamon se sentir sufocada pelo negócio da realeza, e pelas demandas de tanto ouro.

Deixei que cuidassem dos seus afazeres. Voltei para o navio, para ver o jovem leão amestrado do rei sendo trazido a bordo por uma corrente, farejando ares desconhecidos na noite escura, dando seguidos puxões na coleira curta. Era um animal esplêndido, balouçando ombros e cabeça sinuosamente a cada passo silencioso pelo convés, até o conforto de sua luxuosa jaula na popa do barco. E lá ficou, lambendo as patas e fitando, com seus olhos sérios, a vastidão da noite, tão próxima mas, ao mesmo tempo, intangível por trás de barras intransponíveis. Em seguida, abriu um bocejo, como se aceitasse o destino de sua confortável prisão, e recostou a cabeça para adormecer.

De repente, suas orelhas se empertigaram e ele se virou na direção de uma pequena agitação ao longo do cais. Seguiu-se um breve alarido de trombetas. A figura pequena e elegante do rei surgiu diante de uma comitiva de oficiais e guardas. Ankhesenamon seguia logo atrás, com a cabeça coberta. Os dois se despediram, educada e publicamente, e vi Ay se inclinando para sussurrar algo ao ouvido do rei. Khay ficou atento em seu canto, como que torcendo para que sua presença fosse necessária. Então Simut, plenamente fardado, convidou o rei a embarcar no navio. Acompanhado de seu macaquinho dourado, trajando sua túnica branca, esbelto qual uma íbis vadeando pelos pântanos de junco, Tutancâmon subiu à prancha de embarque com cuidado e elegância. Ao pisar no convés do navio, virou-se e fez um gesto para os que permaneciam em terra firme. Foi um momento estranho, como se ele pretendesse fazer um discurso, ou acenar qual uma criança. Todos ficaram parados, em silêncio, prevendo alguma coisa. Então, como se não conseguisse pensar em mais nada, ele simplesmente fez um aceno de cabeça e rapidamente entrou na cabine.

Ankhesenamon me fez um sinal para eu me aproximar, enquanto Ay estava envolvido em discussões com o capitão do navio.

— Cuide dele — pediu baixinho, girando sem cessar os anéis de ouro em seus delicados dedos de unhas imaculadamente pintadas.

— Estou preocupado com a sua segurança aqui no palácio. Com Ay...

Ela me deu uma olhadela de relance.

— Estou acostumada a ficar sozinha. E parece que Ay resolveu apoiar aquilo que não consegue combater — murmurou.

— Verdade?

— É claro, não confio nele mais do que confiaria numa serpente. É quase mais desconcertante tê-lo como aparente aliado do que como inimigo declarado. Mas trouxe consigo a cooperação dos ministros e o apoio dos sacerdotes. Suponho que acredite ainda ser capaz de nos manobrar conforme seus grandes desígnios.

— É pragmático até dizer chega. Teria compreendido logo que a oposição dificultaria mais que a colaboração. Mas ainda tem grandes poderes... — falei, cuidadosamente.

Ela concordou:

— Não vou cometer o erro de subestimá-lo, ou de confiar nele. Mas agora existe um equilíbrio. A articulação pública de seus poderes precisa ser mediada através do rei. Além disso, eu e ele temos um inimigo comum.

— Horemheb?

— Exatamente. O rei continua na inocência a respeito do general. Tenho certeza de que, onde quer que esteja, estará tramando o próximo estágio de sua campanha pelo poder. Então, tome cuidado em Mênfis, pois a cidade é dele, não nossa.

Eu estava prestes a responder quando Ay, com sua perfeita habilidade para aparecer quando menos é desejado, nos interrompeu:

— Está com suas autorizações e papéis? — questionou, no seu modo autoritário.

Confirmei.

— O rei fez sua grande proclamação, e os que estão mais próximos dele apoiaram sua ambição. Agora, a caçada real deve ser vista como uma conquista. Haveria grande decepção se ele não conseguisse trazer um leão como troféu — continuou, mais confidencialmente. Seu tom de voz era seco feito areia.

— Não entendo nada de caça ao leão. Minha responsabilidade é mantê-lo são e salvo, e trazê-lo de volta para cá, para um futuro seguro — expliquei.

— Você vai fazer exatamente o que lhe mandam. E se falhar, o custo será pessoalmente alto.

— O que quer dizer com isso?

— Não pode haver questão de mal-entendidos, certo? — devolveu, como se estivesse surpreso com a inocência da pergunta.

Em seguida, sem dizer mais uma palavra, fez uma reverência e propôs a Ankhesenamon que se preparassem para a partida do navio.

Os sessenta e tantos remadores assumiram seus lugares nas amuradas e, com uma série de grandes esforços, ao rufar dos tambores, começaram a remar para afastar o grande navio do cais. À distância que aumentava lentamente, avistei Ankhesenamon observando nossa partida, com Ay. Então, sem um aceno sequer, feito uma pálida figura voltando para o mundo do além, sumiu no interior do palácio escuro. Ay ficou olhando até que desaparecemos de vista. Olhei para as águas negras lá no fundo, que corriam em correntes secretas, como um caldeirão onde um feiticeiro estivesse mexendo fortunas e agitando destinos.

25

Simut veio ficar comigo na popa do navio dourado, enquanto a cidade desaparecia ao longe. Tebas, cidade do meu nascimento e da minha vida, na escuridão da noite, sombras dos bairros e favelas, muralhas altas de templos e torreões, tudo branco no lado onde bate o luar. E, para mim, apesar de todas as vidas que se desenrolam ali, a cidade me pareceu vazia, precariamente equilibrada, feita de papiro e junco, como se pudesse desmoronar por inteiro com uma mera lufada maligna do vento. A imaginação cobre distâncias, eu me dei conta; mas o coração, não. Pensei nas crianças dormindo, e Tarekhan acordada em nossa cama, a vela ainda acesa em sua cabeceira, pensando em mim neste navio dourado que se distancia cada vez mais. Resolvi deixar Thoth com ela, para vigiar a casa à noite. O animal parecia desconsolado na hora da minha partida, como se soubesse que o deixaria por um período prolongado.

— Você tem família aqui? — perguntei a Simut.

— Não tenho família. Fiz uma opção, logo no início da carreira. Tinha poucos parentes quando garoto, e eles em nada me ajudaram, de forma que resolvi que isso não me faria falta na vida adulta. O exército tem sido minha família. E toda a minha vida. Não me arrependo. — Foi o discurso mais comprido que ele me fez. Depois de uma pausa, como se estivesse considerando se deveria fazer uma confidência ainda mais profunda, falou:

— Acho que esta viagem é mais perigosa do que proteger o rei dentro do palácio. Pelo menos lá podíamos controlar a situação da segurança. Dava para gerenciar acesso, estabilidade... mas aqui, tudo pode acontecer.

Concordei com ele. Ainda assim, lá estávamos, tomados por circunstâncias além do nosso controle.

— O que descobriu com o arquiteto-chefe do templo, em relação à profanação do entalhe? — indaguei.

— Ele disse que as últimas semanas da construção foram caóticas. Estava tudo atrasado, os entalhes foram concluídos com muita lentidão e ele designava os executantes conforme as indicações do artesão-chefe. Por causa do pânico, houve lapsos na fiscalização, muitos dos operários e artesãos não foram cadastrados como deveriam e agora, claro, ninguém assume a responsabilidade pelos entalhes... Não teria sido tão difícil um mal-intencionado qualquer entrar no canteiro de obra...

Ele lançou um olhar triste na direção da folhagem escura na margem do rio, como se houvesse assassinos invisíveis escondidos atrás de cada palmeira.

— Não estou mais feliz que você quanto ao desfecho desta missão. Mênfis é um ninho de cobras...

— Conheço bem o lugar. Fiz meu treinamento lá. Felizmente, tenho minhas alianças pela cidade — declarou ele.

— E qual é sua opinião sobre Horemheb? — perguntei.

Seu olhar se perdeu nas águas escuras do rio.

— Na minha opinião militar, é um grande general. Mas não posso dizer a mesma coisa de seu lado humano...

Nesse instante, um oficial menos graduado se aproximou, bateu continência para Simut e se dirigiu a mim:

— O rei mandou chamá-lo.

E assim fui recebido nos aposentos reais. Pesadas cortinas tinham sido colocadas em prol da privacidade de seu espaço de recepção. Não havia sinal do rei nem de seu macaco. Iluminado por lamparinas a óleo aromatizadas, o ambiente fora rica e elegantemente decorado. Olhei para a gama de tesouros espalhados à minha volta, qualquer dos quais teria sido capaz de financiar uma família inteira durante toda a sua existência. Peguei uma taça de alabastro com um formato de uma flor de lótus branca. Havia nela inscrições hieroglíficas em preto, bem nítidas. Li em voz alta para mim mesmo:

> *Viva seu ka*
> *E que passe milhões de anos*
> *Amante de Tebas*
> *Recebendo no rosto a brisa fresca do norte*
> *Enxergando a felicidade*

— Que belo poema! — disse o rei, em sua voz suave e aguda.

Tinha entrado sem que eu percebesse. Devolvi cuidadosamente a taça ao seu lugar de origem. Depois fiz uma reverência e lhe fiz votos de paz, saúde e prosperidade.

— *Viva seu ka*... Frase enigmática, porém bela. Fiquei sabendo que você já escreveu alguns versos. O que acha que este quer dizer? — perguntou.

— O *ka* é a misteriosa força da vida em todas as coisas, em cada um de nós...

— É isso que nos diferencia dos mortos e das coisas inanimadas. Mas o que significa viver o *ka* em sua plenitude, na verdade?

Ponderei.

— Suponho que o verso quer invocar cada pessoa a viver conforme essa verdade e, ao fazê-lo, se formos acreditar no poema, conquistamos a felicidade, o que equivale dizer a felicidade eterna. *Milhões de anos...*

Ele sorriu, revelando seus dentes perfeitos e pequeninos.

— É mesmo um grande mistério. Eu, por exemplo, sinto que, neste momento, estou finalmente vivendo meu *ka*, de verdade. Esta viagem e a caçada são meu destino. Mas talvez você não acredite nos sentimentos que o poema expressa, certo? — perguntou.

— Tenho dificuldade com a palavra *felicidade*. Sou um oficial da Medjay. Não me acontece de ver muita felicidade. Mas talvez esteja procurando nos lugares errados — respondi, precavidamente.

— Enxerga o mundo como um lugar inóspito e perigoso.

— Correto — admiti.

— Tem lá suas razões. Mas ainda acho que pode ser diferente.

Então, sentou-se na única cadeira que havia no ambiente. Como tudo mais por ali, não era uma cadeira qualquer, mas sim um pequeno trono feito de ébano, parcialmente folheado a ouro, decorado com padrões geométricos de vidro e pedras coloridas. Fiquei surpreso de ver, logo antes de ele se sentar, no topo, o disco do Aton, símbolo do reino e do poder de seu pai, há muito proibido. Ele ajustou os chinelos sobre o descanso de pés embutido na estrutura com uma imagem dos inimigos do Egito, cativos sob correntes, e me olhou com estranha intensidade.

— Está intrigado com este trono?

— É um belo objeto.

— Foi feito para mim na época do meu pai.

O macaco saltou para o seu colo e ficou me olhando com os nervosos olhos úmidos. Ele lhe fez um carinho na cabeça e o bichinho emitiu uns breves ruídos. Deu-lhe de comer uma noz, e então esfregou com os dedos um lindo amuleto pendurado ao pescoço numa corrente dourada.

— Mas o simbolismo não é mais permitido — comentei, com cuidado.

— Não. Está proibido. Mas nem tudo estava errado no iluminamento do meu pai. Sinto que posso falar dessas coisas com você, dentre tanta gente. Não é estranho? Fui criado na religião dele e, talvez por isso mesmo, no espírito, ainda que não ao pé da letra, ela me pareça verdadeira, tanto quanto o coração das pessoas quando sincero.

— Mas o senhor mesmo comandou a proibição.

— Não tive opção. A maré do tempo se voltou contra nós. Eu não passava de uma criança. Ay prevaleceu e, na época, estava certo, pois de que outra maneira teríamos conseguido restaurar a ordem às Duas Terras? Mas, na privacidade do meu coração e da minha alma, ainda culto o deus Único, o deus da Luz e da Verdade. E sei que não sou o único.

As implicações disso eram estarrecedoras. Era o próprio rei, confessando sua vinculação com a religião proibida, apesar da destruição de seus ícones e do afastamento dos sacerdotes em seu próprio nome. Perguntei-me se Ankhesenamon também estaria implicada nisto.

— Deixe-me confessar, Rahotep: embora eu saiba que é obrigação de um rei ser visto como quem conquista e mata o leão, a mais nobre das feras, na verdade não tenho vontade alguma de fazer uma coisa dessas. Para que mataria uma criatura tão maravilhosa, com seu espírito selvagem? Preferiria observar seu poder e sua graça, e aprender com seu exemplo. Às vezes, em sonho, tenho o poderoso corpo de um leão e a sábia cabeça do deus Thoth para pensar. Mas aí, acordo e me lembro de que sou eu mesmo. E só depois é que me lembro de que sou e devo ser rei.

Fitou os próprios membros como se fossem desconhecidos.

— Um corpo poderoso não tem sentido sem uma mente poderosa.

Ele sorriu, quase com meiguice, como se apreciasse minha atrapalhada tentativa de lisonjear. De repente, tive a estranha impressão de que ele talvez gostasse de mim.

— Fale-me de meu pai — pediu, apontando para uma banqueta baixa onde eu pudesse me sentar aos seus pés.

Pegou-me de surpresa novamente. Sua mente funcionava de maneira incomum, andava súbita e inesperadamente de lado, por associação, como um caranguejo.

— O que quer saber? — indaguei.

— As lembranças que tenho dele diminuem a cada dia. Atenho-me com afinco a certas imagens, mas são como um velho pedaço de pano bordado: as cores se esvanecem e os fios se esgarçam, e temo que em breve eu as perca por completo.

— Acho que foi um grande homem, com uma nova visão de mundo. O que fez exigiu grande coragem pessoal e vontade política. Mas acho que superestimou a capacidade que os seres humanos têm para se aperfeiçoar. E essa foi a falha de sua grande iluminação — declarei.

— Você também não acredita em perfeição?

Balancei a cabeça.

— Não nesta vida. O homem é metade bom, mas também é metade fera.

— Você é cético. Os deuses fizeram várias tentativas de criar uma humanidade perfeita, mas em todas elas ficaram insatisfeitos e jogaram fora sua obra, abandonando o mundo ao caos. Acho que foi isso que aconteceu com meu pai. Mas não foi o fim da história. Você se lembra? O deus Rá, com seus ossos de prata e pele de ouro, cabelo e dentes de lápis-lazúli, e seu olho de cuja visão nasceu a humanidade, entendeu a traição no coração dos homens e mandou Hátor, na forma de Sekhmet, a Vingativa, para matar aqueles que tramaram contra ele. Mas, no coração, Rá sentia pena das suas criaturas, de forma que mudou de ideia e pregou uma peça na deusa; criou a cerveja vermelha dos deuses, e ela ficou embriagada com o deleite e não se deu conta de que não era o sangue da humanidade que manchava o deserto; e foi assim que sobrevivemos à vingança dela, pela compaixão de Rá.

Ele acariciou o macaco como se este fosse a humanidade, e ele fosse Rá.

— Deve estar pensando porque lhe contei essa história — comentou, baixinho.

— Imagino se não seria, talvez, porque Vossa Majestade não é o seu pai. E talvez tenha me contado porque, embora desejasse a perfeição, ele trouxe este mundo à beira de uma terrível catástrofe. E talvez porque, na sua compaixão, Vossa Majestade deseje salvar o mundo do desastre — falei.

Ele ficou só me olhando.

— Talvez seja isso o que eu estava pensando. E quanto a Hátor e seu gosto por sangue?

— Não sei — respondi, bastante sincero.

— Acredito que exista um padrão de retribuição para os eventos. Um crime gera um crime que gera um crime, e assim por diante até o fim de tudo. Então, como podemos fugir desse padrão, desse labirinto de vingança e sofrimento? Somente a partir de um ato de extremo perdão... Mas será que os seres humanos são capazes de tal compaixão? Não. Ainda não fui perdoado pelas transgressões do meu pai. Talvez jamais o seja. Se assim for, terei de provar que sou melhor que ele. E eis que aqui estamos, viajando na escuridão, cercados de medo, para que eu possa trazer de volta um leão, triunfantemente. Talvez dessa forma me estabeleça como rei por mim mesmo, não como o filho de meu pai. Este mundo é estranho. E eis você aqui, para me proteger dele, como o Olho de Rá.

Ele vasculhou por dentro de sua túnica e tirou um anel adornado com um olho protetor, pequeno, mas bastante requintado. E o entregou a mim. Enfiei-o no dedo e fiz uma reverência de agradecimento.

— Dou-lhe este olho, que a tudo vê, para que sua visão possa ser tão poderosa quanto a de Rá. Nossos inimigos viajam rápido como vultos. Estão conosco, sempre. Você precisa aprender a enxergar no escuro.

26

A forte corrente nos levava adiante, para o norte, para Mênfis. Simut e sua guarda mantinham vigília o tempo todo. Eu estava inquieto, sem conseguir dormir, e me sentia aprisionado sobre as águas. Sempre que o rei vinha tomar ar, o que não ocorria com frequência, cuidávamos para que estivéssemos longe das aldeias. Mesmo assim, todo bosque de palmeiras apresentava a possibilidade de perigo, pois éramos um alvo extravagante. Do nosso ponto de vista, enxergava aldeias de chão batido aglomeradas à sombra das tamareiras, onde crianças nuas e cachorros percorriam as ruelas estreitas e enlameadas, e as famílias viviam aglomeradas uns por cima dos outros com seus animais em habitações de apenas um cômodo que mal passavam de estábulos. Pelos campos, vestidas com túnicas milagrosamente alvas e limpas, mulheres cuidavam de plantações com imaculadas fileiras verdes e douradas de cevada e trigo, cebola e repolho. Tudo parecia idílico e pacato, mas nada é o que parece: essas mulheres trabalhavam de sol a sol só para pagar os impostos dos grãos e ter o direito de plantar na terra, que provavelmente arrendavam de alguma família da elite, que por sua vez vivia confortavelmente no interior de seus luxuosos e equipados imóveis em Tebas.

Depois de navegarmos por três dias, aproximamo-nos da quase deserta cidade de Akhetaton. Fiquei na proa para observar a gama de acidentados penhascos vermelhos e cinza ao fundo da cidade. Poucos anos antes, aquele fora o lugar do grande experimento de Akhenaton: uma nova, branca e reluzente capital do futuro. Torres grandiosas, templos abertos ao sol, repartições e bairros de luxuosas mansões. Mas, desde a morte do pai do rei, as burocracias tinham gradativamente voltado para Tebas ou Mênfis. A praga então chegou, como uma maldição de vingança, matando centenas das pessoas que tinham ficado, muitas das quais não tinham trabalho nem um lugar para onde ir. Diziam que essa praga também matou as outras filhas de Akhenaton e Nefertiti, pois desapareceram da vida pública. Agora, descontando os funcionários básicos, a cidade era tida como abandonada, em grande parte, deixada de lado e infestada de insetos. Porém, para minha surpresa e interesse, Simut me informou do grande desejo que o rei tinha de visitá-la.

E assim foi que, na manhã seguinte, logo que os pássaros começaram a cantar e a névoa do rio espaireceu no frescor que acompanhava as sinuosas correntezas das águas, e enquanto as sombras da noite ainda se estendiam sobre o chão, acompanhados de uma tropa de guardas, desembarcamos de nosso navio ancorado na terra seca da história.

O rei trajava sua túnica branca e a Coroa Azul e uma bengala dourada com um detalhe de vidro na ponta, precedidos e seguidos por tropas de guardas usando armadura e portando armas para afugentar quaisquer camponeses curiosos impressionados por essa inesperada visita de outro mundo. Partimos para o centro da cidade através de trilhas desertas que, poucos anos antes, eram as agitadas avenidas principais. Logo vi os efeitos do abandono: os muros, outrora sempre recém-pintados, agora se esvaneciam em empoeirados tons de cinza e marrom. Os jardins, antes bem-plantados, em grande estilo, revelavam apenas mato, e as piscinas dos ricos jaziam vazias e ostentavam nada mais que rachaduras. Alguns burocratas e criados ainda iam a pé para o trabalho por essas vias desertas, mas pareciam caminhar de maneira desconexa, parando, impressionados, para ver nosso grupo passar, antes de caírem de joelhos ante a passagem do rei.

Finalmente chegamos à estrada real. Os raios de sol já surgiam no horizonte, trazendo instantaneamente o calor. Antes um caminho imaculadamente varrido para a chegada de Akhenaton e a família real em suas carruagens de ouro, a estrada não passava agora de uma trilha abandonada aos fantasmas e à poeira trazida pelo vento. Chegamos ao primeiro pilone do

Grande Templo de Aton. As imensas muralhas de alvenaria caíam aos pedaços. As compridas e lustrosas flâmulas, que outrora tremulavam à brisa que soprava do norte, apareciam surradas e totalmente desbotadas pelo poderoso poder branqueador do sol. Os altos portões de madeira pendiam, frouxos, sobre as dobradiças enferrujadas. Um dos guardas, com notável esforço, abriu-os, emitindo rangidos e os estalos típicos da madeira seca. Entramos no pátio imenso. Antigamente, vivia repleto de mesas de oferendas, frequentadas por milhares de fiéis em suas lustrosas túnicas brancas que, de mãos para o alto no novo ritual de culto ao sol, erguiam frutos e flores, e até bebês, para a bênção dos raios do entardecer. As muitas estátuas de pedra de Akhenaton e Nefertiti ainda se encontravam naquele grandioso espaço, mas só se via agora o abandono, o fracasso de sua grande visão. Umas poucas haviam caído, algumas de frente, outras de costas, fitando cegamente o céu.

O rei prosseguiu, deixando claro que desejava alguns momentos de privacidade. Enquanto esperávamos mais atrás, tentando manter a vigilância, Simut sussurrou:

— A cidade inteira está voltando ao pó.

— Parece que é o que sempre foi.

— Basta acrescentar água — brincou ele, tenebrosamente.

Abri um sorriso diante do rompante espirituoso. Tinha razão. Basta acrescentar água para fazer lama; secar os tijolos ao sol e acrescentar massa e tinta, e madeira e cobre da ilha de Alashiya, e ouro das minas de Núbia, e anos de trabalho, de sangue e suor e mortes, de todo canto... e eis uma visão do céu na terra! Mas não houve tempo suficiente nem tesouro para construir a visão em pedra eterna, de forma que ela agora estava voltando ao pó de onde foi criada.

O rei estava parado diante de uma grande estátua de pedra de seu pai. O semblante magro da estátua fora cinzelado por sombras; todas as linhas do poder estavam incorporadas naqueles traços esquisitos. Já haviam sido a epítome do reino. Mas agora, até o estilo, com seus alongamentos estranhos e ambíguos, já se tornara uma coisa do passado. O rosto do jovem rei era enigmático, ele ali parado, pequenino, humano e frágil, diante da imponência de seu frio pai, em meio às desoladas ruínas da grande visão que tivera. Então, ele fez algo estranho: deixou-se cair de joelhos e venerou a estátua.

Ficamos observando, intrigados, sem saber se deveríamos fazer o mesmo. Mas ninguém de sua comitiva se mostrou disposto a fazê-lo. Aproximei-me dele e segurei uma sombrinha sobre sua cabeça. Quando ele olhou para cima, vi que seus olhos estavam cheios de lágrimas.

Passeamos pelos palácios da cidade, percorrendo desconhecidas evidências de uma antiga ocupação humana: pés de sandálias empoeiradas; pedaços de pano desbotado; vasos quebrados e jarras de vinho há muito evaporado; pequenas quinquilharias domésticas, xícaras e pratos ainda intactos mas tomados de areia e pó. Atravessamos salões decorados, de pé-direito alto, que já haviam acolhido a afluência de música gloriosa e requintada, e agora serviam de ninho para pássaros, cobras, ratazanas e traças. Sob nossos pés, pisos caprichosamente ilustrados com pinturas de lagos repletos de peixes e aves aquáticas esmaeciam e rachavam com o atrito descuidado do tempo.

— Vejo-me, de repente, lembrando coisas que já havia esquecido. Vivi aqui quando menino. Cresci no Palácio Beira-Rio do Norte. Mas agora estou me lembrando de ter sido trazido para este recinto — falou baixinho o rei, enquanto estávamos no salão do Grande Palácio perto do rio. Os longos feixes do sol matinal adentravam, inclinados, fortes e empoeirados. Várias graciosas colunas sustentavam o teto alto ainda vividamente decorado com o índigo do céu noturno e o cintilante dourado das estrelas.

— Meu pai raramente falava. Eu vivia impressionado com ele. Às vezes, cultuávamos os deuses juntos. Ocasionalmente, me traziam para vir vê-lo, sozinho. Era sempre uma ocasião especial. Vestiam-me formalmente, e me faziam percorrer inúmeros corredores cheios de silêncio e tenebrosos velhinhos que me prostravam reverências prolongadas, mas nunca diziam uma palavra sequer. Até que me traziam a ele. Em geral, fazia-me esperar um bom tempo antes de resolver se dar conta da minha presença. Eu não ousava nem me mexer. Sentia medo.

Fiquei sem saber exatamente o que fazer com essa confissão inesperada. Então, devolvi a deferência:

— Meu pai também é um homem calado. Ensinou-me a pescar. Quando eu era menino, percorríamos as barrancas do rio horas a fio num barquinho de junco, com as linhas dentro da água, sem falar nada, desfrutando do silêncio.

— É uma boa lembrança — comentou ele.

— Foi uma época simples.

— "*Uma época simples...*" — repetiu as palavras com uma nostalgia esquisita e ali eu tive certeza de que ele jamais viveu uma época simples na vida. Talvez fosse o que mais desejasse. Assim como os pobres desejam grandes riquezas, os ricos, em sua espantosa ignorância, acreditam desejar a simplicidade da pobreza.

O rei estava olhando para a Janela dos Aparecimentos, onde seu pai já se apresentara, muito mais alto que seu povo, distribuindo presentes e colares de honra. Acima da janela ficava o entalhe de um disco do Aton, e os muitos raios de sol irradiando-se como braços longilíneos, alguns terminando numa delicada mão oferecendo o Ankh da Vida. Mas a janela estava vazia agora, sem ninguém para dar ou receber tais bênçãos.

— Lembro-me deste salão. Lembro-me de uma grande multidão de homens e um demorado silêncio. Lembro-me de todos olhando para mim. Lembro-me... — Ele parou, indeciso. — Mas meu pai não estava aqui. Lembro-me de estar procurando por ele. Mas quem estava era Ay. E tive de caminhar pela multidão até aquele recinto, com ele.

Apontou para lá.

— E o que aconteceu, então?

Ele caminhou sobre as imagens esmaecidas de cenas de rio pintadas no grandioso piso, até a porta cujo entalhe ornado propiciava um glorioso repasto para os cupins. Abriu-a. Seguindo-o, eu entrei num cômodo comprido. Toda a mobília e demais conteúdos tinham sido retirados. Ficou apenas a acústica oca de um lugar totalmente desocupado. Ele estremeceu.

— Depois disso, tudo mudou. Só vi meu pai mais uma vez e, quando me viu, ele começou a gritar, como um louco. Pegou uma cadeira e tentou jogá-la na minha cabeça. Depois, sentou no chão, e começou a chorar e gemer. Foi a última vez que o vi. Sabe, ele era bem louco. Isso era um segredo terrível, mas eu sabia. Fui levado para Mênfis. Lá, me educaram e eu vivi com uma ama, e Horemheb virou meu tutor. Tentou ser um bom pai para mim. Ninguém tornou a falar o nome de meu pai. Era como se ele nunca tivesse existido. Meu próprio pai se tornou uma não pessoa. Até que, um dia, eu estava pronto para a coroação. Aos 9 anos de idade! Casei-me com Ankhesenpaaton. Recebemos novos nomes. Eu, que sempre me chamei Tutankaton, fui renomeado como Tutancâmon. Ela se tornou Ankhesenamon. Nomes são poderes, Rahotep. Perdemos quem éramos e nos tornamos outra coisa. Éramos como órfãos, confusos, perdidos, tristes. E eu estava casado com a filha da mulher que dizem ter destruído minha mãe. Mas ainda havia uma surpresa a caminho, pois eu gostava muito dela. De alguma forma, conseguimos não nos odiar por causa do passado. Percebemos que não foi culpa nossa. E, na verdade, ela é praticamente a única pessoa no mundo em quem posso confiar.

Seus olhos brilharam com emoção em ebulição em seu peito. Resolvi que não deveria continuar calado.

— Quem era sua mãe?

— O nome dela, como o do meu pai, virou pó e se perdeu na poeira.

— Kiya — falei.

Ele confirmou com um gesto lento da cabeça.

— Fico feliz de que você saiba dela. Pelo menos, em algum lugar, seu nome vive.

— Conheço o nome dela. Não sei do seu destino.

— Ela desapareceu. Uma bela tarde, estava lá. De repente, à noitinha, tinha desaparecido. Lembro-me de correr até sua cômoda de roupas e me esconder lá dentro, recusando-me a sair, porque tudo o que sobrara era seu cheiro nas roupas. Até hoje as guardo, embora todos tenham tentado me convencer a jogá-las fora. Não vou jogar. Há dias em que pego um leve resquício de seu cheiro. É reconfortante.

— E nunca descobriu o que lhe aconteceu? — perguntei.

— E quem me diria a verdade? Agora, as pessoas que saberiam de tais segredos estão mortas. Fora Ay... E ele não contaria, jamais. Portanto, fui deixado com um mistério. Às vezes, acordo no meio da noite porque, nos meus sonhos, ela me chama, mas nunca ouço o que está dizendo. E, quando acordo, perco-a novamente.

Um pássaro cantou em algum lugar, nas sombras.

— Os mortos continuam vivos em nossos sonhos, não acha, Rahotep? Sua eternidade é aqui. Enquanto vivermos.

E deu tapinhas na própria cabeça, olhando-me com seus olhos dourados.

27

Dois dias depois, as profundas correntes do Grande Rio nos trouxeram para perto dos domínios do sul da cidade de Mênfis. As necrópoles antigas, construídas às margens do deserto acima das plantações, e os templos infinitos e a pirâmide de Saqqara, sendo as primeiras grandes edificações das Duas Terras, ficavam escondidas no alto do platô. Simut descreveu os outros monumentos que ficavam mais ao norte, mas que também não eram vistos de onde estávamos no rio: as reluzentes pirâmides brancas de Quéops e suas rainhas; o mais recente templo a Hórus do horizonte; e a grande Esfinge, onde Tutmés IV tinha erguido o Entalhe do seu Sonho, onde jurou limpar as areias que encobriam a Esfinge em troca de ser coroado, o que de fato aconteceu, embora ele não tivesse direito legítimo ao trono na ocasião.

Tebas de repente parecia um pequeno assentamento em comparação com a vasta metrópole que lentamente ia se descortinando aos nossos olhos; navegamos durante um bom tempo, observando os vários distritos de templos, os imensos cemitérios fronteiriços ao deserto a oeste, os bairros de classe média, e os mais pobres, aquelas favelas de humanidade que se espalhavam em caóticos bairros de habitações precárias na direção do verde infinito dos campos; e, por todo canto, erguendo-se acima das habitações baixas, as muralhas brancas que circundavam os templos.

* * *

Cercados de barcos e barcaças de boas-vindas, e de pequenos iates e esquifes particulares, navegamos até o porto principal. Muitos píeres se estendiam ao longo das docas; havia embarcações comerciais e navais de vários países, descarregando pilhas de madeira preciosa e pequenas montanhas de minerais, pedra e grãos. Milhares de pessoas abarrotavam as compridas vias pavimentadas que ladeavam o Grande Rio. Pescadores paravam para ver o esplendor do navio real, com suas redes recolhidas pingando nos braços, os peixes recém-pescados ainda espadanando, alvoroçados, prata e ouro, no fundo das pequenas embarcações. Empoeirados trabalhadores olhavam de dentro dos barcos de suprimentos enfiados até os joelhos em montes de grãos, ou nas lajes de pedra rudimentarmente talhada. Crianças nos colos dos pais acenavam das barcas também apinhadas. Curiosos, atraídos pelo barulho, surgiam das oficinas, armazéns e lojas.

Tutancâmon apareceu junto à cortina de seu apartamento. Fez-me um sinal para que fosse ficar junto dele. Estava ajustando nervosamente a roupa, sua real túnica branca e a Coroa Dupla.

— Estou bem? — perguntou, de uma maneira quase tímida. — Preciso estar. Já faz muitos anos desde que estive em Mênfis. E também já faz tempo desde que vi Horemheb pela última vez. Ele precisa ver o quanto mudei. Não sou mais o menino sob sua tutela. Sou o rei.

— Senhor, não há dúvida de que é o rei.

Ele acenou com a cabeça para reconhecer o comentário e, em seguida, como um grande ator, pareceu concentrar-se antes de vir à luz do dia, com o rosto por baixo das coroas assumindo a absoluta convicção que lhe faltava segundos antes. Alguma coisa na intensidade do momento e suas demandas extraía o que lhe havia de melhor. A plateia lhe fazia bem. E esta, sem dúvida, seria a maior que tivera até o momento. O tratador entregou ao rei o leão jovem, na coleira, e ele saiu à luz de Rá, sendo recebido com um clamor do público. Fiquei observando enquanto ele adotava a postura ritualística do poder e da vitória. Como que ensaiado para usar a deixa, o leão soltou um rugido. A multidão, que não viu como a fera fora cutucada de forma a emitir seu heroico rugido por causa de uma espetadela aplicada pelo diligente tratador, emitiu uma resposta ainda mais entusiástica, como se agora não fossem mais vários indivíduos, e sim um grande predador.

O espetáculo que nos recepcionava à beira do cais era uma exibição cuidadosamente orquestrada e deliberadamente impressionante do poderio militar desta capital. Até onde a vista alcançava, espalhando-se por inúmeras fileiras bem-ensaiadas, divisões e divisões de soldados, cada qual nomeada em homenagem ao deus patrono do distrito onde fora convocada, desfilavam na arena tremeluzente. Entre eles, havia milhares de prisioneiros de guerra, algemados e amarrados por cordas ao pescoço, junto com suas mulheres e filhos, líbios de manto, com fartas costeletas e cavanhaques, nubios de saiotes e sírios de barba pontuda, todos forçados a ficar na postura de submissão. Centenas de cavalos extraordinários — saque das guerras — dançavam sobre seus elegantes cascos. Emissários de cada estado subjugado se postavam de joelhos, pedindo clemência, pela dádiva da vida para seu povo.

E bem no centro de tudo encontrava-se uma única figura, parada sob o sol ao lado de um trono vazio, como se toda essa exibição lhe pertencesse. Horemheb, general dos exércitos das Duas Terras. Reconheci-o pela postura ereta feito um poste, esperando, estático como uma estátua sombria.

Tutancâmon não se apressou, como um deus, mantendo todos à espera enquanto continuava desfrutando da acolhida que lhe conferia o povo; por causa do calor, os velhos embaixadores se abanavam, as multidões imploravam para serem atendidas pelos vendedores de água e frutas, e as autoridades da cidade transpiravam nos seus trajes de gala. E então, finalmente, acompanhado por Simut e uma falange de guardas reais, ele se dignou a descer a prancha. As multidões renovaram as aclamações e os votos de lealdade ao rei, e os dignitários lhe renderam respeito e homenagens com seus gestos rituais. Da sua parte, o rei não deu absolutamente nenhum sinal de reconhecimento ou resposta, como se toda essa manifestação não lhe fosse, de forma alguma, substancial ou importante.

A um discreto sinal de Simut, os guardas se espalharam em torno do rei, organizados como dançarinos no palco, apresentando armas, enquanto ele chegava ao pavimento de pedras quentes da cidade. Simut e eu vasculhamos as multidões e os telhados para ver se encontrávamos algum sinal de encrenca. Horemheb aguardou o momento certo. Então, respeitosamente, ofereceu o trono ao rei. Mas cada um dos seus arrogantes gestos fez o rei parecer o homem menos importante. Algo na expressão fria no rosto de Horemheb parecia manter as moscas afastadas. Ele se virou para a arena. Baixou um silêncio obediente. Até que gritou para que cada um dos milhares ali presentes o ouvisse.

— Falo com Sua Majestade, Tutancâmon, Senhor das Duas Terras. Trago chefes de todos os territórios estrangeiros para lhe implorar pela vida. Esses estrangeiros vis que não conhecem as Duas Terras, coloco-os a seus pés para sempre e eternamente. Dos mais distantes confins da Núbia até as mais longínquas regiões da Ásia, todos estão sob o comando de sua mão grandiosa.

Então, Horemheb colocou o joelho cuidadosamente no chão, baixou a cabeça esguia com arrogante humildade e esperou que o rei acolhesse suas palavras recitadas como uma fórmula. Os momentos gotejavam qual a água de um relógio, enquanto Tutancâmon o deixava agachado em deferência pública o máximo tempo possível. Fiquei impressionado. O rei estava assumindo o comando da ocasião. A multidão permanecia calada, alerta a esta confrontação consumada na linguagem da aparência e do protocolo. Finalmente, julgando o momento com precisão, o rei colocou um presente de cinco magníficos colares de ouro em torno do pescoço do general. Mas conseguiu fazer com que parecessem um fardo de responsabilidade, tanto quanto um presente de respeito. Em seguida, ergueu o general e o abraçou.

Tutancâmon se adiantou uns passos para aceitar as saudações e a obediência das outras autoridades, conforme o necessário. Finalmente, ascendeu ao trono no palanque, sob o dossel que propiciava algum alívio do calor escaldante sobre as pedras. Ao comando de Horemheb, todas as divisões e todos os grupos de prisioneiros de guerra foram forçados a desfilar à sua frente, acompanhados por trombetas e tambores. Levou horas. Mas o rei manteve a postura rígida e o olhar distante, mesmo com o suor escorrendo por debaixo das coroas e umedecendo-lhe a túnica.

Partimos de carruagem para o centro da cidade. Simut e eu fomos primeiro, à frente de Tutancâmon, que seguiu flanqueado por seus guardas corredores, portadores de armas que luziam sob o sol a pino. Percebi que as edificações aqui eram como as de Tebas, ainda que muito mais numerosas: as casas na cidade eram construídas em mais de um andar, por falta de espaço, e nos becos ficavam as habitações mais humildes dos que trabalhavam a serviço do exército, a instituição central desta cidade; cômodos únicos, que funcionavam como oficina, estábulo e lar ao mesmo tempo, davam diretamente para as ruas sujas. Nas estradas reais e nas superfícies pavimentadas das vias sagradas, ladeadas por esfinges, obeliscos e capelas, os curiosos eram mantidos ao largo, de forma que nosso deslocamento até o Palácio de Mênfis foi rápido. Por cima do incômodo barulho das rodas sobre as pedras do pavimento, Simut foi apontando os locais famosos: ao norte, a imensa construção de alvenaria da velha cidadela, os Muros Brancos, que davam o nome ao distrito, e o Grande Templo de Ptah ao sul, cercado por sua própria muralha. Um canal corria para o sul até o distrito vizinho do templo da deusa Hátor. Outros canais surgiam em nosso campo de visão pelo caminho, ligando o rio e o porto ao centro da cidade.

— Há pelo menos 45 cultos diferentes na cidade, e cada qual tem seu templo — gritou, orgulhoso. — E a oeste fica o Templo de Anúbis. — Imaginei os embalsamadores, fabricantes de caixões, máscaras e amuletos, e os escritores dos Livros dos Mortos, todos artífices especializados que se aglomeravam em tais vizinhanças para cuidar do complexo negócio desse poderoso deus, Guardião da Necrópole e das Catacumbas contra malfeitores. Mas não haveria tempo para fazer visitas por curiosidade.

Simut estava ansioso para que chegássemos antes do rei, pois havia multidões congregadas em passagens e ruas estreitas, dispostas ao menos a vislumbrar a chegada ao grande Palácio de Mênfis, mas que não podiam chegar perto da área aberta em frente às torres do portão. Não obstante, era um perfeito pesadelo para a segurança, pois o lugar estava repleto de dignitários e autoridades e outras elites. A guarda avançada de Simut rapidamente se colocou em seus postos, silenciosa e eficientemente, mandando as pessoas saírem do caminho para criar uma trilha segura para o rei. Todos sabiam exatamente o que estavam fazendo e se moviam conforme um padrão único que deviam ter praticado muitas vezes antes. Seu comportamento imaculado e brusco não deixava dúvida, mesmo para os próprios guardas do palácio de Mênfis, quanto a sua autoridade. Seguiram-se arqueiros reais, com grandes arcos armados e apontados para os telhados.

Das muralhas do templo, soaram as trombetas quando o rei chegou, cercado de mais guardas. A homenagem, o clamor das multidões e as ordens proferidas aos berros pelos comandantes eram um barulho ensurdecedor. De repente, porém, a procissão real passou do calor e luminosidade poeirenta e do alarido das ruas para o silêncio tranquilo do primeiro salão de recepção. E logo estávamos todos reunidos em relativa segurança. Aqui, ainda mais autoridades aguardavam a chegada do rei. Foi a primeira vez que o vi de perto numa situação mais social. Enquanto no palácio, às vezes, ele parecia um menino perdido, agora se postava como um verdadeiro rei: seus gestos altivos e dignos, seu elegante rosto tranquilo e composto, sua expressão que não buscava aprovação em sorrisos ansiosos, nem expressava seu poder com desagradável arrogância. Tinha um carisma que vinha de sua aparência incomum, sua juventude e de sua outra qualidade que eu me lembrava de quando ele ainda era garoto: a de uma alma velha no corpo de um jovem homem. Até a bengala de ouro que levava consigo para todo lugar tornava-se um aprimoramento da sua personalidade.

Simut tinha me avisado da grande pressão política exercida pelo gabinete de Horemheb para que o rei fosse acomodado no palácio para passar a noite durante sua visita real. Mas o gabinete de Ay insistiu para que ele comparecesse às festividades necessárias e depois voltasse ao navio para partir mais tarde. Foi uma decisão acertada. Mênfis era uma cidade perigosa. Era o centro da administração das Duas Terras, mas também sede e quartel-general do exército; infelizmente, não se podia confiar inteiramente na lealdade do exército nestes tempos delicados, especialmente sob o comando de Horemheb.

O grande recinto ecoou com o barulho de centenas de pessoas da elite: diplomatas, autoridades estrangeiras, negociantes bem sucedidos, oficiais de patente tagarelando e se vangloriando da sua importância em meio à turba, cada qual fazendo o máximo para ficar nas proximidades e impressionar seus superiores, ou para denegrir a imagem de seus iguais ou subordinados. Atravessei as multidões barulhentas, sempre perto do rei. Vi-o cumprimentar cada pessoa que seus dois oficiais lhe apresentavam, atendendo pedidos e dignitários, gerenciando cada breve momento da entrevista, acolhendo elegantemente as preces e oferendas, e dando a cada um a noção de que ele era importante, e seria lembrado.

De repente, percebi Horemheb parado à sombra de uma das colunas. Conversava, evidentemente entediado, com alguma autoridade fátua, mas seus olhos estavam centrados, com a atenção de um leopardo, no rei. Por um instante, pareceu um caçador observando sua presa. Mas Tutancâmon captou seu olhar e Horemheb logo sorriu. Ele se aproximou um pouco mais do rei e, ao fazê-lo, seu rosto, iluminado por um forte feixe de luz, ficou branco como o mármore. Acompanhado do jovem oficial que proclamou sua carta em Tebas, prosseguiu pelo meio da multidão. Eu me aproximei também.

— É uma honra receber Vossa Majestade novamente em Mênfis — declarou o general, com formalidade.

O rei retribuiu o sorriso, com uma afeição ligeiramente cuidadosa.

— Esta cidade me traz muitas lembranças boas. Você foi um bom amigo, de confiança, enquanto estive aqui.

Tutancâmon parecia delicado e frágil ao lado do general autoconfiante, corpulento e mais idoso. Os que partilharam do diálogo, inclusive o jovem secretário, aguardaram em silêncio para que Horemheb prosseguisse.

— Fico feliz que pense assim. Na época, eu detinha o privilégio dos títulos de representante e tutor militar. Lembro-me bem de que era a mim que procurava para muitas questões de estado e políticas, e a mim Vossa Majestade escutava. Chegaram a dizer que eu era capaz de *pacificar o palácio*... quando ninguém mais conseguia.

Ele sorriu sem abrir a boca. O rei retribuiu o sorriso, ainda mais cuidadosamente. Percebera a hostilidade subjacente no tom de Horemheb.

— Enfim, o tempo passa. Agora parece que faz tanto tempo...

— Na ocasião, Vossa Majestade era um menino. Agora, eu cumprimento o rei das Duas Terras. Tudo o que somos e tudo o que temos são mantidos em seu poder real — disse, e fez uma reverência.

— Apreciamos muito sua estima. E lhe damos muito valor. Queremos homenagear todas as suas obras e feitos...

O rei deixou a frase por acabar.

— Aqui em Mênfis, há de perceber muitas mudanças — prosseguiu Horemheb, mudando o curso da conversa.

— Soubemos que vocês têm muitos projetos. Soubemos que estão construindo um novo túmulo para você mesmo, na necrópole de Saqqara — observou o rei.

— É só um túmulo pequeno, particular. Sua construção e decoração entretêm minhas raras horas de folga. Seria uma honra mostrá-lo a Vossa Majestade. Os entalhes das paredes são de grande requinte.

Ele sorriu, com certa ironia, como quem ri de uma piada própria, mas seu olhar estava distante.

— O que mostram esses entalhes? Os muitos triunfos militares do general Horemheb?

— As gloriosas campanhas na Núbia, triunfantemente lideradas por Vossa Majestade — respondeu o general.

— Lembro-me de sua gloriosa e triunfante direção dessas campanhas em meu nome.

— Talvez Vossa Majestade se esqueça de sua própria contribuição *de destaque* para atingir tal glória.

— De nada me esqueço — corrigiu o rei, diretamente.

Houve um breve silêncio em que Horemheb considerou a resposta a dar. Havia algo de crocodilo nele: seus olhos acima da superfície, sempre atentos, e o resto escondido na escuridão abaixo.

— O rei deve estar com fome e sede após a viagem. É preciso comer bem antes de partir em sua real expedição de caça — falou, quase no tom com que algumas pessoas se dirigem às crianças. Bateu palmas uma vez, e logo surgiram criados com comida servida em belíssimos pratos de cerâmica, que foi respeitosamente oferecida ao rei em igualmente belas bandejas, mas ele a rejeitou e eu me dei conta de que ainda não o tinha visto comer ou beber nada aqui.

Horemheb deu um comando autoritário ao jovem oficial, que desapareceu imediatamente. Nós ficamos esperando, enquanto nem Horemheb nem o rei quebravam o impasse do silêncio. Tive curiosidade em saber o que Tutancâmon achava agora desse homem a quem já chamara de um bom pai.

O oficial voltou, trazendo um prisioneiro sírio de elevado status, com as mãos desajeitadamente amarradas às costas, forçando-o a fazer uma reverência na postura tradicional dos inimigos capturados. O homem, em estado precário, com a cabeça grosseiramente raspada e marcado por cortes e cicatrizes, os membros esqueléticos, ficou fitando o chão com a raiva da humilhação em seus olhos orgulhosos. O oficial pegou um dos pratos de comida e o ofereceu a Horemheb, que abriu o maxilar do prisioneiro, como se fosse um animal. O homem ficou com medo, mas sabia que não teria escolha; de qualquer forma, estava faminto. Mastigou com cuidado e, temeroso, engoliu. Ficamos todos esperando para ver se entraria em convulsão pelos efeitos de algum veneno. É claro que isso não aconteceu, mas Horemheb o fez experimentar todos os pratos que estavam sendo oferecidos. Finalmente, o prisioneiro foi levado para perto da parede, para ficar onde o rei pudesse ver se não sofreria os efeitos de algum veneno de ação retardada. Mas o efeito dessa estranha encenação foi impressionante, pois Horemheb deu a entender que o próprio rei poderia ser aquele prisioneiro forçado a comer daquele jeito.

— Temos plena ciência dos perigos e ameaças diretas que o rei tem sofrido, inclusive dentro de seu próprio palácio. Agora, se desejar, pode se alimentar dos pratos que lhe oferecemos com absoluta confiança — anunciou o general, com ênfase.

E todos aguardaram, enquanto o rei pegou uma porção mínima de carne de pato, comeu-a devagar, e sorriu em seguida ao dizer:

— Nosso apetite está satisfeito.

Este episódio esquisito foi, como se pôde comprovar, uma pequena escaramuça abrindo caminho para os discursos que se seguiram. Quando Horemheb subiu ao palanque, o silêncio passou a reinar no recinto, a comida foi engolida sem ser mastigada, dedos gordurosos foram rapidamente lavados nas tigelas d'água e os criados sumiram de vista. O general fitou a plateia. Seu rosto distinto, que parecia nunca ter se dado o luxo das expressões faciais, assumiu os traços da autoridade: certa protrusão do queixo e um olhar composto, imperturbável e superior. Aguardou o silêncio absoluto. E começou a falar, não de forma fluida, mas com força e convicção, pontuando com gestos assertivos que eram de alguma forma ensaiados e esquisitos, e uma ou outra tirada de humor zombeteiro que percebi ser capaz de se reverter, num instante, em maldade. Deu as boas-vindas formais ao rei e à sua comitiva, e colocou à disposição todos os recursos da cidade, que enumerou extensamente só para nos lembrar da riqueza e dos poderes com os quais contava, para sua segurança e prazer durante o que chamou de "breve visita" a caminho da caçada real. Conseguiu fazer com que soasse mais como reclamação do que como louvor, e eu fiquei atento à reação no rosto do rei. Mas ele continuou olhando fixo para longe.

Horemheb continuou:

— Neste momento de maior insegurança nas Duas Terras, o exército segue como a força da ordem e da justiça, defendendo os valores eternos e as grandiosas tradições de nosso reino. Estamos perseguindo nossos interesses territoriais nas terras de Amurru. As guerras são uma necessidade para sustentar nossa supremacia e autoridade no mundo, e para estender nossas fronteiras. Ganhar essas guerras é minha responsabilidade. A perfeição de ordem e justiça que nosso estado exemplifica deve ser mantida e apoiada; portanto, pedimos ao rei e seus conselheiros que liberem mais verbas para essa grande meta, para expandir as divisões do exército e garantir nosso sucesso glorioso, o que certamente pagará, de forma rica, o investimento que ora formalmente solicitamos.

E fez uma pausa. Eu olhei à volta. Todos prestavam atenção agora, à espera de uma resposta do rei. A plateia lhe deu silêncio absoluto, de forma a escutar até as palavras pronunciadas em tom mais baixo.

— A guerra é o estado da humanidade — acabou falando. — É uma causa nobre e grandiosa. Apoiamos e mantemos o exército das Duas Terras. Aclamamos seu general. Sua meta é nossa meta: o triunfo de nossa ordem através do correto exercício do poder. Mantivemos nosso apoio em todos estes longos anos de batalhas, com firme crença em nosso general, que continua a nos assegurar de uma conclusão exitosa dos combates. Mas, é claro, há muitas demandas para nosso grande tesouro. É responsabilidade do rei e seus conselheiros equilibrar todos esses pedidos, às vezes conflitantes. *Maat* é a ordem divina do universo, mas em nossas cidades e terras essa ordem divina é mantida por finanças apropriadas, conforme as contribuições exigidas de todos. Portanto, pedimos ao general das Duas Terras que explique e justifique, diante de todos aqui reunidos, por que o exército vem agora pedir mais subsídios, uma vez que sempre demos apoio abundante.

Horemheb deu um passo adiante, como se estivesse preparado para isso.

— Nosso pedido não se pauta apenas na conclusão exitosa das guerras no exterior. Seu propósito é reforçar a presença e o poderio do exército em casa. Pois está claro que há forças de ruptura atuando no seio de nossa sociedade. A bem da verdade, conforme todos os relatos, essas forças abriram caminho para chegar ao centro não apenas de nossos templos e repartições do governo, mas até o próprio palácio real. Estamos intrigados como tais atos de traição tiveram permissão para acontecer.

A plateia ficou boquiaberta, pois a implicação do que Horemheb acabava de dizer ia direto à questão central da autoridade do rei. Mas Tutancâmon não se deixou perturbar.

— É pertinente neste mundo que os homens sejam vulneráveis à deslealdade e à fraude. Sempre há os que buscam poder para propósitos próprios: homens de coração traiçoeiro e mente aliciadora. Mas estejam certos de que sempre triunfaremos, pois os pequenos desafetos desses homens não têm poder sobre nosso grande reinado. Os deuses serão vingados contra todos eles.

Sua calma foi impressionante. Ficou olhando inequivocamente para Horemheb. O general tornou a dar um passo à frente.

— As palavras são poderes. Mas as ações são ainda mais poderosas. Oramos pela segurança do rei e lembramos que um grande exército se encontra a postos, à sua disposição, para defender as Duas Terras também contra o inimigo interno, bem como contra os que se encontram além das nossas fronteiras.

Tutancâmon fez uma lenta reverência com sua elegante cabeça.

— E, em reconhecimento por sua lealdade, direcionaremos mais recursos para as guerras, para apoiar as divisões, em contentamento prévio pela grande vitória. Pedimos que nosso general retorne a essas guerras, pois onde mais deve estar um general senão junto aos seus combatentes?

Os presentes reconheceram que este momento de seu discurso precisava de seu apoio eloquente; e se manifestaram aos brados, o que parecia um triunfo para o rei. Mas os oficiais do exército permaneceram na periferia, observando o desenrolar do drama como chacais à espreita de uma vítima, como se a plateia ululante fosse um bando de macacos.

28

Partimos naquela mesma tarde. O calor dava um aspecto leitoso ao céu, e as multidões já haviam diminuído. As correntes nos levaram rapidamente para fora dos limites da cidade. Tínhamos sobrevivido aos perigos em potencial da visita de estado. Neste grande navio, no Grande Rio, senti-me mais no controle do ambiente. Mais ao norte, nos imensos pantanais do delta, o rio começaria a mudar, espalhando-se em inúmeras ramificações que acabariam se dividindo, e se dividindo novamente, até que, afinal, como um vasto, intricado e inavegável leque, desembocariam no mar. Ao anoitecer, tínhamos atracado num ponto escolhido pela distância em que se encontrava de qualquer cidade, até mesmo de pequenas aldeias. E nos alojamos ali para passar a noite.

A caravana que partiu antes do alvorecer do dia seguinte não foi pequena. Incluía uma delegação de diplomatas, representantes e autoridades cuja função era acudir o rei em caso de necessidade. Porém, o mais importante era testemunhar e registrar seus feitos, pois em breve o relato escrito das acirradas matanças e proezas seria comemorado nos entalhes dos Escaravelhos das Caçadas, a serem distribuídos por todas as Duas Terras. E, é claro, a equipe incluía reais guardas uniformizados, batedores para proteger a caravana e os cocheiros das carruagens; armeiros que transportavam as armas reais, lanças, flechas, redes e escudos do rei; o mestre da caçada e seus ajudantes; os tratadores dos cachorros e das chitas; os batedores de plantão;

e os rastreadores, cujo conhecimento dos hábitos e covis dos animais seria fundamental para o êxito da operação. Na caravana real, nosso efetivo incluía a mim mesmo e Simut, e ainda Pentu, o médico.

O ar da madrugada estava frio e puro; a lua ia perto do horizonte e as estrelas começavam a desaparecer. Subia uma névoa das águas sombrias e os primeiros pássaros ocultos começavam a cantar como se invocassem o próprio Rá com sua música. Apesar da hora, todos pareciam despertos e inspirados pela beleza da cena, perfeita como uma grande pintura no muro, e pela perspectiva da aventura de caça. Cavalos batiam cascos contra o chão ao serem desencilhados e a respiração dos homens e dos animais se condensava na escuridão fria.

Os campos verdes e negros estavam calmos e silenciosos quando nossa curiosa procissão chegou de fora para percorrer suas trilhas, e somente os camponeses mais madrugadores, e umas poucas crianças de olhos alertas e pés descalços chegando em seus roçados antes do nascer do sol para aproveitar o direito à água, tiveram chance de assistir ao espetáculo. Ficaram nos olhando, apontando como se fôssemos um sonho maravilhoso.

Quando chegamos à margem da plantação, fizemos uma pausa na marcha. Tínhamos à nossa frente a Terra Vermelha. Fiquei impressionado como sempre pelo grande silêncio de sua vastidão aparentemente vazia, mais sagrada, para mim, do que qualquer templo. O sol acabava de despontar acima do horizonte e eu me virei para aproveitar o calor imediato e bem-vindo de seus primeiros raios batendo no rosto.

O rei seguia no alto da sua carruagem e ergueu as mãos para Rá, seu deus. Estava de peito nu, usando um saiote e uma echarpe sobre o ombro. Por um instante, seu rosto e seu corpo pareciam brilhar. Segurava o leão jovem pela coleira curta, esforçando-se para manter a imagem de rei, apesar da pequena estatura e da bengala dourada. Um rosnado e um brado demorado irromperam em meio às equipes de caça e soldados, comemoração pelo início da caçada e grito de alerta para os maus espíritos do deserto. Realizado o momento de ritual, o rei seguiu em frente com sua carruagem e, ao sinal, cruzamos a fronteira eterna entre as Terras Preta e a Vermelha.

Rumamos para o oeste, e o sol nascente projetava as sombras inclinadas de nossas formas em marcha diretamente à nossa frente. Os rastreadores e metade dos guardas iam adiante, mapeando o caminho. Enquanto subíamos devagar o platô do deserto, o ar zunia de calor. O ranger dos eixos de madeira, o tropeço ocasional de um cavalo no chão de cascalho e o arfar dos carregadores e mulas me chegavam com clareza pelo ar seco.

Pensamos no deserto como um lugar vazio, mas não é. É marcado e mapeado por rastros antigos e recentes, e por rotas deixadas no solo por homens e animais. Enquanto enfrentávamos o calor da manhã, cruzamos com alguns vaqueiros e pastores, daquelas tribos de gente esguia e magra, nômades que nunca param num lugar; barbudos, de cabelos aparados rente, os saiotes enfiados entre as pernas, carregando seus fardos de suprimentos e algumas panelas às costas e na ponta de compridos cajados em suas mãos ossudas enquanto se deslocam perpetuamente no mesmo passo lânguido e infindável. Seus animais, magros e sempre capazes de recuperar as forças, mordiscam tudo que podem, deslocando-se no mesmo ritmo em direção a algum olho-d'água oculto nas distâncias tremeluzentes pelo calor e pela luz.

Às vezes, na marcha da manhã, os rastreadores emitiam chamados desconhecidos à semelhança de animais ou pássaros, para indicar que haviam encontrado algo: um pequeno rebanho de gazelas ou antílopes, ou avestruzes, ou linces, que ficavam parados, estáticos, nos observando a uma distância segura, farejando o vento, e subitamente desapareciam no redemoinho de poeira levantado por suas patas.

Quando o sol estava quase a pino, paramos para montar o acampamento. Os rastreadores tinham encontrado um lugar que aproveitava a proteção de uma pedreira comprida ao norte, pois aqui a brisa que sopra de lá à noite seria fria, e não fresca, e todos se puseram com o afinco da disciplina praticada a realizar suas tarefas. Em breve, um conjunto de barracas estava montado, como se tivesse aparecido do nada. Arcos foram usados com maestria e logo as fagulhas se transformaram em chamas alimentadas por lenha; animais foram abatidos e o rico cheiro da carne assando logo encheu o ar do deserto. Eu estava com fome. O rei se sentou em seu trono de viagem, à luxuosa sombra de um toldo branco, abanando-se para se refrescar do forte calor do dia e espantar os insetos, observando a montagem das barracas. Junto com seus baús e mobiliário dourado de viagem, neste mundo sem paredes, parecia um deus em breve visita a este mundo. Tudo ia bem.

Caminhei até o alto da elevação mais próxima para avaliar o terreno, protegendo os olhos contra a forte luminosidade. Para todo lado, não havia nada exceto a vastidão vazia, branca, cinza e vermelha, pontilhada por raros tufos da tenaz vegetação do deserto. Olhei para trás, para o acampamento circular que ia sendo montado. Os cavalos, as mulas de carga, as ovelhas e as cabras, presas a grossos moirões de madeira, comiam a ração que fora trazida para seu sustento. Os patos foram soltos das gaiolas, revirando e ciscando furiosamente no chão do deserto, que pouco lhes oferecia. Os cães de caça e as chitas, latindo e ofegando de tanto calor, ficavam em separado, sob os cuidados dos seus tratadores. As barracas já estavam praticamente todas montadas; a do rei, bem no meio, para máxima proteção. Brilhava ao sol a roliça ponta de ouro do mastro central. As carruagens de caça foram guardadas sobre estrados apropriados. Tudo parecia uma visão de civilização. Mas quando tornei a olhar ao longe em todas as direções, absorvi toda a vastidão desumana do deserto. Estávamos aqui para passar o tempo e por entretenimento, mas nossos veículos e as pequenas barracas coloridas pareciam meros brinquedos de criança jogados na árida imensidão.

Foi quando avistei, ao longe, uma fileira de pequenos riscos, figuras mínimas como insetos, cujo rastro deixado nas areias quentes indicava, logo percebi, que vinham direto para o nosso acampamento. Suando sob o escaldante sol a pino, voltei mais que depressa para o acampamento e alertei os guardas. Simut veio correndo na minha direção.

— O que foi?

— Um grupo se aproxima... podem ser apenas pastores, mas não têm animais.

Os guardas partiram no encalço, e logo voltaram com os homens, instigando-os com a ponta de suas lanças. Parecia o encontro de dois mundos: o nosso, com suas túnicas brancas e limpas, e armas polidas; e o deles, pobres e sujos nômades, com roupas esfarrapadas de cores e padronagens fortes, cabeças raspadas e sorrisos desdentados. Viviam de colher mel, às margens das terras desérticas. O líder se adiantou, fez uma reverência respeitosa, e nos ofereceu uma jarra.

— Um presente para o rei, pois ele é o Senhor das Abelhas.

Era um homem do delta e, como tal, a abelha era não só seu sustento como também símbolo de sua terra. O mel silvestre é iguaria muito apreciada, mais ainda que a variedade cultivada nas colmeias de argila nos jardins da cidade. Dizem que o sabor é tão intenso quanto as lágrimas de Rá, pois as abelhas se alimentam das flores raras do deserto que abrem mais cedo, de forma que esses homens passam a vida seguindo o florescer transitório das estações pelas margens do deserto. Minha inclinação foi a de não considerá-los uma ameaça. Afinal, eram magros como os cajados que portavam, com a pele escura da vida ao ar livre, e que mal fariam contra o poderio de nossas armas? Mandei que lhes dessem comida e água, depois indiquei que poderiam continuar sua jornada. Eles se afastaram, fazendo reverências respeitosas.

Senti o peso da jarra de mel nas mãos. O vaso de cerâmica crua estava selado com a cera das abelhas. Pensei em abri-lo, mas reconsiderei a ideia.

— O que devemos fazer com isso? — perguntei a Simut.

Ele deu de ombros.

— Talvez seja melhor apresentar ao rei — decidiu ele. — Aprecia um doce como ninguém.

Na barraca do rei, me anunciaram e eu entrei. A forte luz do deserto penetrava pelas paredes de linho, formando vultos com as ondulações. A parafernália real fora montada de forma a compor um palácio temporário: sofás, cadeiras, objetos de grande valor, tapetes e tudo mais. Fazia calor ali dentro. Atrás de Tutancâmon, um abanador cumpria discretamente sua função, com olhos que nada viam, agitando apenas o ar para refrescá-lo. O rei estava comendo. Quando lhe fiz uma reverência e ofereci a jarra de mel, percebi minha própria sombra na parede da barraca como uma figura num entalhe de templo fazendo uma oferenda sagrada ao deus.

— O que é isso? — perguntou, animado, enxaguando os dedos numa tigela d'água e estendendo-os em seguida para que um criado os secasse.

— É mel silvestre das flores do deserto. Oferta de um grupo de nômades que vivem da sua colheita.

Ele a pegou com suas elegantes mãos e a examinou.

— Um presente dos deuses — disse, sorrindo.

— Sugiro que o guardemos e, quando voltarmos para Tebas, será uma lembrança desta viagem de caça.

— Ótima ideia!

Ele bateu palmas, um criado veio e levou a jarra.

Fiz uma reverência, andando de costas, mas ele insistiu para que eu ficasse mais um pouco. Ofereceu-me um lugar no sofá em frente. Parecia descontraído e comecei a achar que estávamos certos, afinal, de viajar até aqui. Longe do palácio das sombras e perigos, seu ânimo já estava bastante renovado.

Tomamos um pouco de vinho e mais alguns pratos de carne foram trazidos.

— Então, vamos caçar hoje à noite? — perguntou.

— Os rastreadores estão certos de que vão achar alguma coisa. Há um olho-d'água não muito longe daqui. Se nos aproximarmos contra o vento, e em silêncio, o lugar estará cheio de criaturas ao pôr do sol. Mas também dizem que leões são raros nesta época.

Ele assentiu, embora decepcionado.

— De tanto caçá-los, quase os levamos à extinção. Por sabedoria, enfurnaram-se cada vez mais fundo em seus domínios. Mas talvez um deles responda ao meu chamado.

Ficamos comendo em silêncio durante algum tempo.

— Percebo que adoro o deserto. Por que condenamos uma coisa tão pura e simples como lugar de barbaridade e medo? — questionou ele, abruptamente.

— O homem teme o desconhecido. Talvez precise dar-lhe um nome, como se assim pudesse conseguir exercer autoridade sobre ele. Mas palavras não são o que parecem — respondi.

— O que quer dizer?

— Que são escorregadias. As palavras podem mudar de sentido num instante.

— Não é o que nos dizem os sacerdotes. Dizem que as palavras sagradas são o maior poder no mundo. São a linguagem secreta da criação. Deus falou e o mundo passou a existir. Não é assim?

Ficou me olhando, como se quisesse que eu o contrariasse.

— E se as palavras forem feitas pelo homem e não pelos deuses?

Deixei-o desconcertado por um instante, mas ele logo sorriu.

— Você é um homem estranho, e um oficial da Medjay muito incomum. Dá até para pensar que acha serem os deuses também uma invenção nossa.

Hesitei em responder. Ele percebeu.

— Cuidado, Rahotep. Pensamentos assim são blasfêmia.

Fiz uma reverência. Ele ficou me olhando muito tempo, mas sem me antagonizar.

— Vou descansar agora.

Desta forma, fui dispensado da presença real.

Saí da barraca. O sol já tinha passado do ápice e o acampamento estava em silêncio, pois todos, menos os guardas postados ao longo do perímetro, embaixo de suas sombrinhas, tinham se retirado do calor abrasador da tarde. Eu não queria mais pensar em deuses e homens e palavras. De repente, estava cansado deles todos. Fiquei escutando o grande silêncio do deserto, que me pareceu o melhor som que ouvia em muito tempo.

29

O mestre da caçada, acompanhado de seu rastreador-chefe, fez um sinal para que eu me aproximasse. Passei o mais silenciosamente possível pelo mato ralo até a borda baixa de onde eles observavam o olho-d'água. Espiei cuidadosamente por cima do limite desbastado do penhasco e deparei com uma visão notável. Na noite alta, manadas de gazelas, antílopes e parte do gado selvagens se empurravam silenciosamente para abrir caminho até a água, bebendo e parando para vasculhar cuidadosamente as distâncias agora douradas da savana, ou baixando a elegante cabeça para pastar. Mais cedo, os rastreadores tinham escavado o olho-d'água para atrair a maior quantidade possível de animais; alguns cheiravam o solo escuro revolvido, inquietos, farejando a presença do homem, mas, ainda assim, atraídos pela necessidade de beber.

O mestre da caçada sussurrou:

— A água deu conta do recado. Há bastante caça aqui agora.

— Mas nem sinal de um leão.

— Eles conseguem sobreviver longos períodos sem água. E são raros hoje em dia. Já houve muitos, junto com leopardos, que nunca vi.

— Então, caçamos o que está aqui, ou esperamos mais tempo?

Ele ponderou sobre as possibilidades.

Poderíamos matar um antílope e deixá-lo, sem nos preocupar, para ver se o leão vem comê-lo.

— Como isca?

Ele confirmou com um movimento de cabeça.

— Mas, mesmo que tenhamos sorte o suficiente para encontrar um, é preciso grande habilidade, coragem e muitos anos de prática para perseguir e abater um leão selvagem.

— Então, é bom termos caçadores bem-treinados em nosso grupo que apoiem o rei em seu momento de triunfo.

Ele me lançou um olhar cético em reposta.

O rastreador silencioso, cujo olhar arguto não tinha largado o espetáculo do olho-d'água e sua população súbita, falou de repente:

— Não vai haver leão algum aqui hoje à noite. Nem em noite alguma, eu acho.

O mestre da caçada pareceu concordar.

— O luar vai ajudar, mas poderíamos esperar muitas horas e não acontecer nada. É melhor ocupar o rei e seus caçadores com o que está disponível agora. Tudo está preparado, então vamos caçar. Será uma boa prática. E sempre resta o amanhã. Vamos continuar buscando mais para dentro da savana.

Então, mais tarde, viemos do sul e do leste ao encontro da brisa fresca que soprava do norte. O pôr do sol estava tornando o firmamento dourado, laranja e azul. Os convidados a caçar, tanto os da elite em suas roupas elegantes quanto os caçadores profissionais estavam postados em suas carruagens, esperando, afugentando os inevitáveis insetos com seus leques e silenciosamente acalmando suas montarias impacientes. Os arqueiros examinavam seus arcos e flechas. O clima estava tenso de expectativa. Atravessei a pequena multidão de gente para chegar até o rei. Ele estava numa biga despojada, flexível e prática. Tinha rodas de madeira resistente, e o tipo de construção leve e aberta se adequava ao território acidentado. Dois excelentes cavalos, por sua vez decorados com cocares de plumas, antolhos dourados e magníficos xales, estavam prontos e arreados. O rei estava em cima de uma pele de leopardo que recobria as tiras de couro do fundo da biga. Estava vestido com um manto de linho branco, jogado aos ombros, e uma tanga comprida, amarrada para lhe dar segurança e flexibilidade de movimentos. Suas luvas estavam prontas, de forma que suas mãos sensíveis seriam capazes de aguentar os estresses e as tensões das rédeas de couro, caso ele as quisesse tomar do condutor, que ficava respeitosamente mais para o lado. Um leque de ouro com cabo de marfim e gloriosas penas de avestruz e sua bengala de ouro estavam dispostos ao seu lado. Além destes, havia um magnífico arco, e muitas flechas numa aljava, prontos para a caçada.

Ele parecia animado e nervoso.

— Algum sinal?

Balancei a cabeça. Não soube dizer se ele ficou decepcionado ou aliviado.

— Mas há bandos de gazelas e antílopes, e avestruzes, assim nem tudo está perdido. E é apenas a primeira caçada. Precisamos ter paciência.

Os cavalos relincharam e deram um pequeno puxão para a frente, mas ele puxou as rédeas com desenvoltura.

Então, ergueu a mão para pedir a atenção a todos os participantes, manteve-a parada durante um longo instante, e deixou-a cair. A caçada tinha começado.

Os que estavam a pé se espalharam rápida e silenciosamente para leste com arcos e flechas em riste. As bigas aguardaram um pouco antes de partirem do sul. Assumi a posição que me cabia na minha própria biga. Admirei a leve e suave tensão da sua construção. Com o frio chegando rapidamente, os cavalos farejavam a animação no ar. No céu, a lua cheia tinha subido acima do horizonte. A parca claridade nos iluminava a todos como se fôssemos desenhos num pergaminho para uma fábula intitulada *Caçada à noite*. Olhei para o rosto do rei: sob a coroa, com a serpente em riste à testa, ainda parecia jovem demais. Mas também determinado e orgulhoso. Percebeu que eu o olhava e se virou para mim, sorrindo. Fiz-lhe um aceno com a cabeça antes de baixá-la em reverência.

Partimos enfim, com as rodas esmagando o solo pedregoso e desnivelado, até que as bigas de caça tivessem se espalhado por uma área ampla como uma arena. Quando estávamos em posição, o mestre da caçada deu um grito ensaiado para os arqueiros que estavam posicionados a leste. Adiante, quase a perder de vista, pude reconhecer os vultos dos animais desavisados nos arredores do olho-d'água: meras silhuetas destacando-se contra os últimos vestígios de luz do dia. Alguns ergueram a cabeça nervosamente ao ouvirem o chamado desconhecido. Então, a um sinal do mestre da caçada, os instrumentistas começaram a bater os bastões de madeira um contra o outro com terrível estardalhaço e, num instante, as manadas estouraram, correndo desabaladamente, conforme pretendia a estratégia de caça, na direção das bigas. Ouvi a algazarra dos cascos se aproximando em disparada. Todos os homens seguraram as rédeas curtas e, sob a liderança do rei, que fora instruído pelo mestre da caçada, as bigas também partiram em forte algazarra. De repente, estávamos em batalha.

Os cães de caça e as chitas correram à frente, na direção das feras que se aproximavam em debandada, os condutores traziam suas lanças em riste à altura dos ombros, ou, quando tinham um condutor ao lado, os arcos armados e prontos para fazer pontaria... mas os bichos aterrorizados de repente perceberam o perigo que os esperava e deram uma guinada súbita, todos de uma só vez, para o oeste, de forma que nossas bigas se espalharam e a caçada prosseguiu, sob o glorioso luar que a tudo clareava para que pudéssemos acompanhar com riqueza de detalhes. Olhei para o rei e o vi, a postos, instigando seus cavalos. Era um condutor surpreendentemente bom. Acompanhei-o o mais de perto que pude, e vi Simut fazendo o mesmo, de tal maneira que formávamos algo como um curral protetor. Comecei a recear que alguma flecha ou lança viesse a atingi-lo acidentalmente no meio da caçada, pois muitas já zumbiam por cima de nossas cabeças e iam cair lá na frente.

Os animais em disparada erguiam uma cortina de poeira, drasticamente incômoda para os olhos e a garganta, de forma que desviamos um pouco para o norte, ainda a pleno galope, tentando conseguir uma visão mais clara da cena. Os animais mais lentos já caíam pelo chão, especialmente os avestruzes. Cheguei a ver o rei fazer mira e abater um dos grandes. Um dos cães de caça agarrou a ave caída pela garganta e se pôs a arrastá-la no sentido contrário ao da correria, rosnando e lutando para dar conta do peso imenso. O rei me abriu um sorriso largo, empolgado. Porém, mais à frente, os prêmios maiores ainda corriam em grande velocidade. Tocávamos nossos cavalos para atingir um passo cada vez mais veloz. As bigas sacolejavam com as irregularidades do terreno. Olhei para os eixos, torcendo para que o da minha aguentasse o tranco. Meus dentes rangiam dentro da minha cabeça e meus ossos sacolejavam sob a minha pele. Meus ouvidos estavam tomados por um zumbido constante. Senti vontade de gritar de agitação feito uma criança.

O rei conseguiu colocar mais uma flecha em seu arco e o ergueu para fazer mira. Resolvi que era hora de fazer alguma coisa e segui seus passos. À minha frente, avistei um antílope a pleno galope, e o escolhi como alvo. Puxei as rédeas e dei uma guinada para a direita, forçando o cavalo a correr ainda mais rápido, até ficar com a presa na minha mira: por uma lacuna súbita entre os flancos de outros animais, soltei a flecha. Nada aconteceu durante um momento, mas logo vi o bicho dando um passo em falso, tropeçando nas próprias patas e se espatifando no chão. A manada seguia em disparada, passando ao largo do animal caído, enquanto muitas das bigas continuavam na perseguição.

Tudo tornou rapidamente ao silêncio. A flecha tinha perfurado o flanco do animal, de onde jorrava um sangue grosso e escuro. Os olhos estavam arregalados, mas já não enxergavam. As moscas, eternas companheiras da morte, já zumbiam em sua agitação nojenta em torno do ferimento. Senti um misto de orgulho e piedade. Um instante atrás, este monte de carne e ossos era um ente vivo de graça e energia magníficas. Estou acostumado a corpos sem vida, cadáveres dilacerados, eviscerados, arregaçados, e ao adocicado mau cheiro da carne humana apodrecendo. Mas este animal, morto na glória da caçada, parecia pertencer a uma outra categoria. Em gratidão e respeito, fiz a prece da oferenda como homenagem ao espírito do animal.

O rei se aproximou em sua biga, acompanhado por Simut na dele. Os dois saltaram e ficamos ali, esperando ao luar, o hálito quente dos nossos cavalos se condensando como toques de trombeta no ar frio da noite no deserto. Tutancâmon me parabenizou. Simut observou o animal e elogiou a qualidade. O mestre da caçada chegou, acrescentou seus respeitosos elogios, e instruiu seus assistentes a recolher o animal, juntamente com os demais abatidos durante a caçada. Carne não nos faltaria.

De volta ao acampamento, tinham acendido tochas, dispostas em círculo ao redor de uma grande fogueira ao centro. O açougueiro trabalhava em sua estrutura montada nas bordas do acampamento, com machadinha e facas, abrindo com precisão as barrigas macias das carcaças penduradas para facilitar o corte. Jogava fora os cascos, despreocupadamente, e juntava as tripas em escorregadios feixes sob os braços, antes de atirar as melhores partes num caldeirão. Vários arqueiros montavam guarda às margens da penumbra do acampamento para proteger, a ele e à carne, das hienas e raposas do deserto.

A caça do rei, o avestruz, lhe fora apresentada. Ele correu os dedos sobre as magníficas plumas brancas e marrons.

— Tenho muitos leques — disse, despretensiosamente. — Portanto, com estas plumas, vou mandar fazer um especialmente para você, Rahotep, como presente, como lembrança desta ótima caçada.

Fiz uma reverência.

— Será uma honra.

Bebemos água juntos, sedentos que estávamos. Em seguida, de uma jarra comprida, o vinho foi servido em taças de ouro. A carne recém-cozida veio em pratos de metal requintadamente trabalhado, dispostos sobre descansos de palha trançada. Escolhi uma das facas de bronze. O rei comeu cuidadosamente, avaliando muito bem tudo que lhe era trazido em pratos de ouro e experimentando, precavidamente, apenas um pouco. Apesar da demanda física da caçada, não comeu com grande apetite. Já eu estava morrendo de fome, e aproveitei cada porção da carne maravilhosamente saborosa, muito mais fresca e macia do que qualquer coisa que se podia comprar nos açougues da cidade.

— Não gosta de antílope? — perguntei.

— É estranho ter visto o animal vivo, correndo para salvar a própria pele, e agora estar com esse pedaço de carne... morta na minha mão.

Quase ri da sinceridade infantil.

— Tudo que é vivo come outro ser vivo. Mais ou menos...

— Eu sei. Cachorro come cachorro. Assim é o mundo dos homens. Contudo, acho a ideia meio... bárbara.

— Quando minhas filhas eram menores e matávamos um pato ou coelho em casa, elas rezavam piamente pela vida do animal, e depois que as penas ou o pelo tinham sido tirados, feito uma túnica, e depois de debulhadas as lágrimas, elas pediam para ver o coração e para guardar uma das patas como amuleto. E assim conseguiam comer o guisado sem ressentimentos, e repetiam.

— As crianças não são sentimentais. Ou talvez nós lhes ensinemos a serem, pois não conseguimos suportar a honestidade delas. Ou a crueldade.
— O que lhe ensinaram, a ser sentimental?
— Fui educado num palácio, não num lar. Minha mãe foi tirada de mim, meu pai era distante como uma estátua. Meus companheiros eram uma ama de leite e um macaco. É surpreendente que eu dedicasse meu amor aos animais? Pelo menos eu sabia que eles me amavam e podia confiar no seu amor.

E gentilmente deu um pouco da própria comida para o macaco, lavando delicadamente os dedos na tigela de água em seguida.

Mas fomos interrompidos naquele momento por um vulto que apareceu sobre as paredes de linho na entrada da barraca. Deixei a mão cair sobre o cabo do punhal que trazia escondido por baixo da túnica. A luz da fogueira lá fora fez com que a figura parecesse maior que seu tamanho real ao se aproximar de onde estávamos. O rei expressou em voz alta seu consentimento para que a pessoa entrasse. Era seu assistente pessoal. Trazia uma bandeja de bolos de mel fresquinhos e um prato de favos. Os olhos do rei se acenderam, de puro deleite. O assistente fez uma reverência e colocou o prato diante de nós. O cozinheiro devia ter resolvido preparar um mimo especial para o jantar do rei na noite da caçada.

Seus dedos delicados foram direto pegar os bolinhos; mas, de repente, por instinto, agarrei seu punho.

— Como ousa me tocar? — protestou ele.
— Perdão, Majestade. Mas não tenho certeza...
— De quê? — gritou, petulantemente, pondo-se de pé.
— De que o mel seja seguro. Não sabemos de onde veio. Eu preferiria não correr o risco...

Nesse momento, o macaquinho saltou do ombro do rei e, com olhar ligeiro e astuto, pegou um favo do prato e foi correndo para um canto afastado.

— Está vendo agora o que aconteceu? — reclamou, aborrecido.

Ele se aproximou do macaco, fazendo barulhinhos carinhosos, mas o macaco desconfiou e saiu correndo ao longo da parede de pano da barraca até o canto oposto, onde começou a comer o tesouro roubado, piscando de ansiedade. O rei se pôs novamente no seu encalço e eu fui cercando pelo lado oposto, em uma manobra de pinça. Mas a criaturinha era ágil demais para nós, e passou correndo por baixo das minhas pernas, acertando-me uma mordida com seus dentes afiados, e fugiu novamente para o lado mais distante de onde estávamos, e lá parou, de cócoras, mordiscando o petisco e balbuciando até acabar o favo inteiro. O rei tornou a se aproximar do bichinho que, agora, sem mais o que perder, deu apenas alguns passos para trás, talvez à espera de novos quitutes. Mas, súbita e estranhamente, pareceu perder o equilíbrio, tropeçando em si mesmo, como se tivesse esquecido como se anda. Logo, se enrodilhou como uma bolinha, se retorcendo e tremendo, gemendo de dor. Os gritos de pavor do rei atraíram imediatamente Simut e os guardas. Não havia mais o que se pudesse fazer. Como que por um ato de misericórdia, o macaco em pouco tempo estava morto. Só fiquei satisfeito com o fato de que não foi o rei que morreu pela ação do veneno.

Ele pegou a criatura morta com delicadeza e o abraçou. Virou-se e olhou para nós.

— O que estão olhando? — gritou.

Ninguém ousou falar. Por um momento, achei que fosse atirar o pequeno cadáver em mim. Mas acabou se virando e levando-o para a privacidade de seu quarto de dormir.

A lua ia baixa, perto do horizonte. Fazia muito frio. Os guardas do rei batiam os pés, andando de um lado para outro, retomando suas posições de sentinela, tentando se manter aquecidos e despertos nas proximidades do braseiro que ardia qual um pequenino sol numa gaiola escura. Fagulhas vermelhas se soltavam contra a escuridão da noite e desapareciam. Por uma questão de privacidade, Simut e eu fomos caminhar além do perímetro do acampamento. Distante da luz do fogo, as terras do deserto se estendiam numa vastidão, como que por todo o sempre, mais bonitas ainda sob a escuridão da noite que sob a luz inclemente do dia. Olhei para cima e parecia que o céu estava mais luminoso que nunca com milhões de estrelas brilhando eternamente no ar perfeito. Mas aqui na terra, tínhamos problemas novamente.

— Parece que ele não está seguro em lugar algum — disse ele, afinal. — Parece que não há o que possamos fazer para lhe garantir segurança.

Tínhamos perguntado ao assistente e ao cozinheiro, que logo explicou que o próprio Tutancâmon havia pedido para fazer bolinhos de mel. Ambos ficaram apavorados com seu envolvimento no que tinha acontecido, e com a implicação de que fossem cúmplices.

— O rei adora doce. Sempre quer algo açucarado ao fim das refeições — explicou o cozinheiro, retorcendo as mãos grandes e suarentas.

— Não aprovei, mas os desejos do rei precisam ser obedecidos com todas as coisas — acrescentou o assistente, com ar de superioridade, olhando nervosamente para o cozinheiro.

Tive a prova de meus próprios olhos a confirmar sua história e, sem dúvida, quem mandou o mel também sabia do gosto do rei pelos doces.

— Se conseguirmos pegar aqueles colhedores de mel, poderemos interrogá-los diretamente. Logo vão confessar quem lhes deu instruções para entregar o mel — falei. Mas Simut balançou a cabeça.

— Já pedi ao mestre da caçada. Ele me convenceu de que será uma tarefa infrutífera persegui-los, especialmente no escuro. São especialistas no deserto e ele me garante que, se não querem ser encontrados, já terão desaparecido sem deixar rastros quando o dia raiar.

Ponderamos sobre as possibilidades que nos restavam.

— O rei ainda está vivo e isso é o mais importante.

— Decerto. Mas quem teria tal alcance que mesmo aqui consegue tentar envenená-lo? — questionou, gesticulando na direção do imenso vazio das incontáveis estrelas na noite do deserto.

— Acredito que só haja duas pessoas — falei.

Ele me olhou e fez que sim com a cabeça. Entendemos um ao outro muito bem.

— E sei quem eu escolheria como o candidato mais provável — acrescentou ele, em voz baixa.

— Horemheb?

Assentiu.

— Estamos no território dele e não lhe seria difícil rastrear nosso caminho. Acharia conveniente que o rei morresse longe de sua própria corte, e o caos que se seguiria seria o perfeito campo de batalha para lutar com Ay pelo poder.

— Tudo isso é verdade, embora possam dizer que ele seria o primeiro suspeito, e talvez não fosse tão... óbvio.

Simut resmungou.

— Enquanto Ay seria esperto o suficiente para orquestrar algo à distância, o que também lançaria uma sombra de suspeitas sobre Horemheb — continuei.

— Mas, em qualquer dos casos, ambos se beneficiariam com a morte do rei.

— E, em qualquer dos casos, são homens de imensa influência e poder. Ay não pode controlar o exército, mesmo que precise. Horemheb não pode controlar todos os gabinetes, mesmo que precise. E ambos querem controlar os domínios reais. Começo a achar que o rei se encontra meramente entre eles como obstáculo dessa grande batalha — afirmei.

Ele concordou.

— O que acha que devemos fazer? — perguntou.

— Acho que devemos continuar aqui. A prioridade é matar um leão. Isso, por si só, dará ao rei um conforto maior, e mais confiança.

— Concordo. Voltar de qualquer outra forma seria um sinal de fracasso. Ele apostou alto. Não devemos falhar.

Voltamos para perto do fogo, para nos aquecer.

— Ficarei de vigia a noite inteira, com os guardas — ofereceu Simut.

— E eu vou ver se o rei precisa de alguma coisa. Dormirei na barraca dele, se ele precisar.

E assim nos despedimos.

30

Tutancâmon estava sentado em seu trono de viagem, olhando para o nada, segurando o macaco morto no colo como um bebê. Fiz uma reverência e esperei que ele falasse:

— Você salvou minha vida — disse ele, por fim, sem inflexão alguma.

Continuei calado.

— Será recompensado — continuou. — Olhe para mim.

Olhei, e vi, para meu alívio, que algo importante tinha mudado nele.

— Confesso que tudo que aconteceu nestas últimas semanas me deixou com um medo imenso no coração. Às vezes, sentia medo de estar vivo. E o medo se transformou em meu senhor. Mas o rei das Duas Terras não deve ter medo. É hora de conquistar meu medo, não de lhe dar mais autoridade. Caso contrário, o que serei senão uma presa das trevas?

— O medo é humano, Majestade — falei, cuidadosamente —, mas é sábio aprender seus engodos e poderes, para poder controlá-los e derrotá-los.

— Está certo. E, com isso, aprendo os engodos daqueles que usam o medo contra mim; aqueles que querem usar imagens da morte para me aterrorizar. Mas se não dou atenção para a morte, o medo também não ganha atenção alguma. Não é assim, Rahotep?

— É verdade, Majestade. Mas é comum a todos temer a morte. Trata-se de um medo razoável.

— Contudo, não posso mais viver com medo dela.

Ele olhou para o macaco morto no colo e acariciou-lhe o pelo.

— A morte é apenas um sonho, do qual acordamos em lugar mais glorioso.

Não pude concordar com ele, de forma que permaneci calado.

— Já o conheço bem o suficiente, Rahotep, para ver que não está dizendo o que pensa.

— A morte é um assunto que teimo em não discutir.

— Entretanto, o trabalho da sua vida é o negócio da morte.

— Talvez, Majestade. Mas não gosto desse assunto.

— Imagino que, tendo visto tantas, deve achá-la algo decepcionante — comentou, precisamente.

— É, ao mesmo tempo, decepcionante e notável. Vejo cadáveres que, um dia antes, eram gente viva, que falava e ria, cometendo seus pequenos delitos e aproveitando seus casos de amor, e o que resta agora senão um monte inerte de sangue e vísceras? O que aconteceu? Minha mente ainda fica em branco ao pensar na experiência de estar morto.

— Somos parecidos; ambos pensamos demais — afirmou, e então sorriu.

— É pior durante a madrugada. Percebo que a morte está um dia mais próxima. Temo a morte daqueles a quem amo. Temo minha própria morte. Penso no bem que fiz e no amor do qual não consegui usufruir, e no tempo que desperdicei. E quando me basta todo esse remorso inútil, penso no vazio da morte. Não estar aqui. Não estar em lugar algum...

Ele passou alguns instantes sem dizer nada. Fiquei pensando se não teria ido longe demais. Mas, então, ele bateu palmas e riu.

— Que companhia maravilhosa você é, Rahotep! Que otimismo, que alegria...

— Tem razão, Majestade. Resmungo bastante. Minhas filhas dizem que devo me alegrar.

— E estão certas. Mas eu estou preocupado. Não escuto a palavra da fé nos deuses naquilo que você diz.

Esperei um pouco antes de responder, as bases de nossa conversa pareciam finas como uma folha de papiro.

— Luto com minha fé. E luto para acreditar. Talvez seja minha própria maneira de sentir medo. A fé nos diz que, em espírito, não morremos jamais. Mas percebo que, por mais que queira, não consigo acreditar nessa história.

— A vida, por si só, é sagrada, Rahotep. O resto é mistério.

— De fato, Majestade. E, às vezes, quando fico remoendo meus pensamentos fúteis, falta-me a clareza. Chega a madrugada, as crianças acordam e, lá fora, as ruas se enchem de gente e de movimento, como em todas as ruas, pela cidade inteira, como em toda cidade na face da Terra. E me lembro do trabalho que preciso fazer. E me levanto.

Ele ficou calado durante algum tempo.

— Tem razão. O dever é tudo. E há uma grande obra a ser feita. Tudo que vem acontecendo nos últimos tempos só acrescenta à minha determinação de cumprir meu reinado, na linha dos meus grandes antepassados. Quando voltarmos para Tebas, vou estabelecer uma nova ordem. A das trevas será abolida. É hora de trazer luz e esperança para as Duas Terras, nos gloriosos nomes dos reis da minha dinastia.

Fiz nova reverência com a cabeça ao ouvir essas palavras corajosas. E me deixei levar pelos pensamentos de como seria o mundo se, talvez, afinal, a luz fosse capaz de conquistar as trevas.

Ele serviu duas taças de vinho, entregou-me uma e me ofereceu um banquinho para eu me sentar junto a ele.

— Compreendo quem quer me ver morto. Horemheb tem ambição de poder. Enxerga-me apenas como um impedimento à sua própria dinastia. E Ay vai se contrapor à nova ordem, pois esta lhe nega a autoridade. Mas Ankhesenamon e eu vamos lidar com ele em conformidade com isso

— A rainha é uma grande aliada — falei.

— Sua mente é das estratégias; e a minha, da aparência. É uma combinação afortunada. E confiamos um no outro. Dependemos um do outro desde crianças, a princípio por necessidade, mas isso logo se transformou em admiração mútua.

Ele fez uma pausa.

— Fale-me da sua família, Rahotep.

— Tenho três meninas maravilhosas, e um filhinho, por obra e graça da minha esposa.

Ele acolheu o que eu lhe disse.

— Você é mesmo afortunado. Ankhesenamon e eu ainda não atingimos isso, e é forçoso criarmos filhos para nos suceder. Falhamos duas vezes, pois nossas crianças nasceram mortas. Meninas, me disseram. A morte delas teve grande efeito sobre nós dois. Deixou minha esposa... destruída.

— Mas são ambos muito jovens. Há tempo de sobra.

— Tem razão. Há tempo... e ele está do nosso lado.

Ficamos os dois em silêncio durante alguns instantes. A pouca luz da fogueira brincava nas paredes da barraca. De repente, senti um grande cansaço.

— Vou dormir à porta da sua barraca esta noite — falei.

Ele balançou a cabeça.

— Isso não é necessário. Não vou mais sentir medo do escuro. E amanhã vamos caçar novamente, e talvez a sorte nos traga o que procuramos: um leão.

Levantei-me e fiz uma reverência. Estava para recuar um passo e sair da barraca quando ele tornou a falar, inesperadamente.

— Rahotep, quando voltarmos para Tebas, quero que venha ser meu guarda-costas.

Fiquei atônito, sem conseguir dizer nada.

— É uma honra, Majestade. Mas Simut já ocupa esse cargo.

— Quero nomear alguém que irá se concentrar na minha segurança, a despeito de tudo mais. Sei que posso confiar em você, Rahotep. Tenho certeza disto. Você é um homem de honra e dignidade. Minha esposa e eu precisamos de você.

Devo ter ficado desconcertado, pois ele continuou.

— Será um cargo recompensado de forma bastante generosa. Tenho certeza de que sua família poderá se aproveitar disso. E você não precisará mais reconsiderar sua perspectiva de carreira na Medjay da cidade.

— É uma honra para mim. Podemos discutir o assunto novamente quando chegarmos de volta a Tebas?

— Podemos. Mas não recuse.

— Vida, prosperidade e saúde, Majestade.

Ele fez um aceno com a cabeça e eu, uma reverência, afastando-me de costas. Mas antes que eu saísse, ele tornou a me chamar:

— Gosto de conversar com você, Rahotep. Mais do que com qualquer outro homem.

Lá fora, olhei para a lua no céu e pensei na estranheza do destino, nas coisas disparatadas que me trouxeram para este lugar selvagem neste momento. E me dei conta de que, apesar de tudo, estava sorrindo. Não só da estranheza de minhas audiências com o homem mais poderoso do mundo, que ainda era meio garoto, mas da imprevisibilidade da sorte, que agora me oferecia algo que eu talvez jamais pudesse atingir. Preferência. E deixei-me levar por uma sensação deliciosa e rara: a ideia de triunfo sobre aquela idiotice de autoridade, Nebamun. Seria um prazer assistir ao seu acesso de fúria quando eu lhe dissesse que não precisaria de mais nada dele.

31

Um rastreador voltou à noite com novidades. Tinha encontrado pegadas de um leão. Mas estavam longe, no interior da Terra Vermelha. Fomos nos reunir na barraca de Simut.

— É um nômade — disse o rastreador.
— O que isso significa? — perguntou Simut.
— Não está ligado a um bando. Jovens machos vivem sós no deserto, até encontrarem um bando ao qual possam pertencer, para procriar. Enquanto as fêmeas sempre caçam em conjunto, e ficam sempre junto ao seu bando de nascença. Assim, precisamos segui-lo em seus próprios domínios.

Resolvemos desmontar o acampamento e levar tudo para onde as pegadas tinham sido encontradas. Do novo acampamento, seria possível rastrear sem pressa aquele leão, e escolher o momento da nossa caçada. Estávamos abastecidos de comida e água para mais uma semana inteira. E se o leão penetrasse ainda mais no deserto, poderíamos ir mais longe, até os distantes oásis se necessário, para aumentarmos nossos estoques.

Fiquei vendo nossa habitação temporária ser desmontada. Toda a mobília de ouro, o equipamento de cozinha e os animais enjaulados foram colocados em carroças. As cabras foram amarradas de novo. Os ganchos, facas e caldeirões do cozinheiro foram colocados nas mulas. E finalmente a barraca do rei foi desmontada, o mastro central desarmado junto com sua bola de ouro e as imensas peças de tecido dobradas e guardadas. De repente, parecia que nunca tínhamos estado ali, de tão transiente a impressão que deixávamos na vastidão do deserto. Só restava o caos das nossas próprias pegadas e o círculo de cinzas da fogueira, que já começava a se dissipar com a brisa noturna. Pisei em cima das cinzas já frias e me lembrei do círculo preto na tampa da caixa no Palácio das Sombras. De todos os sinais, era esse o que mais me assombrava. Ainda não sabia seu significado.

O sol já passava da sua plenitude havia muito tempo quando partimos para as profundezas da Terra Vermelha. O ar tremelicava sobre o cenário desolado e inóspito. Percorríamos lentamente o amplo leito vazio de xisto argiloso e cascalho, cercado de pequenas elevações escarpadas, que poderia ter sido outrora um grande rio, pois sabia-se que ossos de criaturas marinhas desconhecidas de vez em quando eram descobertos pelo vento e pelo movimento das areias. Mas agora, como que por uma catástrofe do tempo e dos deuses, tudo deste mundo se transmutara em rochas avermelhadas e pó sob a fornalha do sol. Os imensos mares ondulados de areia, dos quais ouvi falar nas histórias contadas por viajantes, deveriam estar bem mais para oeste.

Segui ao lado de Simut.

— Talvez a sorte esteja afinal nos agraciando — comentou ele, baixinho, pois todos os sons se propagavam com clareza naquele silêncio.

— Tudo o que temos que fazer agora é rastrear o leão.

— E aí teremos de fazer todo o possível para ajudar o rei a conquistar seu triunfo — acrescentou ele.

— Ele está determinado a ser quem vai abatê-lo; mas uma coisa é abater um avestruz em meio a uma debandada de bichos aterrorizados, e outra completamente diferente é enfrentar e abater um leão do deserto — falei.

— Concordo. Teremos de cercá-lo dos melhores caçadores de nossa equipe. Talvez, se eles conseguirem derrubar o leão, ele se contente em desferir o golpe derradeiro. Ainda seria uma façanha sua.

— Espero que sim.

Passamos algum tempo sem dizer nada.

— Parece ter-se recuperado bem da morte do macaco.

— No mínimo, serviu para deixá-lo mais determinado.

— Nunca gostei daquela criatura patética. Por mim, já teria lhe torcido o pescoço há muito tempo...

Nós dois rimos baixinho.

— Senti pena de ver o bicho sofrer, mas, afinal, acabou sendo útil.

— Como provador de comida e, pela gula típica dos animais das fábulas, encontrou um fim desafortunado — retrucou Simut, com um raro sorriso torto.

Depois da lenta travessia daquele miserável oceano de cascalho e poeira cinza durante horas a fio, chegamos finalmente a uma paisagem diferente, desconhecida e selvagem, onde a arte do vento esculpira pilastras de rocha clara de formas as mais fantásticas, iluminadas agora em tons de amarelo e laranja pela glória do pôr do sol. Acenderam logo uma fogueira, montaram as barracas e em pouco tempo o cheiro de comida enchia o ar puro.

O rei apareceu à porta de sua barraca.

— Venha, Rahotep, vamos caminhar juntos antes de escurecer.

E fomos passear entre as curiosas formações rochosas, aproveitando o frescor do ar no fim da tarde.

— É outro mundo — disse ele. — Quantos outros, de estranheza talvez maior, se encontram mais para as profundezas da Terra Vermelha?

— Talvez o mundo seja muito maior do que podemos conhecer, Majestade. Talvez a Terra Vermelha não seja todo o território dos vivos. Existem histórias que falam de neve, e de terras verdejantes o tempo todo — retruquei.

— Eu gostaria de ser o rei que descobre e mapeia terras estrangeiras, e novos povos. Sonho com a glória do nosso império chegando a mundos desconhecidos, num futuro longínquo. Quem sabe se o que fazemos neste mundo sobrevive ao próprio tempo! Por que não poderia ser assim? Somos um grande povo, cheios de ouro e poder. O melhor que temos é belo e verdadeiro. Fico feliz por termos vindo aqui, Rahotep. Eu estava certo em tomar esta decisão. Longe do palácio, longe daqueles muros e sombras, sinto-me vivo outra vez. Não me sentia assim há muito tempo. É bom. E a sorte vai me sorrir agora. Sinto o bem do futuro, logo ali adiante, chamando-me para realizá-lo...

— É um grande chamado, Majestade.

— É sim. Sinto isso no coração. É meu destino como rei. Os deuses aguardam que eu o cumpra.

Enquanto conversávamos, as estrelas brilhantes, com toda sua glória e mistério, foram surgindo no grande oceano da noite. Ficamos ali parados, sob seu manto, olhando para elas.

32

Partimos nas carruagens, devidamente armados e abastecidos, enquanto o sol se punha no dia seguinte. Os rastreadores tinham feito o reconhecimento do terreno e encontrado mais sinais. O território do leão parecia centrar-se nos pequenos penhascos sombrios a pouca distância do acampamento. Não há dúvida de que propiciavam abrigo a qualquer tipo de vida capaz de sobreviver neste lugar tão árido. Levamos junto a carcaça de uma cabra recém-abatida, para tentá-lo. Dispusemos as carruagens em leque e ficamos à espera, observando a uma distância segura, enquanto um rastreador cruzava a paisagem cinzenta com o animal morto para depositá-lo nas proximidades do abrigo do leão.

Ao regressar, o rastreador veio ficar perto de mim.

— Deve estar faminto, pois não há muitas presas por aqui, e lhe oferecemos um bom banquete. Espero que venha pegar a isca antes de escurecer.

— E se não vier?

— Então, tentaremos novamente amanhã. Seria uma tolice nos aproximarmos no escuro.

E assim ficamos, esperando em silêncio enquanto o sol baixava devagar. À nossa frente, as sombras dos penhascos se alongavam de forma imperceptível, até que, em seu ritmo lento de maré alta, atingiram a carcaça, como se fossem devorá-la. O rastreador balançou a cabeça.

— Está tarde demais — murmurou. — Podemos voltar amanhã.

Neste instante, entretanto, ficou tenso como um felino.

— Olhem. Lá está ele...

Espreitei a paisagem já quase sem luz, mas não enxerguei nada a princípio, até que avistei um vulto se mexendo contra o fundo escuro. Todos perceberam a reação do rastreador, de forma que uma pequena agitação tomou conta da fileira de homens e cavalos. O rastreador ergueu a mão para que se fizesse silêncio absoluto. Esperamos, atentos. O vulto então se adiantou alguns passos, sorrateiramente, esgueirando-se mais para perto da carcaça. Ergueu a cabeça para espreitar o terreno, como que a indagar de onde viera aquele banquete já pronto, e então, satisfeito, pôs-se a saboreá-lo.

— O que devemos fazer? — sussurrei para o rastreador.

Ele ponderou antes de falar.

— Está escuro demais para caçá-lo agora, pois facilmente perderíamos seu encalço. O terreno é acidentado aqui. Mas agora sabemos que ele aceitará nossas ofertas, e poderemos voltar amanhã para tentá-lo mais cedo com outra dose de carne fresca. Um adulto jovem como esse tem um apetite imenso, e ele não deve estar se alimentando bem há algum tempo. Amanhã estaremos bem preparados, em melhores posições para cercá-lo.

Simut fez sinal de que concordava. Mas, de repente, sem aviso nem apoio, a biga do rei partiu em disparada, ganhando ainda mais velocidade à medida que percorria o terreno acidentado. Todos foram pegos totalmente de surpresa. Vi o leão erguer a cabeça, perturbado pelo barulho longínquo. Simut e eu esporeamos nossos cavalos e partimos no encalço do rei. Tornei a olhar e vi que o leão agora arrastava a carcaça para perto dos penhascos, onde jamais o encontraríamos. Eu estava ganhando terreno sobre a biga do rei, e gritei para ele parar. Ele se virou para trás, mas gesticulou como se não pudesse, ou não quisesse me ouvir. Seu rosto reluzia de empolgação. Balancei a cabeça veementemente, mas ele apenas sorriu como um menino, e tornou a olhar para a frente. As rodas da biga estalavam de forma alarmante, e os eixos batiam e reclamavam enquanto a estrutura se debatia com as demandas do terreno acidentado. Olhei adiante e, por um breve instante, vi o leão parado, olhando fixamente. Mas o rei ainda tinha alguma distância a vencer, e a fera não parecia muito assustada.

O rei continuou desabaladamente, e eu o vi lutando para controlar a biga, tentando, ao mesmo tempo, ajeitar uma flecha no arco. Agora o leão se virou, e suas passadas largas logo se transformaram em saltos, numa velocidade incrível, em direção à segurança dos penhascos escuros. Toquei meu cavalo o mais que pude, e cheguei perto do rei. Achei que ele estaria consciente de que não havia chance de caçar o leão nessas condições, mas de repente sua biga pulou no ar, como se tivesse atingido uma pedra, e aterrissou novamente com força. Nisso, a roda da esquerda se espatifou e os raios se soltaram do aro, dardejando cada um numa direção, e a biga descambou para a esquerda. Continuou sendo arrastada pelo terreno irregular, puxada pelos cavalos em pânico. Vi o rei se agarrar como podia à lateral da biga, apavorado. Mas, no momento seguinte, seu corpo foi arremessado pelos ares como uma boneca de pano, caindo no chão na velocidade em que vinha, e rolando, várias vezes, até parar no meio da escuridão.

Puxei as rédeas do meu cavalo e minha biga acabou parando. Corri até onde estava o corpo espatifado do rei. Ele não se movia. Ajoelhei-me ao seu lado. Tutancâmon, Imagem Viva de Amon, fez alguns sons que tentavam se transformar em palavra, mas não conseguiam. Ele não parecia me reconhecer. Havia uma poça de sangue, preto e brilhante, espalhando-se sobre a areia do deserto.

Sua perna esquerda, acima do joelho, apontava para o lado de uma forma assustadora. Puxei com cuidado o tecido de sua túnica, toda pegajosa de sangue, para descobrir a pele. Havia cascalho e areia impregnados no ferimento profundo, horrível. Ele soltou um gemido alto de dor. Despejei água do meu cantil, e o sangue escorreu, escuro e espesso. Senti medo de que ele fosse morrer ali, no deserto, sob a luz do luar e das estrelas, com a cabeça nas minhas mãos tal qual um cálice de pesadelos.

Simut chegou e, de relance, viu o desastroso ferimento.

— Vou buscar Pentu. Não tente movê-lo — gritou, já correndo para ir buscar o médico.

O rastreador e eu ficamos com o rei. Ele começou a estremecer violentamente, do choque. Arranquei a pele de pantera do chão da carruagem e o cobri com a máxima delicadeza possível.

Ele tentou falar. Baixei a cabeça para perto de forma que pudesse ouvi-lo melhor.

— Desculpe — repetia ele.

— O ferimento é superficial — falei, tentando reconfortá-lo. — O médico está vindo. Vai ficar tudo bem.

Ele me olhou com firmeza, da estranha distância de sua agonia, e logo percebi que ele tinha captado a minha mentira.

Pentu chegou e examinou o rei. Avaliou primeiro a cabeça, mas afora o inchaço dos hematomas e arranhões compridos num dos lados, não havia sinais de sangramento no nariz nem nos ouvidos e, com isso ele concluiu que o crânio não sofrera nenhuma fratura. Já era alguma coisa. Examinou em seguida o ferimento e o osso quebrado à luz das nossas tochas. Olhou para Simut e para mim, balançando a cabeça. Nada bom. Afastamo-nos um pouco, de forma que o rei não pudesse nos ouvir.

— Sorte a artéria da perna não ter sido cortada. Mas ele está perdendo muito sangue. Precisamos consertar a fratura imediatamente — falou.

— Aqui? — perguntei.

Ele confirmou.

— Ele não pode ser transportado de novo antes que isso seja feito. Vou precisar da sua ajuda. É um osso difícil de tratar, pois a fratura é grave, e os músculos da perna e da coxa são fortes. E as pontas quebradas do osso vão se esbarrar. Mas não podemos tirá-lo daqui enquanto isso não for consertado.

Ele avaliou o ângulo dos ossos partidos. Os membros do rei pareciam os de uma boneca arrebentada. Pentu colocou um pedaço de pano entre os dentes de Tutancâmon, que não paravam de bater. Então, segurei com força seu torso e a parte superior da coxa para firmá-los, e Simut segurou o outro lado do corpo do rei. Pentu deu um puxão forte e ligeiro no fêmur e, com um movimento hábil, juntou as pontas estilhaçadas. O rei gritou como um animal. O ruído cartilaginoso do encaixe me lembrou da cozinha, quando separo as coxas de uma gazela, torcendo os ossos da perna para arrancá-la do quadril. Aquilo era trabalho de açougueiro. O rei vomitou, e desmaiou.

Pentu se pôs a trabalhar, à luz trêmula das tochas, dando os pontos com uma agulha de cobre recurvada que tirou de uma maleta feita de ossos de pássaro. Esfregou mel e óleo sobre o ferimento horroroso e envolveu a perna bem apertada com ataduras de linho. Finalmente, para mantê-la o mais rígida possível, aplicou talas acolchoadas, prendendo-as com nós das ataduras, para que aguentasse a jornada de volta até o acampamento.

O rei foi levado até seus aposentos. Estava com a pele suarenta e pálida. Nós nos reunimos para uma rápida e urgente conferência, realizada o mais silenciosamente possível.

— É uma fratura das piores, tanto porque o osso se estraçalhou, e não se partiu apenas, quanto porque a pele foi rasgada, deixando a carne vulnerável a infecções. Houve perda de sangue. Mas, pelo menos, tudo foi recolocado no lugar. Vamos rezar e pedir a Rá que a febre passe, e que o ferimento sare sem problemas — disse Pentu, em tom bastante grave.

Um certo pavor tomou conta de todos nós.

— Mas agora ele está dormindo, o que é bom. Seu espírito estará rogando aos deuses do Além por mais tempo, por mais vida. Vamos orar para que o atendam.

— O que devemos fazer agora? — perguntei.

— A decisão médica mais sensata seria transportá-lo em segurança de volta para Mênfis — explicou Pentu. — Pelo menos, lá poderei cuidar dele de maneira apropriada.

Simut interrompeu.

— Mas em Mênfis ele estará cercado de inimigos. Horemheb provavelmente ainda estará em casa. Acho que devemos levá-lo de volta para Tebas, sem que ninguém saiba e o mais rápido possível. E este acidente deve permanecer em sigilo absoluto até que tenhamos resolvido com Ay uma versão para levar ao público. Se o rei — vida, prosperidade e saúde para ele — estiver fadado a morrer, que seja em Tebas, entre os seus, perto de seu túmulo. E precisamos controlar a maneira como sua morte será compreendida. Mas, se viver, é claro, receberá os melhores cuidados em sua própria casa.

Levantamos acampamento naquela mesma noite e começamos nossa triste jornada sob as estrelas, cruzando novamente o deserto até o navio e o Grande Rio que nos levaria de volta para nossa cidade. Tentei não me deixar levar pelas indagações sobre quais seriam as consequências para todos nós, e para o futuro das Duas Terras, caso ele morresse.

33

Mantive vigília ao pé do leito de Tutancâmon enquanto ele se retorcia na agonia febril durante as noites de travessia do rio a caminho de Tebas. Seu coração parecia disparar dentro do peito, preso e frágil, como um passarinho. Pentu o tratou com purgativos, para evitar que o início de putrefação nos intestinos se espalhasse morbidamente até atingir o coração. E lutou com o ferimento da perna, trocando ataduras e talas regularmente, para que os ossos estilhaçados tivessem alguma chance de se recompor.

Esforçou-se para manter o ferimento limpo, fazendo inicialmente curativos de carne fresca e depois emplastros de mel, gordura e óleo. Mas a cada vez que mudava o curativo, e aplicava mais resina de cedro, eu via que o corte não fechava, e uma formação escura e profunda se espalhava por baixo da pele em todas as direções. O cheiro da carne apodrecendo era nojento. Pentu tentou de tudo: uma essência de casca de carvalho, farinha de cevada, cinzas de uma planta cujo nome não quis revelar, misturadas com cebola e vinagre, e um unguento branco feito de minerais encontrados nas minas do deserto das cidades oásis. Nada funcionou.

Na segunda manhã da viagem, com a permissão de Pentu, falei com o rei. A luz do dia penetrando em seu cômodo pareceu acalmá-lo e alegrá-lo um pouco depois de uma longa e dolorosa noite. Ele tinha sido banhado e vestido com roupas limpas. Mas já se encontrava encharcado de suor e seus olhos estavam embotados.

— Vida, prosperidade e saúde — falei, baixinho, ciente da cruel ironia da fórmula.

— Nenhum grau de prosperidade, nenhum ouro ou tesouro pode trazer de volta a vida e a saúde — sussurrou em resposta.

— O médico está confiante numa recuperação plena — consolei, tentando manter uma expressão encorajadora.

Ele me fitou como um animal ferido. Sabia que não era bem assim.

— Ontem à noite tive um sonho estranho — confessou, arfando. Esperei que recuperasse força o suficiente para continuar. — Eu era Hórus, filho de Osíris. Era o falcão, voando bem alto, me aproximando dos deuses.

Limpei o suor que se formava em sua testa quente.

— Voei por entre os deuses. — E vasculhou meu olhar, com seriedade.

— E o que aconteceu depois? — perguntei.

— Uma coisa ruim. Vim caindo devagar até o chão, caindo, caindo... De repente, abri os olhos. Estava vendo as estrelas na escuridão. Mas sabia que jamais as alcançaria. E, lentamente, elas começaram a se apagar, uma a uma, cada vez mais rápido. Agarrou minha mão. — E fiquei com medo. Muito medo. As estrelas estavam morrendo. A escuridão era tremenda. Aí eu acordei... e estou com medo de voltar a dormir.

Estremeceu. Seus olhos cintilaram, sinceros, arregalados.

— Foi um sonho gerado pela sua dor. Não o leve a sério.

— Talvez esteja certo. Talvez não exista um Além. Talvez não exista nada.

Tornou a ficar aterrorizado.

— Eu estava errado. O Além é real. Não tenha dúvida.

Ficamos em silêncio um instante. Eu sabia que ele não tinha acreditado.

— Por favor, me leve para casa. Quero ir para casa.

— O navio está indo bem, e os ventos do norte estão soprando a favor. Vamos chegar logo.

Ele assentiu, sofrendo. Segurei sua mão quente e úmida durante mais um tempo, até que ele voltou o rosto para a parede.

Pentu e eu fomos para o convés. O mundo de campos verdejantes e lavradores passava como se nada importante estivesse acontecendo.

— Quais são as chances que ele tem? — perguntei.

Ele balançou a cabeça.

— Não é comum sobreviver a uma fratura catastrófica como essa. O ferimento está bastante infeccionado e ele está enfraquecendo. Estou muito preocupado.

— Parece que está sentindo muita dor.

— Tento administrar o que posso para diminuí-la.

— O ópio da papoula?

— Vou prescrever isso, sem dúvida, se a dor piorar. Mas hesito, enquanto não for necessário...

— Por quê? — perguntei.

— É a droga mais forte que temos. Mas essa mesma potência a torna perigosa. O coração dele está fraco e não quero que enfraqueça ainda mais.

Ficamos ambos olhando algum tempo para a paisagem, sem falar nada.

— Posso lhe fazer uma pergunta? — indaguei, afinal.

Ele concordou, de maneira cautelosa.

— Ouvi dizer que há livros secretos, os Livros de Thoth...

— Já os mencionou antes.

— E imagino que incluam conhecimentos médicos.

— E se for assim? — respondeu.

— Tenho curiosidade em saber se falam de substâncias secretas, que podem causar visões...

Pentu me olhou com bastante cuidado.

— Se existissem, essas substâncias só seriam reveladas para homens cuja sabedoria e status excepcionais lhe conferiam o direito a tal conhecimento. De qualquer forma, por que quer saber?

— Porque sou curioso.

— Não é bem essa a abordagem que levaria alguém a revelar segredos bem guardados — respondeu.

— Ainda assim. O que quer que me diga pode ser útil.

Ele hesitou.

— Dizem que existe um fungo mágico. Só se encontra nas regiões boreais. Parece que dá visões dos deuses... Mas a verdade é que não sabemos nada direito sobre ele, e ninguém das Duas Terras o viu, muito menos experimentou para comprovar a veracidade ou inverdade de tais poderes. Por que pergunta?

— Tenho um palpite — respondi.

Ele não se mostrou satisfeito.

— Talvez seja preciso mais que um palpite, Rahotep. Talvez fosse hora de ter uma visão sua.

Ao longo de toda aquela última noite da viagem, a febre do rei piorou, e sua dor era apavorante. A mancha escura da infecção continuava a consumir a carne de sua perna. Seu rosto esbelto assumiu um aspecto pegajoso, pálido, e seus olhos, quando piscavam, tinham a cor tosca do marfim. Sua boca estava ressecada, seus lábios partidos, e sua língua amarela e branca. Seu coração parecia ter diminuído o ritmo e ele mal conseguia abrir a boca para beber água. Pentu finalmente resolveu lhe dar o suco da papoula. O remédio o acalmou que foi uma maravilha, e de repente compreendi seu poder e atração.

Uma vez, de madrugada, ele abriu os olhos. Quebrei o protocolo e peguei sua mão. Mal conseguia falar, ainda que aos sussurros, lutando para pronunciar cada palavra em meio à suavidade do transe do ópio. Olhou para o anel protetor com o Olho de Rá que tinha me dado. Em seguida, com esforço enorme, juntando as últimas reservas de força que lhe restavam, falou:

— Se meu destino é morrer e passar para o Além, peço-lhe um favor: acompanhe meu corpo até onde puder. Deixe-me no meu túmulo.

Do meio daquele rosto abatido, seus olhos amendoados me fitaram com profunda sinceridade. Reconheci os duros traços e a esquisita intensidade da morte chegando.

— Dou-lhe minha palavra — falei.

— Os deuses me esperam. Minha mãe está lá. Posso vê-la. Ela me chama...

E ele olhou para o espaço vazio, vendo alguém que eu não podia ver.

Sua mão era pequena e estava leve, quente. Mantive-a entre as minhas com todo o cuidado. Olhei para o anel com o Olho de Rá que ele tinha me dado. O anel falhou, assim como eu. Senti a delicada lentidão do pulso que se esvaía, e permaneci atenciosamente ao seu lado, até pouco antes do alvorecer, quando ele soltou um longo e último suspiro delicado, sem desapontamento nem satisfação, e o pássaro de seu espírito saiu de Tutancâmon, Imagem Viva de Amon, voando em direção ao Além para sempre. E sua mão escorregou suavemente da minha.

Parte Três

Seu rosto foi aberto na Casa da Escuridão

O Livro dos Mortos
Encantamento 169

34

O *Amado de Amon* adentrou silenciosamente o porto de Malkata pouco depois do pôr do sol do dia seguinte. A escuridão reinante nos céus era apropriadamente agourenta. Ninguém falou nada. O mundo inteiro parecia ter silenciado, somente o sombrio e constante estardalhaço dos remos se fazia ouvir. A água tinha um brilho estranho, de um cinza lustroso e raso, como que precedendo uma tempestade de areia. No comprido cais de pedra diante do palácio, apenas algumas figura esperavam. Percebi que somente uma lamparina estava acesa em toda a extensão. Tínhamos enviado um mensageiro à frente com a notícia, a pior das notícias. Deveríamos estar voltando com o rei em glória. Mas, contrariamente, o trazíamos para o seu túmulo.

Fiquei ao lado do corpo do rei. Parecia tão pequeno e frágil. Estava agora envolto em linho branco e limpo. Somente seu rosto aparecia, calmo e imóvel, vazio. Seu espírito o havia deixado, só restara essa concha rígida. Não há nada mais vazio neste mundo que um corpo sem vida.

Simut desembarcou, enquanto eu esperava com o rei pela chegada dos guardas. Escutei seus passos na prancha de embarque e, no silêncio que se seguiu, Ay entrou na cabine real. Inclinou-se por cima do corpo de Tutancâmon, contemplando a realidade da catástrofe. Em seguida, com esforço, inclinou-se para perto do ouvido esquerdo do rei, o ouvido por onde entra o sopro da morte. E eu o ouvi dizer:

— Você foi uma criança inútil em vida. Sua morte há de construí-lo.

Então, ele se endireitou, rigidamente.

O rei jazia imóvel em seu dourado leito de morte. Ay me examinou brevemente com seus olhos gélidos qual pedras e rosto cruel isento de qualquer sentimento. Sem dizer nada, sinalizou para que os guardas viessem retirar o corpo do rei e eles o levaram num ataúde.

Simut e eu acompanhamos o ataúde pelos infindáveis corredores e câmaras do Palácio de Malkata, que se encontravam absolutamente desertos. Fiquei com a sensação de que éramos ladrões devolvendo um objeto roubado ao seu túmulo. Refleti e me dei conta de que, pelo menos, ainda não tínhamos grilhões. Mas talvez fosse apenas uma questão de tempo. Qualquer que fosse a verdade do acidente, seríamos culpados pela morte do rei. Era nossa responsabilidade, e falháramos. De repente, senti imensa vontade de ir para casa. Queria me afastar daquele recinto, e daqueles indiferentes corredores do poder, e cruzar as águas escuras do Grande Rio, e subir tranquilamente a rua que ia dar na minha casa, e fechar a porta, me aconchegar no corpo de Tarekhan, e, depois de dormir por muitas horas, acordar com a simples luz do sol, desejando que tudo isso não passasse de um sonho. A realidade agora era meu tormento.

Fomos escoltados até os aposentos do rei, onde nos fizeram esperar do lado de fora. O tempo passava devagar, obscuramente. Vozes abafadas, às vezes mais altas, ultrapassavam os limites das grossas portas de madeira. Simut e eu nos entreolhamos, mas ele não deixou transparecer nada do que pensou ou sentiu. As portas se abriram repentinamente e nos mandaram entrar.

Tutancâmon, Senhor das Duas Terras, jazia em sua cama, com as delicadas mãos cruzadas sobre o peito. Ainda não o tinham vestido adequadamente para a morte. Estava cercado dos brinquedos e caixas de jogos de sua infância perdida. Pareciam ser os bens que realmente apreciaria no Além, e não a parafernália de ouro da realeza. Ankhesenamon observava para o rosto sem vida do marido. Quando olhou para mim, seu rosto estava vazio, de dor e derrota. Como poderia me perdoar? Fracassei com ela assim como fracassei com o rei. Estava sozinha agora, neste palácio de trevas. Tornara-se o último membro vivo de sua dinastia. Ninguém é mais vulnerável que uma rainha viúva sem herdeiro.

Ay arrastou a bengala repentinamente pelas pedras do piso.

— Não devemos dar asas à nossa dor. Não há tempo para luto. Há muito que fazer. O mundo deve ter a impressão de que este evento não aconteceu. Ninguém deve falar do que viu. A palavra *morte* não será proferida. Boa comida e roupas limpas continuarão sendo entregues na antecâmara. A enfermeira continuará atendendo. Mas seu corpo será purificado e embelezado aqui, em segredo, e como seu próprio túmulo está longe de ficar pronto, ele será enterrado no meu túmulo, na necrópole real. É adequado e não levará muito tempo para ser adaptado. Os sarcófagos de ouro já estão sendo preparados. Os tesouros que o acompanharão na tumba e o equipamento funerário serão reunidos e escolhidos por mim. Tudo isso será feito com rapidez e, acima de tudo, com todo o sigilo. Quando o enterro tiver sido feito, em segredo, aí será quando anunciaremos sua morte.

Ankhesenamon, arrancada de seu sofrimento por essa proposta impressionante, quebrou o silêncio que se seguiu.

— Isso é absolutamente inaceitável. As exéquias e o funeral devem ser conduzidos com toda a honra e dignidade. Por que devemos fingir que ele não está morto?

Ay se dirigiu a ela, furioso:

— Como você pode ser tão inocente? Não compreende que a estabilidade das Duas Terras está em risco? A morte de um rei é o momento mais vulnerável e potencialmente desastroso na vida de uma dinastia. Não há herdeiro. E isso é porque seu ventre não conseguiu produzir nada além de crianças mortas e deformadas — desdenhou.

Olhei de relance para Ankhesenamon.

— Assim quiseram os deuses — rebateu ela, fitando-o, ainda que enfurecida, com toda a frieza.

— Precisamos tomar controle desta situação antes que o caos se apodere de nós. Nossos inimigos vão tentar nos destruir agora. Sou o Pai de Deus, Aquele que Faz o Certo, e o que eu decreto será. Devemos manter a ordem do *maat* por todos os meios que se façam necessários. As divisões da Medjay estão recebendo instruções neste momento para evitar associações públicas e privadas, e para lançar mão de todos os meios para sufocar quaisquer sinais de agitação pública nas ruas. Vão se espalhar por toda a cidade, e ao longo das muralhas dos templos.

Pareciam as preparações para um estado de emergência. Que divergência poderia ser tão alarmante? A quem se referiu quando falou de inimigo? Somente Horemheb. Era ele a maior ameaça contra Ay no momento. Horemheb, General das Duas Terras, conseguiria facilmente montar uma campanha pelo poder agora. Era jovem, comandava a maioria das divisões do exército e era inteligentemente cruel. Ay estava velho. Olhei para ele, com seus ossos e dentes doloridos, e sua ânsia pela ordem. Seu poder terreno, que pareceu tão absoluto durante tanto tempo, de repente parecia vulnerável e fraco. Mas não cabia subestimá-lo.

Ankhesenamon viu tudo isso.

— Existe outra possibilidade. Tudo isso seria resolvido com uma sucessão forte e imediata. Sou a última de minha grande linhagem, e em nome de meu pai e de meu avô, eu reivindico as coroas — contrapôs, cheia de orgulho.

Ele a fitou com um olhar penetrante de tanto desdém que seria capaz de fazer murchar uma pedra.

— Você não passa de uma garotinha fraca. Não se deixe levar por fantasias. Já tentou se colocar contra mim uma vez, e falhou. É necessário que eu me coroe rei em pouco tempo, pois não há mais ninguém apto a governar.

Agora ela se viu provocada.

— Nenhum rei será proclamado antes de concluídos os Dias de Purificação. Seria um sacrilégio.

— Não conteste meu desejo. Será como eu digo. É necessário, e a necessidade é a razão mais contundente — gritou ele, agitando a bengala na mão.

— E eu? — questionou ela, séria, calma e composta contra a raiva dele.

— Se você tiver sorte, talvez eu a tome como esposa. Mas isso depende da utilidade que isso possa nos trazer. Não estou convencido desse valor.

Ela balançou a cabeça, zombeteiramente.

— E o que significa você estar convencido de alguma coisa? Eu sou a rainha.

— Em nome, apenas! Não tem poder algum. Seu marido está morto. Você está só. Pense bem antes de tornar a falar alguma coisa.

— Não vou tolerar que você se dirija a mim dessa maneira. Vou fazer uma proclamação pública.

— E eu vou proibir isso e evitar através de todos os meios que se façam necessários.

Os dois ficaram olhando fixamente um para o outro.

— Rahotep está designado como meu guarda pessoal. Lembre-se disso.

Ele soltou uma risadinha.

— Rahotep? O homem que protegeu o rei e o trouxe morto de volta para casa? Sua ficha diz tudo.

— A morte do rei não foi culpa dele. Ele é leal. Isso é tudo — retrucou ela.

— Um cão é leal. Isso não o torna valioso. Simut vai prover a guarda. Por ora, seu luto será em reclusão. E vou considerar seu futuro. Quanto a Rahotep, foi-lhe dada uma responsabilidade clara e, contudo, aconteceu o pior. Vou decidir o destino dele — falou, despretensiosamente.

Eu sabia que iria ouvir essas palavras. Pensei na minha mulher e nos meus filhos.

— E o leão? — perguntou Simut. — Não podem ver o rei voltar sem seu troféu.

— Mate o domesticado e mostre-o ao público — respondeu Ay, despachando-o. — Ninguém vai saber da diferença.

Com essas palavras, partiu, insistindo para que a rainha o acompanhasse. Simut e eu ficamos ao lado do delgado corpo do rei, o rapaz cuja vida nos havia sido confiada. Era a própria imagem da nossa derrota. Algo terminava aqui, nesse monte de pele e ossos. E algo diferente começava: a guerra pelo poder.

— Acho que nem Ay conseguirá conter essa história — confessou Simut.

— As pessoas conseguem ler sinais, e a ausência do rei na vida pública será reparada muito rapidamente. Surgindo imediatamente após a fanfarra sobre a caçada real, e a expectativa de um retorno glorioso, a especulação será incontrolável.

— E é por isso que Ay precisa enterrar Tutancâmon assim que possível, e anunciar-se como o rei — argumentei. — E precisa manter Horemheb à distância durante o máximo tempo possível.

— Mas o general é atento como um chacal. Tenho certeza de que irá farejar esta morte e aproveitar a oportunidade para confrontar Ay — disse ele. — E isso não se trata de uma visão otimista.

Ficamos os dois olhando para o rosto delicado do falecido rei, que representava tantas outras coisas também: uma possível catástrofe para as Duas Terras caso essa guerra pelo poder não fosse resolvida depressa.

— O que mais me preocupa é que Ankhesenamon é muito vulnerável aos dois — falei.

— É causa de grande preocupação — concordou.

— Seria um desastre se Horemheb voltasse a Tebas agora.

— E seria um desastre se entrasse neste palácio — completou Simut. — Mas como se pode evitar isso quando a esposa dele mora aqui? Só se ela fosse mandada para outro lugar!

Isso era novidade para mim.

— Mutnodjmet? Ela mora aqui no palácio?

Ele assentiu.

— Mas seu nome nunca foi falado todo este tempo — falei.

Ele aproximou a cabeça da minha.

— Ninguém fala dela em público. Em particular, dizem que é lunática. Mora num conjunto de aposentos dos quais nunca sai. Dizem que apenas dois anões lhe fazem companhia. Se é desejo dela ou se o marido a obriga, disso não sei.

— Quer dizer que ela vive presa aqui?

— Dê o nome que achar melhor. Mas ela não tem liberdade. É o segredo da família.

Minha mente disparou, qual um cão sentindo o cheiro da caça escondida que se encontra, subitamente, próxima.

— Preciso cuidar de outros assuntos, mas vamos conversar mais, noutro lugar. O que você vai fazer agora? — perguntou.

— Parece que não tenho futuro — respondi, com uma leveza que não estava sentindo.

— Mas ainda não está acorrentado.

— Tenho a impressão de que, se tentar sair deste palácio, vai me acontecer algum acidente estranho.

— Então, não saia. Você tem um papel a cumprir. Proteger a rainha. Posso lhe oferecer a proteção dos meus guardas e toda a segurança que a autoridade do meu nome possa conferir a alguém.

Assenti, agradecido.

— Mas, antes, preciso fazer uma coisa. Preciso falar com Mutnodjmet. Você sabe onde ficam seus aposentos?

Ele balançou a cabeça.

— É mantido em segredo, até de mim. Mas você conhece alguém que talvez possa levá-lo até lá.

— Khay?

Ele confirmou.

— Pergunte a ele. E lembre-se: o que aconteceu não foi culpa sua. Tampouco minha.

— Você acha que o mundo vai acreditar nisso? — questionei.

Ele balançou a cabeça.

— Mas é a verdade e isso ainda vale, mesmo nestes tempos enganosos — respondeu, virando-se em seguida e me deixando a sós no quarto do rei, com o rapaz morto.

35

Por que ninguém tinha mencionado Mutnodjmet até agora? Nem Ankhesenamon, sua própria sobrinha. Contudo, o tempo todo a irmã de Nefertiti, esposa de Horemheb, general das Duas Terras, vivia encarcerada aqui no Palácio de Malkata. Talvez não passasse de uma pobre louca, vergonha viva da família, de forma que a mantinham em quatro paredes, fora do alcance do público. Mas era, não obstante, uma conexão entre a dinastia real e Horemheb. Ele se casara com alguém ligado ao poder e agora, pelo que parecia, consentia com o aprisionamento da esposa.

Eu estava considerando esses assuntos quando a porta do recinto se abriu, lenta e silenciosamente. Aguardei para ver quem entraria. Uma figura de manto escuro entrou discretamente, cruzando o chão de pedra até o leito.

— Pare onde está. A figura congelou. — Vire-se.

A figura girou, ficando de frente para mim. Era Maia, a ama de leite. Seu desprezo por mim não foi disfarçado. O pesar transtornava-lhe o rosto. Cuidadosa e precisamente, ela cuspiu em mim. Não tinha mais nada a perder. Limpei a cusparada do rosto. Ela prosseguiu na direção do corpo, e inclinou-se carinhosamente sobre o rei, beijando-lhe reverentemente o rosto frio.

— Era a minha criança. Eu lhe dei de comer e cuidei dele desde o dia em que nasceu. Ele confiava em você. *E veja o que você trouxe de volta!* Maldito seja você. Maldita seja a sua família. Que sejam destruídos como você me destruiu. — Seu rosto estava lívido de raiva agora.

Sem esperar, nem aparentemente querer uma resposta, começou a lavar o corpo com água salinizada de natro. Sentei-me numa banqueta e fiquei olhando. Ela trabalhava com amor e cuidado infinitos, sabendo tratar-se da última vez que poderia tocá-lo. Lavou os braços sem vida, as mãos caídas, pegando um dedo de cada vez, esfregando-os como os de uma criança incapaz. Passou um pano delicadamente pelo peito imóvel, limpando ao longo de cada costela, os ombros estreitos e as axilas. Depois passou-o por toda a perna sã; em seguida, à volta do ferimento infeccionado na outra, como se ele ainda fosse sensível à dor. Por fim, ajoelhou-se aos pés dele. Ouvi o mergulho silencioso do pano na tigela com água aromatizada, o farfalhar da água quando ela o torceu e o movimento contínuo enquanto ela esfregava entre os dedos, os tornozelos delicados e toda a extensão dos pés desfalecidos, que beijou ao terminar.

Lágrimas pingavam de seu queixo, enquanto ela chorava em silêncio. Em seguida, cruzou os braços dele, da maneira há muito consagrada, deixando-o pronto para o cajado e o mangual de ouro, símbolos reais do Alto e do Baixo Egito, e de Osíris, o primeiro rei, Senhor do Além, que outros colocariam em suas mãos como devido. De uma das cômodas de roupa, finalmente tirou um requintado colar de ouro com peitoral incrustado de joias, com um escaravelho no centro, empurrando um disco do sol de refinada carmelina vermelha ao alto para a luz do novo dia, e o colocou sobre o peito dele.

— Agora ele está pronto para o controlador dos mistérios — sussurrou.

Então, sentou-se numa banqueta no canto do aposento, o mais distante de mim, e começou a murmurar suas preces.

— Maia — chamei.

Ela me ignorou. Tentei novamente.

— Onde ficam os aposentos de Mutnodjmet? — perguntei.

Ela abriu os olhos.

— Oh, agora que já é tarde demais, ele faz a pergunta certa.

— Diga-me por que é a pergunta certa.

— Por que devo lhe dizer alguma coisa? É tarde demais para mim. É tarde demais para você. Deveria ter me dado ouvidos antes. Não falarei mais nada. Ficarei calada para sempre.

Eu estava prestes a insistir quando a porta se abriu e o controlador dos mistérios adentrou o recinto, usando a máscara com cara de chacal de Anúbis, o deus dos Mortos, acompanhado de seus assistentes. Normalmente, o corpo teria sido levado para um pavilhão de embalsamamento, longe da área de habitação, onde seria lavado, eviscerado, secado com sal, untado e coberto com ataduras. Mas imagino que, como Ay deve ter insistido no sigilo, mandou que o corpo permanecesse nos aposentos reais. Um sacerdote-leitor começou a recitar as primeiras instruções e dizeres mágicos, enquanto as autoridades menos graduadas preparavam o cômodo com os equipamentos necessários: ferramentas, ganchos, lâminas de obsidiana, resinas, água, sal, vinho de palma, especiarias e as muitas ataduras que seriam usadas durante o demorado processo. Colocaram a prancha de madeira inclinada para embalsamamento sobre quatro blocos também de madeira e depois ergueram respeitosamente o corpo do rei para colocá-lo em cima. Mais adiante, durante o longo ritual, o corpo embalsamado seria vestido com uma mortalha e depois enrolado nas ataduras; em seguida, para este rei, joias inestimáveis, anéis, pulseiras, colares e amuletos mágicos, muitos contendo encantamentos especiais de proteção, seriam ocultos entre as dobras e as camadas de tecidos refinados, com dizeres e orações para acompanhar cada ação, pois cada uma precisaria seguir as tradições para que tivesse valor na outra vida. Finalmente, a máscara da morte seria encaixada, de forma que este último rosto de ouro pudesse identificar o morto e permitir que seus espíritos *ka* e *ba* se reunissem ao seu corpo no túmulo.

    O controlador dos mistérios parou ao pé da mesa de embalsamamento, olhando para o corpo do rei. Tudo estava pronto para que começasse o trabalho de purificação. Então, ele olhou para mim. Pude ver o branco de seus olhos ocultos através dos elegantes orifícios na máscara preta. No apurado silêncio, todos os seus assistentes se viraram na minha direção. Era hora de sair.

36

Bati à porta da sala de Khay. Depois de um instante, seu assistente atendeu, olhando-me com ar de ansiedade.

— Meu mestre está ocupado — declarou, em tom de urgência, tentando ficar entre mim e a porta do cômodo interno.

— Tenho certeza de que poderá me dispensar alguns minutos de seu precioso tempo.

Atravessei a antessala e entrei no território de Khay. Seu rosto ossudo estava vermelho. Foi pego de surpresa e não estava sóbrio o suficiente para ocultar o fato.

— O grande investigador de mistérios adentra grandiosamente o recinto...

Vi que ele tinha um copo de vinho cheio na mesinha de centro e havia uma pequena ânfora no aparador ao lado.

— Sinto muito perturbá-lo a esta hora da noite. Achei que estivesse em casa, com sua família. Você tem casa e família?

Ele me fitou com os olhos semicerrados.

— O que você quer, Rahotep? Estou ocupado...

— Percebo.

— Pelo menos alguns de nós temos o compromisso com algum nível de competência em nosso trabalho.

Ignorei-o.

— Descobri algo bastante curioso.

— É bom saber que nosso investigador de mistérios descobriu *alguma coisa*...

Sua boca parecia estar funcionando um pouco à frente do cérebro.

— Mutnodjmet mora no interior deste palácio.

Seu queixo estava erguido agora; seus olhos, subitamente desconfiados.

— O que isso teria a ver com sua vinda aqui?

— Ela é a esposa do Horemheb, e tia de Ankhesenamon.

Ele bateu palmas. Seu rosto ficou parecendo uma caricatura.

— Que pesquisa meticulosa sobre a árvore genealógica da família real!

Mas, por trás da ironia, estava nervoso.

— Então, você pode confirmar que ela está detida nas dependências do palácio?

— Como disse, o assunto não tem relação com a questão que nos cabe.

Aproximei-me. Minúsculas veias rompidas pulsavam delicadamente na pele rechonchuda e enrugada em torno dos olhos dele. A meia-idade se apresentava rapidamente em sua fisionomia. O estresse do alto cargo não ajudava e ele não era o primeiro que lançava mão do vinho como consolo.

— Tenho opinião diferente sobre o assunto. Então, por favor, queira responder à pergunta.

— Não estou aqui para ser interrogado por você.

Agora ele ficou eriçado.

— Como você sabe, tenho a autoridade do rei e da rainha para levar meu inquérito até as últimas consequências, e não consigo entender por que seria tão problemático responder uma pergunta tão simples — argumentei.

Ele piscou, titubeando um pouco. E acabou respondendo:

— Não está detida, conforme você colocou. Vive a vida nos seus aposentos, numa ala própria, com todo conforto e segurança das dependências do palácio real.

— Não é o que me contaram.

— Ora, as pessoas dizem tanta *besteira*!

— Se é tudo tão tranquilo assim, por que ninguém me contou nada sobre esse fato?

— Percebo que você está desesperado por alguma direção em sua fútil investigação do mistério. Mas agora perdeu todo o sentido, e eu o aconselho a não seguir esse rumo.

— Por quê?

— Porque vai acabar num beco sem saída.

— Por que tem tanta certeza disso?

— Ela é uma pobre lunática que não sai de seus aposentos há anos. O que pode ter a ver com tudo isso...?

Ele se virou para o lado. Suas mãos tremeram um pouco quando ele ergueu o copo de vinho e tomou um gole grande.

— Quero vê-la. Agora.

Ele colocou o copo de volta na mesa rápido demais, derramando um pouco de vinho na própria mão. Pareceu se enfurecer com isso e, em lugar de limpá-la, lambeu-a.

— Você não tem base alguma para essa entrevista.

— Será que devo incomodar Ay ou a rainha com este pedido?

Ele hesitou.

— Quando há tantas outras coisas de importância realmente vital acontecendo por aí, isso é ridículo demais. Mas, se você insiste...

— Vamos, então.

— Está tarde. A princesa já deve ter se recolhido. Amanhã.

— Não. Agora. Quem sabe dos horários dos loucos?

Partimos pelos corredores afora. Eu tinha a esperança de conseguir uma visão ampla da nossa localização, como uma planta baixa inscrita no papiro da minha memória, pois pretendia encontrar seus aposentos outra vez com exatidão, caso precisasse. Mas não era tarefa simples, pois os corredores diminuíam até se transformarem em meras passagens, cada vez mais sinuosas e estreitas. Belas pinturas de brejos de papiro nas paredes e imagens de rios repletos de peixes sob nossos pés davam lugar a despojadas paredes de alvenaria com pinturas mundanas e o chão de barro liso. As requintadas lamparinas de ferro batido que iluminavam o caminho a princípio iam se tornando mais comuns, como aquelas que se encontram nos lares razoavelmente confortáveis.

Finalmente, chegamos a uma porta simplória. Não havia insígnia alguma decorando a padieira, e tampouco havia guardas. Bem poderia ser a porta de uma despensa. Os trincos estavam amarrados um ao outro, e selados. Khay perspirava; gotículas de suor se formavam em sua nobre testa. Fiz um gesto afirmativo e ele bateu à porta, sem muita confiança. Esperamos, mas não houve sinal algum de movimento.

— Ela já deve ter se recolhido.

Ele relaxou visivelmente, e se virou para ir embora.

— Bata com mais força — sugeri.

Ele hesitou, então eu mesmo bati, com o punho cerrado.

Mais silêncio. Talvez fosse mesmo uma tentativa inútil, afinal.

Então, ouvi passos, bem baixinho, se aproximando. Surgiu uma nesga de claridade por baixo da porta. Não restava dúvida de que havia alguém ali dentro. Uma estrelinha luminosa surgiu no meio da porta, na altura das nossas cabeças. Quem quer que fosse estava nos observando pelo postigo.

De repente, a porta estremeceu com fúria enlouquecida.

Khay deu um pulo para trás.

Quebrei rapidamente o lacre e desfiz o nó da corda que prendia os trincos, escancarando as portas.

37

O cômodo era uma tristeza, iluminado pela lamparina a óleo que ela carregava e por nichos nas paredes onde velas baratas produziam uma luz fumacenta e engordurada, o que pouco contribuía para clarear o recinto. Mutnodjmet, irmã de Nefertiti, esposa de Horemheb, era bem magra. Sua pele, que não via sol em absoluto, agarrava-se a seus elegantes ossos, angustiantemente óbvios sob as dobras de sua despojada túnica. Sua cabeça estava raspada e ela não usava peruca. Os ombros eram arqueados e o rosto, com as mesmas maçãs altas da irmã mas ao qual faltava a altivez, estava algo inerte, e seus olhos seriam tristes se não fossem também apáticos. Era uma coisa oca, de uma carência desesperada, triste, que não há como suprir. Mas percebi também que não poderia confiar nela, pois, apesar do desleixo, a necessidade pungia dentro dela, como uma serpente, armada para dar o bote.

Havia um anão em cada lado. Usavam roupas e joias de qualidade, e também punhais, tudo combinando, o que mostrava serem eles também gente de prestígio. Isso não era raro, pois muitos homens de semelhante estatura e aparência já tinham conseguido cargos de responsabilidade nas cortes reais antes. Incomum aqui era o fato de serem idênticos. Não pareciam felizes por terem sido incomodados.

Mutnodjmet continuou me olhando fixamente, confusa, com a cabeça baixa e boca largada. Parecia não ser capaz de compreender quem eu era ou o que estaríamos fazendo ali.

— Por que não me trouxeram nada? — reclamou, gemendo num tom muito mais profundo que a decepção.

— O que eu deveria lhe trazer? — perguntei.

Ela me estudou com seus olhos vazios, irrompeu em impropérios contra mim e foi embora para o cômodo adjacente arrastando os pés. Os anões continuaram nos olhando, com cara de poucos amigos. Imaginei que soubessem usar seus punhais. Talvez sua pequena estatura lhes desse alguma vantagem. Afinal, pensei lugubremente, é possível causar muito dano abaixo da cintura.

— Como vocês se chamam?

Eles trocaram breves olhares, como quem diz: "Quem é esse idiota?"

Khay interveio.

— Viemos fazer uma rápida visita à princesa.

— Ela não recebe visitas — retorquiu um dos anões com voz inesperadamente ressonante.

— Nenhuma? — questionei.

— O que você quer com ela? — perguntou o outro, com voz idêntica.

Foi como falar com dois rostos com uma mente só. Havia um aspecto cômico naquilo tudo.

Eu sorri.

Eles não acharam graça e suas mãozinhas foram parar no cabo dos punhais. Khay começou a tergiversar, mas foi interrompido.

— Ora, que entrem! — berrou ela do cômodo adjacente. — Quero companhia. Qualquer coisa, para variar de vocês dois.

Atravessamos o corredor, que se abria para diversos outros cômodos vazios para armazenagem de alguma coisa e uma área de cozinha equipada com prateleiras e potes para guardar comida e panelas, e chegamos a um salão maior. Sentamo-nos em banquetas, enquanto ela se reclinou numa cama. O quarto era básico e faltava-lhe algum mobiliário, como se ela tivesse herdado sobras usadas da mansão da família. Ficou nos olhando com seus olhos vidrados, pintados com excesso de Kajal aplicado sem precisão alguma. Espiou Khay de alto a baixo, como se fosse um peixe podre.

— Quero lhe apresentar Rahotep, investigador de mistérios. Insistiu para vir falar com você.

Ela olhou de cima para ele e soltou uma risadinha.

— Que mosca morta que ele é! Não serve nem para o gato comer, mas você...

Ela me olhou diretamente nos olhos.

Ignorei a deixa descarada. Ela caiu na gargalhada, jogando a cabeça para trás como fazem os atores melodramáticos.

Continuei encarando-a.

— Ah, entendi: tipo forte e calado. *Perfeito!*

Ela tentou me lançar um olhar de cortesã, mas falhou, soltou uma risadinha e, de repente, descambou para a histeria.

Alguém a teria abastecido recentemente. Ainda estava na fase eufórica, que logo retrocederia e ela tornaria às muletas de sua carência sombria. Senti uma empolgação crescer no meu peito, como um pânico maravilhoso, pois aqui estava a conexão que faltava. Mas seria ela capaz de fazer as coisas que eu achava que teria feito? Teria sido capaz de colocar o entalhe de pedra, a caixa contendo a máscara de restos de animais e a boneca? Morava nas dependências do palácio real, mas sua liberdade de movimento não parecia maior que a de um animal dentro de uma jaula. Seus aposentos eram selados por fora. Alguém a controlava; quem seria? O marido não, pelo menos não diretamente, pois vivia longe. Teria de ser alguém com acesso regular ao palácio, particularmente a estes aposentos. Teria de ser, também, alguém que podia abastecê-la. A resposta era um martírio. Quem matou aqueles jovens também estaria *manipulando* a princesa? Uma pergunta de cada vez, e eu seria capaz de provar a conexão, devagar, cuidadosa e precisamente.

— Quem a mantém abastecida? — perguntei.

— Abastecida de quê? — devolveu ela, com os olhos brilhando.

— De ópio da papoula.

Khay se pôs de pé instantaneamente.

— Isto é uma quebra de protocolo extremamente constrangedora, e uma acusação repulsiva.

— Sente-se e cale-se!

Ele se sentiu profundamente afrontado.

— Você tem seus próprios vícios — acrescentei, puramente por conta do meu prazer vingativo. — O vício do vinho não é diferente do que ela faz. Você não consegue viver sem ele, nem ela. Qual é a diferença?

Ele bufou, mas viu que não tinha resposta.

— É verdade — concordou ela, em voz baixa. — É tudo que tenho. Tentei recusar. Mas, afinal, a vida sem ele é uma decepção. É tão enfadonha. Tão... *nada*.

— Entretanto, aqui está você, vivendo para isso. E parece que já está morta.

Ela concordou, entristecida.

— Mas quando ele está no seu organismo, a vida é um *deleite*.

Ela parecia tão distante do deleite quanto uma mulher nas mandíbulas de um crocodilo.

— Quem lhe traz o ópio? — perguntei.

Ela deu um sorriso enigmático e se aproximou de mim.

— Você gostaria de saber isso, não gostaria? Posso ver bem o que você quer. Está tão desesperado quanto eu. Precisa das suas respostas, assim como eu preciso da minha droga. Você sabe qual é a *sensação*...

Ela enfiou a mão fria dentro da minha túnica. Não me fez sentir nada, de forma que a retirei dali, devolvendo-a à sua dona.

Ela esfregou o pulso, delicadamente.

— Não vou lhe contar nada agora — disse, como uma criança petulante.

— Vou embora, então — retorqui, e me levantei.

— Não. Não vá — reclamou. — Não seja cruel. Não abandone uma pobre menina.

Ela gemeu novamente como um gatinho.

Tornei a me virar na sua direção.

— Ficarei com você um pouco mais. Mas só se você conversar comigo.

Ela torceu os quadris de um lado para o outro, como uma criança sedutora. Um gesto patético numa mulher de meia-idade. Em seguida, deu umas palmadinhas no banco, de forma que tornei a me sentar.

— Pode perguntar.

— Basta me dizer quem lhe fornece a droga.

— Ninguém.

Ela tornou a soltar uma gargalhada.

— Que canseira! — reclamei.

— É uma piadinha secreta entre nós. Ele me diz que não é ninguém. Mas não sabe que eu rio porque vejo que ele tem um rosto vazio.

— O que quer dizer com isso?
— Você sabe o que eu quero dizer. É como se não tivesse alma. É um homem vazio.
— E que idade tem? Que altura?
— Tem meia-idade. É da sua altura.
Olhei para ela. Percebi um novo fio de conexão se formando no meu cérebro.
— Qual é o nome dele?
— Não tem nome. Eu o chamo de "Médico".
O Médico.
— Como é a voz dele?
— Não é alta, mas também não é muito baixa. Não é jovem, mas também não é muito velha. Não é delicada, mas também não é violenta. É uma voz calma. Tem uma bondade estranha, às vezes. Algo como gentileza.
— E o cabelo?
— Grisalho. Todo grisalho — cantarolou.
— E os olhos?
— Oh, os olhos! São cinzentos, também; às vezes azuis, ou às vezes os dois. São a única coisa bonita que ele tem — disse.
— O que há de bonito neles?
— Enxergam coisas que os outros não enxergam.
Ponderei um pouco sobre aquilo.
— Fale-me sobre as mensagens.
— Não posso — respondeu. — Ele ficaria zangado comigo. Não me visita mais se eu trair as mensagens.
Olhei de relance para Khay, que escutava impressionado.
— E quando ele vem?
— Nunca sei. Tenho de esperar. É terrível quando passo dias e dias sem vê-lo.
— Fica doente?
Ela concordou, pateticamente, deixando cair o queixo.
— De repente, chega e me deixa um monte de presentes, e tudo volta ao normal.
— Essas mensagens que ele deixa para você são instruções de coisas a fazer para ele. Estou certo? — perguntei.

Relutou, mas acabou assentindo.

— Pegar coisas e deixá-las em certos lugares?

Depois de uma pausa, tornou a concordar, e se inclinou para perto de mim, sussurrando alto demais.

— Ele me deixa passear pelos corredores, até pelos jardins quando não há ninguém por perto. Em geral, à noite. Passo dias e dias trancada aqui dentro. Enlouqueço de tédio. Fico desesperada para ver a luz do dia, para ver *vida*. Mas ele é muito rígido, e preciso voltar logo. Caso contrário, ele não me dá o que preciso; e sempre me lembra que preciso tomar cuidado para não ser vista porque, se me virem, vão ficar *furiosos* e eu paro de ganhar presentes...

Ela me fitou com os olhos arregalados e inocentes agora.

— Quem é que vai ficar zangado?

— *Eles* vão.

— Sua família? Seu marido?

Ela confirmou, triste.

— *Eles me tratam como um animal* — sibilou.

— Ninguém nunca lhe deixa sair, ter um pouco de liberdade?

Ela hesitou um pouco e me olhou antes de balançar a cabeça. Então, alguém estava se compadecendo dela. Achei que sabia quem poderia ser.

Fiquei olhando suas manifestações de inquietude, com os dedos desfiando incessantemente algum nó invisível.

— Então, o que está acontecendo no mundo lá fora? — perguntou, como se de repente se lembrasse de que eu ainda estava lá.

— Nada mudou — respondeu Khay. — Tudo continua igual.

Ela olhou para mim.

— Sei que ele mente — acusou, em voz baixa.

— Não posso lhe dizer nada — confessei.

— Eu tenho um mundo aqui. — Deu umas batidinhas de leve no lado da cabeça, como se fosse um brinquedo. — Já vivo aqui há muito tempo. Meu mundo é lindo, e as crianças são felizes, e o povo dança nas ruas. A vida é uma festa. Ninguém envelhece, nem sabe o que são lágrimas. Existem flores por todo canto, e cores, e coisas maravilhosas. E o amor cresce como uma fruta no pomar.

— Suponho que seu marido não esteja aí, então.

Ela ergueu a cabeça instantaneamente, com o olhar alerta.

— Você tem notícias do meu marido? Quando esteve com ele?

— Algumas semanas atrás, em Mênfis.

— Mênfis? O que ele está fazendo lá? Não me vê há tanto tempo. Vive nas guerras há tantos anos. Foi o que o Médico me contou...

Sentia-se traída.

— Como é que o Médico sabe do seu marido? — perguntei.

— Não sei. Ele me dá notícias. Disse que meu marido era um grande homem e que eu deveria sentir orgulho dele. Disse que voltaria em breve e que tudo seria diferente.

Olhei de relance para Khay ao ouvir essas palavras fatídicas.

— Mas receio que meu marido nunca tenha me amado tanto quanto eu o amei, e jamais amará. Sabe, ele não tem coração. E talvez até queira me ver morta, agora que já servi a um propósito e falhei no outro. Os seres humanos não têm a menor importância para ele.

— Em que propósito você falhou? — indaguei.

Ela me olhou diretamente nos olhos.

— Sou estéril. Não lhe dei herdeiro algum. É a maldição de nossa linhagem. E, para me castigar, veja o que ele fez. — Ela levou as mãos à cabeça em estado lamentável. — Ele me levou à loucura. Enfiou demônios na minha cabeça. Um dia vou arrebentar meu crânio contra a parede e tudo isso vai acabar.

Peguei a mão de Mutnodjmet. A manga de sua túnica escorregou um pouco para cima, revelando cicatrizes em seus punhos. Ela queria que eu as visse.

— Vou embora agora. Se o Médico vier, talvez não deva mencionar minha visita. Não quero que ele pare de lhe trazer os presentes.

Ela assentiu com sinceridade, e também de maneira absolutamente escusa.

— Por favor, por favor, venha me visitar de novo, por favor — pediu. — Posso me lembrar de mais coisas para lhe contar, se vier.

— Prometo que vou tentar.

Pareceu ficar satisfeita ao ouvir isso.

Insistiu em me acompanhar até a porta. Os anões continuaram ao seu lado, qual malévolos animais de estimação. Ela ficou repetindo "*até logo, até logo*" enquanto eu saía. Percebi que ficou do outro lado da porta escutando as cordas sendo amarradas no seu caixão em vida.

Afastamo-nos em silêncio. Khay parecia bastante sóbrio agora.

— Acho que lhe devo um pedido de desculpas — falou, afinal.

— Pedido aceito — respondi.

Trocamos reverências.

— Você deve saber o nome desse Médico — afirmei.

Seu rosto desabou, decepcionado.

— Gostaria de saber. Eu sabia, sim, que ela estava aqui, e a razão disso. Deram-me a responsabilidade de cuidar dos aspectos práticos de seu atendimento. Mas a ordem veio de Ay, talvez em colaboração com Horemheb. Esse "Médico" teria recebido simplesmente um passe para os aposentos reais e tudo seria feito em sigilo. Faz tanto tempo tudo isso, e ela era um constrangimento tão grande que aparentemente todos nos esquecemos de sua existência e tocamos os assuntos que pareciam muito mais importantes. Era o segredo desagradável da família, e ficamos todos satisfeitos por conseguir nos livrar dela.

— Mas você tem certeza de que Ay está encarregado das circunstâncias dela?

— Tenho. Pelo menos era ele quem estava, no começo.

Fiquei pensando naquilo.

— Ela está certa, a respeito de Horemheb? — perguntei.

Ele assentiu.

— Horemheb se casou com ela para chegar ao poder. Conseguiu seduzi-la, mas só queria entrar para a família real. Sabia que ninguém iria querê-la, de forma que foi uma pechincha.

— O que você quer dizer com isso?

— Era mercadoria estragada, por assim dizer. Sempre foi um pouco esquisita. Desde a infância era meio perturbada, histérica. De forma que lhe saiu barato. A família estava tão ansiosa por lhe dar algum uso e a aliança com um emergente no meio militar pareceu um negócio vantajoso na ocasião. Era óbvio que ele chegaria a algum lugar. Por que não manter o exército no seio da família? E, obviamente também, ele obteve preferências com isso. O outro lado da pechincha foi que, como membro da família, por conta do acordo, ele deveria se comportar, dar a ela pelo menos a aparência pública de uma vida de casada e vincular o exército aos negócios estratégicos e interesses internacionais da família. Afinal, conforme os termos do trato, isso também iria ao encontro dos próprios interesses de Horemheb.

— E é por isso que Mutnodjmet ainda continua encarcerada no Palácio de Malkata? Por que não a mandam para o marido?

— Devem ter chegado a um acordo mutuamente benéfico. Ela perdeu a lucidez. Tornou-se um peso para ambas as partes. Para Horemheb, tornou-se um constrangimento horrível; é o preço que ele paga por sua ambição. Ela o ama, mas o deixa revoltado. Ele quer se livrar dela. Para Ay, ela também era um problema, pois faz parte da dinastia, mas não consegue desempenhar um papel público. Portanto, era interesse comum que *desaparecesse* da vida, tornar-se uma não pessoa sem efetivamente morrer. Mas é mantida com vida, por ora. E, como você pode ver, é bastante maluca, coitada.

— E Horemheb?

— Aquele crocodilo insensível logo, logo ficou grande demais para o seu laguinho. E foi ficando cada vez maior. De repente, nem toda a carne de qualidade nem todas as joias raras que lhe davam eram o bastante. Vai se livrar dela assim que lhe for conveniente. Andava de olho em Ay, e em Tutancâmon, e em Ankhesenamon, e em todos nós. E agora, com a catastrófica morte do rei, receio que sua hora tenha chegado.

Com essas palavras, pareceu recobrar totalmente a sobriedade. Olhou à sua volta, para o luxo frio do palácio, e parece que, por um instante, enxergou-o do jeito que ele realmente é: um túmulo.

— Mas uma coisa está clara agora — afirmei.

— O quê?

— Tanto Ay quanto Horemheb são cúmplices do Médico. Ay tomou as providências para o atendimento dela. Horemheb sabe como a esposa está sendo encarcerada. Mas a pergunta então é: quem recrutou o Médico para fazer o que ele faz? Por acaso Horemheb teria mandado que o Médico transformasse a esposa numa viciada em ópio? Ou teria sido ideia dele mesmo? E será que o Médico agia por conta própria nessa empreitada de aterrorizar o rei, ou sob as ordens de outrem? De Horemheb, talvez?

— Ou de Ay — sugeriu Khay.

— Possivelmente. Pois não iria querer que o rei assumisse o controle de seu próprio poder, como fez. Contudo, a reação que teve indica que não sabia como aqueles objetos foram parar nos aposentos do rei. De qualquer forma, não parece ser o tipo de coisa que ele faria.

Khay soltou um suspiro.

— Nenhuma das duas opções é otimista. Ainda assim, agora que o rei está morto, pode ter certeza de que Horemheb vai chegar aqui já, já. Tem assuntos importantes a tratar. Está com o futuro todo pela frente. Basta conquistar Ay e a rainha, e as Duas Terras lhe pertencerão. E eu, pelo menos, temo desesperadamente a chegada desse dia.

Já era tarde. Tínhamos chegado de volta à porta dupla dos aposentos da rainha. Havia guardas a postos a noite inteira. Pedi que Khay me deixasse ali para falar com a rainha a sós. Ele concordou, depois hesitou, e se virou como se fosse me pedir alguma coisa confidencial.

— Não se preocupe — falei. — Seu segredo está a salvo comigo.

Ele se mostrou aliviado. Também pareceu querer me dizer mais alguma coisa.

— O que foi?

Hesitou.

— Você não está mais a salvo aqui.

— Você é a segunda pessoa a me dizer isso agora à noite — respondi.

— Então, é melhor tomar cuidado. Isso aqui é uma lagoa de crocodilos. Cuidado com o chão onde pisa.

Deu-me um tapinha no braço e foi embora, percorrendo a passo lento a comprida e silenciosa passagem de volta à sua ânfora de vinho, cada vez mais vazia. Eu sabia que meu tempo também estava se esgotando. Mas tinha a minha deixa agora. E, com sorte, Nakht teria salvado o rapaz, que já estaria são o suficiente para falar. Sendo assim, talvez eu conseguisse juntar todas as peças. Identificar o Médico. Impedir que ele cometesse mais alguma mutilação e assassinato. E então eu poderia lhe fazer a pergunta que ardia na minha cabeça: por quê?

38

Bati à porta. Nervosamente, a dama da Mão Direita abriu-a em uma fração de segundos. Sob seus protestos, fui abrindo caminho e entrando no recinto para o qual fora trazido pela primeira vez. *Em outra vida*, pensei, *antes de entrar neste labirinto de trevas*. Nada havia mudado. As portas que davam no pátio ajardinado ainda estavam abertas, os potes de cobre batido estavam acesos e a mobília permanecia imaculada. Lembrei-me da impressão de que aquilo seria como um cenário. Ela apareceu, alarmada, vindo do quarto de dormir. Mostrou-se aliviada ao me ver.

— Por que veio até aqui? Está tarde. Aconteceu alguma coisa?

— Vamos lá para fora.

Ela concordou, insegura, colocando um xale sobre os ombros, e atravessamos as portas que davam no jardim. A camareira acendeu ligeiro duas lamparinas e saiu apressada, ao gesto de sua senhora. Caminhamos calados até o laguinho, e lá nos sentamos no mesmo banco, tendo nas mãos apenas as lamparinas para afugentar a escuridão da noite.

— Por que não me falou de Mutnodjmet?

Ela levou um breve instante tentando mostrar um ar de inocência, mas logo soltou um suspiro.

— Eu sabia que, se você fosse bom mesmo, acabaria descobrindo, mais cedo ou mais tarde.

— Isso não responde à minha pergunta.

— Por que não lhe contei? Não é óbvio? Ela é o segredo terrível da nossa família. Mas por que você está me perguntando? Não há como ela possa ter alguma coisa a ver com o que tem acontecido.

— E acreditou que era a pessoa mais capaz para julgar isso.

Ela pareceu magoada.

— Por que está dizendo isso agora?

— Porque foi ela que deixou a gravura, a caixa e a boneca.

Ela soltou uma risadinha.

— Isso não é possível...

— É viciada em ópio, como Vossa Majestade sabe. Tem um doutor, que se refere a si mesmo como "o Médico". Manipulou a necessidade dela para atender a seus propósitos. Em troca de realizar as pequenas tarefas de entregar presentes pelos aposentos reais, abastece-a da droga. Então, mantendo-a na carência, consegue que ela faça o que ele quer. Além disso, esse homem vem matando e mutilando jovens pela cidade, usando a mesma droga para subjugá-los.

Ela fez um esforço para absorver isso tudo de uma vez.

— Ora, ora! Então, você desvendou o mistério. Agora, basta prendê-lo. E assim terá cumprido sua missão, e poderá retomar sua vida.

— Ela não sabe o nome dele. Tenho certeza de que Ay ou Horemheb sabe. Mas não é por isso que estou aqui.

— Não? — indagou, apreensiva.

— Vossa Majestade está fazendo visitas a Mutnodjmet, tirando-a de seus aposentos.

— É claro que não.

— Está sim.

Ela se levantou, ofendida, mas não negou uma segunda vez. Em seguida, sentou-se, com uma postura mais deliberadamente conciliadora.

— Sinto pena dela. É uma criatura em desespero agora, embora já tenha visto dias mais esperançosos. E ainda é minha tia. Eu e ela somos tudo que restou da nossa grande dinastia. É a minha única conexão com minha história. Não é reconfortante pensar assim?

— O vício dela era do seu conhecimento?

— Acho que sim, mas ela sempre foi esquisita, desde a minha infância. Portanto, evito pensar nisso, e ninguém mais fala no assunto. Presumi que era Pentu quem cuidava dela.

— Depois, quando se deu conta do que estava acontecendo com o vício, achou que não tinha condições de ajudá-la.

— Não ousei intervir entre o marido dela e Ay. Havia muitas outras coisas em jogo.

Ficou envergonhada.

— Não podia arriscar um escândalo público. Talvez tenha sido covardia. Sim, agora vejo que foi covardia.

— Por acaso acha que Mutnodjmet revelou alguma vez as suas visitas, as saídas, de vez em quando?

— Ela sabia que, se revelasse, eu não poderia continuar.

— Então, era um segredo, e Vossa Majestade confiou que ela o guardaria.

— Tanto quanto eu podia.

Ela se mostrou incomodada.

— Vou ser bem direto. Talvez tenha visto esse Médico. Talvez ele não soubesse das suas visitas. Talvez Vossa Majestade tenha deparado com ele alguma vez.

— Nunca o vi — negou, com sinceridade nos olhos.

Olhei para o outro lado, decepcionado mais uma vez. O homem era como um vulto, sempre no canto do meu olho, sempre fugidio, escapando na escuridão.

— Ainda assim, sente medo de alguma coisa — continuei.

— Sinto medo de muitas coisas e, como você sabe, não sei escondê-lo direito. Sinto medo de ficar sozinha, e de dormir. Agora as noites são mais compridas e escuras do que nunca. Neste palácio lúgubre, nenhuma luz de vela parece bastar para afugentar as trevas.

De repente, ela parecia absolutamente perdida.

— Quero que me leve daqui — pediu. — Não consigo ficar aqui. Estou assustada demais.

— Para onde eu poderia levá-la?

— Para a sua casa.

Fiquei impressionado com a ideia.

— É claro que não posso.

— Por que não? Poderíamos sair daqui juntos. Poderíamos ir agora.

— A esta hora? Quando o rei está para ser enterrado, e tudo é incerto, de repente Vossa Majestade desaparece?

— Posso voltar para as exéquias. Saio disfarçada. Estamos no meio da noite. Ninguém vai ficar sabendo.

— Não pensa em ninguém além de si mesma. Arrisquei tudo por sua causa, desde o momento em que me convocou. E agora acha que vou arriscar minha própria família? A resposta é não. Deve ficar aqui, no palácio, e supervisionar o enterro do rei. Precisa se afirmar no poder. E ficarei ao seu lado o tempo todo.

Ela se voltou contra mim, com o rosto transtornado de raiva.

— Achei que você tivesse alguma nobreza, achei que tivesse honra.

— Preocupo-me com a segurança da minha família acima de tudo. Talvez seja uma ideia estranha no seu entender — retruquei sem maiores cuidados, e me afastei, irritado demais para continuar sentado.

— Sinto muito — disse ela, por fim, baixando o olhar.

— É bom que sinta mesmo.

— Você não pode falar comigo do jeito que falou — repreendeu-me.

— Sou o único que lhe diz a verdade.

— Fez-me sentir desgosto por mim mesma.

— Não é minha intenção.

— Eu sei.

— Prometo que não vou deixar que mal algum lhe aconteça.

Ela estudou meu rosto, como se buscasse ali alguma confirmação.

— Tem razão. Não posso sair correndo de tudo que me dá medo. É melhor escolher lutar do que fugir...

Voltamos pelo caminho escuro até o cômodo iluminado.

— O que pretende fazer agora? Ay está ansioso para começar logo o embalsamamento, o enterro e sua própria coroação — apontei.

— Certo, mas nem mesmo ele consegue mudar o tempo. O corpo precisa ser preparado para o enterro, o túmulo precisa ficar pronto, os rituais devem ser meticulosamente observados. Tudo isso leva tantos dias quantos forem necessários...

— Mesmo assim, se há um homem capaz de economizar em tudo, é o Ay.

— Talvez. Mas como poderá fingir que o rei está sequestrado durante tanto tempo? Os rumores escoam do silêncio como a água de um vaso partido...

Ela parou de repente, com os olhos animados por um pensamento urgente.

— Para sobreviver, tenho poucas opções. Ou faço uma aliança com Ay, ou com Horemheb. É uma escolha brutal, e nenhuma das duas me dá algo diferente do nojo. Mas sei que, para assegurar minha autoridade independentemente como rainha e última filha da minha família, não conseguirei o respaldo que preciso junto às burocracias nem ao exército, apesar do apoio de Simut. Não contra a agressão e ambição daqueles dois!

— Mas deve haver uma outra saída: colocar Ay e Horemheb um contra o outro — sugeri.

Ela se virou para mim, com o rosto iluminado.

— Exatamente! Ambos prefeririam me ver morta, mas percebem que viva sou um patrimônio valioso para qualquer dos dois. E posso fazer com que um ache que o outro me quer. Então, como fazem os homens, podem lutar até o fim para me possuírem.

De repente, enquanto ela falava com toda a convicção e ardor, o rosto de sua mãe surgiu no seu.

— Por que você está me olhando desse jeito? — perguntou.

— Vossa Majestade parece com alguém que eu conhecia — respondi.

Ela compreendeu prontamente quem seria.

— Sinto por você, Rahotep. Deve sentir saudade da família e da sua vida. Sei que está aqui somente porque eu o chamei para me ajudar. A culpa é minha. Mas, a partir de agora, vou protegê-lo com todo o meu poder, seja ele o quanto for — garantiu.

— E eu vou fazer o que puder em seu favor. Talvez possamos nos proteger mutuamente.

Fizemos pequenas reverências um para o outro.

— Mas preciso lhe pedir para fazer uma coisa por mim agora — falei.

Ela rapidamente me forneceu o que eu precisava: papiro, uma pena de junco, uma paleta contendo dois bolos de tinta, cera e um pote de água. Escrevi rapidamente, e os caracteres escaparam da pena com uma fluência urgente de amor e perda.

> Para minha querida esposa e filhos,
> Esta carta deve me representar. Fiquei preso à minha tarefa mais tempo do que pretendia. Saibam que voltei da viagem são e salvo. Mas ainda não posso retornar para vocês. Nem sei dizer quando poderei voltar a entrar pela porta de nossa casa. Gostaria que a situação fosse outra. Que os deuses lhes ajudem a perdoar minha ausência. Estou anexando uma carta selada para Khety. Peço que a entreguem o mais rápido possível.
> Brilharei através do amor que sinto por todos vocês.
> Rahotep

Em seguida, escrevi para Khety, contando-lhe exatamente o que tinha me acontecido e o que precisava que ele fizesse. Enrolei ambas as cartas, uma dentro da outra, selei-as com a cera e entreguei-as a Ankhesenamon.

— Envie estas cartas para Simut e peça que as entregue à minha esposa.

Ela concordou e as escondeu em sua cômoda.

— Você confia nele?

Assenti.

— Conseguirá entregar as cartas sem ser descoberto. Isso é uma coisa que Vossa Majestade não pode fazer — falei.

Pensando em minha família, senti as partes do meu coração raspando umas contra as outras, como cacos de vidro no peito. De repente, ouvimos alguma coisa do outro lado das portas duplas, que se abriram subitamente.

39

Ay entrou no aposento, seguido de Simut, que fechou a porta em seguida.

Ay me fitou com seus olhos frios. Senti novamente o cheiro da pastilha de cravo e canela que ele chupava constantemente para tentar aliviar a dor de seu maxilar apodrecido. Sua vinda novamente a esta hora da noite só poderia significar más notícias. Sentou-se num sofá, ajeitou a túnica meticulosamente e fez um aceno de cabeça para que Ankhesenamon se sentasse à sua frente.

— O navio de estado de Horemheb foi visto ao norte da cidade — disse, em voz baixa. — Chegará em breve, e assim que chegar, tenho certeza de que pedirá uma audiência com a rainha. Deve estar sabendo que o rei morreu, embora não tenha sido — e nem será — feito anúncio algum. Como ele sabe é algo a ser investigado. Mas temos prioridades. Primeiro, precisamos elaborar uma estratégia para lidar com essa desafortunada casualidade.

Antes que Ankhesenamon pudesse retrucar, continuou:

— É claro que terá considerado, assim como eu considerei, os prós e contras de uma aliança com você. Assim como eu, Vossa Majestade, há de reconhecer o valor de sua ascendência e a contribuição que sua imagem poderá oferecer para manter a estabilidade das Duas Terras. Tenho certeza de que fará uma oferta de casamento. E irá cercá-la de termos favoráveis, tais como: ter filhos, promovê-la como rainha, e trará a segurança do exército das Duas Terras para apoiar seus interesses mútuos.

— São termos interessantes e, na superfície, favoráveis — ponderou ela.

Ele a encarou com firmeza, e continuou:

— Você ainda é uma tola. Ele vai se livrar de Mutnodjmet e vai desposá-la para promover sua própria legitimidade no seio da dinastia. E vai ter filhos com você pela mesma razão. Depois que os tiver, vai descartá-la, ou pior. Veja o que fez com a própria esposa. Aceite a oferta dele, e ele a destruirá no final.

— Acha que não sei disso? — questionou ela. — Horemheb despreza minha dinastia e tudo que ela representa. Sua ambição é criar uma dinastia própria. A questão para mim é se a minha sobrevivência e a da minha dinastia através dos filhos que eu vier a ter estarão mais garantidas com ele ou de outra forma. Que opções eu tenho?

— Seria inocente ao ponto da idiotice pensar que qualquer coisa sua estaria garantida com ele.

Ela se levantou e começou a andar de um lado para o outro do recinto.

— Mas minha vida e o futuro da minha dinastia tampouco estarão assegurados com você — dissimulou.

Ele fez sua imitação de um sorriso de crocodilo.

— Nada nesta vida é certo. Tudo é estratégia e sobrevivência. Portanto, você deve considerar as vantagens que existem numa aliança comigo.

Ela lhe lançou um olhar imperioso.

— Não sou nenhuma tola. Considerei, pelo contrário, as vantagens que você teria numa aliança comigo. Um casamento lhe daria a legitimidade final da minha dinastia. Eu seria o veículo das suas ambições, agora que o rei está morto. Você poderia afirmar sua autoridade de forma ainda mais extensa, como rei de nome e de fato — acusou ela, caminhando ao redor dele.

— Meus antepassados estiveram intimamente aliados à família real durante várias gerações. Meus pais serviram aos seus. Mas, como rei, em troca do casamento, ofereço-lhe o apoio do sacerdócio, dos ofícios e do tesouro, como proteção contra Horemheb e o exército. Pois, não se engane, ele está planejando um golpe.

— Entendo. Essa perspectiva também é interessante. Mas, como fica o futuro? Você está muito velho. Quando olho para você, vejo um velho triste. Um homem doente, com dor nos dentes e nos ossos. Cansado de todo esse esforço. Cansado de estar vivo. Você é um punhado de varetas velhas. Sua virilidade é uma lembrança murcha. Como poderia me dar herdeiros?

Os olhos de Ay reluziram de ódio, mas ele se recusou a fisgar a isca e a retrucar com raiva.

— Herdeiros podem ser feitos de várias maneiras. Um pai adequado para seus filhos poderia ser facilmente encontrado com a minha ajuda. Mas conversamos de maneira demasiadamente pessoal. O mais importante é o exercício da autoridade em prol do *maat*. Tudo que faço é pela estabilidade e prioridade das Duas Terras.

Ela se voltou contra ele agora.

— Sua prole são as trevas. Sem mim, sua paternidade não passará de pó. Depois da sua morte, que não tarda, pois nem todos os poderes do reino podem salvá-lo da mortalidade, Horemheb vai apagar seu nome das paredes de todo templo na face da terra. Vai derrubar suas estátuas e demolir seu pavilhão de oferendas. Você não será ninguém. Será como se não tivesse vivido. A menos que eu decida que me é de alguma utilidade. Pois só através de mim seu nome poderá prosseguir.

Ele escutou sem emoção alguma.

— Você comete o erro do ódio. A emoção há de traí-la, afinal, como sempre faz com as mulheres. Lembre-se do seguinte: só através de mim você conseguirá sobreviver para conquistar tudo que deseja. Já deveria saber que a morte não me dá medo. Encaro-a como ela é. Ele compreende. E apontou para mim. — Ele sabe que não há nada por vir. Não existe Além, não há deuses. É tudo uma besteira para crianças. Só existe o poder nas mãos impiedosas do homem. É por isso que somos todos desesperados por ele. Caso contrário, o que existe para escorar o homem contra a inevitabilidade de sua própria ruína?

Ninguém falou durante um período prolongado.

— Vou considerar tudo que você disse. E vou me reunir com Horemheb. No momento que achar conveniente, tomarei uma decisão. Será a decisão certa para mim, para a minha família, e também para a estabilidade das Duas Terras — declarou ela.

Ele se levantou do sofá e foi arrastando os pés até a porta. Mas, antes de sair, virou-se, rígido:

— Pense cuidadosamente em qual dos dois mundos é menos mau. O exército de Horemheb, ou o meu. Depois, tome sua decisão.

E partiu.

A rainha imediatamente voltou a andar de um lado para o outro do cômodo.

— Horemheb já está aqui cedo demais. Mas por que está esperando? — perguntou.

— Porque sabe ser capaz de criar uma situação de tensão e medo. Isso é estratégia. Quer dar a impressão de que está no controle do que acontece. Não lhe dê tanto poder assim sobre si mesma — aconselhei.

Ela ficou me olhando um instante.

— Tem razão. Temos nossas próprias estratégias. Preciso mantê-las. Não posso deixar que o medo me tire do meu caminho.

Concordei e fiz uma reverência.

— Para onde vai? — indagou, ansiosamente.

— Ainda preciso conversar um pouco mais com Ay. Preciso lhe fazer uma pergunta. Simut ficará aqui até que eu volte.

Fechei a porta e parti em passo acelerado atrás da figura que andava arrastando os pés pelo corredor escuro. Assim que ouviu passos, ele se virou, desconfiado. Fiz uma reverência.

— O que foi agora? — disparou.

— Eu gostaria de saber a resposta para uma pergunta.

— Não me faça desperdiçar meu tempo com suas perguntas tolas. É tarde demais, você fracassou na sua tarefa. Vá embora.

E fez um aceno com a mão ossuda me dispensando.

— Mutnodjmet está encarcerada aqui no Palácio de Malkata. Isso foi feito há alguns anos, por ordem sua, presumo que de acordo com Horemheb. E presumo que ela tenha sido mais ou menos esquecida.

Ele ficou surpreso ao me ouvir mencionar o nome dela.

— E daí?

— Está viciada em ópio. Quem lhe fornece a droga? Certamente alguém que cuida dela, em segredo. Ela tem obedecido às instruções dele em troca do presente, a droga da qual tanto necessita. Foi ela quem deixou a máscara da morte, o entalhe e a boneca nos aposentos reais. Será que devo lhe dizer como ela chama esse homem misterioso? Ela o chama de "Médico".

Ay estava escutando com atenção agora.

— Se ao menos você tivesse descoberto isso algumas semanas atrás...

— Se ao menos alguém tivesse me falado dela algumas semanas atrás...
— retruquei.

Ele sabia que eu estava certo.

— Acho que você sabe o nome dele. Pois só pode ter sido você quem o indicou para cuidar dela, antes de mais nada — continuei.

Ele considerou aquilo tudo que lhe disse durante um longo instante, parecendo profundamente relutante em falar.

— Dez anos atrás, indiquei um médico. Tinha sido meu médico-chefe, mas não me foi útil. Perdeu o tato, e seu conhecimento não ajudou a me curar dos males que me atingiam. Então, coloquei Pentu no cargo de médico-chefe e incumbi aquele outro da tarefa de atender às necessidades de Mutnodjmet. Foi um acerto privado, em troca do qual ele seria bem pago, tanto por seu trabalho quanto por sua absoluta discrição. Deveria mantê-la viva, por ora. Haveria graves penas por qualquer falha de sigilo.

— E qual era o nome dele?

— O nome dele era Sobek.

Minha mente repassou tudo que tinha acontecido, desde o dia do festival, do dia do sangue, e do rapaz morto com os ossos quebrados no quarto escuro, e da festa na cobertura da casa de Nakht na cidade. Lembrei-me do homem sisudo já no fim da meia-idade, de cabelo grisalho e curto sem um pingo de tintura, e o físico mínimo, ossudo, de quem não come por prazer. Recordei seu rosto simplório, sem destaques — oco, como disse Mutnodjmet —, e seus frios olhos em tons azulados de cinza, com um brilho de inteligência e uma pitada de ira. Escutei-o dizer: "*Talvez seja a imaginação humana o monstro. Acho que nenhum animal sofre dos tormentos da imaginação. Só o homem...*"

E me lembrei de Nakht, meu velho amigo, e agora, pelo visto, também colega ou conhecido desse mestre da mutilação e do mistério, retrucando: "*Por isso a vida civilizada, a moralidade, a ética e por aí vai, tudo isso importa. Somos meio-iluminados, meio-monstros. Devemos construir nossa civilidade em cima da razão e do benefício mútuo.*"

Vi com o olho da mente o homem grisalho erguer o copo e dizer: "*Um brinde à sua razão! Desejo-lhe todo o sucesso.*"

Sobek. O Médico.

— Você parece alguém que viu um fantasma — disse Ay.

40

Os guardas de elite de Simut assumiram posições nas escuras ruas adjacentes e nos telhados da vizinhança. A cidade estava em silêncio, sob o toque de recolher noturno, exceto por eventuais cachorros solitários latindo agressivamente para outros à luz do luar e das estrelas.

Khety tinha me devolvido Thoth, e o bichinho dançava e balbuciava tranquilo ao meu lado, alegre por estarmos juntos novamente. Mas o tempo era curto. Khety e eu tínhamos notícias urgentes a dar. Pelo caminho, ele me disse, em sussurros apressados, que minha família estava sã e salva; e que, sob os cuidados de Nakht, o rapaz havia melhorado. Não tinha morrido. Depois, quis saber como eu tinha identificado Sobek. Expliquei-lhe toda a história.

— Então, conseguimos — comemorou, deleitado.

— Infelizmente não — respondi.

Depois de fazê-lo jurar que guardaria o segredo, contei-lhe a história da morte do rei. Pelo menos uma vez ele ficou em completo silêncio.

— Diga alguma coisa, Khety. Você sempre tem alguma coisa ridiculamente otimista a dizer.

Ele balançou a cabeça.

— Não consigo pensar em nada. É um desastre total. Uma calamidade.

— Obrigado.

— Não estou querendo dizer que tenha sido culpa sua. Você fez tudo que lhe pediram para fazer. Seguiu as ordens do próprio rei. Mas o que vai acontecer com todos nós agora? A cidade já está inquieta. Ninguém sabe o que está acontecendo. É como se as Duas Terras estivessem à beira de um precipício e a qualquer momento pudéssemos todos cair.

— Estamos vivendo tempos obscuros, Khety. Mas não seja tão melodramático. Não ajuda em nada. Houve mais algum assassinato na cidade, como o do rapaz e o de Neferet?

Ele balançou a cabeça.

— Nada. Que eu saiba. Ninguém registrou nada. Tudo tem andado bastante tranquilo. Vazou informação dos outros assassinatos para as ruas. Percorreu o circuito das casas noturnas rapidamente. As pessoas estão assustadas. Talvez estejam tomando mais cuidado.

Fiquei intrigado.

— Mas um assassino assim sempre vai encontrar uma vítima nova. Normalmente, o desejo de cometer o ato cresce a cada assassinato. Torna-se uma fome insaciável. Sabemos que ele é obsessivo. Então, para onde sua obsessão o terá levado agora? Por que pararia de matar?

Ele deu de ombros.

— Talvez tenha se retirado de cena.

Ele fez um gesto com a cabeça indicando a casa.

— Talvez esteja ali agora. Talvez você o tenha pegado.

— Não fale nada antes de acontecer. Faz com que eu me sinta supersticioso — protestei.

A casa de Sobek ficava numa discreta rua residencial, num bairro bom da cidade. Não havia nada que a distinguisse das demais. Fiz um gesto com a cabeça para Simut. Ele fez um sinal para os guardas distribuídos pelos telhados, que saltavam de um para o outro como assassinos. Em seguida, ante mais um breve sinal de comando, os guardas que nos acompanhavam atacaram as sólidas portas de madeira com seus machados. Em instantes, estava arrombada. Alguns vizinhos, alarmados com a súbita agitação, saíram à rua de pijamas para espiar o que estava acontecendo, mas receberam ordens categóricas para voltarem às suas casas. Adentrei um vestíbulo, seguido dos guardas que se espalharam silenciosamente, com as armas em riste, e assumiram o comando de cada cômodo, um de cada vez, gesticulando em silêncio entre si. Outros entraram pelo telhado para cuidar do segundo andar. Cada cômodo era menos interessante que o anterior. Parecia a casa de um homem solitário, pois a mobília era funcional, a decoração extremamente modesta; e não havia nenhum dos resíduos habituais do dia a dia. Aparentava ser um lugar sem vida. No andar de cima havia cômodas de madeira com roupas eficientes mas nada sofisticadas, e algumas joias indefinidas de uso cotidiano. O lugar estava deserto. Ele conseguiu me despistar outra vez. Por acaso teríamos deixado de ver alguma coisa? Era como se ele soubesse que viríamos. E não deixou pistas. Mas como poderia saber? Amargamente decepcionado, percorri os cômodos um a um, procurando alguma coisa que me desse uma pista para seguir em frente.

Mas, de repente, veio um grito lá do fundo da casa, depois do pátio interno. Simut e seus guardas estavam parados diante de uma portinhola, que parecia a entrada de uma despensa. As cordas estavam amarradas de uma forma que parecia o mesmo nó mágico na caixa contendo a apodrecida máscara da morte. No lacre, vi um único sinal que também reconheci: um círculo escuro. O sol destruído. De repente, fui tomado de grande exaltação. Tentei permanecer o mais calmo que pude enquanto passava a faca na corda, para preservar o nó e o lacre. Em seguida, empurrei a porta.

Senti imediatamente o aroma fresco e vazio, oco, de um túmulo aberto depois de muito tempo, como se a escuridão tivesse gradativamente sufocado o próprio ar. Khety me entregou uma lamparina e eu entrei, com precaução. Cruzou pela minha mente a ideia de que aquilo pudesse ser uma armadilha. Ergui a lamparina à minha frente e tentei enxergar para além da luz trêmula.

O cômodo parecia ser de tamanho médio. Ao longo de uma das paredes havia uma bancada comprida, com vasos de barro de vários portes, e uma impressionante gama de instrumentos cirúrgicos: facas de obsidiana, ganchos afiados, sondas compridas, cálices e fórceps, todos precisos e organizados. Mais adiante havia uma série de frasquinhos de vidro com tampa, todos etiquetados. Abri um deles, mas parecia vazio. Guardei-o comigo para examiná-lo à luz do dia. Nas prateleiras havia ainda umas jarras. Abri algumas aleatoriamente, e pareciam conter ervas e condimentos variados. Mas a última continha algo que reconheci: o pó do ópio da papoula. Na mesma prateleira havia outras tantas jarras, todas contendo substância idêntica: um suprimento significativo. A bancada estava altamente organizada, de forma bastante eficiente.

Mas quando dei o primeiro passo dentro do ambiente, senti alguma coisa se quebrar sob minha sandália. Agachei-me com a lamparina e vi que o chão estava coberto de ossos: crânios e asas de pássaros; minúsculos esqueletos de camundongos e cobras; mandíbulas e patas de cachorros. Talvez de babuínos ou hienas ou chacais; não dava para identificar; e também pedaços de ossos maiores, que temi pertencerem a seres humanos, estilhaçados. Foi como se eu tivesse adentrado o túmulo coletivo de todas as formas de vida. Ergui a lamparina ainda mais alto para enxergar melhor na escuridão. Avistei algo ainda mais estranho: pendurados no teto por barbantes, vários ossos, inteiros e aos pedaços, formando alquebrados esqueletos de criaturas estranhas, impossíveis, parte pássaro, parte cachorro e parte humana.

Arrastando os pés para evitar pisar em restos de carcaças, enojado pelo contato dos ossos pendurados com meu cabelo e minhas costas, avancei até distinguir um objeto obscuro e grande, porém baixo, que se encontrava no fundo do cômodo. Ao me aproximar, percebi que era uma bancada de embalsamamento. Em cima dela havia uma pequena caixa de madeira. Atrás, avistei um grande círculo preto que tinha sido pintado na parede de fundo. O sol destruído. Aproximei a lamparina e à volta do perímetro do círculo havia estranhos e perturbadores sinais que eu tinha visto em torno da caixa: curvas, foices, pontos e traços. Espalhados pelo círculo escuro havia linhas gotejadas de sangue seco. Tornei a olhar para a bancada do embalsamador. Contrastando com o registro da carnificina na parede, estava fastidiosamente limpa, tal qual os instrumentos cirúrgicos pendurados nas paredes. Mas não eram para a cura, e sim para a tortura. Com quantas vítimas ele teria feito experiências aqui, gritando, pedindo clemência, implorando por suas vidas, ou pela misericórdia da morte?

A caixa de madeira ostentava um rótulo. Em letra cursiva, estava escrito: "*Rahotep*." Era um presente de Sobek para mim. Não tive outra saída que não fosse abri-la. Lá dentro, vi algo que sei que vou ver sempre que tentar dormir de novo: olhos. Olhos humanos. Dispostos em pares idênticos, qual joias numa bandeja. Pensei em Neferet e nos dois rapazes. Os três estavam sem os olhos nas órbitas. E aqui estava uma caixa cheia de olhos, intrigantes e assustados, qual minúscula plateia prestando a máxima atenção em mim.

41

Fechei a caixa e devolvi os olhos à escuridão. Este presente era uma piada. Ele me enganou. Sabia que eu o rastrearia e encontraria sua casa. Sabia que eu ainda não compreendia o que ele estava fazendo. Os olhos eram como sinais: ele estava me observando. E se estava me observando, o que mais saberia? De repente, o medo travou minha garganta: talvez soubesse da minha família; afinal, tinha visto todos na festa na cobertura da casa de Nakht na cidade. Eu precisava protegê-los. Enviaria Khety imediatamente para organizar uma guarda de segurança. Mas logo outro pensamento veio se chocar com o primeiro; como ele soube que eu tinha descoberto a conexão com Mutnodjmet? E então outro, ainda mais alarmante: tínhamos deixado Mutnodjmet sem guarda alguma.

No instante em que o barco aportou no Palácio de Malkata, Simut e eu saímos correndo, atravessamos os portões e os corredores. Forcei a memória para me lembrar do caminho até os aposentos de Mutnodjmet, mas o labirinto sombrio do palácio me confundia.

— Leve-me até a sala de Khay.

Simut concordou e nós saímos novamente em disparada. Nem me preocupei de bater à porta; entrei de súbito. Ele estava profundamente adormecido, roncando no sofá, com a cabeça caída para trás, de túnica, e a taça de vinho vazia. Sacolejei-o violentamente e ele começou a acordar como um homem num acidente, encarando nós dois com um olhar espantado.

— Leve-nos para os aposentos de Mutnodjmet, agora.

Ele ficou intrigado, mas eu o coloquei de pé e empurrei porta afora.

— Tire as mãos de mim — queixou-se, aos berros. — Sou capaz de andar sem ajuda de ninguém.

E prosseguiu, tentando dar um jeito na aparência até parecer algo digno.

As portas dos aposentos de Mutnodjmet estavam fechadas e as cordas amarradas e seladas. Quando nos aproximamos, senti um pequeno volume se esmigalhando sob meu pé. Intrigado, me agachei e vi, à luz das nossas lamparinas, algo brilhando. Sal de natrão. Parecia ter derramado de um saco que alguém estivesse carregando para o apartamento. Mas por que alguém faria uma coisa dessas?

Rompi o lacre das portas e entramos, precavidos. Estava tudo em silêncio e às escuras. Não havia sinal dos anões gêmeos. Segurando a lamparina à frente, avancei pelo corredor que dava no salão. Mas, ao passar pelas despensas, vi algo errado. Dois dos grandes jarros de armazenamento tinham sido esvaziados em duas belas pilhas, uma de grãos e outra de farinha. Simut me olhou de relance. Com cuidado, tirei a tampa de um deles. Agachado ali dentro havia um sujeito de pequena estatura e boas roupas imerso no próprio sangue até a altura do peito. Olhei com mais atenção e avistei o cabo enfeitado do punhal enfiado no coração dele. A parte posterior da cabeça tinha sido esmagada. Abri a tampa do outro. A mesma coisa.

Entramos no salão. Tinha havido uma luta. Mobília jogada por todo canto. Taças espatifadas pelo chão. E num banco baixo folheado a ouro, havia um obscuro montículo cinza. Afastei delicadamente um bocado do sal à sua volta. As órbitas dos olhos de Mutnodjmet me fitaram, vazias. Seu rosto oco, reluzindo com os cristais de sal espalhados por toda a superfície, estava ressecado e murcho como se o tempo tivesse subitamente lhe sugado todo o sumo. Seus lábios estavam retorcidos e esbranquiçados, e sua boca aberta, seca como um pedaço de pano exposto ao sol do meio-dia.

— O que aconteceu com ela? — perguntou Simut.

— O natrão absorveu os fluidos de seu corpo. A esta altura, todos os órgãos já terão começado a se converter numa maçaroca marrom escura.

— Então, estava viva quando ele fez isso com ela?

O soldado balançou a cabeça diante de uma barbaridade tão sofisticada.

— Seria preciso tempo para morrer desse jeito. Ela deve ter enlouquecido de sede. E é *isso* que o fascina. Ver pessoas sofrendo até morrer, com minúcias. Mas não sei se faz isso só pelo prazer de testemunhar a dor delas. A dor é apenas parte do processo, não o fim. Ele está atrás de outra coisa. Algo mais original.

— Mas o quê? — perguntou Simut.

Olhei de relance para a pobre mulher sem olhos. Era a única pergunta importante.

Percorrendo a passagem no caminho de volta, lembrei-me do pequeno frasco de vidro que encontrei no laboratório de Sobek. Abri-o, mas não parecia conter nada, apesar da tampa e da data cuidadosamente anotada. Observei no fundo uma leve camada de resíduo branco brilhoso. Encostei o dedo e lambi com cuidado. Mais sal, mas não de natrão. Outro tipo. Tinha um gosto conhecido, mas não consegui identificar.

42

O magnífico navio de estado de Horemheb, o *Glória de Mênfis*, já estava ancorado nas águas calmas do lago. Projetando-se acima de sua imagem espelhada na superfície, parecia uma arma ameaçadora. O Olho de Hórus estava pintado repetidas vezes ao longo de todo o casco, agraciando-o com uma proteção especial. Entremeadas aos Olhos, havia imagens da cabeça caprina de Amon, e falcões alados, e a figura do rei pisoteando os inimigos. Nos mirantes laterais, postava-se desafiadora a figura de Montu, deus da guerra, e os casebres da superestrutura eram todos pintados com círculos multicoloridos. Até as pás dos remos eram decoradas com o Olho de Hórus. A ameaça era intensificada pelos cadáveres de sete soldados hititas, pendurados de cabeça para baixo, girando devagar enquanto apodreciam ao sol da manhã.

— Será que ele já deu as caras? — perguntei para Simut, parado ao meu lado, enquanto avaliávamos a intimidante embarcação.

— Não. Vai querer aproveitar ao máximo a entrada grandiosa no palácio.

— Você o conhece pessoalmente? — indaguei.

Simut fixou o olhar no navio.

— Eu era cadete em Mênfis quando ele já era delegado-chefe da Corporação do Norte. Lembro que veio dar uma palestra num banquete de comemoração aos promissores oficiais da Divisão de Ptah. Já tinha entrado para a família real através do casamento. Todos sabiam que em breve se tornaria general, e era tratado quase como se fosse o próprio rei. O discurso foi interessante. Disse que os sacerdotes de Amon tinham uma falha profunda: o empreendimento deles se fundamentava na riqueza e, no seu entender, nos seres humanos o desejo pela riqueza nunca seria atendido, mas sempre se estenderia, tornando-se decadência e corrupção. Argumentou que isso necessária e inevitavelmente criaria um ciclo de instabilidade nas Duas Terras, tornando-nos, portanto, vulneráveis aos nossos inimigos. Disse que o exército tinha uma obrigação sagrada de romper com esse ciclo, fazendo cumprir o estado de direito. Mas só conseguiria manter o direito de agir assim se fosse capaz de se manter em absoluta pureza moral.

— Quando os homens falam de pureza moral, o que querem dizer é que ocultaram suas impurezas morais sob uma ilusão de virtude — falei.

Simut me deu uma olhadela de relance.

— Você fala bem para um oficial da Medjay.

— Sei em que me baseio — respondi. — Os homens não são capazes de pureza moral absoluta. E isso é bom, no meu entender, porque, se fossem, não seriam humanos.

Simut resmungou e continuou fitando o grande navio no porto.

— Falou também alguma coisa sobre a família real que nunca esqueci. Disse que a prioridade deles era a perpetuação da dinastia enquanto representantes dos deuses na terra. Naturalmente, quando essa prioridade coincidia com os interesses das Duas Terras, tudo ia bem. Mas disse que quando houvesse alguma discórdia ou dissidência, ou quando a família real não cumprisse suas obrigações divinas, as Duas Terras deveriam identificar suas próprias necessidades e valores como imprescindíveis. Não as da família real. E, portanto, somente o exército, que não desejava poder nem riqueza para si, apenas a consolidação da nossa ordem pelo mundo afora, teria a sagrada obrigação de fazer cumprir essa regra, em prol da sobrevivência das Duas Terras.

— E o que você acha que ele quis dizer com "discórdia ou dissidência"? — questionei.

— Implicava os perigos inerentes à herança das Coroas por um rei jovem demais para reinar de maneira significativa, sob a égide de um regente cujos interesses eram obscuros. Mas acho que, no fundo, quis dizer outra coisa.

Baixou a voz:

— Acho que quis dizer a privativa continuidade da fé de Aton na família. O deus banido do pai. Aquela religião perigosa já tinha causado um caos terrível na memória viva e não poderiam deixar que ressurgisse. Deixou implícito que o exército não toleraria nenhum sinal do retorno dela à vida pública.

— Acho que você tem razão. E isso também continua sendo um ponto fraco de Ankhesenamon. Tal como era para seu marido, para ela é difícil se desassociar não só dos fracassos do pai como também da raiz do problema: a religião proibida.

Ankhesenamon estava no quarto com suas damas, que a preparavam para a recepção formal. O rico aroma de perfumes e óleos pairava na tranquilidade do ar. Potinhos de ouro e frascos de vidro azul e amarelo eram abertos à sua frente. Ela trazia nas mãos um peixe feito do mesmo material que os frascos, de cuja boca despejava uma essência intensamente aromática.

— Horemheb solicitou uma audiência. Ao meio-dia de hoje — falou.

— Como esperávamos.

Ela me olhou de relance e voltou para os meticulosos cuidados com sua aparência no espelho de cobre polido. Usava uma linda peruca de cabelos curtos encaracolados e tranças, e uma túnica preguada do linho mais fino, com acabamento em ouro, amarrada sob o seio direito, exaltando-lhe a figura. Nos braços, exibia pulseiras e serpentes de ouro enroladas. Do pescoço, em fio de ouro quase invisível de tão fino, pendiam alguns enfeites e um elaborado peitoral de ouro mostrando Nekhbet, a deusa Abutre, segurando os símbolos da eternidade, com as asas azuis protetoramente abertas. Então, suas assistentes colocaram uma peça de roupa notável sobre seus ombros, um xale feito de vários disquinhos de ouro. Ela deu meia-volta e reluziu de maneira estonteante à luz das velas. Em seguida, suas assistentes colocaram-lhe as sandálias, do ouro mais delicado, cujas tiras eram decoradas com pequenas flores de ouro. Finalmente, a coroa alta foi colocada sobre sua cabeça, segura por uma tira de ouro decorada com serpentes protetoras.

Quando a vi vestida com os trajes reais da última vez, ela estava ansiosa. Hoje, estava soberana.

Virou-se de frente para mim.

— Como estou?

— Parece a rainha das Duas Terras.

Ela sorriu, satisfeita. Olhou para o peitoral.

— Pertenceu à minha mãe. Espero que seu grande espírito me proteja agora.

Então, percebendo meu estado taciturno, tornou a olhar para mim.

— Aconteceu alguma coisa, não foi? — perguntou, de repente.

Confirmei. Ela compreendeu e dispensou suas damas. Quando ficamos a sós, contei-lhe sobre a morte de Mutnodjmet. Ela se sentou, firme, com lágrimas escorrendo-lhe pelo rosto, borrando a maquiagem de kajal e malaquita que lhe fora tão cuidadosamente aplicada. Ela balançou a cabeça, diversas vezes.

— Falhei com ela. Como isso pode ter acontecido aqui no palácio, enquanto eu dormia?

— Sobek é muito esperto.

— Mas Ay e Horemheb a mataram, tanto quanto esse homem nojento. Eles a prenderam e levaram à loucura. Era a última parente minha. Agora estou só. Veja.

Olhou de relance para os trajes reais.

— Não passo de uma estátua para estas roupas.

— Não, é muito mais. É a esperança das Duas Terras. Nossa única esperança. Sem sua pessoa, o futuro é obscuro. Lembre-se disso.

Quando a rainha entrou, mil pessoas fizeram reverência e se calaram. O saguão de recepção do palácio fora luxuosamente preparado para a visita de Horemheb. Havia incenso aceso em cubas de cobre. Imensos e sofisticados buquês de flores foram colocados em vasos por todo canto. A guarda do palácio postou-se em forma da entrada até o trono. Percebi que Ay não estava presente. A rainha subiu ao palanque, olhou para seus oficiais e se sentou. Então, todos esperamos num silêncio que precisou ser estendido mais do que o esperado. O general estava atrasado. O gotejar do relógio d'água marcava o tempo passando e a humilhação cada vez maior da sua ausência. Olhei de relance para a rainha. Ela conhecia esse jogo e manteve a compostura. Afinal, escutamos a fanfarra militar e, de repente, ele adentrava o recinto, seguido de seus tenentes. Parou diante do trono, fitou a rainha com ar arrogante e, em seguida, baixou a cabeça em reverência. Ela permaneceu sentada. O palanque ainda lhe dava vantagem de altura acima do general.

— Pode erguer a cabeça — comandou, em voz baixa.

Horemheb obedeceu. A rainha esperou que ele falasse.

— Vida, prosperidade e saúde. Minha lealdade é conhecida por todas as Duas Terras. Coloco-a, junto com minha vida, a seus reais pés.

As palavras dele ecoaram por todo o recinto. Mil pares de ouvidos cortesãos escutaram cada nuance do que foi dito.

— Há muito confiamos na sua lealdade. É mais que ouro para nós.

— É a lealdade que me encoraja hoje — respondeu, de forma iminente.

— Então, diga o que está pensando, general.

Ele lançou um rápido olhar para a rainha, virou-se para o público no recinto e disse em voz alta:

— O que desejo falar é para os ouvidos da rainha apenas, e seria mais apropriado num ambiente privativo.

Ela inclinou a cabeça.

— Nossos ministros são para nós como se fôssemos uma só pessoa. Que assunto poderia haver que não coubesse a seus ouvidos também?

Ele sorriu.

— Aquele que não pertença ao estado, mas ao indivíduo.

Ela o analisou cuidadosamente. Então, levantou-se e convidou-o a acompanhá-la até uma antessala. Ele a acompanhou, e eu também. Ele se virou para mim, furioso, mas a rainha falou com firmeza.

— Rahotep é meu guarda pessoal. Vai a todo lugar comigo. Respondo por sua integridade e silêncio.

Ele não teve outra opção que não fosse aceitar.

Fiquei parado perto da porta, como um guarda de segurança. Os dois se sentaram nos sofás, um de frente para o outro. Ele parecia curiosamente inapropriado neste ambiente mais doméstico, como se paredes e almofadas lhe fossem desconhecidos. Os criados lhes serviram vinho e, em seguida, desapareceram. Ela jogou o jogo do silêncio, e esperou que ele tomasse a iniciativa.

— Sei que o rei está morto. Dou-lhe meus sinceros pêsames.

Ele observou atentamente a reação dela.

— Aceitamos seus pêsames. Assim como aceitamos sua lealdade. E lhe oferecemos os nossos pêsames pelo terrível e prematuro falecimento da sua esposa, minha tia.

Em lugar de surpresa ou pesar diante da notícia, ele simplesmente fez um gesto afirmativo com a cabeça.

— A notícia me traz pesar. Mas que seu nome viva para sempre — disse, seguindo a fórmula, e com algo mais que um toque de ironia. Ankhesenamon afastou o olhar, enojada, diante de tanta vaidade e malícia.

— Havia mais alguma coisa que o general queria dizer?

Ele esboçou um breve sorriso.

— Tenho uma proposta simples a fazer e, dadas as sensibilidades envolvidas, acreditei ser correto expressar-me num ambiente privativo. Resolvi que seria mais solidário. Afinal, trata-se da viúva em luto de um grande rei.

— Sua morte nos privou do convívio com um grande homem.

— Não obstante, nosso luto pessoal precisa assumir seu devido lugar entre considerações mais urgentes.

— Acha mesmo?

— Há muita coisa em jogo, minha senhora. Disso tenho certeza de que está ciente.

Os olhos dele cintilaram. Vi como se divertia, qual caçador sorrateiro de arco em punho tocaiando a presa desavisada.

— Estou plenamente ciente dos intricados perigos deste momento de mudança na vida das Duas Terras.

Ele sorriu, estendendo as mãos num gesto aberto.

— Então, podemos falar com liberdade. Estou certo de que ambos temos no coração o que for mais interessante para as Duas Terras. E é por isso que estou aqui: para lhe fazer uma proposta. Ou melhor, uma sugestão para sua consideração.

— E qual é?

— Uma oferta de aliança. Um casamento.

Ela fingiu espanto.

— Um casamento? Meu luto mal começou, sua própria esposa acaba de falecer e você vem me falar de casamento? Como pode ser tão insensível quanto aos meandros e direitos do luto?

— Meu luto é assunto meu. É certo discutirmos estas questões agora, de forma que lhe seja conferido tempo para uma completa consideração. E tempo para tomar a decisão correta no seu devido momento.

— Fala como se só houvesse uma única resposta possível.

— Falo com a paixão que sinto, mas de todo coração creio ser isso mesmo — disse ele, e não sorriu.

Ela ficou olhando para ele.

— Também quero lhe pedir que considere uma proposta minha.

Ele olhou de soslaio.

— E qual é?

— Em momentos difíceis como este, surgem grandes tentações de forjar alianças, por razões políticas. Muitas delas são muito atraentes. Mas sou filha de reis que fizeram deste reino uma das maiores potências que o mundo já viu. Meu avô vislumbrou este palácio e construiu muitos dos monumentos desta grande cidade. Meu grande antepassado Tutmosis III transformou o exército das Duas Terras na força mais requintada de que se tem notícia. Uma força que você agora lidera em triunfos magníficos. Como, então, poderei melhor representar a responsabilidade de poder que herdei, em meu sangue e em meu coração? De que outra forma, além de governar em seu nome, acreditando contar com o apoio dos meus fiéis oficiais?

Ele escutou sem emoção alguma; depois, se levantou.

— Um nome está bem. Uma dinastia está bem. Mas o reino não é um brinquedo. Não é só desfiles e palácios. É uma fera bruta, suja e poderosa, que deve ser trazida por força do desejo sob o jugo de autoridade destemida, quando necessário, para exercer sua força plena e seu poder, a qualquer custo. E isso é trabalho de homem.

— Sou mulher, mas meu coração é tão forte de raiva e autoridade quanto o de qualquer homem. Pode acreditar.

— Talvez de fato seja bem filha de sua mãe. Decerto tem o desejo e a garra para arrasar com seus inimigos corajosamente.

Ela o estudou mais um pouco.

— Não se engane comigo. Sou mulher, mas fui educada no mundo dos homens. Pode ter certeza de que sua proposta será alvo de nossas mais meticulosas e ponderadas considerações.

— Precisamos discutir suas considerações e as oportunidades que proponho com mais detalhes. Estarei disponível a qualquer momento. Não pretendo sair desta cidade enquanto este assunto não estiver resolvido, de forma satisfatória para ambos. Estou aqui como homem, mas também como general dos exércitos das Duas Terras. Tenho minhas obrigações e vou cumpri-las, com todo o rigor da minha posição.

Ele então fez uma reverência, virou-se e foi embora.

43

Caminhei o mais rápido que pude pelo caos das ruas movimentadas e barulhentas da cidade até a casa de Nakht. O ar dava tontura de tanta luz. Cada grito dos ambulantes, ou dos muleiros, ou das crianças brincando, conseguia me irritar. Todos me atrapalhavam. Na minha mente, a sensação era de que estava atacando insetos com uma faca. Parecia que tudo que tinha acontecido desde a última vez que estive aqui foi um sonho esquisito e vazio do qual ainda não acordara. Sobek estava em algum lugar, mas eu não conseguia encontrá-lo. Como poderia? Precisava voltar ao lugar onde o encontrei pela primeira vez, e ao homem que nos apresentou.

Bati a porta. O criado de Nakht, Minmose, abriu-a cautelosamente. Senti-me gratificado de ver dois oficiais da Medjay de guarda atrás dele, com as armas preparadas.

— Ah, é o senhor! Estava torcendo mesmo que fosse.

Lá dentro, rapidamente mostrei aos guardas minhas autorizações e Minmose me informou que seu senhor estava no terraço. Subi a ampla escada de madeira, até chegar novamente ao elegante espaço a céu aberto. Meu velho amigo estava reclinado sob o toldo bordado, aproveitando a leve brisa do norte e estudando um pergaminho de papiro com um luxo de lazer de cuja existência eu havia esquecido no meu mundo de política e lutas pelo poder e mutilações.

Levantou-se, animado em me ver.

— Então, você voltou! Os dias passavam rápido e eu pensei: "Ele já deve ter chegado!" Mas não recebi notícias...

Ele viu a expressão no meu rosto e sua saudação travou no meio.

— Mas, o que aconteceu?! — exclamou, alarmado.

Sentamo-nos à sombra, salpicada de pingos de luz, e contei-lhe tudo que tinha acontecido. Ele não conseguiu ficar parado. Passou o tempo todo andando à minha volta, com as mãos às costas. Quando narrei o acidente do rei e sua morte subsequente, ele parou como se tivesse virado pedra.

— Com essa morte, toda a ordem, a grande dinastia, será colocada em risco. Vivemos séculos de afluência e estabilidade, e agora tudo está subitamente posto em dúvida. Esse acontecimento deixa aberto o caminho para que outros venham reclamar o poder para si. Horemheb, é claro...

Contei-lhe, então, sobre a chegada do general ao palácio.

Ele tornou a se sentar, balançando a cabeça, com um aspecto de incerteza e receio que eu nunca o tinha visto aparentar antes.

— A menos que se acerte algum tipo de trégua, haverá guerra civil nas Duas Terras — murmurou.

— É um quadro bastante desastroso, de fato. Mas é possível que Ankhesenamon consiga usar seu status e prestígio para atingir exatamente esse fim que você descreve.

— Com certeza, tanto Ay quanto Horemheb se beneficiariam de uma nova aliança com ela — divagou.

— Mas, meu amigo, por mais grave que seja o problema, não é essa a principal razão para eu estar aqui — falei.

— Céus! O que poderia ser pior? — perguntou, ansioso.

— Primeiro, como está o rapaz?

— Está se recuperando bem.

— E já consegue falar?

— Só posso dizer, meu amigo, que ainda é o início da recuperação, mas ele vem respondendo bem e tem conseguido dizer algumas palavras. Perguntou sobre a família, e sobre os olhos. Quer saber o que aconteceu com seus olhos. Também disse que um bom espírito falou com ele na escuridão de seu sofrimento. Um homem com a voz bondosa.

Fiz apenas um gesto de que estava ouvindo, sem querer revelar o quanto me senti gratificado com este último comentário.

— Bem, esta notícia é boa.

— Mas você ainda não me disse por que está aqui. E isso está me deixando bastante ansioso — disse ele.

— Acredito ter descoberto o nome do homem que vem deixando objetos no Palácio de Malkata. O homem por trás das ameaças à vida e à alma do rei.

Ele se inclinou para a frente, deleitado.

— Eu sabia que você seria capaz de descobrir isso.

— Também acredito que o mesmo homem cometeu suas crueldades contra o rapaz, a moça e o outro rapaz morto.

Agora Nakht ficou espantado.

— O mesmo homem?

Assenti.

— E quem é esse monstro depravado?

— Antes de lhe dizer isso, quero falar com o rapaz.

Quando ouviu dois pares de sandálias, o rapaz gritou, alarmado.

— Não se preocupe. Trago comigo um cavalheiro, que é um dos meus amigos mais antigos, que veio visitá-lo — avisou Nakht, de forma delicada.

O rapaz relaxou. Sentei-me ao seu lado. Ele estava num leito baixo, num cômodo fresco e confortável. A maior parte de seu corpo ainda estava coberta de ataduras de linho, e havia mais uma enrolada em torno de sua cabeça, para ocultar as órbitas desfiguradas. Onde o rosto da moça tinha sido costurado sobre o dele, os pequenos furos tinham sarado, deixando um padrão de minúsculas cicatrizes brancas, como estrelas. Eu teria sido capaz de chorar de pena ao vê-lo naquele quadro.

— Meu nome é Rahotep. Lembra-se de mim?

Ele inclinou a cabeça na minha direção, prestando atenção à natureza da minha voz, tal qual um pássaro esperto com uma compreensão distante da fala humana. Então, lentamente, um sorriso gratificante formou-se em seu rosto.

Olhei de relance para Nakht, que me encorajou com um aceno de cabeça.

— Fico feliz que você esteja bem. Gostaria de lhe fazer algumas perguntas. Preciso lhe perguntar sobre o que aconteceu. Você aceita?

O sorriso desapareceu. Mas, depois de algum tempo, fez um quase imperceptível sim com a cabeça. Isso me deu uma ideia.

— Vou lhe fazer uma pergunta e você pode responder com gestos da cabeça: afirmativo, para cima e para baixo; ou negativo, de um lado para o outro. Certo?

Bem devagar, ele mexeu a cabeça para cima e para baixo.

— O homem que lhe fez isso tinha cabelo curto e grisalho?

O rapaz fez que sim.

— Era um homem de mais idade?

Ele repetiu o gesto.

— E lhe deu algo de beber?

O rapaz hesitou, mas acabou confirmando.

Em seguida, com o coração batendo mais rápido, perguntei:

— Os olhos dele tinham um tom acinzentado de azul? Como as pedras de um riacho?

O rapaz se arrepiou todo. Fez que sim uma vez, depois outra, e continuou, repetindo o gesto e perdendo o fôlego como se tivesse enlouquecido de medo ao se lembrar daqueles olhos frios.

Nakht ficou ao lado dele, tentando acalmá-lo, passando um pano fresco e úmido em sua testa. O pânico acabou cedendo. Eu gostaria de não precisar lhe causar esse incômodo.

— Desculpe, meu amigo, por lhe fazer lembrar dessas coisas. Mas você me ajudou bastante. Não vou esquecê-lo. Sei que você não pode me ver, mas estou aqui como seu amigo. Isso é uma promessa. Ninguém vai machucá-lo de novo. Você aceita minha palavra? — perguntei.

E esperei até que, lenta e desconfiadamente, ele fez um discreto movimento dizendo que sim.

Lá fora, Nakht me confrontou.

— Por que você fez isso?

— Agora posso lhe dizer o nome do homem que fez todas essas coisas. Mas, prepare-se, porque você o conhece — respondi.

— Eu? — questionou Nakht, com espanto e um certo grau de raiva.
— O nome dele é Sobek.

Meu velho amigo ficou parado como uma estátua. Ficou de queixo caído, feito um bobo.

— Sobek? — repetiu, incrédulo. — Sobek...?

— Ele foi médico de Ay, que o mandou embora e colocou outro no seu lugar. Deu-lhe um trabalho de menor importância: cuidar de Mutnodjmet, que estava louca. Mas ele cuidou dela à sua maneira. Transformou-a numa viciada em ópio e, no fim, a mulher fazia qualquer coisa que ele pedisse. Agora, também está morta.

Ele se sentou devagar no mais próximo dos elegantes bancos do terraço, como se exaurido por tanta informação.

— Então, você o deteve?

— Não. Não faço ideia de onde esteja, ou de onde vai ser o próximo ataque. E preciso da sua ajuda.

Mas Nakht continuava horrorizado.

— O que foi? — perguntei-lhe, bruscamente.

— Ora, ele é um amigo. Isso é um grande choque.

— Decerto. E você me apresentou a ele, bem aqui. Isso não o torna culpado nem cúmplice, de forma alguma. Mas significa, sim, que você pode me ajudar a pegá-lo.

Ele afastou o olhar.

— Meu amigo, por que estou com a sensação de que existe alguma coisa que você não está me dizendo, mais uma vez? Será mais um dos seus segredos?

Ele não disse nada.

— Preciso que me responda todas as perguntas, na íntegra e com clareza. Se você se recusar, precisarei tomar as providências necessárias. É de suma importância e o tempo é curto demais para jogos.

Ele se impressionou com meu tom. Ficamos fitando um ao outro, e ele viu que eu estava falando sério.

— Somos ambos membros de uma sociedade.

— Que tipo de sociedade?

Com a máxima relutância, ele continuou:

— Dedicamo-nos à busca do conhecimento, por si só. Estou falando de pesquisa, investigação e estudo de conhecimento secreto. Nos tempos de hoje, esse conhecimento foi forçado à clandestinidade. Tornou-se inaceitável. Talvez tenha sido sempre uma coisa que só podia ser apreciada por uma elite iniciada que valoriza o conhecimento acima de tudo o mais. Preservamos e damos continuidade às velhas tradições, à sabedoria antiga.

— Como?

— Somo iniciados, preservamos ritos secretos, os livros secretos... — gaguejou.

— Agora estamos chegando a algum lugar. E do que falam esses livros?

— De tudo. Medicina. Astros. Números. Mas todos têm uma coisa em comum.

Hesitou.

— E o que é essa coisa em comum? — perguntei.

— Osíris. Ele é o nosso deus.

Osíris. O rei que, na história antiga, governou as Duas Terras, mas foi traído e assassinado, e depois foi ressuscitado do Além pelo amor e lealdade de sua esposa Ísis. Aquele a quem retratamos como um homem de pele preta ou verde, para indicar sua fertilidade e o dom da ressurreição e da vida eterna, vestido com as ataduras brancas da morte, segurando o cajado e o mangual, e a coroa branca. Osíris, a quem também chamamos de "o ser perpetuamente bom". Osíris, que dizem que espera a todos após a morte no Salão do Julgamento, o juiz supremo, pronto para ouvir nossa confissão.

Recostei-me no assento e fiquei estudando Nakht um instante. Tive a sensação de que esse homem, a quem eu tinha em conta de amigo íntimo, de repente se transformara em alguém praticamente desconhecido. Ele ficou me olhando como se estivesse sentindo a mesma coisa.

— Sinto muito pela maneira como falei com você. Nossa amizade é muito importante para mim, e não quero que corra risco algum. Mas não tive escolha. Precisava fazer com que você me contasse isso. Você é minha única possibilidade de conexão com esse homem.

Ele fez um gesto lento com a cabeça, e gradativamente um toque de afeição foi voltando ao sentimento entre nós dois.

— Você disse que eu poderia ajudá-lo. O que quis dizer com isso?

— Vou explicar. Diga-me uma coisa, primeiro. Essa sociedade secreta tem um símbolo?

Novamente, ele hesitou.

— Nosso símbolo é um círculo preto. É o símbolo do que chamamos de sol da noite.

Afinal, encontrei a resposta para aquele enigma. Recitei suas próprias palavras de volta para ele:

— *O sol descansa em Osíris, Osíris descansa no sol.*

Ele me olhou de soslaio.

— Meu amigo, preciso lhe fazer a seguinte pergunta: quando lhe descrevi o entalhe com o disco do sol destruído, e quando lhe perguntei sobre o eclipse, e fomos aos arquivos astronômicos, você deve ter reconhecido a conexão. Não é essa a verdade?

Ele confirmou, arrasado.

Deixei-o pendurado no gancho afiado de sua própria culpa durante um instante.

— O que isso quer dizer? — perguntei, por fim.

— Da forma mais simples, significa que, na hora mais escura da noite, a alma de Rá se reúne com o corpo e a alma de Osíris. Isso permite que Osíris e, a bem da verdade, todos os mortos das Duas Terras renasçam. É o momento mais sagrado e profundo de toda a criação. Porém, nunca foi testemunhado por mortal algum. É o maior de todos os mistérios.

Ele ficou em silêncio durante um instante, sem querer captar o meu olhar.

— Já lhe perguntei sobre isso antes. E você não me contou esse detalhe absolutamente crucial. Eu poderia ter identificado Sobek muito mais rapidamente. Poderia ter salvado vidas.

Ele ficou frustrado novamente.

— Somos uma sociedade secreta! A palavra relevante é "secreta". E, na ocasião, não vi uma razão realmente premente para trair os votos de sigilo que tinha feito.

— E agora vemos que você estava errado — retruquei.

Para seu crédito, ele assentiu, visivelmente perturbado.

— As consequências dos nossos menores atos nunca parecem estar sob nosso controle. Tento controlar minha vida, mas agora vejo que a vida me controla. E, em momentos como este, sinto que tenho o sangue de gente inocente em minha consciência.

— Não, não tem. Mas se está se sentindo carente de redenção moral, ajude-me agora. Por favor.

Ele concordou.

— Suponho, logicamente, que Sobek esteja trabalhando para Ay ou para Horemheb, mais provavelmente para o último, pois se beneficia imensamente com a morte do rei.

— E se for assim, é imprescindível capturá-lo antes que apronte mais alguma. O navio de estado de Horemheb está atracado ao lado do Palácio de Malkata. Ele pediu Ankhesenamon em casamento e ela está considerando a proposta.

— Que os deuses nos livrem desse destino! O que você planeja fazer? — perguntou baixinho.

— Acredito que Sobek seja obcecado por visões. Também acredito que seja fascinado por mistérios e substâncias alucinógenas. Parece ser fascinado também com o que acontece no momento entre a vida e a morte. Acho que é por isso que droga suas vítimas e observa atentamente enquanto elas morrem. Está buscando alguma coisa nesse momento. Isso pode ser comparável aos interesses da sua sociedade secreta, o momento das trevas e da renovação?

Nakht assentiu.

— Agora, Pentu, o médico do rei, mencionou que parece existir outro fungo, bastante raro, que dá o poder da visão imortal. Disse que, a seu respeito, só se sabe que cresce nas regiões mais boreais do mundo. Você sabe alguma coisa sobre isso?

Assentiu novamente.

— Decerto. É mencionado nos livros sagrados. Posso lhe dar um relato muito mais detalhado. Dizem que tem a copa vermelha, que só cresce em florestas remotas de árvores prateadas com folhas douradas. Sua existência é bastante especulativa. Ninguém *teve* um desses nas mãos ainda. Enfim, dizem que é um meio através do qual os sacerdotes morrem para o mundo, têm uma visão dos deuses e, depois, voltam à vida. Dizem também que, usado incorretamente, é um veneno poderoso e resulta em loucura. Sempre considerei isso uma fábula esotérica de iluminação espiritual e não uma coisa que exista no mundo real.

— O que importa agora é que *pode* existir, e que, se alguém o tivesse, esse fungo seria objeto de fascínio obsessivo para um homem como o Sobek. Uma visão, às vezes, é muito mais poderosa que a realidade... — falei.

Nakht balançou a cabeça, em dúvida.

— Seu plano depende de uma coisa que não existe.

— O próprio Sobek usou o poder da imaginação contra nós. Portanto, há um certo tipo de justiça poética em usá-lo contra ele, não é mesmo?

— Que mundo mais estranho! — exclamou. — Detetives da Medjay descrevendo seu trabalho em termos de poesia e justiça.

Ignorei o gracejo.

— De qualquer forma, a pessoa que vai fingir ter obtido o misterioso fungo mágico é você — rebati ligeiro.

Ele ficou assustado.

— Eu?

— Quem mais? Eu é que não posso me apresentar à sua sociedade secreta, ou posso?

Ele deu de ombros, percebendo que estava numa arapuca.

— Precisaremos bolar uma boa história para explicar como você o obteve — prossegui. — Onde você arranja as sementes do seu jardim, as mais raras?

— Mercadores me enviam de todo canto do reino. Deixe-me pensar. Ah, existe um na cidade de Carquemis na fronteira com Mittani. Esse me fornece as sementes e bulbos mais raros e interessantes, que vêm do norte.

— Excelente. Uma conexão como essa pode resistir a uma investigação. Você pode dizer que ele obteve o alucinógeno com um distribuidor que tem contatos ao longo de uma nova rota de comércio — sugeri.

— Isso é bem plausível; a leste do grande mar, depois das fronteiras norte do reino Hatti, existe uma fabulosa cordilheira de montanhas, intransponível, onde neva o tempo todo e nenhum viajante consegue sobreviver. Mas dizem também que existe uma rota secreta para atravessá-la, que leva a outro ambiente, de florestas sem fim e planícies desoladas, congeladas, brancas como o calcário mais puro, onde, em palácios de gelo, moram povos primitivos, pálidos, com cabelo igual a palha e os olhos azuis, usando pele de animais selvagens e plumas de pássaros dourados.

— Parece horrível — comentei.

Eu havia colocado Nakht numa situação perigosa, mas ele sabia que eu não tinha alternativa. Se, como eu acreditava, nosso homem fosse obcecado por sonhos e visões, considerando que ele era membro da sociedade secreta, essa seria a melhor forma de atraí-lo.

— Agora, tudo que você tem a fazer é enviar uma discreta mensagem em sua língua indubitavelmente secreta, propondo a seus colegas de segredos levar o alucinógeno para uma reunião amanhã à noite, de forma que eles possam inspecionar e experimentar essa misteriosa maravilha das visões. Talvez você possa até oferecer a tentação de um experimento ao vivo.

— A quem, posso perguntar? — disse, nervosamente.

— Tenho certeza de que Khety estará disposto a representar a vítima, considerando o que está em jogo.

— Bem, não é necessário enviar uma mensagem. Amanhã comemoramos a última noite dos Mistérios de Osíris. Suponho que você não saiba que a última noite da inundação é a época do festival dele. Quando vazam as águas da cheia, nós celebramos os ritos da ressurreição. Depois dos dias e noites de lamentação, celebramos o triunfo do deus. Amanhã à noite, de fato.

44

Eu estava desesperado para voltar para minha casa, verificar se estava tudo bem e se a guarda que mandei Khety providenciar estava em ordem. Não podia correr risco algum com minha família. Mas quando dobrei uma esquina no labirinto de vielas na parte mais antiga da cidade, percebi um vulto zumbindo no ar, senti um impacto, espalhando-se como uma quentura dolorida na lateral da minha cabeça e, de repente, tudo ficou escuro.

Voltei a mim no chão imundo do beco. Thoth estava farejando meu rosto com seu focinho molhado. As sombras de quatro homens se projetavam sobre mim. Estavam usando saiotes do exército. Um deles tentou acertar um chute em Thoth, mas o bicho se voltou contra ele com os dentes arreganhados.

— Mande o seu animal parar — ordenou um deles.

Aguentei a bile na garganta e fui me levantando devagar.

— Thoth!

Ele veio, instantânea e obedientemente, ficar ao meu lado, a postos, olhando firme para os soldados. Deixei que me algemassem e, em seguida, sob a escolta daquela desonrosa guarda, fui levado pelas ruas até as docas. Aos empurrões, me puseram dentro de um barco e, com Thoth ansioso ao meu lado, começamos a cruzar o Grande Rio. Atracamos na margem oposta, mais ao norte. Mais empurrões e me colocaram em uma biga. Thoth saltou para dentro, sentando-se aos meus pés, e partimos em grande velocidade pelas vias pedregosas que iam dar direto nas colinas desertas e nos templos mortuários. Depois viramos para noroeste, em direção ao vale oculto. Lá, fui sumariamente retirado da biga e tocado pelas escaldantes ladeiras das rochosas colinas de cor cinzenta e alaranjada. Nossa respiração fazia barulho em meio àquele silêncio seco e árido. De repente, pensei se não estaria sendo levado para algum túmulo no deserto, mas parecia uma maneira absurda de me descartar. Se queriam me matar, poderiam simplesmente esmagar meu crânio e me dar de comida para os crocodilos. Não, estavam me levando para falar com alguém.

Quando chegamos ao topo da colina, com a imensa planície verde circundando a cidade de Tebas e se alongando para o leste, na névoa quente de fim de tarde, não me surpreendi ao avistar às minhas costas uma figura esperando embaixo de uma sombrinha, com um cavalo por perto. Eu conhecia seu perfil. Horemheb parecia imperturbável como um lagarto no calor. Olhou para mim, suado e resfolegando, com desprezo. E me fez ficar parado ao sol, enquanto permanecia no seu círculo de sombra. Esperei que ele me dirigisse a palavra.

— Estou intrigado. Por que a rainha confia em você? — disse, subitamente.

— Se queria conversar, por que me trouxe até aqui? — indaguei de volta.

— Responda à pergunta.

— Sou o guarda pessoal da rainha. Teria de perguntar a ela por que confia em mim.

Ele se aproximou.

— Entenda bem. Se eu não receber respostas satisfatórias para as minhas perguntas, não vou hesitar em cortar a cabeça do seu babuíno. Percebo que você gosta dessa criatura. Não fiquei feliz por você ouvir minha conversa com a rainha e isso me inclina ainda mais na direção da necessidade de violência — ameaçou.

Ponderei sobre as poucas opções que eu tinha.

— Sou um detetive na Medjay da cidade. Fui chamado pela rainha para investigar um mistério.

— Qual era a natureza desse mistério?

Hesitei. Ele fez um sinal com a cabeça para um de seus homens, que sacou uma faca.

— Objetos suspeitos foram encontrados dentro dos aposentos reais.
— Ganharemos tempo se você der respostas o mais completas possível.
— Os objetos eram ameaças à vida do rei.
— Agora estamos chegando a algum lugar. E qual foi o resultado da sua investigação?
— Nenhum culpado foi identificado com precisão.
Ele me olhou, em dúvida.
— Você não é lá tão bom, pelo visto.
Fez-me um sinal para acompanhar seu olhar no sentido inverso, para além do vale oculto que se estendia à distância, para o fundo das colinas a oeste. No chão poeirento do vale, avistei minúsculas figuras se movimentando: operários.
— Sabe o que é aquilo? — perguntou.
Assenti.
— É o túmulo do rei sendo aprontado — declarou. — Melhor, é o túmulo de Ay sendo adaptado para receber o rei.
Tive a impressão de que seria mais sábio ficar calado.
— Deve estar se perguntando o que quero de você.
— Presumo que haja alguma coisa — respondi. — Entretanto, não está claro para mim o que um mero detetive da Medjay pode lhe oferecer.
— Você tem influência sobre a rainha. Quero que faça duas coisas. Uma delas é encorajar a rainha a dar uma resposta favorável à minha proposta de casamento. A outra é me relatar as conversas que Ay tenha com ela. Está claro? E, sem dúvida, haverá grandes vantagens para você no futuro. Você é um homem ambicioso. Isso será respeitado e sua ambição, satisfeita.
— Presumivelmente, se eu não fizer o que está me pedindo, você vai executar o meu babuíno.
— Não, Rahotep. Se você não fizer o que quero, e se você não conseguir convencer a rainha das vantagens de se casar comigo, vou executar sua família. Sei mais a seu respeito do que você pode imaginar. Suas três meninas. Seu filho caçula. Sua bela esposa, e seu pai idoso. Pense só no que eu poderia fazer com eles, se achar que devo. E, é claro, vou cuidar para que você viva e presencie cada momento de sofrimento deles. Depois, você será condenado às minas de ouro da Núbia, onde poderá lamentar a morte da sua família nos momentos de ócio.

Tentei continuar respirando e não me deixar levar. Fiquei tentado a revelar tudo sobre a identidade de Sobek e sua conexão com a esposa de Horemheb. Fiquei tentado a lhe perguntar sobre as bolas de sangue que foram jogadas contra o rei e a rainha durante o festival. Mas, nesse momento, quando ele parecia ter controle sobre tudo, guardei minhas informações. Era tudo que eu tinha. Seria melhor preservá-las.

Estava prestes a aceitar a proposta dele, quando, de alguma forma impossível, pois ainda estava longe do anoitecer, o brilho da luz do dia se esvaiu de forma bastante perceptível. Foi como se o ar e a luz diminuíssem o ritmo no tempo. Todos perceberam. Durante um instante, Horemheb e seus guardas ficaram confusos. Thoth começou a correr em círculos, balbuciando ansiosamente, com as orelhas grudadas na cabeça. Agora, barulhos esquisitos e vozes de animais se fizeram presentes em todos os cantos do vale, e das aldeias mais distantes. Ficamos todos parados, olhando para o sol, protegendo os olhos para tentar entender o que estava acontecendo. Uma grande catástrofe parecia estar ocorrendo no meio do céu. De repente, sombras imensas se formaram e tomaram as encostas e depressões ocultas ao pé da montanha, e, pelo visto, a própria rocha vermelha, como se os fantasmas e espíritos do submundo se levantassem para conquistar a luz dos vivos.

Ao longe, ouvi uma música em tom agudo se propagando pelo ar. Deviam ser as trombetas cerimoniais dando o toque de emergência nas muralhas do templo. Os grandes portões do pilone se fechariam firmemente contra o povo. Lá dentro, sacerdotes em suas túnicas brancas correriam para oferecer sacrifícios que fizessem Rá parar com aquela ameaça inédita de trevas que se abatiam subitamente sobre tudo.

A sensação era a de que o mundo ia acabar. Pensei nas crianças e em Tarekhan. Torci para que estivessem em casa, juntos, onde pelo menos poderiam se proteger atrás da sólida porta de madeira. Torci para que não sentissem medo. As sombras imensas se fortaleceram ainda mais e formaram um estranho crepúsculo; e de repente tudo ficou muito tranquilo. Até o vento do norte, que soprava com força ao final da tarde, esmaeceu e acabou se dissipando totalmente. Foi como se o mundo tivesse sido abandonado. Lá embaixo, nos campos distantes, só consegui ver umas poucas mulas paradas, inseguras, abandonadas, e os últimos poucos operários correndo para salvar suas vidas através das fileiras trabalhadas. Escutei os gritinhos de uma criança deixada para trás, mas não consegui avistá-la; de qualquer jeito, estaria rapidamente perdida nas trevas que só aumentavam.

A esta altura, o sol já tinha sumido o suficiente para que eu pudesse assistir, entre os dedos cruzados das minhas mãos, o extraordinário espetáculo que acontecia naquele instante no céu. A lâmina recurvada de uma espada tinha se sobreposto ao grande disco do sol. Então, faixas de sombra como as que se projetam no fundo de um lago iluminado pelo sol percorreram a grande velocidade a vastidão da planície lá embaixo, passando por nós e prosseguindo na direção da Terra Vermelha. Estiquei as mãos para pegá-las, mas não deixaram impressão alguma na minha pele. À medida que a luz foi esmaecendo ainda mais, tudo foi assumindo um tom estranhamente cinzento, as cores desaparecendo de uma vez só como acontece com panos após inúmeras lavagens.

Tudo se acelerou; o grande pássaro negro da noite varreu completamente a face do dia e instantaneamente as imperecíveis constelações do céu começaram a brilhar, quando o dia se tornou noite num momento que não poderia ser medido pelo gotejar de um relógio d'água. Rá, Senhor da Eternidade, desapareceu como se tivesse partido para baixo do horizonte ao pôr do sol. Tudo que restava agora era uma fina corona de luz em torno do grande disco preto conquistador; parecia que o deus do Sol fora forçado a se render em sua glória. Fizera-se noite à minha volta; contudo, por impossível que fosse, avistei as bordas do horizonte ao longe em todas as direções exibindo os tons amarelos e alaranjados do pôr do sol. De repente, fazia frio, como no inverno, e tudo estava quieto.

Então, vi com meus próprios olhos uma visão da qual vou me lembrar até o momento da minha morte: o grande Olho da Criação, fitando-me; o ébano da pupila, a brilhante corona branca da íris e, momentaneamente, uma fina faixa carmim, como o sangue, tremeluzindo nas bordas da escuridão. Não consegui respirar e o mundo parou, ficou em silêncio; pareceu-me o mistério mais belo que já presenciei.

Porém, tão subitamente como a escuridão conquistou a luz, o equilíbrio de poder mudou mais uma vez e um trêmulo arco do mais fino brilho, como o afiado gume de uma faca de ouro captando a luz do sol, surgiu do lado oposto para afugentar a escuridão com seu triunfo. A princípio, o mundo voltou a um tom de cinza opaco, e os estranhos batalhões de sombra percorreram o caminho inverso, passando novamente por cima de nós; e rapidamente o familiar azul-celeste se restaurou. As estrelas desapareceram rapidamente, e o mundo começou a se encher novamente de cores e vida e tempo.

Horemheb estava fascinado. Nunca o vi tão arrebatado. Virou-se para mim com um olhar de triunfo no seu elegante e impiedoso rosto.

— Você viu? O Aton foi consumido pela escuridão. É um sinal dos deuses de que não sustentarão o poder corrupto desta dinastia patética. Haverá uma nova ordem! Este é um novo sol, brilhando numa nova era! — gritou decisivamente, e bateu o punho contra o peito, de maneira triunfal. Seus oficiais fizeram-lhe uma disciplinada ovação.

E com isso ele partiu pela encosta abaixo, acompanhado de seus oficiais corredores, deixando Thoth e eu com nossos próprios recursos para voltarmos ao palácio. E enquanto caminhávamos pela estrada poeirenta, a imagem do Olho do céu assolava minha imaginação. Era o símbolo do círculo escuro transformado em realidade. Meu instinto estava certo. Não era apenas o misterioso símbolo de uma sociedade; era também uma profecia de algo que estava por vir. Lembrei-me logo do que Nakht tinha dito a respeito do círculo escuro: "Significa que, na hora mais escura da noite, a alma de Rá se reúne com o corpo e a alma de Osíris. Isso permite que Osíris e, a bem da verdade, todos os mortos das Duas Terras renasçam. É o momento mais sagrado e profundo de toda a criação."

Porém, quanto mais eu pensava naquilo, mais ambivalente me parecia. Será que esse evento celestial antevia um milagre de retorno à vida, ou uma catástrofe iminente?

45

Os oficiais do palácio corriam de um lado para o outro pelos corredores, numa confusão que mais lembrava formigas numa colônia que foi perturbada por crianças enfiando varetas lá dentro. Entrei nos aposentos da rainha e a encontrei numa acirrada conferência com Ay, Khay e Simut.

Ay me olhou de relance. Seu rosto estava vazio, de cansaço. Ao menos uma vez, parecia descomposto.

Simut estava fazendo um relato dos desdobramentos do eclipse.

— Houve muita desordem na cidade. As multidões que se agregaram às portas do templo não querem se dispersar. Houve saques, incêndios... e devo dizer que a Medjay só fez piorar a situação com suas tentativas de controlar as multidões. Houve brigas pelas ruas com alguns elementos dissidentes...

Khay interrompeu.

— As pessoas estão chamando o rei. Recusam-se a sair enquanto o rei não vier e lhes falar.

Ay estava sentado, imóvel, com o cérebro girando, em busca de uma solução. Sua recusa em divulgar a morte do rei agora lhe servia de arapuca. Foi pego por sua própria mentira.

— Esse é apenas um dos nossos problemas. Horemheb vai aproveitar a oportunidade para trazer suas divisões para dentro da cidade de forma a controlar a agitação — disse Simut.

— E onde estão essas divisões? — questionou Ay.

— Até onde possamos dizer, estão em Mênfis. Mas nossa inteligência não está clara — admitiu. — Nem o mais rápido dos mensageiros consegue repassar ordens entre aqui e Mênfis em menos de três dias, e depois elas vão precisar se mobilizar e rumar para o sul. A menos que Horemheb tenha previsto tudo e preparado divisões para marchar sobre Tebas mais rapidamente.

Houve um momento de silêncio, enquanto cada um considerava o que precisava ser feito com o precioso tempo que nos restava.

— Vou falar ao povo — anuncio Ankhesenamon, subitamente.

— E o que tem para dizer? — indagou Ay. Seus olhos sinistros lampejaram de curiosidade.

— Vou lhes contar a verdade. Vou dizer que os eventos no céu são um sinal de ordem renovada na terra. Vou explicar que o rei foi unido a deus durante a escuridão e que agora renasceu no Além. Eu permaneço aqui como sua sucessora, com sua sanção. Se eu fizer isso, então o lance de Horemheb para chegar ao poder ficará anulado.

Eles se entreolharam demoradamente, adversários unidos pela necessidade mútua.

— Você é uma menina inteligente. É uma boa história. Mas muita gente vai ficar desconfiada.

— A escuridão foi um evento grande e raro. Trata-se de um espetáculo sem paralelo e as pessoas precisam compreender isso. Minhas palavras têm de persuadir o povo.

Ay pensou rapidamente nas ramificações e possibilidades da proposta.

— Vou apoiá-la, mas as palavras são poderes e devem ser cuidadosamente escolhidas. Quando falar de si mesma, eu preferiria "representante" em lugar de "sucessora".

Ela considerou isso.

— Voltamos novamente à nossa discórdia original. O tempo é pouco e não vejo outra solução. Por que não devo me nomear sucessora? Pois é o que sou.

— Você traz o sangue da sua família. Mas, lembre-se: não pode exercer seu poder sem autoridade junto aos ofícios do governo. E só eu exerço essa autoridade.

— Em meu nome — ela respondeu rapidamente.

— De fato. E é por isso que devemos forjar uma estratégia mutuamente vantajosa.

Ela considerou a situação. Precisava tomar uma decisão rápida.

— Pois bem.

— E o conteúdo do discurso será discutido entre nós? — perguntou ele.

Ela olhou de relance para Khay, que fez um sinal positivo com a cabeça.

— É claro.

— Então, prepare-se bem, pois este aparecimento é o mais importante da sua vida.

Assim que Ay saiu, ela se pôs de pé num pulo.

— Onde você esteve? — indagou, aflita. — Estava preocupada com sua segurança.

— Fui visitar meu amigo Nakht na cidade. E, no caminho de volta, ofereceram-me um convite que não pude recusar para uma audiência com Horemheb.

Ela ficou impressionada.

— E você foi?

— Não tive muita escolha. Levaram-me à força.

— E o que ele lhe disse?

Sentamo-nos juntos e contei-lhe tudo que tinha descoberto sobre Sobek, e que agora tinha provado, através do testemunho do rapaz, que ele também tinha sido responsável pelos assassinatos na cidade. Finalmente, descrevi-lhe tudo que Horemheb tinha me dito. Ela ficou pasma durante um bom momento.

— Devemos proteger sua família das atenções dele.

— Sim, mas também precisamos pensar. Até agora só fez ameaças contra eles, e não as levará a cabo enquanto não for informado da sua decisão. Então, devemos mantê-lo na incerteza o máximo possível. Ao mesmo tempo, tenho um plano para capturar Sobek. Assim, poderemos interrogá-lo e descobrir se Horemheb ou Ay está conectado com suas ações ou não. Essa informação dará imenso poder a Vossa Majestade

Ela concordou, com os olhos acesos pela euforia do momento. De repente, enxergava um rumo para si e para sua dinastia.

— Essa escuridão me chocou. Sinto os olhos dos deuses sobre mim. Sinto que eles enxergam dentro de mim. Tudo está em jogo, não só o futuro da minha dinastia mas também o destino das Duas Terras. Mas o estranho é que me sinto, pela primeira vez em muitos meses, totalmente viva.

Subia fumaça pelo grande espaço aberto diante do templo. A multidão se estendia pela avenida das esfinges. Alguns cantavam, outros gritavam, a maioria rezava. Observei a vantagem do teto do portão do pilone. Tínhamos vindo de navio, depressa e em segredo, depois fomos de biga até o templo, sob a proteção da guarda de Simut. Agora, ao seu sinal, os trombeteiros ergueram seus compridos instrumentos de prata na direção do horizonte e tocaram a fanfarra. De repente, a atitude da multidão mudou, de um descontentamento caótico para a atenção. O espetáculo que exigiam estava para começar.

A rainha surgiu do portão, trajando a túnica dourada e as coroas de estado, e o silêncio cedeu lugar novamente à gritaria quando ficou claro que estava só. Mas sob os ângulos inclinados da claridade do fim de dia, ela reluzia. Prosseguiu, subiu ao palanque, ignorando os gritos e lamentos, e parou de frente para enfrentar a ferocidade da multidão. Esperou até que pudesse ser ouvida. Seria uma batalha de desejos. Finalmente, fez-se o silêncio. Vi milhares de rostos, arrebatados, ansiosos, devotados à sua gloriosa presença.

— O dia foi de augúrios assombrosos — declarou. — Os deuses se revelaram para nós. Portanto, vamos cultuá-los.

Ergueu os braços, com serenidade; em seguida, lentamente, várias pessoas na multidão a imitaram. Os que não a imitaram, pelo menos mantiveram silêncio.

— Rá, o rei dos deuses, triunfou sobre as forças das trevas e do caos. A vida está renovada. A glória e o poder das Duas Terras estão renovados. Mas, naquele momento, ele levou algo que desejava muito. E o que levou é de grande valor para nós. Maior que o ouro, maior que a vida. Estou aqui e agora em sua presença, como a filha de reis, e filha da deusa *Maat* que traz justiça e ordem, para lhes dar a notícia de nosso grande sacrifício, e do grande ganho de deus. Pois, no momento da escuridão testemunhado por todos os seres vivos, o rei Tutancâmon foi unido a Rá, como deve o rei, e, como está escrito nos grandes livros, agora é um só com o rei dos Deuses. E o mundo está refeito. O mundo renasceu de novo.

Suas palavras ecoaram por todo o espaço aberto. Um vasto choro de lamentação se ergueu e espalhou pelas multidões e por toda a cidade. Vi pessoas se virando umas para as outras, muitas convencidas, outras dando de ombros, incertas. Conheciam essa história do sacrifício do rei pela renovação da vida, pois é uma das mais antigas que nos explicam como são as coisas no mundo. E ela a usou de forma sábia. Suas palavras bem podiam convencer o povo. A elite sem dúvida precisaria de uma explicação mais sofisticada, mas seria difícil questionarem.

Ela prosseguiu.

— Estou aqui diante de vocês agora. Sou a amada filha de Rá. Sou *maat*. Sou a ordem sobre o caos. Sou o Olho de Rá na proa do Navio dos Deuses. Sob meu domínio, nossos inimigos perecerão nas trevas e nosso mundo florescerá à luz dos deuses.

Isso foi seguido por outra persuasiva fanfarra das trombetas. E agora, quase todos os presentes expressaram sua aprovação aos urros. Parecia que a presença de espírito e a beleza da rainha os convenceram. Mas vi que alguns se viravam e iam embora, balançando a cabeça, insatisfeitos. A batalha para ganhar as Duas Terras após a morte de Tutancâmon ainda estava por ser vencida. Se eu conseguisse provar uma conexão entre Horemheb e Sobek, a posição de Horemheb se esfacelaria. Caso contrário, eu não enxergava, neste instante, o que evitaria que ele se apropriasse, em nome do exército, do reino inteiro.

46

Naquela noite, Thoth e eu voltamos para a casa de Nakht na cidade. Minmose se ofereceu para raspar minha cabeça. Para passar pelo portão do templo, seria preciso assumir novamente a aparência de um sacerdote. Enquanto eu estava sentado sob sua navalha, com um pano em torno do pescoço, Khety chegou. Para sua sorte, não precisaria passar por essas purificações ritualísticas, pois compareceria como vítima experimental de Nakht, um personagem que não pertencesse às elites.

— A guarda está a postos na minha casa? — perguntei primeiro.

Ele assentiu.

— Tarekhan não ficou contente com a imposição. Mas expliquei a necessidade da melhor forma que pude, sem amedrontá-la.

Soltei um suspiro de alívio.

— E deixou claro para ela que as crianças não devem sair de forma alguma?

— Deixei. Não se preocupe. Estão a salvo. A guarda estará a postos noite e dia. — Então, ele se permitiu uma risadinha discreta. — Você não convence como sacerdote.

— Cuidado, Khety. Em breve você estará numa posição muito mais comprometedora.

Ele concordou.

— É por isso que gosto do meu trabalho. Toda vez é diferente. Uma noite patrulhando as ruas; na seguinte, tomando alucinógenos perigosos...

— Nakht preparou algo que vai parecer com o fungo, mas não vai ter efeito algum.

— Então vou ter de fingir? — perguntou.

— Vai — confirmou Nakht, entrando em sua túnica. — Fiz uma imitação do fungo seco com feijão triturado.

— Detesto feijão — reclamou Khety. — Minha mulher cozinha, mas tem um efeito horrível em mim...

— Não precisa consumir mais que um punhado, de forma que o efeito nocivo será mínimo — explicou Nakht. E acrescentou: — O que será certamente um alívio para todos nós.

— Mas que tipo de coisa devo dizer depois de tomar o pó? — perguntou Khety.

— Nada a princípio. Depois, gradativamente, imagine que a luz do céu se revela para você. Deixe que sua mente aceite a iluminação dos deuses.

— E como é isso? — indagou Khety.

Nakht olhou de relance para mim, em dúvida.

— Pense em luz. Descreva a beleza da luz e como você vê o movimento dos deuses na luz, como se a luz fosse o pensamento e o pensamento fosse a luz.

— Vou tentar — disse Khety, hesitante.

Nakht mandou chamar carruagens que nos levassem de sua casa, pela comprida avenida das Esfinges, para o Grande Templo de Karnak. As ruas estavam escuras. Percebi lojas com tapumes nas portas e o interior às escuras: danos causados pelo tumulto. Mas a cidade parecia novamente tranquila. Chegamos aos portões e Nakht falou com os guardas do templo, que avaliaram a mim e a Khety à luz de suas lamparinas. A fama de Nakht aqui era grande, e torci para que fizessem poucas perguntas. Ele conversou animadamente com eles durante um momento e, em seguida, sob um último olhar inquisitivo, deixaram-nos passar. Atravessamos os portões e mais uma vez chegamos à vasta arena de sombras no interior dos muros do templo. Além dos grandes potes de cobre batido com óleo acesos no espaço interno a céu aberto, qual uma constelação de pequenos sóis, tudo desaparecia numa penumbra obscura.

Nakht acendeu sua própria lamparina e cruzamos o terreno na direção da Casa da Vida. Mas, em vez de entrarmos ali, ele nos conduziu ainda mais para o lado direito da edificação. Percorremos algumas passagens escuras entre um prédio e outro, escritórios e repartições, desertos durante a noite. As passagens se estreitavam e os prédios cediam lugar a despensas e armazéns, até chegarmos ao muro alto nos fundos da Grande Clausura. Bem ali havia uma minúscula estrutura antiga. Ao nos aproximarmos, vi a figura de Osíris, deus dos Mortos, entalhada por toda a extensão das paredes, com sua coroa branca flanqueada por duas plumas, cercado de inúmeras colunas com densas inscrições.

— Esta capela é dedicada a Osíris — sussurrou Khety.

— Precisamente. O deus do Além, da noite e das trevas, e da morte antes da vida... mas, claro, na verdade é o deus da Luz Além da Luz, como dizemos. Da iluminação e do conhecimento secreto — respondeu Nakht. Khety assentiu e, em seguida, ergueu os olhos para mim.

Atravessamos a câmara externa e chegamos à parte interna do templo, pequena e escura. Nakht logo acendeu lamparinas a óleo em nichos espalhados pelas paredes. Uma forte essência de incenso preenchia o ar do recinto. Instalou-me atrás de uma das pilastras, perto da entrada, de onde eu poderia observar tudo que se passasse ali, bem como todos que se aproximassem. Então, ficamos esperando. Em tempo, um a um, 12 outros homens chegaram, todos de túnica branca. Reconheci alguns deles da festa na casa de Nakht. O poeta de olhos azuis e o arquiteto. Cada qual usava uma corrente e um pingente de ouro em torno do pescoço. Em todos havia um círculo de obsidiana: o disco escuro. Eles cumprimentaram Nakht com grande animação e em seguida examinaram Khety como um criado à venda. Finalmente, faltava apenas Sobek. Senti meu plano se desfazendo entre os dedos. Afinal, ele não tinha mordido a isca.

Nakht estava tentando ganhar tempo.

— Está faltando um de nós — disse ele, alto o suficiente para que eu ouvisse. — Devemos esperar por Sobek.

— Discordo. O tempo está passando, de forma que devemos dar início à cerimônia sem ele. Por que o deus deve esperar por Sobek? — comentou um dos presentes, seguidos por um coro consonante. Nakht não teve outra escolha que não começar. Do meu ponto de observação atrás da pilastra, vi os olhos de Khety serem cobertos por uma venda preta, para que não pudesse testemunhar nada. Em seguida, um pequeno baú foi trazido e, de dentro dele, foi retirado um cofre de ouro. O cofre foi aberto, revelando, no seu interior, um prato de cerâmica com forma humana, no qual havia algo que parecia uma broa ou um bolo de trigo, cozido numa rudimentar forma também humana.

Nakht entoou um ritmo sobre o bolo:

— *Homenagem a ti, Osíris, senhor da eternidade, rei dos deuses, tu que tens tantos nomes, cujas formas de se manifestar são sagradas, cujos atributos são ocultos...* — e assim prosseguiu. Finalmente, o encanto acabou, o bolo foi erguido e dividido em 14 partes, e cada um comeu ritualisticamente a sua. Suponho terem sido as 14 partes nas quais Seth, o irmão invejoso, esquartejou o corpo de Osíris depois de assassiná-lo. Agora, ritualisticamente, o deus renascia em cada homem. Um pedaço do bolo foi deixado para Sobek.

Realizado o mistério — e devo confessar que fiquei decepcionado por parecer apenas uma refeição simbólica — os 12 se reuniram em torno de Nakht para o experimento da noite. Ele tirou da túnica uma bolsa de couro, e falou demoradamente, em parte para ganhar tempo, reiterando o que sabia sobre os poderes da natureza deste alimento dos deuses e sua esperança de que pudesse oferecer visões do divino. Ainda assim, nenhum sinal de Sobek.

Finalmente, percebendo que não havia mais tempo, Nakht abriu a bolsa e, numa colher cosmética, apresentou uma amostra do pó. Os iniciados o observaram minuciosamente, fascinados pela potência lendária. A esta altura, de olhos vendados, Khety deveria estar bastante preocupado, pois aproximava-se a ocasião do experimento. Mas, de repente, Nakht falou:

— Não vamos desperdiçar esta maravilha com um criado. Eu mesmo vou comer a comida dos deuses.

Todos concordaram entusiasticamente. Imaginei o alívio de Khety. Nakht devia ter resolvido que a capacidade de encenação de Khety não seria adequada e, talvez ainda, achasse que conseguiria ganhar mais tempo com sua própria performance, para o caso de Sobek aparecer afinal.

— Você será capaz de nos descrever as visões com detalhes intelectuais, coisa que o criado não faria — disse o poeta de olhos azuis, de maneira condescendente.

— E estaremos aqui para registrar qualquer coisa que você diga quando estiver possuído pela visão.

— Pode se tornar um oráculo vivo — afirmou outro, empolgado.

Com uma grande performance ritualística, Nakht misturou uma medida do pó numa xícara com água fresca e a tomou, em goles lentos e cuidadosos. O recinto estava no mais absoluto silêncio, cada homem olhando, arrebatado, para o rosto sério de Nakht. A princípio, nada aconteceu. Ele sorriu e deu de ombros, discretamente, como que decepcionado. Mas, de repente, um olhar de seriedade se apossou de seu rosto, e tornou-se uma concentração intensa. Se não soubesse que estava encenando, eu teria quase me convencido da autenticidade da visão. Ele foi erguendo as palmas das mãos, lentamente, e seus olhos acompanharam. Parecia ter entrado em transe, com os olhos arregalados, sem pestanejar, fitando uma miragem de algo que não estava no ar.

Então, o que era um ato tornou-se realidade. Entre as pequenas estáveis chamas das lamparinas a óleo e a penumbra maior do ambiente, entrou uma sombra. A figura que a projetara era toda escuridão: pequena, quase como um animal, de formas e traços ocultos pelas dobras de um manto preto que a cobria de alto a baixo. Senti como se um manto de gelo subitamente me recobrisse, de medo. Saquei a faca da bainha e agarrei a figura por trás, encostando-lhe a faca na garganta.

— Dê três passos para a frente.

A figura andou, arrastando-se como um animal no mercado, à luz das lamparinas. Os rostos dos iniciados fitaram, incrédulos, essas intromissões inesperadas e inaceitáveis.

— Vire-se — ordenei.

A figura atendeu.

— Tire o capuz.

Lentamente, o pano foi descobrindo a figura.

* * *

A menina não era muito mais velha que minha filha Sekhmet. Eu nunca a tinha visto. Parecia uma jovem com quem cruzamos nas ruas sem dar atenção. Sentou-se no banco baixo, com um copo d'água entre os punhos, tremendo, ofegante. Nakht cuidadosamente colocou um xale de linho sobre seus ombros e se afastou, para nos dar privacidade e tentar acalmar a algazarra de protestos que irrompiam de seus colegas de sociedade.

Ergui seu queixo e, tranquilamente, tentei persuadi-la a me encarar.

— O que aconteceu? Quem é você?

Lágrimas jorraram de seus olhos.

— Rahotep! — Conseguiu dizer antes que o intenso tremor de seu queixo tornasse a arrebatá-la.

— Eu sou Rahotep. Por que você está aqui? Quem lhe mandou vir?

— Não sei o nome dele. Mandou-me dizer: *"Sou o demônio que despacha mensageiros para atrair os vivos para o mundo dos mortos."*

Ela ficou nos olhando, fixamente. Khety e eu trocamos breves olhares.

— Como chegou a você?

— Ele me pegou na rua. Disse que vai matar minha família se eu não entregar a mensagem para Rahotep.

Seus olhos se encheram de lágrimas e seu rosto tornou a se contorcer.

— E qual é a mensagem?

Ela mal foi capaz de enunciar as palavras.

— Você deve ir às catacumbas. Sozinho...

— Por quê?

— Você tem alguma coisa que ele quer. E ele tem alguma coisa que você quer — respondeu.

— O que ele tem que eu queira? — perguntei, devagar.

Agora ela não conseguiu me olhar nos olhos. Grandes convulsões tomaram conta de todo o seu ser.

— Seu filho — sussurrou.

47

Corri pelas trevas da noite, com Thoth acompanhando meus passos. Talvez Khety estivesse vindo também. Nem olhei para trás. Como se à distância eu pudesse ouvir o baque das minhas sandálias no chão poeirento e o zumbido baixinho do sangue no meu crânio e as batidas do meu coração na jaula do meu peito.

Havia uma guarda a postos. Khety tinha mandado que Tarekhan não deixasse as crianças saírem, em quaisquer circunstâncias, nem abrissem a porta para quem quer que fosse. Era para parecer a casa que estava fechada. Então, como foi que Sobek conseguiu pegá-lo? Imaginei o desespero de Tarekhan e o pavor das crianças. *E eu não estava lá para salvá-los.* E se fosse um blefe? E se não fosse? Corri mais rápido.

Ele queria me encontrar nas catacumbas. Eu deveria ir sozinho. Se fosse com alguém, o menino morreria. Deveria levar o alucinógeno comigo. Se falhasse, o menino morreria. Se falasse com alguém a respeito disso, o menino morreria. *Deveria ir sozinho.*

Cheguei ao cais, arranquei um esquife de junco do seu atracadouro e comecei a remar, desvairado, cruzando o Grande Rio. Nem pensei nos crocodilos desta vez. A lua era uma pedra branca. A água era mármore preto. Singrei a superfície das sombras como uma minúscula estátua de mim mesmo num barco em miniatura, acompanhado de Thoth, passando pelas águas da morte para encontrar Osíris, deus das sombras.

Da margem ocidental, saí correndo, e o ar ficou mais frio quando atravessei a fronteira do cultivo. Era um animal, agora, todos os sentidos em alerta buscando vingança. Tinha uma pele nova, da cor da ira. Meus dentes estavam afiados como joias nas minhas mandíbulas. Mas o tempo passava muito rápido, e as distâncias eram imensas, e tive medo de chegar tarde demais.

Só parei de correr na entrada das catacumbas. Olhei para Thoth, que tinha mantido o mesmo ritmo que eu. Ele olhou para cima, ofegante. Seus olhos estavam claros e espertos. Passei a coleira em seu focinho para evitar seus gritos. Ele compreendeu. Eu não tinha vindo só, mas ele estaria em silêncio. Então, tomei o último fôlego do ar noturno a céu aberto e atravessamos o antigo frontão entalhado, descendo os degraus que davam na escuridão depois da escuridão.

Chegamos a um comprido saguão com o pé-direito baixo. Prestei atenção ao silêncio monumental. Parecia possível, em tal silêncio sagrado, escutar os mortos arfando enquanto se desfaziam em pó, ou seus suspiros para nos persuadir a juntarmo-nos a eles nos deleites do Além. Alguém tinha deixado uma lamparina acesa num nicho de parede para mim. Queimava sem movimento ou barulho, sem ser perturbada pelas correntes de ar ou de tempo. Peguei-a e continuei caminhando; túneis desapareciam inatingíveis em todas as direções e, de cada um deles, profundas câmaras de teto baixo cheias de potes de argila em todas as formas e tamanhos. Deveria haver milhões e milhões deles, contendo os restos embalsamados de íbis, falcões e babuínos... Thoth, cercado pelos restos de animais de sua própria espécie, farejou o ar de cemitério, com os ouvidos em alerta para capturar os menores ruídos reveladores — uma sandália pisando o chão de terra batida, o farfalhar de tecidos sobre a pele viva. Coisas que seriam inaudíveis para mim mas poderiam revelar a presença de Sobek e meu filho à sua arguta atenção.

De repente, ambos ouvimos um choro de criança, perdida e assustada, chamando sofridamente das profundezas das catacumbas. *A voz do meu filho...* mas de onde vinha? Thoth puxou subitamente a coleira e enveredamos por uma passagem à esquerda, com nossas sombras no nosso encalço pelas paredes na esfera de luz projetada pela lamparina. A passagem descambou numa rampa. Mais passagens partiam em diferentes direções, pelas ramificações infinitas da escuridão. *Onde estaria ele? Como eu poderia salvá-lo?*

De repente, ecoou outro grito agudo, desta vez de outra direção. Thoth se virou e puxou a guia, para que eu o seguisse. Deixei que ele me conduzisse por outra passagem lateral que descia ainda mais. Ao fim, dividia-se em duas. Prestamos atenção, vigilantes, com os nervos aguçados, os músculos tensos. Ouvimos outro grito, desta vez à direita. Apressamo-nos em cruzar mais uma passagem, deixando para trás ainda mais câmaras cheias de potes, quase todos estraçalhados agora, com pequenos ossos e lascas de crânios despontando em ângulos estranhos, como se estivessem aqui há muito tempo.

Toda vez que chegavam aos nossos ouvidos, os gritos levavam mais para o fundo das catacumbas. Ocorreu-me que, mesmo que conseguíssemos salvar meu filho, seria impossível encontrarmos o caminho de volta. E seguiu-se um pensamento: *era um jogo*. Uma armadilha. Parei. Quando ouvi o grito seguinte, bradei:

— *Não vou prosseguir. Venha até aqui. Mostre-se.*

Minha voz ecoou pelas passagens, ressoando, repetindo-se pelo labirinto, até se desfazer no nada. Thoth e eu esperamos na vasta obscuridade, em nosso pequeno círculo de luz fraca, propícia. A princípio, não aconteceu nada. Mas então, um breve lampejo brilhou no meio da escuridão. Impossível aferir se estava longe ou perto, esse pequeno feixe de luz. Mas aumentou, cresceu e floresceu, iluminando as laterais da passagem, e eu o vislumbrei: *um vulto, andando.*

48

Usava a máscara negra de Anúbis, o chacal, guardião da necrópole. Seus dentes pintados eram brancos na escuridão. Vi um colar cerimonial de ouro em seu pescoço.

— Você trouxe seu babuíno — disse, com a voz baixa e fúnebre.

— Ele insistiu em conhecê-lo.

— É Thoth, catalogador dos mortos. Talvez mereça um lugar nesse encontro — comentou.

— Tire a máscara, Sobek, e olhe-me nos olhos — ordenei.

As grandes catacumbas, com seu labirinto de trevas e silêncio, pareciam o vasto ouvido ecoante dos deuses. Estariam ouvindo cada palavra? Lentamente, ele tirou a máscara. Encaramos um ao outro. Fitei seus olhos frios com ódio.

— Você está com o meu filho e eu o quero de volta. Onde ele está? — questionei.

— Está aqui, escondido. Vou devolvê-lo. Mas, primeiro, você deve me dar uma coisa.

— Trouxe comigo, mas não vou entregar enquanto meu filho não estiver a salvo, comigo.

— Mostre.

Segurei a bolsa de couro para que ele pudesse vê-la à luz da lamparina. Ele a olhou com ganância.

— Temos um impasse. Não vou lhe contar onde está o menino enquanto não tiver a bolsa comigo. E você vai cuidar para que eu não tenha a bolsa enquanto não tiver seu filho. Então, sejamos inteligentes e vamos encarar isso de outra maneira — sugeriu.

— De que maneira?

— O preço da vida do seu filho não é nada mais que uma pequena conversa comigo. Sempre pensei em você como um colega honrado. Somos muito parecidos um com o outro, afinal.

— Não temos o que discutir. Não sou em nada parecido com você. Só quero meu filho. Vivo. Agora. Se você o machucou, se tocou no que quer que seja dele...

— Então, para pegá-lo, precisará ser paciente, ou não lhe direi nada — respondeu friamente. — Esperei muito por este momento. Pense, investigador de mistérios. Você também tem perguntas a fazer. Talvez eu tenha respostas.

Hesitei. Como todos os assassinos de sua estirpe, era um solitário. Queria ser compreendido.

— Do que quer falar?

— Vamos falar sobre a morte. Pois é o que nos fascina a ambos. A morte é a maior das dádivas, pois só ela oferece transcendência e perfeição a partir deste lugar inóspito e banal de sangue e pó — afirmou.

— A morte não é uma dádiva. É uma perda.

— Não, Rahotep. Você se sente mais vivo quando está perto da morte. Eu sei que sim, apesar do mundinho meigo da sua família. Todas essas crianças queridas, e a esposa adorável... Mas os mortais são meros sacos de sangue e ossos e tecidos ruins. O coração, o famoso coração do qual tanto falam poetas e amantes, não passa de carne. Tudo apodrece.

— Chama-se condição humana. Aproveitamos da melhor maneira. O que você faz também é bastante banal. Mata meninos e meninas indefesos, drogados, e pequenos animais. Tira-lhes a pele, quebra-lhes os ossos e arranca-lhes os olhos. E daí? Isso não é nada especial. A bem da verdade, é patético. Você não passa de um garotinho torturando insetos e gatos no recreio da escola. Já vi coisa muito pior. Não me importa por que você os matou da maneira que escolheu. Não faz diferença. Foi um espetáculo de aberrações feito em benefício próprio. Você fala de transcendência, mas aqui está você, nas profundezas das catacumbas, um homem solitário e frustrado, desprezado, um fracasso. E desesperado pelo que se encontra neste saquinho de couro.

Ele estava respirando mais rápido agora. Eu precisava incitá-lo.

— Sabia que um dos rapazes não morreu? Está vivo. Descreveu você. É capaz de identificá-lo — continuei.

Ele meneou a cabeça.

— Uma testemunha sem olhos? Não, Rahotep, é você que está desesperado. É você o fracassado. O rei está morto. Sua carreira, encerrada. E seu filho, em meu poder.

Lutei para não espatifá-lo contra a parede da catacumba e esmigalhar seu rosto com a lamparina. Não deveria fazer nada disso, pois, se o fizesse, como encontraria Amenmose? E ainda precisava de respostas.

— Quanto àqueles objetos absurdos que você deixou para o rei, seus presentinhos esquisitos. Realmente achou que iriam amedrontá-lo?

Ele fez uma careta.

— Sei que lhe causaram horror. Mostraram a ele e àquela menina o que eles mais temem. Tudo que precisei fazer foi mostrar-lhes um espelho para que enxergassem seu pavor da morte. O medo é o maior dos poderes. Medo do escuro, da decadência, destruição e fim… E, acima de tudo, medo da morte, que atiça todos os homens. O medo subjacente a tudo que fizemos e a tudo que fazemos. O medo é um poder glorioso, e eu o usei bem! — A voz dele estava mais tensa agora.

Aproximei-me um pouco.

— Você é um velho patético, triste, louco. Foi despedido por Ay e, por vingança, encontrou uma forma de se sentir importante outra vez.

— Ay era um tolo. Não viu o que tinha nas mãos. Despediu-me. Traiu meus cuidados. Mas agora se arrepende. Tudo que aconteceu, todo o caos e todo o medo, foram causados por mim! Até você, o famoso Rahotep, investigador de mistérios, não conseguiu me impedir. Será que ainda não enxerga? Eu o chamei. Deixei uma pista para você, desde o início, até agora. E você a seguiu como um cão, fascinado pelo mau cheiro da corrupção e da morte.

Eu sabia disso, e negava a mim mesmo. Ele percebeu.

— Isso. Agora você entendeu. Agora o medo o atinge. O medo do fracasso.

Continuei me mexendo para afugentar aquele sentimento.

— Mas por que você detestava Tutancâmon? Por que começou a atacá-lo?

— Era a semente de uma dinastia em declínio, decadente. Não era apto. Não era viril. Sua mente era fraca e seu corpo, imperfeito. Sua fertilidade era obtusa, oferecendo apenas uma prole de coisas tortas, inúteis. Não tinha competência. Eu não podia deixar que se tornasse rei. Isso tinha de ser impedido. Outrora, no tempo da sabedoria, antes desta era de tolos, havia um sagrado costume de matar o rei quando seus fracassos prejudicavam a saúde e o poder da terra. Restaurei esse nobre ritual. Segui os velhos ritos. Seus ossos estão quebrados; seu rosto, destruído; seus olhos, arrancados; sua máscara de morte, composta de coisas podres, de forma que os deuses jamais o reconhecerão no Além. Renovei o reino. Horemheb será rei. Ele tem poder e virilidade. Será Hórus, rei da vida. E quanto ao menino rei, esse desaparecerá na obscuridade do esquecimento. Seu nome nunca mais será pronunciado.

Afinal, ele mencionou o general. Continuei provocando.

— Por que Horemheb?

— Isto aqui é uma terra de lamentações. Nossas fronteiras são assoladas; nossos tesouros e celeiros estão vazios; prostitutas, ladrões e românticos governam nossos templos e palácios. Somente Horemheb tem a autoridade para restaurar a glória das Duas Terras. Eu sou o sol escuro. Sou Anúbis. Sou as trevas! — gritou.

— Então, tudo que você fez foi por ordem de Horemheb? Os objetos, as gravuras no Salão das Colunas, o assassinato de Mutnodjmet? E, em troca, ele lhe prometeu glória e poder?

— Não recebo ordens! Horemheb reconheceu meus dons e encomendou meus atos. Mas é um soldado. Não tem compreensão das verdades maiores. Ainda nem sabe a extensão da minha obra, pois ela vai muito além do poder e da política deste mundo. De que vale este mundo se o Além também não está ao nosso alcance?

Caminhei à sua volta com minha lamparina. Sabia que haveria mais.

— Obrigado pelo presente da caixa de olhos. Suponho que tenham vindo das vítimas que encontrei.

Ele confirmou, satisfeito.

— Foram recolhidos para você. Uma homenagem. E um símbolo.

— Os olhos são tudo, não são? Sem eles, o mundo desaparece para nós. Ficamos no escuro. Mas, como num eclipse, a escuridão é, por si só, uma revelação. "O sol descansa em Osíris, Osíris descansa no sol!"

Ele assentiu.

— Isso, Rahotep. Finalmente, você começa a ver, a enxergar a verdade...

— Na sua oficina encontrei alguns frascos de vidro. O que contêm? — perguntei.

— Não descobriu nem isso? — De repente, ele gargalhou de desprezo. Thoth rosnou e se agitou ao meu lado.

— Senti o gosto de sal... — admiti.

— Não foi longe o suficiente. Recolhi as últimas lágrimas dos mortos, de seus olhos quando viam a chegada da morte. Os livros secretos nos dizem que as lágrimas são um elixir que contém a destilação exata do que os moribundos testemunham em seu último momento, quando passam da vida para a morte.

— Mas quando você bebeu as lágrimas... nada. Só sal e água, afinal. Bem decepcionante em vista dos mistérios dos livros sagrados.

Ele soltou um suspiro.

— Houve prazeres compensatórios no ato.

— Suponho que você tenha drogado suas vítimas para ficar mais fácil cometer suas barbaridades. Suponho que elas não tenham nem lutado. Suponho que você tenha conseguido lhes mostrar as agonias de sua pobre carne com grande riqueza de detalhes — conjecturei.

— Como sempre, você não percebe o significado mais profundo. Deixei-as como sinais de alerta para o rei. Mas queria outra coisa, algo mais profundo.

— Gostaria de assistir.

Ele assentiu.

— A morte é o momento mais glorioso da vida. Testemunhar esse ato de passagem, quando a criatura mortal entrega seu espírito, da maior das trevas para a luz do Além, é testemunhar o mais requintado júbilo que a vida pode oferecer.

— Mas seus experimentos falharam, não falharam? Todos os ossos quebrados, as máscaras de ouro e os rostos mortos acabaram sendo nada mais que um cenário ridículo. Não houve transcendência. A droga dava ilusões, não visões. Os mortos simplesmente morrem, e tudo que você viu em seus olhos foi dor e pesar. E é por isso que você precisa disso.

Sacolejei a bolsa de couro diante de seus olhos fascinados. Ele esticou a mão para pegá-la, mas Thoth saltou para cima dele, e eu a afastei.

— Antes de entregá-la a você, e de você devolver o meu filho, me diga uma coisa. Como é que você obtinha a papoula do ópio?

Fiquei gratificado pelo lampejo de surpresa em seus olhos pétreos.

— É fácil de obter — respondeu, cuidadosamente.

— É claro, medicinalmente, em pequenas quantidades, para um médico como você. Acontece que há mais coisas envolvidas; existe um comércio secreto. Acho que você conhece bem isso.

— Não conheço nada — balbuciou.

— Bobagem. A demanda pela luxúria desses prazeres é tão forte atualmente que nem todas as meninas e meninos usados como traficantes seriam capazes de atendê-la. Mas continua sendo uma forma útil de distrair a Medjay da cidade do plano maior. Vou lhe contar sobre esse plano maior. A papoula do ópio é cultivada nas terras hititas, e o sumo é trazido como contrabando para Tebas em navios, pelo porto. A droga é armazenada e vendida nas boates. E os oficiais, a cada estágio, desde os guardas da fronteira até os oficiais dos portos burocratas que aprovam as boates, são subornados. Todos precisam sobreviver, especialmente nestes tempos difíceis. Mas o que me fascina é o seguinte: como as cargas conseguem passar, vindas desde as terras dos nossos inimigos, os hititas, em tempo de guerra, pela segurança alfandegária do exército? Só há uma resposta. Ou seja: o próprio exército é cúmplice desse comércio.

— Que fantasia extraordinária! Por que o exército seria conivente com uma coisa dessas? — desdenhou.

— O tesouro desse comércio secreto permite que Horemheb conquiste independência econômica do tesouro real. O mundo moderno é assim. Os dias dos saques e pilhagens primitivas já são passado. E um exército financiado, equipado e altamente bem-treinado de forma independente é um monstro muito perigoso.

Durante um momento prolongado, ele ficou em silêncio.

— Mesmo que essa estapafúrdia fantasia fosse verdade, não tem nada a ver comigo.

— É claro que tem. Você sabe disso tudo. É o médico. Seu conhecimento de alucinógenos o torna valioso. Horemheb o empregou não só para atender a esposa louca como também para supervisionar o negócio aqui em Tebas. Você se incumbe da chegada das cargas ao porto e de distribuí-las em segurança para as boates. Mas acho que Horemheb não sabia até que ponto iam suas hediondas atividades particulares. Ou sabia?

Ele me fitou com seu olhar vazio.

— Muito bem, investigador de mistérios. Minhas obras de arte são homenagem pessoal a Horemheb. Foram uma contribuição à sua campanha pelo poder; minha oferta de caos e medo. Mas como esse conhecimento lhe beneficia? Pelo contrário, agora o condena. Não posso deixar que se vá. Você está preso neste submundo de trevas. Nunca vai encontrar o caminho de volta à luz. Portanto, vou lhe contar a verdade agora. E vou vê-lo sofrer. A visão do seu sofrimento mais do que me compensará pela perda da outra visão. Não sou tolo. Quem me diz se isso que você traz é verdadeiro ou falso?

Então, ele emitiu um grito, imitando meu menino perdido com perfeição. A faca de obsidiana do medo atravessou minhas costelas e me atingiu diretamente o coração. Estaria meu filho, Amenmose, morto? Tive a sensação de que cheguei tarde demais. Ele tinha vencido.

— O que você fez com meu filho? — Minha voz estava enlouquecida.

Dei um passo na direção dele. Ele recuou, erguendo a lamparina para que a luz me estonteasse e disfarçasse seu rosto.

— Sabe o que Osíris gritou para o grande deus quando chegou ao Além? *"Oh, que lugar desolado é este? Não tem água, não tem ar, suas profundezas são insondáveis, sua escuridão é negra como a noite. Deveria eu vagar por aqui onde não se pode viver com paz no coração ou satisfazer os desejos do amor?"* Sim, meu amigo. Fiz de seu filho um pequeno sacrifício a Osíris, o deus dos Mortos. Escondi-o nas profundezas destas catacumbas. Ainda está vivo, mas você jamais o encontrará, nem com todo o tempo do mundo. Vão ambos morrer de fome aqui, perdidos no seu próprio Além. Agora, Rahotep, seu rosto foi verdadeiramente aberto na Casa das Trevas.

Saltei em cima dele. Thoth se ergueu sobre as patas traseiras, rosnando e mostrando os dentes, mas Sobek subitamente jogou a lamparina a óleo acesa em mim, e desapareceu na escuridão.

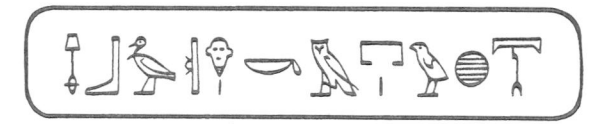

49

Soltei a focinheira de Thoth e ele pulou para a escuridão. Uma luz vermelha brilhou do óleo em chamas que se esparramou da lamparina de Sobek e se espalhou pela parede atrás de mim. Ouvi grunhidos e, ainda bem, gritos. Mas eu precisava de Sobek vivo, para dar provas e, acima de tudo, para devolver meu filho. Gritei uma ordem urgente para o babuíno enquanto corria pela escura galeria na direção da figura encolhida no chão. Ergui minha lamparina. Thoth tinha dado uma mordida profunda na garganta dele; jorrava sangue de um dos lados do rosto lacerado, de um rasgo desde a órbita do olho, e a carne dilacerada pendia para fora, expondo osso e vasos. Um sangue preto escorria do pescoço ferido. Ajoelhei-me e agarrei o rosto arruinado junto do meu.

— Onde está o meu filho?

Borbulhava sangue em sua boca enquanto ele tentava rir.

Pressionei os polegares sobre seus olhos.

— O que está vendo agora? — sussurrei em seu ouvido. — Nada. Não há nada. Você é nada. Não existe Além. Esta escuridão que você vê agora é a sua eternidade.

Pressionei com mais força ainda, empurrando seus olhos para dentro das órbitas, e suas pernas estrebucharam no chão, como um nadador se afogando em terra firme. Ele guinchou como um roedor, e eu senti sangue em meus dedos. Continuei pressionando até que seu coração perverso bombeou o último volume de sangue em seu corpo, e ele estava morto.

Chutei seu cadáver inútil diversas vezes, pisoteando os restos de seu rosto até perder as forças. Então, desabei no chão, soluçando, derrotado. Pois sua morte não me servia de nada. Eu tinha cometido um erro. A lamparina a óleo estava se apagando rapidamente. Não me importava mais.

De repente, escutei algo. Bem longe, o barulho de uma criança, acordando de um pesadelo ao se achar sozinha no escuro, chorando e berrando...

— Estou indo!

Os gritos de Amenmose voltaram, mais alto.

Thoth saltou à minha frente, para a escuridão profunda, mas seguro de si, correndo para a esquerda e para a direita, decidindo por mim. O tempo todo, gritávamos um para o outro, pai e filho, para salvar nossas vidas.

Thoth o encontrou no fim de uma das galerias mais profundas. Sua cabecinha despontava à borda de um vaso grande o suficiente para um babuíno crescido. Seu rosto estava pegajoso de lágrimas e terra, e seus gritos eram inconsoláveis. Busquei à minha volta uma pedra com a qual pudesse quebrar o vaso sem machucá-lo, e beijei o menino aos prantos, tentando acalmá-lo, repetindo "*Amenmose, meu filho*" várias vezes. A primeira pancada não rachou o vaso. Ele gritou ainda mais alto. Então, com outra pancada mais certeira, o vaso se partiu. Arranquei os cacos, a terra transbordou e, afinal, abracei meu filho, trêmulo, com frio e sujo.

A lamparina estava se extinguindo agora. Precisávamos tentar encontrar o caminho antes que perdêssemos a luz. Gritei um comando para Thoth. Ele gritou como se tivesse me entendido, e saiu em disparada. Segurei o menino no braço e parti atrás do babuíno, sem conseguir proteger a chama ao mesmo tempo.

Mas ela logo tremelicou e se extinguiu.

Escuridão total. O menino soluçou e começou a chorar novamente. Tentei acalmá-lo e consolá-lo.

— Thoth!

O macaco saltou para o meu lado e, pelo hábito do gesto, amarrei-lhe a coleira ao pescoço. Ele partiu pela escuridão, e eu só podia segui-lo, tentando não deixar que se machucasse quando esbarrávamos pelas paredes e tropeçávamos pelas irregularidades do chão. A esperança, a mais delicada das emoções, tremelicava em mim, frágil como a luz da lamparina minutos antes. Beijei os olhos do meu filho, em desespero. Ele estava tranquilo agora, como se minha presença no escuro o reconfortasse e qualquer destino agora fosse aceitável.

De repente, percebi um breve lampejo na escuridão. Talvez tivesse imaginado, uma invenção do meu cérebro desesperado. Mas Thoth gritou novamente e, em seguida, a luz ficou mais forte, e eu ouvi chamados, como que vindos do mundo perdido de luz e vida. Gritei de volta. As luzes se viraram e se juntaram, vindo agora na minha direção, feito um resgate sagrado das trevas. Quando se aproximaram, olhei para o rostinho do meu filho. Seus olhos arregalados para ver as luzes na escuridão, como algo em uma fábula trazendo-o ao final feliz de uma história amedrontadora.

À luz tremeluzente da primeira lamparina, reconheci um rosto familiar, ao mesmo tempo temeroso e aliviado. Khety.

50

No momento em que cheguei com Amenmose de volta em casa, Tarekhan caiu de joelhos, com a boca aberta num grito silencioso de agonia e alívio. Acolheu-o na vigília dos seus braços e não o largou mais. Quando afinal, falando-lhe com tranquilidade, consegui tirá-lo do abraço e colocá-lo na cama, ela se virou para mim e me esmurrou com os punhos cerrados, estapeando-me o rosto como que se quisesse me arrebentar. E, na verdade, fiquei feliz em poder deixá-la fazer isso.

Depois, ela lavou o menino com um pano e água fresca, e carinho infinito, falando-lhe de um jeito tranquilizador. Ele estava cansado e fragilizado. Em seguida, ficou ao seu lado enquanto ele dormia, só olhando, como se nunca mais fosse deixá-lo. Seu próprio rosto ainda estava úmido de lágrimas. Evitou o meu olhar. Não consegui dizer nada. Tentei roçar as costas da mão em seu rosto e ela ignorou. Estava prestes a retirá-la quando, de repente, ela a agarrou, beijou e apertou consigo. Envolvi-a nos meus braços e apertei-a da mesma forma como ela apertava nosso filho.

— Nunca me perdoe, assim como eu nunca me perdoarei — pedi.

Ela me fitou com seus olhos escuros, agora tranquilos.

— Você prometeu que nunca deixaria seu trabalho ferir nossa família — falou, com simplicidade.

Estava certa. Coloquei a cabeça entre as mãos. Ela acariciou minha cabeça, como se eu fosse uma criança.

— Como ele o pegou?

— Eu tinha de preparar comida para nós. As crianças estavam cansadas das mesmas refeições. Entediadas e frustradas. E eu não podia ficar dentro de casa o tempo todo. Não era possível. Então, resolvi ir ao mercado. Deixei a criada encarregada de tomar conta das crianças. O guarda estava na porta. A menina falou que eles estavam brincando no quintal e ela, lavando roupa. De repente, escutou um grito. Correu... e Amenmose tinha sumido. O portão estava aberto. O guarda estava caído no chão, saindo sangue da cabeça. Sekhmet tentou impedir que ele levasse Amenmose. Ele a agrediu. Aquele monstro bateu na minha filha. Foi culpa minha.

Ela se aninhou em torno de si mesma, chorando. Lágrimas fúteis assomaram aos meus olhos. Agora, era minha vez de consolá-la nos meus braços.

— Aquele monstro está morto. Eu o matei.

Tarekhan ergueu o rosto lacrimejante, assustada, e viu que era verdade.

— Por favor, não me pergunte mais nada hoje. Vou falar disso quando puder. Mas ele está morto. Não vai mais nos fazer mal — prometi.

— Já nos fez mal demais — retrucou ela, com uma honestidade que me partiu o coração.

As cabeças das meninas apareceram por trás da cortina. Tarekhan olhou para elas e tentou sorrir.

— Ele está bem? — perguntou Thuyu, mastigando um cacho de seus cabelos.

— Está dormindo, então façam silêncio — respondi.

Aneksi ficou olhando para ele.

Mas Sekhmet, quando o viu, desabou. Vi o roxo em torno de seu olho e arranhões em seus braços, as pernas esfoladas. Ela soluçou e engoliu o soluço, e lágrimas volumosas jorraram de seus olhos.

— Como foi que você deixou isso acontecer com ele? — gritou com a voz alterada, mal conseguindo respirar.

Senti a vergonha tomar conta de mim, qual um manto de lama. Beijei-a carinhosamente na testa, enxuguei-lhe as lágrimas e disse para todas:

— Eu sinto muito. — E saí.

Fiquei sentado no banco do quintal. Do lado de fora da casa, os sons da rua me chegavam longínquos, de outro mundo. Pensei em tudo que aconteceu desde o dia em que Khety bateu ao muro perto da janela. Meu próprio coração estava batendo forte agora, nas costelas. Cometi um erro tremendo com minha família ao sair. Não pareceu que seria assim na ocasião. E talvez eu não tivesse escolha. Mas Tarekhan está certa; sempre há uma escolha. Eu preferi o mistério e paguei o preço. E não sabia como poderia sanar a situação.

Foi Sekhmet quem saiu para me encontrar. Estava fungando e limpando o rosto com a túnica. Mas sentou-se ao meu lado, em cima das pernas elegantemente cruzadas, e se inclinou para perto. Passei o braço em torno de seus ombros.

— Eu sinto muito, foi uma coisa horrível de dizer — falou baixinho.

— Foi a verdade. Sei que vocês me dizem sempre a verdade.

Ela assentiu com um ar sábio, como se estivesse um pouquinho pesada demais de tanto pensar nos últimos dias.

— Por que aquele homem levou o Amenmose?

— Porque queria muito me machucar. E queria me mostrar que era capaz de tirar de mim uma das coisas mais importantes no mundo.

— Por que alguém iria querer uma coisa dessas?

— Acho que não sei. Talvez nunca vá saber.

— O que aconteceu com ele?

— Está morto.

Ela fez sinal de que entendeu e pensou no assunto, mas não disse mais nada, de forma que ficamos ali sentados, escutando o caos barulhento da vida na rua, observando o sol subindo ao céu, afastando a escuridão da noite, ouvindo os sons das meninas começando a preparar a refeição na cozinha, discutindo e rindo novamente juntas.

51

Quando soube que minha família estava a salvo, fui visitar o palácio mais uma vez e fazer meu relatório final. Fiquei enojado ao pensar em tornar àquele domínio das trevas. Mas Ankhesenamon precisava desesperadamente saber o que eu tinha descoberto sobre Horemheb, sobre a maneira como ele financiava o novo exército e sobre a incumbência que dera a Sobek. Essas coisas seriam armas cruciais em suas negociações. Ela poderia usar as informações contra o general, mostrando que sabia de tudo e poderia revelar seu conhecimento, desmascarando-o e substituindo-o. Teria o poder de negociar uma trégua entre ela, Ay e Horemheb. Ela, Khay e Simut ficaram me olhando, espantados, enquanto eu explicava tudo. E, depois de satisfazê-los respondendo a todas as perguntas, pedi licença, dizendo que precisava passar um tempo a sós com minha família, para que nos recobrássemos de tudo que tinha acontecido. Fiz uma reverência, dei alguns passos para trás e, sem permissão, dei as costas e fui embora. Sinceramente, esperava nunca mais precisar pôr os pés naqueles salões silenciosos.

Nos dias que se seguiram, um calor constante e abafado se abateu sobre a terra. O sol brilhava inclemente, levando até as sombras a se abrigarem; e a cidade se agitava com prognósticos, miragens e boatos. Os navios de Horemheb, trazendo várias de suas divisões de Mênfis, tinham chegado, alarmantemente, e permaneceram ancorados perto do porto na margem leste;

temia-se por um levante ou uma ocupação a qualquer momento, mas os dias foram passando e nada aconteceu. O calor constante e a inconstância do futuro dificultavam e esvaziavam a vida cotidiana; contudo, as pessoas continuavam com seus trabalhos, comendo e dormindo. Porém, à noite, foi imposto um toque de recolher mais rígido que nunca e, sentado na laje do telhado com Thoth, sem conseguir dormir, olhando para as estrelas, bebendo vinho em demasia, escutando os cães de guarda e os perdidos latindo furiosamente uns para os outros, pensando em tudo e em nada, senti-me como o último homem vivo sob a luz do luar.

Às vezes olhava para a barafunda de telhados e lajes na direção do Palácio de Malkata, lá do outro lado da cidade. Imaginei as tensões e as lutas pelo poder que ainda deveriam estar ocorrendo por lá, enquanto o corpo de Tutancâmon passava pelos últimos Dias de Purificação, em preparação para seu enterro. Pensei em Horemheb no seu navio de estado ainda parado no porto, em Khay bebendo vinho em seu escritório, e em Ay solitário em seus aposentos perfeitos, pressionando com o punho a dor interminável no maxilar. E pensei em Ankhesenamon andando de um lado para o outro de seus aposentos sempre iluminados pelas lamparinas a óleo, pensando em como ganhar o jogo da política e assegurar o futuro dos filhos que viesse a ter. E vi a mim mesmo, taciturno e bebendo na escuridão da noite, conversando mais com Thoth do que com qualquer outra pessoa, talvez porque ele tenha passado por tudo aquilo comigo. Apenas ele, compreendia. E jamais poderia falar.

Até que, certa noite, pouco depois do pôr do sol, escutei alguém batendo à porta. Quando abri o portão, avistei uma carruagem e uma tropa de guardas do palácio, como uma visão na minha rua caótica. Rostos surgiam de um lado e outro da rua, espantados ante aquela aparição. De certa forma, eu esperava que os traços ossudos e sombrios de Khay fossem me saudar. Mas o rosto que me olhou precavidamente foi o de Ankhesenamon. Estava cuidadosamente disfarçada numa túnica de linho.

— Percebo que o assustei. Posso entrar? — pediu, pouco à vontade.

Eu tinha imaginado que me recusaria a qualquer outro envolvimento com qualquer dessas pessoas e suas intrigas palacianas. Mas percebi que não poderia fechar a porta na cara dela. Concordei, e ela desceu animadamente da carruagem em suas sandálias de ouro de excelente qualidade — boas demais para esta rua —, e sob o disfarce de uma sombrinha entrou depressa nas modestas acomodações da minha casa.

Tarekhan estava na cozinha. Ao passarmos para a sala de visitas, onde quase nunca ficamos, ela viu quem era e, de repente, pareceu entrar em transe. Então, voltou a si e fez uma profunda reverência.

— Vida, prosperidade e saúde para Vossa Majestade — disse baixinho.

— Espero que desculpem esta visita inesperada. É uma grosseria minha vir sem ser convidada — disse a rainha.

Tarekhan conseguiu fazer um sinal gentil com a cabeça, apesar do espanto. As duas se entreolharam cuidadosamente.

— Por favor, vão para a sala de visitas. Vou levar refrescos — avisou Tarekhan.

Sentamo-nos nos bancos, em silêncio constrangedor. Ankhesenamon olhou à sua volta para o cômodo comum.

— Nunca lhe agradeci por tudo que você fez por mim. Sei que pagou um preço muito alto por sua lealdade. Foi alto demais, no fim das contas. Talvez aceite isso como compensação, por mais inadequado que seja.

Ela me entregou uma bolsa de couro. Abri-a e tirei de dentro um Colar de Honra de ouro. Era um objeto lindo e valioso, de soberba qualidade e acabamento, e eu poderia sustentar a família durante anos com seu valor. Fiz um gesto de reconhecimento e o coloquei de novo dentro da bolsa, sem vivenciar nenhum dos sentimentos que deveria sentir, talvez, ao receber tal tesouro.

— Obrigado.

Seguiu-se um silêncio. Escutei Tarekhan na cozinha, preparando uma bandeja.

— O presente é uma desculpa. A verdade é que tenho querido vê-lo todos os dias e venho me contendo, não poderia fazê-lo — confessou. — Percebi o quanto passei a depender de você.

— Ainda assim, veio — observei, talvez um pouco rispidamente.

— Vim sim. Com frequência, imagino-o em sua casa, com sua família. Gostaria de conhecê-los. Seria possível?

As meninas estavam, de qualquer forma, alertas a qualquer visita e à oportunidade de conhecê-las e já estavam na cozinha interrogando ansiosamente a mãe, para saber a identidade da visitante desconhecida e inesperada. Trouxe-as para a sala. Para crédito delas, aproximaram-se, de olhos arregalados, e postaram-se de joelhos, em reverências perfeitas.

Ankhesenamon agradeceu e pediu que se levantassem para se apresentar. Em seguida, meu pai entrou. Abaixou-se sobre os joelhos doloridos como um elefante velho, maravilhado com a visitante extraordinária. Tarekhan voltou com Amenmose nos braços.

Ele estava sonolento, esfregando os olhos.

— Posso pegá-lo no colo? — perguntou Ankhesenamon.

Minha mulher lhe passou a criança e a rainha das Duas Terras o pegou com cuidado, olhando carinhosamente para o rostinho dele, que olhava desconfiado de volta para o dela. Ao ver a expressão apreensiva, ela soltou uma risadinha.

— Não está gostando de mim — comentou.

Mas logo o menino homenageou-a respondendo à risada com um sorriso largo, e o rosto da rainha se iluminou, refletindo o deleite do momento.

— É uma grande dádiva ter filhos — disse, baixinho, segurando-o no colo durante um bom tempo antes de devolvê-lo, relutantemente, à mãe.

Convenci as meninas a nos deixarem a sós, e elas foram embora, divertindo-se com o negócio das muitas reverências enquanto andavam de costas, esbarrando umas nas outras de entusiasmo, até deixarem o recinto. Então, estávamos novamente os dois.

— Imagino que não veio aqui simplesmente para me pagar e conhecer meus filhos.

— Não. Tenho um certo convite para lhe fazer. Mas é também um apelo.

— E o que é?

Ela respirou fundo e soltou um suspiro.

— Os Dias da Purificação estão concluídos. É hora de enterrar o rei. Mas tenho um problema.

— Horemheb.

Ela confirmou.

— É absolutamente necessário que eu decida que rumo tomar. Eu o tenho acolhido com cuidado, e acho que ele está quase certo de que será o escolhido. Ay também acredita que eu vá ver a sabedoria de sua proposta.

— Então, será um momento perigoso quando revelar sua decisão — falei.

— Certo. E, uma vez que o rei esteja enterrado, precisarei agir. Pois decidi que preciso dos dois, para fazer jus às coroas e continuar minha dinastia. Quanto a Ay, ele ofereceu me apoiar como rainha, contanto que continue a controlar as repartições e a estratégia das Duas Terras. Eu teria de aceitar sua ascensão como rei...

Ela viu minha expressão de espanto, mas continuou:

— Em troca, porém, manterei minha posição e independência, desenvolvendo meus próprios contatos, relacionamentos e apoio entre as repartições do governo. Vou conferir legitimidade útil à autoridade dele. Ay está velho e não tem filhos. Será uma questão de mais ano, menos ano, até que consolide toda sua autoridade e influência sobre mim, depois poderá morrer convenientemente. Isso está acertado entre nós. É o melhor que posso fazer.

— E Horemheb?

— Esse é mais difícil. Apesar da repulsa que sinto dele, preciso considerar toda e qualquer opção. Ele tem forças poderosas do seu lado. Comanda, ao todo, mais de trinta mil soldados. Sua geração é de homens jovens e o novo exército tem sido um caminho para o poder e o sucesso para quem não teria nada de outra maneira. Imagine o que podem fazer! Entretanto, sua ascensão ao poder o colocaria em conflito direto com Ay e as repartições, e acho que isso deixaria as Duas Terras tão instáveis como se estivéssemos em guerra entre nós. Ambos sabem disso, e ambos reconhecem que isso não lhes dá nenhuma vantagem nítida. Uma guerra civil não beneficiaria ninguém neste momento. E também calha que quase todas as divisões de Horemheb estão afastadas, na guerra contra os hititas. Mesmo que negociem uma trégua por lá, seriam necessários meses até que voltassem, e isso seria visto como uma grande derrota para o general. Mas ele continua sendo perigoso.

— Graças a você, agora tenho a inteligência que preciso acerca do comércio de ópio e poderia usar isso para prejudicar a reputação de pureza moral que ele ostenta. Mas será muito difícil provar e, acima de tudo, acredito que seja praticamente impossível identificá-lo, de maneira abrangente, como senhor desse negócio. Também me dei conta de que uma polêmica assim será maléfica demais num momento em que todo esforço precisa ser feito para criar uma nova unidade. Então, ainda preciso contê-lo, como um leão numa jaula, de forma que assegure mais ou menos a vontade do exército continuar colaborando no âmbito de nossa autoridade. Para fazer isso, no mundo real dos homens e das ambições, preciso tentá-lo com algo que ele queira. Então, devo oferecer a perspectiva de casamento, mas sob a condição de que ele espere até que Ay tenha morrido. E talvez, se a sorte me favorecer, uma melhor possibilidade se revelará antes disso, porque, na verdade, jamais compartilharia minha cama com aquele homem. Ele tem o coração de um rato.

Ficamos em silêncio um pouco.

— Disse que tinha um pedido — lembrei.

— Disse que era um "apelo", e um convite, a bem da verdade.

— O que é?

Ela aguardou um pouco, nervosa.

— Você me acompanharia ao funeral do rei? Está marcado para amanhã à noite.

52

E foi assim que me vi na cerimônia funerária de Tutancâmon, outrora a Imagem Viva de Amon, e Senhor das Duas Terras, acompanhando-o, como ele mesmo tinha pedido nas suas últimas horas de vida, até sua eternidade. O corpo jazia nos seus aposentos no palácio, envolto numa mortalha de linho branco, no fundo do mais fundo dos caixões. Estava bem, arrumado, como uma boneca grande e bem-feita, costurada com linha de ouro e decorada com amuletos.

Ankhesenamon formalmente colocou no pescoço dele uma coroa de flores frescas, azuis, brancas e verdes. Um abutre dourado e um peitoral de escaravelho logo abaixo foram colocados também ao seu pescoço; e um falcão dourado, sobre o peito. Seus braços estavam cruzados e um par de mãos douradas segurava o cajado e o mangual do reino. Lembrei que eu fui a última pessoa a segurar a mão de verdade do rei, quando sua vida se esvaía. Por cima da mortalha havia um objeto de glória e surpresa inimagináveis: uma máscara mortuária criada com a mais minuciosa ourivesaria na forma do orgulhoso rosto do deus Osíris. Mas o artesão também criou com exatidão os olhos de Tutancâmon, espertos, atenciosos e brilhantes, sob as escuras curvas em lápis-lazúli de suas sobrancelhas. Confeccionados em quartzo e obsidiana, fitavam a eternidade com confiança. O abutre e a serpente fulguravam protetoramente acima do rosto. Tive a impressão de ser um rosto que ele gostaria de possuir para conhecer os deuses.

Partimos em procissão através do palácio. Deram-me permissão para caminhar atrás de Ankhesenamon, ao lado de Simut, que me cumprimentou, satisfeito em me ver. Ay caminhava ao lado da rainha. Chupava uma pastilha de cravo e canela cujo cheiro de vez em quando vinha às minhas narinas. Estava com dor de dente outra vez. Era difícil sentir pena. Quando emergimos pelo portão a oeste do palácio, a céu aberto, à meia-noite, o ar estava fresco e as estrelas tremeluziam lucidamente nas profundezas do eterno oceano da noite. A múmia em seu caixão aberto fora colocada sobre um patíbulo protegido por frisas com serpentes entalhadas e decorado com guirlandas. Os outros caixões, um dentro do outro, seguiam atrás noutro esquife puxado por bois, pois seu peso era enorme. Os 12 oficiais de alta patente, incluindo Khay e Pentu, estavam vestidos de branco e usavam tiras de luto na testa. A um sinal, clamaram em uníssono e ergueram as cordas de modo a colocar o primeiro patíbulo, leve, sobre as rodas para percorrer o Caminho Processional.

Seguimos pela via principal, rumo a oeste e depois ao norte. À distância, as compridas estruturas de baixa estatura do Templo de Hatshepsut se destacavam contra as colinas prateadas ao luar. Foi uma jornada laboriosa e lenta. Em todos os pontos estratégicos da rota, Simut tinha colocado soldados de guarda, equipados com poderosos arcos. A terra estava em silêncio, sob a inspeção da lua. As sombras da noite se depositavam em estranhas divisões. Afinal chegamos ao Vale dos Reis, de onde prosseguimos para o oeste, virando à esquerda e novamente à esquerda até chegarmos ao mais secreto vale da necrópole oriental, passando lentamente pelas vastas escarpas de rocha erodida, na direção da entrada do túmulo.

Quando finalmente chegamos, avistei pilhas e mais pilhas de objetos já descarregados sobre lençóis de linho, como se uma grande família estivesse se mudando de um palácio para outro, que seriam os tesouros funerais que equipariam o túmulo depois de realizados os ritos e os caixões fossem colocados e selados dentro do sarcófago.

Lamparinas iluminavam 16 degraus de pedra entalhada que levavam ao fundo do túmulo e, enquanto todos se preparavam para os ritos, eu desci. Fiquei chocado com o que a luz das lamparinas revelava: a entrada do túmulo não estava terminada. Na verdade, a passagem mal parecia ter sido arrumada em tempo para esta cerimônia. Havia jarros de ataduras e natrão deixados nos degraus, e as bolsas de água dos trabalhadores foram colocadas de lado às pressas. Atravessei a porta esculpida na rocha e cheguei ao Salão da Espera.

Aqui, novamente o trabalho não tinha sido concluído. No piso inclinado e na pedra ainda bruta das paredes havia marcas vermelhas e guias de pedreiro. Farelos de calcário não tinham sido varridos do chão. As paredes apresentavam reluzentes riscos dourados onde a mobília real tinha arranhado na mudança feita às pressas. Havia cheiro de queimado no ar — cera de vela, óleos, incenso, juncos — e até a pedra toscamente lascada das paredes e tetos parecia permeada da história mordaz dos muitos cinzéis que trabalharam a pedraria, lasca após lasca, golpe após golpe.

Virei à direita e adentrei a câmara mortuária. As paredes eram decoradas, mas de maneira simples, sem ostentação. Obviamente não houve tempo suficiente para nada mais grandioso e sofisticado. As tantas imensas seções do santuário de ouro, composto de quatro caixas enormes, uma dentro da outra, estavam encostadas à parede, aguardando para serem montadas dentro das confinadas dimensões do espaço escuro, uma vez que os caixões tinham sido colocados dentro do sarcófago. Cada seção de madeira gloriosamente folheada a ouro estava marcada no lado interior, não folheado, com instruções — qual ponta se encaixava com qual, e assim por diante. Um imenso sarcófago de pedra amarela já ocupava todo o espaço da câmara. Cada canto tinha sido intricadamente talhado com as detalhadas asas protetoras das deidades, que se sobrepunham umas às outras.

Virei à direita novamente e espiei o tesouro. Já estava equipado com inúmeros objetos. O grande santuário impossibilitaria qualquer transporte ali dentro depois da câmara mortuária. A primeira coisa que vi foi um entalhe realista de Anúbis, esbelto e preto, com suas compridas orelhas apontando para o alto, como se prestasse atenção, envolto com um cobertor que alguém jogara sobre suas costas para mantê-lo aquecido durante a infindável escuridão de sua vigília. Atrás dele havia um imenso sacrário com pálio de ouro. Ao longo de uma parede, muitos sacrários e cômodas tinham sido colocados e selados. Na parede oposta, havia mais caixas de sacrários. Ao lado de Anúbis, uma fileira de urnas de marfim e madeira.

Quando ninguém estava olhando, abri uma, cuidadosamente. Lá dentro havia um belo leque de pena de avestruz. A inscrição dizia: "Feito com penas de avestruz obtidas por Sua Majestade quando caçando nos desertos do leste de Heliópolis." Pensei no leque que me prometera. Em cima dessas caixas, equilibravam-se vários barcos em miniatura, lindamente detalhados e pintados com cores vivas, completos com velas e mastros em miniatura. Percebi uma pequena caixa de madeira aos meus pés. Tentado, ergui a tampa e vi dois minúsculos caixões contidos ali dentro: as filhas mortas de Ankhesenamon, supus.

Enquanto eu ponderava sobre esses pequenos restos deixados em meio à confusão de objetos de ouro, Khay veio se juntar a mim.

— Se ao menos essas crianças tivessem chegado a termo, e nascido bem, estaríamos vivendo num mundo diferente — disse.

Assenti.

— Há muitas heranças aqui. Objetos com os nomes da família e outros com a imagem de Aton — falei.

— De fato. Veja esse, por exemplo: paletas, caixas e braceletes que pertenciam às suas meias-irmãs. E aguardando lá em cima, oculto sob os tecidos, está o vinho da cidade de Akhetaton, e tronos de estado ostentando o símbolo de Aton. São coisas particulares, mas proibidas agora, e consignadas à eternidade aqui neste túmulo. O que é tão bom quanto.

— Imagino que seria vantagem para Horemheb conseguir esses tesouros. Ele poderia usá-los para chantagear Ankhesenamon, acusando-a de lealdade secreta à religião fracassada. Então, Ay está usando esta oportunidade para enterrar os símbolos de um passado falido, juntamente com o último rei daquela época.

— Exatamente. É daí que vem a pressa e o sigilo descabidos.

— E veja só o que é, afinal: madeira, ouro, joias e ossos.

Subimos a escada de volta para o mundo noturno. Vi que as estrelas já começavam a perder intensidade. A alvorada logo se revelaria. Chegara o momento de concluir os últimos rituais. Ay estava agora vestido com a pele de leopardo dos sacerdotes, e usava na cabeça velha a Coroa Azul do reino, adornada com discos de ouro. Era ele quem celebraria o rito de Abertura da Boca e, ao fazê-lo, estabeleceria sua sucessão. O caixão contendo a múmia foi erguido em posição ereta e Ay logo levou a forquilha *pesesh kef* à boca morta do rei, em seguida aos outros órgãos de sensação — nariz, orelhas e olhos — para restaurar seus poderes e permitir que o espírito do rei se reunisse ao seu corpo para que ele pudesse vir ao dia na próxima vida. Tudo foi feito conforme as instruções, o mais rápido possível, porém, como se Ay temesse ser interrompido. Percebi que os guardas de Simut estavam a postos nos topos do vale e perto da entrada.

Os caixões foram levados, com uma grande luta, para o fundo do túmulo. Nosso pequeno grupo seguiu em nossa própria ordem. Ao chegarmos no Salão da Espera, o ar estava quente e pesado. Ninguém falava, mas a respiração dos presentes soava alta, nervosa e trabalhosa na estranha acústica da câmara. Por cima da cabeça dos demais, captei apenas relances da atividade, enquanto continuavam os ritos na câmara mortuária: vi a face lateral do caixão ser erguida com enorme esforço e o lampejo de um amuleto. Senti o cheiro da resina quente que foi despejada no caixão de dentro. Orações e encantamentos flanavam indecifráveis pelo ar ainda escuro. Finalmente o tampo de pedra do sarcófago foi colocado no lugar. Escutei o rangido das cordas e polias, e os resmungos dos homens que se debatiam contra as limitações do pouco espaço. Mas, de repente, houve um estampido alto e um susto coletivo de todas as testemunhas: um dos carregadores tinha largado seu canto do tampo de pedra, que caiu e se partiu em dois ao atingir o sarcófago. Porém, ao perceber que não se poderia fazer nada, o supervisor deles bateu palmas uma vez. As partes quebradas foram colocadas juntas, seladas rapidamente com gesso e a rachadura pintada de amarelo para disfarçar a falha.

Então, a construção dos quatro sacrários em volta do sarcófago continuou. Levou bastante tempo. Os homens trabalhavam com dificuldade quase cômica, tentando entender as partes à luz das lamparinas, lutando entre si para descobrir o espaço e a lógica com que manobrar cada peça, na ordem e no lugar certos, em silêncio. Ficaram prontos, afinal, e os homens, reluzindo de suor e respirando feito mulas exaustas, se retiraram. Agora, havia apenas dois cúbitos de espaço entre o grande santuário de ouro e as paredes decoradas. Sacerdotes haviam acabado de colocar objetos ritualísticos conforme um padrão que só fazia sentido para eles: remos de madeira, lamparinas e caixas, jarros de vinho e um buquê de olivas e abacate. As portas do santuário foram seladas. Lá dentro ficava um santuário dourado dentro do outro; e no centro desse grande ninho frio de entalhes em ouro, madeira e pedra amarela, pequeno e vulnerável dentro de sua pompa de ouro, esse acúmulo de tesouros, jazia o magro e eviscerado corpo mumificado do rei. Lembrei-me dele de repente e da expressão de deleite em seu rosto enquanto esperava pela caçada, sob as estrelas do deserto, vivo.

Saímos dando passos para trás, em sinal de respeito, com as cabeças baixas em reverência. Ay e Ankhesenamon vieram por último. Então, retiramo-nos lentamente, de costas, até para fora do Salão da Espera, deixando o rei em sua câmara de pedra com todo seu ouro, seus bens que o acompanhariam no túmulo, suas camas e máscaras e barquinhos, com seus jogos de mesa, e banquetas onde se sentara quando criança, e potes dos quais bebeu — todas as coisas deste mundo que precisaria novamente no próximo, onde o tempo não tinha poder e as trevas se transformavam em luz eterna e imutável. É o que dizem.

Comemos a refeição funeral e assistimos os últimos bens que o acompanhariam no túmulo serem carregados para equipar o Salão da Espera e a cripta menor à esquerda: rodas e as partes desmontadas ou mesmo serradas de bigas de ouro; caixas pintadas e lindamente marchetadas; e três elegantes camas, uma delas decorada com leões. Seus rostos dourados e focinhos azuis e olhar de dó em seus sábios olhos sérios também dourados brilharam para mim no escuro e em seguida delinearam poderosas sombras contra a parede sob a fraca luz da lamparina quando passaram. Recipientes brancos para oferendas de comida foram colocados sob uma das camas. Um deles continha o copo de lótus de alabastro, pálido e luminoso à parca luz, que eu tinha visto nos aposentos de Tutancâmon no navio. Havia cadeiras e tronos decorados com os signos de Aton e duas estátuas guardiãs em tamanho real ignorando solenemente a desordem. Trombetas de prata envoltas em junco, bengalas de ouro e flechas com pontas de ouro empilhadas contra a parede. Muitos jarros de vinho, cujos selos indicavam que já eram velhos, dos tempos de Akhenaton, e muitos outros vasos de alabastro com óleos e perfumes passaram pela pequena cripta, juntamente com centenas de cestas de frutas e carne que foram logo guardadas em cima de banquetas, caixas e um comprido leito de ouro. Havia ouro por todo canto. O suficiente para me deixar enjoado do seu famoso brilho.

Finalmente chegou a hora de selar Tutancâmon em seu túmulo para a eternidade. Tive a estranha sensação de que nós, os vivos, estávamos do lado errado da porta de pedra que tinha sido construída às pressas entre nós e o agora deserto Salão da Espera. Os rostos dos presentes — nobres, sacerdotes e a jovem rainha — pareciam conspiradores de um crime à luz nervosa das chamas oscilantes das velas. Senti certo desgosto, bem como pena, quando os pedreiros em suas roupas sujas de trabalho manobraram as últimas pedras para os seus devidos lugares com um barulho arrastado, depois jogaram rudimentares colheradas de massa cinza e a espalharam com suas pás para que os guardas da necrópole aplicassem suas insígnias ovais de Anúbis; muitas mãos se estenderam para registrar seus signos para a eternidade, cumprindo sua função, ansiosos e ressabiados com os significados dos outros símbolos. *Grandioso do amor de toda a Terra... criando imagens dos deuses para que lhe deem o sopro da vida...*

Então, feito um rebanho de animais, arrastando os pés, retiramo-nos de costas pela passagem segurando nossas frágeis lamparinas. Ankhesenamon colocou um último buquê nos degraus — mandrágoras, lírios azuis, solanáceas, olivas, salgueiro; frágeis e transitórias flores de esperança da primavera do mundo. Seu rosto estava lavado em lágrimas. Cheguei por último e, ao olhar para trás, avistei uma onda escura e crescente, as sombras de nossas formas que se afastavam unindo-se às grandes trevas da eternidade que agora nos acompanhava na subida dos 16 degraus, até que foram selados por mais pedras, para sempre.

53

A meia-lua tinha descido pela borda do contorno preto e azulado do vale. Permanecemos juntos, incertos sob as últimas estrelas, na terra dos vivos. Mas não estávamos sós. Na escuridão, uma figura imponente esperava, tendo atrás de si homens munidos de armas que reluziam ao luar. Horemheb. Procurei os guardas de Simut e avistei formas escuras, corpos executados, espalhados pela escuridão.

O general deu um passo à frente para confrontar Ay e Ankhesenamon.

— Você resolveu não me convidar para os últimos ritos do rei? — indagou.

Ay o encarou.

— Eu sou rei. Realizei os ritos, e assumi a sucessão. Vou anunciar minha ascensão e minha coroação ao amanhecer.

— Quanto a você, rainha? Fez tão pouco de minha oferta que não chegou a discuti-la comigo antes de tomar qualquer que tenha sido a decisão que levou a esta dolorosa situação?

— Considerei tudo. Sou a viúva de Tutancâmon, Restaurador dos Deuses, e neta de Amenhotep, o Glorioso. E você não é nobre.

— Como ousa questionar minha nobreza! — grunhiu em sua voz baixa e ameaçadora.

Ela esperou. Era chegado o momento. Horemheb estava impaciente para ouvir o que ela teria a dizer.

— Chegou-nos uma informação, de maneira privada e sigilosa, que nos impressionou e desapontou. Refere-se à reputação e integridade do exército.

Deixou as palavras perigosas pairando na escuridão.

— A reputação e a integridade do exército são imaculadas — respondeu Horemheb, sustentando o tom de ameaça.

— Talvez, então, o general não esteja ciente de tudo que acontece em sua própria divisão. Há elementos no exército que negociam com os hititas, nossos antigos inimigos, em troca de lucro pessoal — disse ela.

Ele se aproximou, exalando névoa no ar frio da noite.

— Por acaso ousa acusar minhas divisões de traição? Você? — Olhou para ela, com desdém. Mas ela o confrontou.

— Estou relatando aquilo que me foi dito. Talvez não seja verdade. Mas, também, talvez seja. O ópio, pelo que me disseram. Transportado através das linhas de batalha. Comerciando com o inimigo? Seria um infortúnio muito grande se uma sugestão chegasse às repartições, aos templos e ao ouvido de todos — declarou.

Horemheb sacou rapidamente a espada curva, com sua lâmina externa reluzindo ao luar. Por um momento, temi que fosse cortar-lhe a cabeça. Com a mão enluvada, ergueu a espada em riste e seus soldados instantaneamente apontaram suas elegantes e poderosas flechas para os nossos corações, prestes a cumprir uma ordem que nos mataria a todos em silêncio. Simut deu um passo à frente para proteger a rainha, com seu próprio punhal agora erguido para Horemheb. Os dois homens se entreolharam, tensos como cães antes de uma luta ferrenha. Mas Ankhesenamon se manteve firme e interveio.

— Não acho que assassinar-nos venha a lhe ajudar a causa. Você não tem poder suficiente para assumir o controle de todas as repartições e templos das Duas Terras. Muitos de seus soldados estão empenhados na guerra. Pense bem. Escute a minha proposta. Só desejo ordem para as Duas Terras e, portanto, uma partilha equitativa dos poderes necessários para manter a ordem entre nós três. Ay governará como rei, pois controla as repartições do reino. Você continuará como general. O comércio secreto deve acabar. Se assim for, só terá a ganhar com isso. Eis o futuro.

Lentamente, Horemheb baixou a espada e fez um gesto para seus homens baixarem seus arcos.

— E que futuro é esse? Você vai se casar com esse velho aos frangalhos e doente? — perguntou, fazendo um gesto de desprezo na direção de Ay.

— Meu rei está morto, mas só eu posso fazer um sucessor, um filho que será rei por sua vez. Este é o meu destino e eu vou cumpri-lo. Quanto ao pai do meu filho, posso escolhê-lo com cuidado, o mais apto e o melhor dos melhores. Eu mesma vou escolhê-lo e nenhum homem terá autoridade sobre mim. Quem se provar como tal nobre, receberei como meu marido. E ele se tornará rei ao meu lado. No devido curso dos acontecimentos, governaremos as Duas Terras juntos. Talvez até você possa se mostrar merecedor.

Ay, que se mantivera calado durante toda essa troca, interveio agora.

— São estes os termos. Deve saber que há mil guardas do palácio a postos lá em cima e na entrada do vale. Estão preparados para o que for necessário de forma a garantir nossa segurança. Qual é a sua resposta?

Horemheb olhou para o alto e, nas escarpas de ambos os lados, havia linhas de figuras escuras com seus arcos nas mãos.

— Achou que eu não iria prever tudo que você pudesse pensar? — continuou Ay.

Horemheb estudou os dois. Em seguida, aproximou-se bem deles.

— Maravilhoso: um velho com dor de dente e uma menininha frágil com sonhos de glória tomando as rédeas do poder, e um inútil oficial da Medjay que agora sabe que sua família nunca mais estará segura. Escutem...

E estendeu os braços para o vasto silêncio da noite e do deserto que nos apequenava.

— Vocês sabem o que é isso? É o som do tempo. Não se escuta nada além do silêncio. Entretanto, ele ruge como um leão. Não existe outro deus que não o tempo, e eu sou seu general. Esperarei. Minha hora ainda não chegou; e quando chegar, em triunfo e glória, vocês não serão nada mais que pó, e seus nomes não serão nada mais que pó, pois eu os apagarei, um a um, de cada pedra, e usurparei seus monumentos, e em seu lugar haverá uma nova dinastia, carregando meu nome, um filho valoroso sucedendo cada pai forte, geração após geração, para o futuro, e para sempre.

Então, sorriu, como se a vitória estivesse assegurada, e se virou para ir embora, marchando pela escuridão, seguido de seus soldados.

Ay ficou olhando para ele com desprezo.

— Esse homem está com o ego inflado. Venha, há muito trabalho a fazer. De repente, encolheu-se e agarrou o próprio queixo. Parecia que nem todo o poder do mundo conseguiria aliviar a dor de dentes podres.

Antes de partir, para seu futuro incerto, Ankhesenamon virou-se tranquilamente para mim.

— Vim a você, pedindo ajuda. Você arriscou tudo para me ajudar nestes dias. Escutei a ameaça que fez contra sua família. Portanto, esteja certo de que farei tudo que estiver ao meu alcance para garantir a segurança deles. Você sabe que o quero como meu guarda privativo. A oferta está mantida. Ficarei feliz em vê-lo.

Fiz um breve gesto com a cabeça. Ela olhou entristecida para a entrada selada do túmulo de seu falecido marido. Então, virou-se, seguida de Khay e dos outros nobres, e todos pegaram suas carruagens que os levariam de volta pela via pavimentada até o palácio das sombras, e o trabalho inclemente de configurar e realizar o futuro seguro das Duas Terras. Lembrei-me do que Horemheb falou sobre poder, que era uma fera bruta. Torci para que a rainha aprendesse a domá-la bem.

Simut e eu ficamos assistindo à partida. A escuridão se desprendia rapidamente do ar da madrugada.

— Horemheb está certo, eu receio. Ay não vai viver muito tempo e a rainha não pode governar sem um herdeiro. Não enquanto Horemheb espera.

— Verdade. Mas está se tornando uma mulher poderosa. Tem a mãe dentro de si. E isso me dá esperança — falei, com um sentimento de otimismo que me pegou de surpresa.

— Venha, vamos caminhar até o topo da colina e ver o sol nascer neste novo dia — sugeriu.

Então, subimos pelas trilhas, cicatrizes na pele bruta, escura e velha da encosta, e logo se descortinou à nossa frente o vasto panorama do mundo sombrio: os campos ricos e antigos, as águas eternamente correntes do Grande Rio e a cidade adormecida com suas torres e templos gloriosos, palácios ricos e silenciosos, prisões e barracos, e casas tranquilas e bairros pobres, na escuridão distante. Respirei fundo o ar frio dos momentos que antecedem o amanhecer. Isso me fortificou e deu alento. As últimas estrelas desapareciam de vista e surgia um laivo de vermelhidão no horizonte atrás da cidade. O rei estava morto. Pensei nos seus olhos e no seu rosto dourado, em algum lugar obscuro, talvez — quem sabe? — vislumbrando agora o Além enquanto a luz da eternidade surgia e seus espíritos se reuniam com ele.

    Quanto a mim, o que meus olhos viam do mundo me bastava. A fumaça das primeiras casas começava a subir em meio à calmaria e à pureza do ar. Ao longe, ouvi os primeiros pássaros começando sua cantoria. Pousei a mão na cabeça de Thoth. Ele me fitou com seus velhos olhos sábios. Meus filhos e minha mulher ainda estariam dormindo. Eu queria muito estar lá quando eles acordassem. Precisava encontrar uma forma de acreditar que estávamos em segurança, apesar dos perigos e ameaças do futuro. Olhei para o céu azul-escuro e o horizonte, que clareava a cada instante. Em breve haveria luz.

FIM

NOTA DO AUTOR

Desde 1922, quando Howard Carter fez sua portentosa descoberta no Vale dos Reis, Tutancâmon tornou-se o mais intrigante e misterioso dos antigos egípcios. Ainda criança, em 1972, me levaram para ver a grande exposição de Tutancâmon no Museu Britânico. Os bens que o acompanharam ao túmulo — de onde se incluem o santuário de ouro, estatuetas laminadas a ouro exibindo-o com uma lança ou segurando o mangual do poder, o "copo dos desejos" de alabastro, um cetro de ouro, joias gloriosas, uma comprida trombeta de bronze, um bumerangue e um arco de caça intricadamente decorado — pareciam tesouros de um mundo perdido. Acima de tudo, sua máscara mortuária de sólido ouro batido — decerto uma das obras de arte mais belas do mundo antigo — parecia resumir o poderoso mistério do chamado "menino rei", que tinha tal poder e viveu em meio a tais maravilhas mas morreu misteriosamente jovem — provavelmente com menos de 20 anos —, foi enterrado às pressas e totalmente esquecido, por cerca de 3.300 anos.

A descoberta do túmulo promoveu um imenso resgate do fascínio popular pelo Egito, mas talvez enfatizasse os mistérios das pirâmides e das catacumbas, e os filmes de segunda categoria sobre as múmias, à custa de uma visão mais equilibrada daquela cultura notável. Para Tutancâmon, por exemplo, as pirâmides já eram quase tão antigas quanto Stonehenge é para nós hoje.

Historiadores e arqueólogos nos deram uma grande quantidade de informações detalhadas sobre o Egito Antigo, particularmente sobre o Novo Reino. Já na 18ª Dinastia, os egípcios comandavam o império mais poderoso, rico e sofisticado do mundo. Era uma sociedade altamente complexa e organizada, construindo monumentos impressionantes, realizando uma arte, objetos e joalheria estupendos, sustentando sua preeminência na política internacional e sustentando vidas de luxúria e afluência para sua elite — tudo nas costas de uma enorme força de trabalho. Além de suas fronteiras, governava e administrava um vasto território desde a terceira catarata do que agora é o Sudão, passando por grande parte do Levante. Suas rotas de comércio de mercadorias raras e mão de obra se estendiam muito mais. Liderado pelo general Horemheb, seu exército era avançadíssimo, e o sacerdócio gozava de poder extremo, administrando e lucrando com várias extensões de terra e propriedades, um serviço civil sofisticado, e a Medjay, algo que poderia ser reconhecido como uma força policial de âmbito nacional.

Os Medjay eram originalmente núbios, um povo nômade. Durante o Império Médio, os egípcios antigos aperfeiçoavam suas habilidades para a luta, empregando-os como rastreadores e soldados de infantaria, usando seu talento para rastrear e coletar informações estratégicas sobre estrangeiros, especialmente nas fronteiras. Felizmente para nós, o Egito Antigo era uma cultura burocrática, e um relatório daquela época ainda sobrevive: "A patrulha que saiu para vasculhar as fronteiras do deserto... voltou e me relatou o seguinte: 'Encontramos a trilha de 32 homens e três burros" (Kemp, 2006). À época da 18ª Dinastia, o termo Medjay poderia se aplicar mais amplamente para descrever um dos primeiros tipos de força policial urbana. A corrupção e o crime são ricamente comprovados durante o Novo Império, assim como em todo o tempo e a cultura, de forma que extrapolei a partir das evidências disponíveis para chegar a uma força policial que funcionava de forma semelhante às modernas, com uma hierarquia codificada, uma forte noção de independência das outras formas de autoridade e, claro, detetives que pensavam por conta própria, ou "investigadores de mistérios", dos quais Rahotep é o expoente.

Todos os poderes, conquistas e triunfos terrenos do Novo Império do Egito foram possibilitados pelas dadivosas águas do Nilo, o Grande Rio, que definia para os egípcios antigos as Duas Terras: a Negra, do solo fértil do rio, e a Vermelha, que era o aparentemente infinito deserto que as cercava, e que representava as coisas que eles temiam — a aridez, o caos e a morte. O ciclo perpétuo do renascimento cotidiano do sol a leste, o pôr do sol a oeste e a misteriosa jornada noturna do sol através do perigoso território do além inspiravam sua belíssima e complexa religião.

Sabemos que Tutancâmon herdou o trono, aos 8 anos de idade apenas, e que Ay, essencialmente o chanceler, governava em seu nome. Tutancâmon nasceu e foi criado numa época turbulenta. Herdou as dificuldades do reinado de seu pai, Akhenaton. A introdução, ou imposição, da revolucionária religião de Aton de Akhenaton e Nefertiti, e a fundação da nova capital-templo de Akhetaton (Amarna, nos dias de hoje), tinha criado uma profunda crise política e religiosa, que explorei em *Nefertiti: o livro dos mortos*. Depois do fim do reino de Akhenaton, foi restaurada a velha religião ortodoxa, enquanto poderosas facções lutavam por poder e novas influências. Uma clara indicação de como esse período de reformas impostas afetou Tutancâmon, e a necessidade política de desassociar-se do reinado de seu pai, foi que ele mudou seu nome de Tutankhaton ("Imagem Viva de Aton") e resgatou o nome de Amon, "o oculto", o deus todo-poderoso cujo templo de Karnak continua sendo um dos grandes monumentos do mundo antigo.

Os egípcios antigos temiam muito o caos. Reconheciam suas forças como ameaça constante à ordem natural e sobrenatural, e aos valores da beleza, justiça e verdade. A deusa *Maat*, mostrada como uma mulher sentada usando uma pluma de avestruz, representava a ordem tanto no nível cósmico quanto das estações e estrelas, e no nível social das relações entre os deuses, na pessoa do rei e dos homens. Uma descrição gráfica da noção do caos predominante na época da coroação de Tutancâmon está registrada na Estela da Restauração (uma laje de pedra com inscrições) que foi montada no templo de Karnak nos primeiros anos de seu reinado. Claro, seu propósito foi, em parte, propaganda, mas sua descrição do estado do mundo antes da ascensão de Tutancâmon é incrivelmente vívida. (Uma passagem do texto forma a epígrafe deste livro.) A obrigação do novo rei seria, assim como para todos os reis que o antecederam, restaurar *Maat* às Duas Terras do Egito, conforme assegura a Estela: "Ele acabou com o caos em toda a terra... e toda a terra foi feita como era no tempo da Criação."

As evidências para uma biografia de Tutancâmon são bastante incompletas e quase todos os relatos são interpretações baseadas em fragmentos de evidências normalmente muito ambíguas. Muitos mistérios intrigantes seguem sem solução. Como e por que Tutancâmon morreu tão jovem? Tomografias computadorizadas recentes de sua múmia desautorizaram a antiga teoria de que um golpe aplicado em sua nuca teria sido o que o matou. As novas evidências científicas implicam uma perna quebrada e septicemia. Sendo assim, como isso aconteceu? Teria sido um acidente? Ou será que um crime mais sinistro o atingiu? Só podemos supor, ainda, as razões para os preparativos do funeral terem sido feitos tão estranhamente às pressas — as pinturas na catacumba rudimentares e inacabadas, a mobília aleatória, as partes do santuário de ouro danificadas ao serem montadas e os dois fetos mumificados enterrados com ele sem identificação. Por que o vinho estava vencido? E por que havia tantas bengalas no túmulo? Qual foi o papel de sua esposa Ankhesenamon, também sua meia-irmã e filha da grande rainha Nefertiti e Akhenaton? Como foi a ascensão de Ay ao poder e em que circunstâncias se tornou o próximo rei? E onde estava a poderosa figura de Horemheb durante esse tempo esquisito e sombrio?

    O grande poeta Robert Graves escreveu que seus romances históricos foram tentativas de resolver quebra-cabeças crípticos da história. Poucos são os mistérios históricos que ainda nos restam mais grandiosos que a vida e a morte de Tutancâmon, e romanceá-lo tem sido meu empenho, através da imaginação, de cuidadosas tentativas de manter a máxima fidelidade histórica e de um desejo de retratar essas pessoas há tanto finadas da forma mais viva em seu próprio tempo presente, para oferecer uma solução ao mistério do rapaz que segurou o cajado e o mangual do poder terreno em suas mãos, e que se perdeu totalmente na história até aquele dia em 1922 quando os selos de seu túmulo foram rompidos.

    Howard Carter forneceu uma famosa resposta, quando lhe perguntaram se via alguma coisa: "Sim... coisas maravilhosas!" Todos que, desde então, olharam para a máscara mortuária de ouro de Tutancâmon se lembram dos olhos: confeccionados em quartzo e obsidiana, e decorados com lápis-lazúli, parecem fitar, maravilhados, através do embaralhado passado dos meros mortais. Parecem fitar a luz da eternidade.

AGRADECIMENTOS

Muitas pessoas me ajudaram enquanto eu escrevia este livro.

Bill Scott-Kerr, Sarah Turner, Deborah Adams, Lucy Pinney e Matt Johnson, da Transworld, são a equipe dos sonhos de um escritor. Agradecimentos sinceros a eles por sua paciência, apoio, grandes dicas e entusiasmo.

Sem meu agente excepcional, Peter Straus, este livro não existiria. Eu gostaria também de agradecer a Stephen Edwards e Lawrence Laluyaux, da Rogers, Coleridge & White. Muito obrigado também a Julia Kreitman, da The Agency.

Carol Andrews, BA, PADipEg, minha sábia egiptóloga, generosamente compartilhou seu conhecimento notável, analisou minuciosamente cada rascunho e corrigiu meus enganos com grande fortitude. Devo dizer, à moda consagrada, que quaisquer erros que permaneçam inadvertidamente na obra são da minha responsabilidade.

Broo Doherty, David Lancaster, John Mole, Paul Rainbow, Robert Connolly, Iain Cox e Walter Donohue fizeram a gentileza de ler os rascunhos do romance e suas respostas, precisas e exatas, me orientaram bastante. Jackie Kay me deu apoio e encorajamento constante. A família Dromgoole, Dom, Sasha e as gloriosas meninas, Siofra, Grainne e Cara, me deram inspiração. Meus profundos agradecimentos a Edward Gonzales Gomez. Como diz uma canção do Novo Império: "Do meu coração mais profundo".

A todos ergo a gloriosa taça de alabastro de Tutancâmon, conhecida como "copo dos desejos", com sua bela inscrição:

Viva seu ka
E que passe milhões de anos
Amante de Tebas
Recebendo no rosto a brisa fresca do norte
Enxergando a felicidade.

BIBLIOGRAFIA

Andrews, Carol, *Egyptian Mummies*, British Museum Press, 1998.

Darnell, John Coleman, e Manassa, Collenn, *Tutankhamun's Armies*, Wiley and Sons, 2007.

Kemp, Barry J., *Ancient Egypt, Anatomy of a Civilization*, Routledge, 2006.

Kemp, Barry J., *The Egyptian Book of the Dead*, Granta Books, 2007.

Manley, Bill, *The Penguin Historical Atlas of Ancient Egypt*, Penguin, 1996.

Meskell, Lynn, *Private Life in New Kingdom Egypt*, Princeton University Press, 2002.

Nunn, John F., *Ancient Egyptian Medicine*, British Musem Pass, 1997.

Pinch, Geraldine, *Egyptian Myth, A Very Short Introduction*, Oxford University Press, 2004.

Pinch, Geraldine, *Magic in Ancient Egypt*, British Museum Pass, 1994.

Reeves, Nick, *The Complete Tuthankamun*, Thames and Hudson, 1990.

Sauneron, Serge, *The Priests of Ancient Egypt*, traduzido por David Lorton, Cornell University Press, 2000.

Shaw, Ian, e Nicholson, Paul, *The British Museum Dictionary of Ancient Egypt*, British Museum Press, 1995.

Strudwick, Nigel, e Strudwick, Helen, *Thebes in Egypt*, Cornell University Press, 1999.

Wilkinson, Richard, *The Complete Temples of Ancient Egypt*, Thames and Hudson, 2000.

Wilson, Penelope, *Hieroglyphs, A Very Short Introduction*, Oxford University Press, 2003

Este livro foi composto na tipologia Minion Pro,
em corpo 11/15,4, e impresso em papel off-white,
no Sistema Cameron da Divisão Gráfica
da Distribuidora Record.